MICHAEL KUMPFMÜLLER
MISCHA UND DER MEISTER

MICHAEL KUMPFMÜLLER

MISCHA UND DER MEISTER

ROMAN

Kiepenheuer & Witsch

»Es gibt nichts Übernatürliches im Leben.
Weil alles darin übernatürlich ist.«

MICHAIL BULGAKOW

ERSTES BUCH
TEUFELEIEN

1

Die Treppe ins Paradies

Berlin, die alte Göre, erwachte und hatte schlechte Laune. Eine Gruppe lärmender Engländer mit Rollkoffern, die zu spät zu ihrem *Easyjet*-Flug nach Bristol aufgebrochen waren, hatte sie geweckt, oder worum immer es sich gehandelt hatte, das Geschrei einer Gebärenden im Urban-Krankenhaus, ein illegales Autorennen auf dem Ku'damm oder das Pfeifen des Windes über dem Müggelsee, wo an den Anlegestellen das Wasser gegen Jollen und Yachten klatschte.

Es war Mitte April, morgens gegen halb fünf. Ein stürmischer Tag stand bevor, es begann zu dämmern, und sie hasste die Stunde, in der es dämmerte und niemand wusste, wer genau er war, am wenigsten sie selbst.

Sie hatte mächtig zugelegt in den vergangenen Jahren, in denen wenig Aufregendes passiert war, sie war träge, sie langweilte sich und litt unter ihrer Langweile, schlief nicht besonders und hatte regelmäßig die allerdüstersten Gedanken.

Die Zeitungen waren jeden Tag voll mit ihr, na gut – doch wann, bitte, hatte sie zuletzt jemand gestreichelt oder ihr ins Ohr geflüstert, so wie damals der amerikanische Präsident, der sie vor aller Welt wie eine Geliebte behandelt hatte, aber leider nie wiedergekommen war.

Wie viele Jahre, nein, Jahrzehnte, lag das zurück!

Es war schon nicht mehr wahr, so lange her war das, und geblieben war der Traum, und dass sie seither niemanden richtig an sich heranließ, von den Russen allenfalls abgesehen, denn sie schienen ihr ähnlich zu sein, sie sehnten sich, ohne zu wissen, nach was, etwas, das sie erhob und wenig später zu Boden warf, sie vernichtete und im selben Moment unsterblich werden ließ.

Der glühende Junge – wie hieß er gleich – fiel ihr ein, recht jung, in seinen frühen Zwanzigern, Student der Slawistik, stürmisch und ruhig zugleich, dazu hübsch anzusehen mit seinen blonden Locken und zwei Augen wie der schimmernde Wannsee an einem Augusttag, so blau.

Sie hatte ihn entdeckt, als er in der U7 Richtung Spandau am Fenster saß und *Die Brüder Karamasow* las, zwischendurch nickte und in sein Notizbuch schrieb und anschließend neuerlich las und plötzlich aufsprang und rief: »Ja, genau. Warum nicht? Das ist mal ein Gedanke.«

Mischa, ja richtig, hieß er – ein dostojewskischer Träumer, wie er im Buche stand, mit Mädchen wahrscheinlich eher schüchtern, was gelegentlich umso anziehender wirkt.

Sie würde ein Auge auf ihn haben, nahm sie sich vor. Vielleicht würde es ja unterhaltsam, ihm eine Weile auf der Spur zu bleiben, da sonst bestimmt nichts groß passierte, außer dass es nun richtig stürmte und vereinzelt zu kleineren Vorfällen kam: In Bohnsdorf stürzte ein Baugerüst auf parkende Autos; entwurzelte Bäume versperrten diverse Nebenstraßen, ohne dass jemand Schaden genommen hatte; ein paar Mützen und Hüte flogen von den Köpfen und wurden wieder eingesammelt, und dann ging gegen halb sieben die Sonne auf, und ein stinknormaler Mittwoch begann.

∽

Für unseren Helden, Mischa, begann an diesem Mittwoch das Semester. Er saß in einem gut gefüllten Seminarraum der Freien Universität und hörte mit halbem Ohr zu, wie die Dozentin die Referatsthemen vorstellte, schaute sich ein bisschen um und entdeckte, halb rechts auf derselben Höhe, eine Dunkelhaarige, die neugierig in seine Richtung schaute und sich für das Lachen bei Gogol interessierte, sieh an.

Mischa war wirklich eher schüchtern, doch er hatte Augen im Kopf, und so erwiderte er den Blick und dachte sich wenig dabei, und später, im *Café Kauderwelsch*, setzte sie sich an seinen Tisch und bat noch nicht mal um Erlaubnis.

Anastasia.

»Ich habe dich gesehen und mir gedacht, wir könnten uns über Gogol unterhalten«, sagte sie.

Mischa fand es anfangs schwierig, in ihrer Anwesenheit zu denken, denn wie sich zeigte, hatte sie eine Stimme, sie hatte Augen, Hände, sie roch, sie atmete, war in Bewegung, und das musste er erst mal sortieren, und wie sie da gerade in seinem Leben Platz nahm, so fühlte es sich nämlich an.

Sie hat einen einladenden Mund, war zunächst alles, was er an Gedanken zustande brachte, dass sie ihm gefiel, das einfache schwarze Strickkleid, das sie trug, das dunkle Haar, das so lockig wie seines war, die charmante Lücke zwischen ihren Schneidezähnen nicht zu vergessen, und wie sie sich freute, dass er Gogols *Mantel* kannte und natürlich die *Toten Seelen*, wenn auch bloß den Anfang.

Und so fanden sie recht mühelos ins Gespräch. Mischa erzählte, dass er eine Wohnung suche und derzeit nur Dostojewski lese, und Anastasia erzählte, dass sie derzeit nur Gogol lese und mit einem weiteren Studenten bei einer älteren Dame lebe, die sie ohne weitere Erklärung als verrückt bezeichnete.

Auch das russische Thema wurde berührt und dass sie beide Mischwesen waren, bei Anastasia der Vater und bei Mischa die Mutter russisch war, und eine weitere Gemeinsamkeit darin bestand, dass sie praktisch keine Eltern hatten, denn die von Anastasia flogen als Kunst- händler ganzjährig durch die Welt, während die von Mi- scha seit Jahren überhaupt verschwunden waren.

»Verschwunden?«, fragte Anastasia.

»Kurz nach meinem Abitur sind sie eines Morgens nach Russland und haben sich nie wieder gemeldet«, er- klärte Mischa. Seither lebe er bei seinem Onkel.

Und so erzählte Mischa von Onkel Wladimir und Anastasia von ihrer verrückten Edita, die ebenfalls nach Russland wollte, um das Grab ihres Vaters zu besuchen, der eines Tages bis nach Stalingrad gewandert war und von dort weiter nach Sibirien, wo es ihm so gut gefiel, dass er nie mehr zurückkehrte.

»Na ja, *gewandert*«, sagte Mischa.

Und Anastasia: »So erzählt es Edita. Du kannst mich ja mal besuchen, dann wirst du sehen, was für eine wun- derbare Person sie ist.«

Und weil man nun sozusagen verabredet war, tauschte man Telefonnummern, um zum Abschluss neuerlich die

Wohnungsfrage zu streifen; Mischa hatte morgen früh eine Besichtigung, von der er sich allerdings nicht viel versprach.

Anastasia war, wie sich herausstellte, für radikale Maßnahmen in der Wohnungsfrage, besetzen und enteignen, meinte sie, anders gehe es nicht, worauf Mischa frei nach Bulgakow erwiderte: »Wohnungen gibt es in Berlin nicht. – Aber wie wohnt man denn dort? – Man wohnt eben so. – Ohne Wohnungen.«

⁓

Bis zum Abend hatte Mischa nicht das Gefühl, dass groß etwas mit ihm geschehen war. Es gab einen neuen Punkt, den man innerlich ansteuern konnte, ein gewisses Wärmegefühl, dazu einen Namen, den er mochte.

Einen Namen und eine Telefonnummer.

Man konnte sich anrufen, man konnte kurze oder lange Nachrichten schicken, doch siehe – keiner machte von der Möglichkeit Gebrauch.

Mischa hatte seit Tagen nicht eingekauft, er brauchte neuen Kaffee, dazu Brot und Butter, etwas Aufstrich, zwei Flaschen Bitter Lemon und was sonst er im Vorübergehen erwischte und anschließend nach Hause trug, bevor er sich lange nach zwei auf den Weg ins *Schostakowitsch* machte, wo er täglich mehrere Stunden arbeitete.

Das *Schostakowitsch* war ein Feinkostladen mit Restaurant und Catering und gehörte seinem Onkel, der ein ausgebildeter Koch war und leider wenig von Geschäften verstand, weshalb der Laden nicht besonders lief.

Mischa war seit Langem der Meinung, dass das zu einem nicht geringen Teil an der Musik lag, denn der Onkel war ein unbeugsamer Liebhaber von Dmitri Schostakowitsch, den er nicht nur zum Namenspatron seines Lokals gemacht hatte, sondern von morgens bis abends in erheblicher Lautstärke spielte, die geraden Wochen chronologisch sämtliche Werke vom *Scherzo* bis zur *Sonate für Viola und Klavier* und in den ungeraden nacheinander die Sinfonien, die Streichquartette, alle möglichen Klavierlieder, usw.

Heute liefen die Streichquartette, viel zu laut wie üblich, aber okay, die Streichquartette mochte Mischa.

»Du siehst so vergnügt aus«, sagte zur Begrüßung der Onkel, der sich seinerseits bester Laune zeigte, da es eine große Bestellung für eine Abendgesellschaft in Lichterfelde gab, in einer Zahnarztpraxis, wenn er sich nicht verhört hatte, doch das würde Mischa, der bis achtzehn Uhr liefern musste, ja sehen.

Vorläufig half er dem Onkel in der Küche, schnitt den Lachs, die Rote Bete, machte die Kaviardosen auf, kontrollierte die Temperatur des Krimsekts in den großen Kühlschränken und dachte jetzt doch recht ausgiebig an seine Bekanntschaft aus der Cafeteria.

So gegen halb fünf machte er sich auf den Weg, kam auch einigermaßen durch, obwohl es anschließend schwierig war, einen Parkplatz zu finden, und er ewig brauchte, um die Lieferung nach oben in die Zahnarztpraxis zu schleppen.

Die Party fand tatsächlich in einer Zahnarztpraxis statt. Jemand wurde fünfzig, wie nicht schwer herauszufinden war, da in allen Fluren und Zimmern Tempo-50-Schilder standen; zwei herausgeputzte Zahnarzthelferinnen führten ihn in ein leer geräumtes Wartezimmer und zeigten ihm, wo er was abstellen sollte.

»Und Sie sind wer genau?«, fragte ein herbeieilender Mann, der sich als Dr. Muhlack vorstellte, und Mischa sagte »Mischa« und dass er das Essen aus dem *Schostakowitsch* bringe.

»Mischa, so, so«, sagte der Zahnarzt, als sei das der ungewöhnlichste Name, den er je gehört habe.

»Ziemlich schräge Location für einen Geburtstag, nicht wahr? Als Zahnarzt bin ich ja eher fürs Gerade, also habe ich mir überlegt, zur Feier des Tages etwas Schräges zu machen.«

Und da Mischa nicht wusste, was er darauf antworten sollte, nickte er unbestimmt und wünschte einen angenehmen Abend, worauf ihn der seltsame Zahnarzt entließ und die Arbeit für heute überhaupt erledigt war.

ؙ

Die erste Nachricht kam, als er sich die Zähne putzte.

»Ich habe an dich gedacht«, schrieb sie. »Noch wach?«

Und Augenblicke später: »Wie schön, dass wir uns getroffen haben.«

»Du bist lustig«, schrieb er zurück.

Und sie: »Dostojewski und Gogol.«

Und Mischa: »Der Meister und Margarita.«

Es entstand eine kleine Pause, ehe sie schrieb, dass das eines ihres absoluten Lieblingsbücher sei und ob er morgen in die Vorlesung komme.

Sie war erstaunlich flink, dachte er mit gemischten Gefühlen, weil er nicht recht mitkam und ihr Kleid vor sich hatte und die Stiefel und die Lücke zwischen ihren Zähnen, die ihn beinahe am stärksten beschäftigte.

Die Geschichte der russischen und ukrainischen Literatur im 20. Jahrhundert hatte er sich ursprünglich nicht anhören wollen, aber wenn sie da hinging, warum nicht, ja, er komme; auch für einen weiteren Kaffee verabredeten sie sich.

»Gut, bis morgen«, schrieb sie, und Mischa ebenfalls: »Bis morgen«, ohne ihr eine gute Nacht zu wünschen, wenngleich er sich anschließend etwas vage Nächtliches vorstellte und beinahe schon erträumte.

～

Nach dem Ende der Vorlesung lud ihn Anastasia zur Teestunde bei ihrer Vermieterin ein.

Der Saal war so überfüllt gewesen, dass sie sich nicht sofort fanden. Anastasia saß in einer der vorderen Reihen und hielt wie er regelmäßig Ausschau, irgendwann mit Erfolg, und dann setzte man sich mit einem Lächeln nebeneinander, wobei die bekannten Wärmephänomene auftraten, bevor man wieder auseinanderging.

Die Teestunde sei so ab fünf, hatte Anastasia erklärt, Fjodor, ihr Mitbewohner, sei in sein Kloster gefahren, deshalb würden sie heute lediglich zu dritt sein.

»Kloster?«, fragte Mischa. »Wieso Kloster?«

»Er hat sich kürzlich entschieden, ins Kloster zu gehen, weit weg in Brandenburg, bitte frag mich nicht, warum.«

»Fjodor«, hatte Mischa versonnen gesagt.

Da er den Nachmittag freihatte, las er weiter in den *Brüdern Karamasow*, machte einen Kurzbesuch im *Schostakowitsch*, um ein passendes Gastgeschenk auszusuchen, und stand Punkt fünf mit einer Schachtel russischem Konfekt vor der Sentastraße Nummer 7 in Friedenau.

Die Wohnung lag im dritten Stock, Mischa musste ziemlich viele Treppen steigen, und nun begann er doch ein klitzekleines bisschen nervös zu werden, je höher er stieg, desto mehr, obwohl er anfangs wenig davon bemerkte, sich gründlich mit jeder einzelnen Stufe beschäftigte und bald jede einzelne geradezu liebte oder auf jeden Fall lobte, weil sie ihn zur Teestunde mit Edita führte.

Anastasia trug das Kleid von gestern und freute sich.

»Hier, links, da wohne ich und gegenüber Fjodor, der nicht da ist wie gesagt, und dahinten ist das Reich von Edita, auch wenn es sich eher um eine Höhle handelt.«

Höhle war der richtige Begriff, denn das Zimmer war so groß wie dunkel: Ein altmodisches Bett war im Hintergrund zu sehen, es gab einen runden Tisch, um den Sessel und Stühle standen, an den Wänden diverse Ikonen sowie ein russischer Stadtplan von Stalingrad aus dem Jahr 1934.

Die alte Dame saß in einem der Sessel und hieß Mischa mit tiefer Stimme, näher zu treten.

»Bitte, bitte, ich bin Edita, sei willkommen.«

»Und das ist Mischa«, erklärte Anastasia. »Er sucht gerade verzweifelt eine Wohnung.«

Erst aus der Nähe konnte Mischa erkennen, wie klein Edita war; Anastasia hatte gesagt, dass sie Mitte siebzig sei, doch sie sah zehn Jahre jünger aus.

»Wer möchte sich um den Samowar kümmern?«, fragte sie, und weil Anastasia keine Anstalten machte, kümmerte sich Mischa.

Der Samowar seines Onkels heizte elektrisch, aber dieser schien aus der Zeit Peters des Großen zu stammen; Mischa brachte ihn ewig nicht zum Brennen, sei es, dass die Hobelspäne oder die Kohle nicht trocken waren, sei es, dass er sich ungeschickt anstellte oder beides.

Aber irgendwann funktionierte es, wofür ihn Edita sehr lobte und einen richtigen Russen nannte, bevor sie die üblichen Fragen zu stellen begann: geboren wann und wo, Vater Mutter, wie sein Studium verlief, die Arbeit im *Schostakowitsch*, von dem sie meinte, bereits gehört zu haben.

Anastasia nickte mehrfach zu Mischas Antworten, und als er fertig war, erzählte sie noch einmal, wie sie sich kennengelernt hatten, obwohl es zu erzählen streng genommen nicht viel gab.

»Das hast du gut gemacht«, sagte Edita und meinte, dass sie Mischa eingeladen hatte und sie zusammen die Teestunde verbrachten und Mischas Konfekt verspeisten.

»Ich kannte ja vor langer Zeit einen Mischa«, fuhr sie fort. »In den ersten Monaten nach Kriegsende. Mein Vater war nicht da, und so hatte meine Mutter Freundschaft mit einem russischen Soldaten geschlossen, der uns regelmäßig besuchte und mich jedes Mal hochhob und dann fliegen ließ. An das Fliegen erinnere ich mich nicht, nur wie er mich hochhob, was ich sehr mochte. Ich war zwei und er nicht viel älter als zwanzig, aus Sibirien stammte er.«

»Also hast du gleich zwei Gründe, weshalb du nach Sibirien willst«, sagte Anastasia.

»Ich habe Gründe zuhauf«, erwiderte Edita. »Wobei ich die meisten wahrscheinlich gar nicht kenne.«

Der Gedanke gefiel Mischa. Ihm gefiel, dass sie zusammen Tee tranken, Anastasias Kleid gefiel ihm, ihre vorsichtigen Blicke, das Gefühl, dass alles richtig und passend war, als wäre das Leben ein Schuh, wie er seltsamerweise dachte, obwohl bei ihm neue Schuhe regelmäßig drückten.

⁓

Später zeigte ihm Anastasia ihr Zimmer. Es war unwesentlich größer als das seine beim Onkel, mit Bett und Stuhl und Schreibtisch, jedoch alles auf eine Weise, als hätte es immer gerade so und nicht anders gestellt und arrangiert werden müssen. Es gab kein überflüssiges Ding, nichts war willentlich dekoriert, das Bettzeug weiß, an der Wand ein Schwarzweißfoto, auf dem ein Mädchen mit Zöpfen zu sehen war, auf dem Schreibtisch in einer Vase ein paar Ranunkeln und der aufgeklappte Laptop; daneben ein vollgestopftes Bücherregal.

»So ein Zimmer würde ich auch gerne haben«, sagte er.

»Ja, gefällt es dir bei mir?«

»Sehr.«

Sie machte eine Bemerkung zu dem Mädchen auf dem Foto, das natürlich sie war, und zeigte ihm anschließend ihre Bücher, von denen sie die meisten gelesen hatte, überwiegend Erzählungen und Romane, ungefähr ein Drittel auf Russisch und der Rest in Übersetzung.

Bei den Autoren gab es viele Übereinstimmungen; sie hatte mehr Tschechow und weniger Dostojewski und sonst alle bekannten Namen, die Gedichte von Puschkin und einiges anderes, das ihm nichts sagte.

Sie hatte sich neben ihn gestellt und schaute ihm zu, wie er das eine oder andere aus dem Regal zog und ein paar Zeilen las und in der Hauptsache mit ihrer Nähe beschäftigt blieb.

»Andrej Bitow, *Mensch in Landschaft*, aha«, las er. »Sascha Sokolow, *Die Schule der Dummen.*«

»Das musst du unbedingt lesen, ich liebe es«, sagte sie dazu. – »So, und jetzt bringe ich uns noch eine Kleinigkeit zu essen, such dir bitte einen Platz, ich bin gleich zurück.«

Mischa hatte es lediglich geschafft, auf dem blauen Sessel Platz zu nehmen und heimlich an der dort abgelegten Bluse zu riechen – und da kam sie schon und brachte Brote mit Lachs und einen Rest nicht mehr allzu heißen Tee.

Sie setzte sich auf ihr Bett und sah ihn erwartungsvoll an.

»Eigentlich weiß ich nichts von dir«, sagte sie. »Du kannst mit einem Samowar umgehen, du liest, du bist hier, starrst mein Kleid an, auf eine Art, dass es mir sogar gefällt, du arbeitest im Restaurant deines Onkels, doch das wird es wohl nicht sein.«

Sie wollte wissen, was er wollte; später, im Leben, meinte sie; wenn es nach ihr ginge, würde sie ja gerne als Übersetzerin arbeiten, vielleicht als Lehrerin, sie wisse noch nicht genau.

»Und du?«

Und weil sie so hübsch und hartnäckig fragte, gestand er: »Ich will schreiben.« – »Du bist der erste Mensch, dem ich das sage«, fügte er hinzu. »Lach mich ruhig aus.«

Aber Anastasia dachte nicht daran, ihn auszulachen, sondern hörte nun erst recht aufmerksam zu – dass er hauptsächlich mit Nachdenken beschäftigt sei und kein Thema habe, trotzdem seit Jahren wisse, dass er schreiben wolle.

»Derzeit lese ich vor allem.«

Anastasia kannte *Die Brüder Karamasow* nicht, also erklärte er ihr in groben Zügen die Handlung, das, was er bisher gelesen hatte, die Geschichte vom Großinquisitor eingeschlossen, die er eben heute Nachmittag beendet hatte, und wie er sich beim Lesen immerzu gesagt habe, ja, die Freiheit ist nichts und das Brot alles, aber auch Jesus recht habe, und dieses Rechthaben sei sein Schweigen.

»Ja, Schweigen ist schön, wenn auch schwer«, meinte Anastasia, und darauf schwiegen sie wie zur Probe eine Weile, bevor sie fragte: »In Sevilla, sagst du?«

»Fünfzehnhundertirgendwas.«

»Ich würde mich ja freuen, wenn er uns besuchen käme.«

»Es ist nur eine Geschichte«, sagte Mischa.

»Soll ich ihn rufen? Ich rufe ihn einfach mal. *Kannst du, lieber Herr Jesus, bitte kommen und uns hier in Berlin besuchen?*«

Sie lachte und wirkte ganz unbekümmert dabei, als wäre es ein Witz und zugleich keiner, und spätestens jetzt begann Mischa zu begreifen, wie lieb er sie bereits gewonnen hatte.

Er musste morgen früh raus, trotzdem konnte er sich lange nicht losreißen, machte einen Versuch um elf und einen zweiten gegen Mitternacht, bloß dass er diesmal einfach aufstand.

»Ja, ja, die Besichtigung«, sagte Anastasia und wollte wissen, wann genau sie stattfinde, worauf Mischa antwortete: »Um acht.«

2

Sprechen Sie nie mit Unbekannten

Mischa war ein miserabler Wohnungssucher. Meistens suchte er gar nicht, sondern träumte das Suchen mehr, und ergatterte er ausnahmsweise einen Besichtigungstermin, ging er entweder nicht hin oder wusste schon an der Haustür, dass es bestimmt nichts wäre, fand an der Küche oder den Lichtverhältnissen etwas auszusetzen und war nicht selten der Erste, der kopfschüttelnd nach Hause ging.

»Wenn ich schreiben will, brauche ich eigene vier Wände«, hatte er sich und dem Onkel erklärt, doch weder Mischa noch der Onkel glaubten richtig daran, zumal man sich im Alltag gut verstand, ab und zu eine Meinungsverschiedenheit, aber kein Grund, viel Geld für eine eigene Wohnung auszugeben.

Mischa war wie oft spät dran, nach den vielen Aufregungen des vergangenen Tages hatte er lange träumend im Bett gelegen, bevor er sich endlich aufraffte und nach Schöneberg in die Gleditschstraße begab.

Die Wohnung befand sich im rechten Seitenflügel, zweiter Stock links, und hörte sich nicht sonderlich vielversprechend an. Bereits aus der Ferne sah Mischa die Menschentraube vor dem Eingang, die sich soeben in Bewegung setzte und wenig später in gespielter Ruhe in die Wohnung ergoss, die aus einem einzigen Zimmer bestand, dazu Küche, Bad, winzig und deutlich abgewohnt, Wände, Böden; von Fenstern und Türen blätterte der Lack ab.

Mischa zählte an die dreißig Interessenten. Das Gedränge war entsprechend groß, man sah Leute nicken und andere, die den Kopf schüttelten, nach fünf Minuten waren zwei Drittel weg.

In letzter Sekunde bemerkte er die Frau.

Sie war mindestens zehn Jahre älter als er, Mitte dreißig vermutlich, groß und schlank, überaus *gepflegt*, wie er unweigerlich dachte, jemand, der sich zu kleiden wusste und in hellen, geschmackvoll eingerichteten Räumen bewegte, was die Frage aufwarf, warum sie eine schäbige Wohnung in der Gleditschstraße besichtigte, die noch dazu im Seitenflügel lag.

Auch die Frau schaute zwei-, dreimal in seine Richtung, wechselte ein paar Worte mit dem Makler, der sich womöglich ebenfalls wunderte.

Irgendwie französisch sah sie aus, ein bisschen wie die junge Stéphane Audran in den Filmen von Chabrol, die Mischa mochte, aber wie sich herausstellte, sprach sie ein makelloses Hochdeutsch.

⁓

Unten auf der Straße kam sie auf ihn zu und bot ihm eine Zigarette an.

»Sie sehen aus, als wäre heute so ein Tag«, erklärte sie und meinte: um zu rauchen, als würde sie wissen, dass Mischa allenfalls Gelegenheitsraucher war, aber nach diesem Fehlschlag soeben, warum nicht, ja, gern.

Sie holte eine Packung *Pall Mall* aus ihrer Handtasche und gab ihm Feuer.

»Ach ja, der Wind«, sagte sie, denn es wehte ein kräftiger Wind, da war es mit Zündhölzern schwierig, es bedurfte mehrerer Anläufe, bis sie endlich Feuer gaben.

Und so rauchten sie, sprachen über das Rauchen, Wind und Wetter, die Wohnungsfrage.

Wie lange sie denn bereits suche, wollte Mischa wissen.

Und darauf sie: »Nein, nein, ich suche nicht, ich bin nur hier, um mich mit dir zu unterhalten.«

Sie lächelte, als sie das sagte, offenbar hatte sie eine spezielle Art von Humor, stellte sich nun auch vor und nannte ihren Vornamen: »Luna.«

»Mischa«, sagte Mischa.

Er mochte ihr Muttermal unten am Kinn, ihren Blick, der auf ihm ruhte und sehr wohlwollend war, etwas fragend, weil sie erkennbar fror und daher vorschlug, sich zum Aufwärmen wenige Straßen weiter in ein Café zu setzen.

Keine zehn Minuten später saßen sie im *Gottlob*. Mischa hörte von dem Café zum ersten Mal, während Luna offenbar schon da gewesen war und Prosecco und ein Glas heißes Wasser bestellte und für Mischa ein zweites Frühstück, das aus Espresso und Bitter Lemon bestand.

Mischa war selbstverständlich eingeladen und musste nun jede Menge Fragen beantworten, seine Wohnsituation betreffend, was er studierte, die Arbeit beim Onkel, der ein Russe war, so, so, mit russischem Essen kenne sie sich einigermaßen aus.

»Vielleicht magst du mir bei Gelegenheit etwas zusammenstellen und bringen, ich habe ewig nicht russisch gegessen, früher natürlich dauernd.«

Mischa verstand nicht.

»Mein Mann ist Russe«, erklärte sie. »Vielmehr *war* er das. Ich meine, er lebt, ist jedoch nicht mehr mein Mann, was dich sicher brennend interessiert.«

»Das tut mir leid«, sagte Mischa.

Und die Frau: »Das muss dir gewiss nicht leidtun, es ist ja niemand gestorben, im Gegenteil – ich bin überhaupt erst am Leben, seit er das Weite gesucht hat und sich wer weiß wo herumtreibt, während ich mit einem hübschen jungen Mann im Café sitze und mich jede Minute amüsiere.«

So formulierte sie es.

Am Ende lud sie ihn zu einem kleinen Ausflug ein.

»Jetzt gleich habe ich einen Termin, doch heute Abend, wenn du Zeit und Lust hast, sagen wir um sieben, könnten wir uns weiterunterhalten.«

Für abendliche Ausflüge schien das Wetter nicht günstig, fand Mischa, aber wie sich herausstellte, wollte sie vor allem eine Kleinigkeit essen und das nächtliche Berlin studieren.

Auf den Fernsehturm wollte sie.

»Ich weiß, ich weiß, machen bloß Touristen«, sagte sie. »Aber warte ab, hoch oben in den Lüften über dem Alexanderplatz ist es wirklich schön.«

»Ich bestelle uns einen Tisch«, erklärte sie. »Eingeladen bist du auch. Allerdings man muss Einladungen ja nicht annehmen.«

Sie tauschten Telefonnummern, für den Fall, dass einem von ihnen etwas dazwischenkäme.

»Mischa«, sagte sie und winkte der Kellnerin, um zu bezahlen.

Die nächsten Stunden brachte Mischa irgendwie hin, räumte im *Schostakowitsch* neue Ware in die Regale, freute sich vage, obwohl er bis zur letzten Minute versucht war, abzusagen.

Zehn vor sieben stand er am Fuß des Fernsehturms und beobachtete bei Nieselregen den Publikumsverkehr. Für den Lift brauchte man Tickets, das hatte er nicht gewusst, und als er kurz davor war, welche zu kaufen, entdeckte er sie drinnen hinter der Glastür, wie sie mit zwei Karten winkte.

»Ich bin leider jemand, der regelmäßig zu früh ist«, sagte sie entschuldigend, worauf Mischa sofort annahm, er sei zu spät gekommen, und seinerseits eine völlig unnötige Entschuldigung murmelte.

Sie trug einen teuren schwarzen Mantel mit Kapuze und erklärte, dass es auch für sie das erste Mal sei, es könne also viel schiefgehen, was sie offenbar nur so sagte.

Die Liftfahrt dauerte keine Minute. Es gab einen merklichen Ruck, und es zog sie nach oben. Ein Gruppe Koreaner oder Japaner machte unverständliche Bemerkungen zum rasanten Tempo, während Luna, halb an die Liftwand gelehnt, Mischa versonnen anlächelte, wartete, bis alle raus waren, und ihn ins Restaurant führte.

Und dort drehte sich alles.

Das hatte Mischa gelesen und zwischenzeitlich vergessen: dass sich das ganze Restaurant drehte und sich bei den Touristen ebendeshalb großer Beliebtheit erfreute; man aß und fuhr mit Blick auf die Stadt unablässig im Kreis, und die Stadt war ein funkelndes Spielzeug und gleichzeitig nah und fern und schön.

Für einen Augenblick freute sich Mischa wie ein Kind. Luna hatte es geschafft, in letzter Minute zwei Plätze am

Fenster zu ergattern, bestellte noch im Stehen eine Flasche Crémant und sagte: »Und da haben wir uns nun also tatsächlich getroffen und sitzen im Berliner Himmel.«

Mischa war damit fürs Erste beinahe überfordert, denn er hatte vieles zu bestaunen, zuallererst dieses dauernde Gedrehtwerden, dazu die weit unten ausgebreitete Stadt, die jede Minute eine andere wurde, Luna natürlich, die in der Karte blätterte und, wie ihm vorkam, einen leicht schwefelhaften Geruch verströmte.

Essen wollte sie nur eine Vorspeise, das Duo vom Lachs, und als Nachspeise die lauwarme Birnentarte, während Mischa sich für die Kartoffelsuppe nach Kaiser-Wilhelm-Art entschied und als Hauptgang für das Rindfleisch in Burgunder.

Als das erledigt war, entstand eine kleine Pause, man stieß ein zweites Mal an und plauderte recht munter los, wobei sich beide abwechselnd duzten und siezten, bis sich Mischa mitten im Satz an den Kopf schlug und sagte, dass er seine Geschenke vergessen habe.

»Ich habe etwas für Sie.«

»Für dich«, korrigierte Luna. »Ich würde gerne Luna für dich sein. Hallo Luna. So bitte sag zu mir.«

Er nickte und lächelte und überreichte ihr eine Flasche Krimskoye-Rosé, die der Onkel verkaufte, und dazu eine Handvoll bunte Bonbons, die nicht besonders schmeckten und dafür sehr russisch aussahen.

»Weil du doch mit einem Russen verheiratet gewesen bist.«

»Hör mir auf mit den Russen«, gab sie zurück.

»Du sitzt mit einem am Tisch.«

Worauf sie erklärte, ihres Wissens sitze sie mit einem

jungen Mann namens Mischa am Tisch, und den gebe es bloß ein einziges Mal, während man die russischen Männer überhaupt nicht zählen könne.

∽

Als die Vorspeisen kamen, rückten sie noch einmal weiter zusammen; ließen sich gegenseitig probieren und fanden nichts dabei, dass es von derselben Gabel und demselben Löffel war.

Mischa schnitt ihr eine Scheibe von seinem Rindfleisch ab und erkundigte sich, ob er sie nach ihrer Arbeit fragen dürfe.

»Du darfst mich alles fragen, was nicht heißt, dass ich jede deiner Fragen beantworten muss.«

Mischa sollte raten.

Lehrerin war eher kalt, Ärztin ein bisschen wärmer, Managerin, ja, wenn auch anders als Mischa glaube, Priesterin, nein, nein, auch Hexe nein; Hexe sei sie lediglich nebenbei.

»Ich bin so etwas wie eine Lebensberaterin«, sagte sie. »Ich coache Leute, die sich gerade neu erfinden oder es versuchen – neue Arbeit, neue Liebe, neues Leben.«

Es gab Räume, in denen sie ihre Klienten empfing, nicht weit von hier in der Rosmarinstraße, wobei sie offenließ, ob sie dort auch lebte.

»Und was macht mein Mischa, wenn er nicht Leute mit Sekt und Kaviar versorgt?«

Aha, ein Roman.

Denn so lautete Mischas Antwort, dass er vorhabe, einen Roman zu schreiben, eines Tages.

Anders als bei Anastasia sprach er beiläufig-spöttisch

darüber, erwähnte Dostojewski und den Großinquisitor, aber bitte, streng genommen bestehe die Sache aus Luft, mehr sei da nicht, die Wahrheit tat weh, trotzdem war es die reine Wahrheit.

»Aber nein«, widersprach Luna.

»Nein?«

»Du musst Geduld haben. Warten lernen.«

»Ja, warten.«

Trotzdem freute er sich, dass sie sich dafür interessierte, sogar den Großinquisitor schien sie zu kennen, fand ihn toll, wenngleich sie den Teufel persönlich ja interessanter finde.

»Ich helfe dir.«

Sie griff nach seiner Hand, was Mischa rührte, weil er das nicht kannte, dass jemand Hilfe anbot, und womöglich hatte er Hilfe ja nötig.

Er dachte oder sagte: »Aber wie?«

Worauf sie antwortete: »Du wirst schon sehen, wie.«

Sie bestellten Kaffee und dazu zwei eisgekühlte *Russian-Standard-Platinum*-Wodkas, denen zweimal zwei weitere folgten.

»Vertrau mir«, sagte sie. »Es lohnt sich.«

Und Mischa: »Gut.«

»Ich habe da nämlich so gewisse Talente«, erklärte sie. »Gaben, wenn du willst. Du wirst ja sehen.«

Sie konnte Gedanken lesen.

»Soll ich dir etwas über deine Gedanken erzählen, seit wir hier sind?«

Mischa wurde auf der Stelle rot, denn er hatte sich schöne, schlimme Sachen vorgestellt.

»Siehst du? Das alles weiß ich. Ich weiß ziemlich viel von dir.«

Er blickte an ihr vorbei auf ein Stück glimmerndes Reinickendorf, unangenehm berührt, obwohl er am Rande bemerkte, wie es ihm gefiel, dass sie so vieles von ihm wusste und ihm weiter gar nichts übel nahm.

»Ganz im Gegenteil«, sagte sie.

Was Mischa erst recht gefiel.

»So, und jetzt möchte ich mit dir nach oben.«

Auf die Aussichtsplattform, meinte sie; das Restaurant und der Turm würden demnächst geschlossen, allerdings sei der Abend damit nicht zu Ende, im Gegenteil, wenn es nach ihr ginge, finge er nun überhaupt erst an.

3

Der Flug

Und dann stiegen sie auf die Aussichtsplattform. Der Himmel war klar, man hatte wie beim Essen einen guten Überblick, nur dass sich der Boden nicht drehte und man sich bewegen musste, um die Perspektive zu wechseln.

Mischa versuchte, die Gegend um das *Schostakowitsch* zu lokalisieren, was allerdings unmöglich war; man erkannte in der Ferne die Stadtautobahn, den Funkturm, nicht allzu weit weg die dunkle Spree, Rotes Rathaus und Kanzleramt, dichtes und weniger dichtes Licht, die wechselnden Farben der Ampeln, weit weg in der Ferne einen Mond mit sehr hellem Hof.

Inzwischen waren sie den Kreis zweimal abgelaufen. Luna hatte ihm gezeigt, wo in etwa ihre Wohnung lag, beinahe um die Ecke, wie sie nebenbei bemerkte, um zwischenzeitlich etwas zu bedenken, was aber nicht weiter hinderlich schien, denn als sie fertig damit war, küsste sie ihn oder er sie, sie einander, auf die übliche Weise.

Ah, so ist das, dachte Mischa, der noch nie so geküsst hatte und gewissermaßen ein neues Reich betrat, jedoch schnell lernte und sich nur wunderte, dass er sich so wenig wunderte.

Es dauerte eine Weile, bevor er und sie Luft holten und sich mit einem neuen Erstaunen ansahen.

»Oh!«, sagte sie. »Das tut gut. Oh, oh, oh.«

Und Mischa lächelte, weil er sozusagen ein anderer Mensch geworden war und sich nur vorsichtig fragte, wie es nun weitergehen sollte, da sie ja angekündigt hatte, dass der Turm in Kürze geschlossen würde.

»Das bestimmen allein du und ich«, antwortete sie, weil sie offenbar nicht aufhörte, seine Gedanken zu lesen, und regelrecht in ihm herumspazierte, und das durfte man doch streng genommen nicht, so wenig es Mischa auch störte.

»Komm, wir fliegen«, sagte sie.

»Fliegen?«

Es war ein Witz, so gut meinte er sie inzwischen zu kennen, und dann zeigte sie es ihm, und sie flogen.

∽

Mischa musste eine Tür übersehen haben, obwohl er sich später beim besten Willen an keine Tür erinnerte; nur dass er plötzlich im kalten Wind stand und keinen Boden unter seinen Füßen hatte, dafür Lunas Hand und ihre Stimme, die ihm zurief, was er zu beachten hatte.

»Die Steuerung übernehme ich, halte du nur immer meine Hand, sonst brauchst du weiter nichts zu tun.«

Er sah Lunas flatternden Mantel, der nicht ganz zugeknöpft war, oben am Hals ein Stück Kleid und wie sie sich regelmäßig zu ihm umdrehte, um neuerlich nach vorne zu blicken und mit einer winzigen Drehung des Kopfes den Kurs zu korrigieren.

Die ersten ein, zwei Minuten vergaß Mischa vor Angst beinahe das Atmen, aber danach fand er es zunehmend herrlich.

Auf direktem Weg hätte der Flug auch nicht viel länger gedauert, doch Luna baute unzählige Kurven und Schleifen ein, damit sie etwas davon hatten und Mischa sah und spürte, wie einfach und angenehm es war.

Sie überflogen den Neptunbrunnen und wandten sich dann nach rechts Richtung Dom und anschließend nach links Richtung Schloss, bevor Luna noch einmal stärker nach rechts lenkte und sie das Gorki-Theater und die St.-Hedwigs-Kathedrale überflogen.

»Wir sind gleich da«, rief sie ihm zu. »Gefällt es dir? Und wie es dir gefällt! – Pass auf, wir landen gleich.«

Mischa hatte sich schon gefragt, wo um Himmels willen sie landen würden, unten auf der Straße wohl eher nicht, und tatsächlich steuerte Luna einen begrünten Dachgarten an, wobei sie zweimal so tat, als träfe sie den Landeplatz nicht, und sich und ihn in einer elegant ausgeführten Halbkurve neben zwei jungen Birken absetzte.

»Und da wären wir«, erklärte sie. »Läufst du mir jetzt auch bestimmt nicht weg?«

Aber Mischa dachte nicht daran, er hätte auch nicht gewusst, wie, außerdem hatte er jede Menge Schwierigkeiten zu bewältigen; vom kalten Wind tränten ihm die Augen, er fror, zweifelte an seinem Verstand, war allerdings halbwegs sicher, dass er bei Sinnen war, berauscht und auf eine ungläubige Weise beglückt, wie vorher beim ersten Kuss.

»Wir haben es nicht mehr weit«, ließ ihn Luna wissen. »Ein paar Schritte noch.«

Eine schmale Treppe runter auf den Dachboden, hieß das, und durch eine Metalltür weiter ins dunkle, stille Treppenhaus, wo Mischa nun doch für einen Moment ins Zweifeln geriet und sich ein paar letzte Tränen aus den Augen wischte und den Zweifel gleich mit.

୬

Lunas Wohnung bestand aus zwei mittelgroßen Zimmern mit Küche, Bad, ziemlich hell und geschmackvoll-schlicht, mit einem leicht japanischen Einschlag, wie Mischa glaubte, obwohl letztlich nur das niedrige Bett japanisch war und der Kimono, der darauf lag und bei den weiteren Geschehnissen keine Rolle spielte.

Für Mischa blieb das meiste neu; seine Augen hatten tüchtig zu tun, weil es haufenweise Bilder und Szenen gab: Luna, gegen den Türstock der Küche gelehnt, Luna mit einem Glas Weißwein in der Hand, Luna, die ihr Telefon stumm schaltete.

Sie war alles Mögliche.

Sie war nackt und legte ihre Kleider ab, sie war heiser und gab ihm kleine Tipps, lachte, ließ die Dinge weitestgehend laufen, was überraschend und lehrreich für ihn war, in einem nachgiebig-verzeihenden Stil.

»Ich bin fünfzehn Jahre älter als du, aber weißt du, wie egal mir das ist?«, sagte sie.

»Du bist so anders; ganz besonders bist du«, sagte sie.

»Ja, da, bitte. Ja, so.«

Und Mischa, man kann es nicht anders sagen, war selig.

Gegen zwei hatten sie endlich genug.

Mischa lernte noch kurz ihr Badezimmer kennen, ihr Parfüm, das *Narcisse Noir* hieß, die Schminksachen, ihre Haarbürste, die Nagelfeilen, den bunten Buddha auf der Ablage unter dem Spiegel.

Sie ließ ihn wissen, wie sehr sie es mochte, wenn er nackt an ihrem Bett vorüberging und ebenso nackt zurück ins Bett schlüpfte, weil das ja nun mal das Beste sei, dieses Schlüpfen und Bleiben, meinte sie, da Mischa ja nun hoffentlich bleiben würde.

✺

Als Luna am nächsten Morgen erwachte, schlief der Junge noch. Es war fast zehn, doch zum Glück hatte sie bis zum Abend keine Termine und konnte in aller Ruhe zusehen, wie Mischa schlafend in ihrem Bett lag.

So im Schlaf erschien er ihr auf bestürzende Weise jung, halb ein Kind, wie sie dachte und sich freute über ihn und nicht genug davon bekam, ihn zu betrachten und eigentlich zu beschützen.

Einmal schien er wach zu werden, um nach einem Seufzer weiterzuschlafen, nicht mehr allzu tief, als wüsste er schon, dass er nicht allein und bei ihr war.

Sonderlich viel Arbeit – nein – würde sie mit ihm nicht haben; er war gewitzt, er lernte schnell und gern, konnte warten, war empfänglich für Möglichkeiten, hörte zu, kam auf Dinge zurück oder probierte neue, packte zu.

Er trinke von morgens bis abends Kaffee, hatte er erwähnt.

Na dann mache ich uns jetzt mal einen Kaffee, sagte sie sich und hantierte eine Weile in der Küche, bis sie alles beisammenhatte, ihre Gedanken und die Tassen mit dem Kaffee und die dänischen Kekse, aus denen manchmal ihr Mittagessen bestand und die nicht besonders schmeckten.

Der Junge saß halb aufrecht im Bett und erwartete sie.

»Ausgeschlafen?«

Sie war in ihren Kimono geschlüpft, ohne ihn richtig zuzumachen, und sie mochte, wie er sie musterte und ihren Kaffee trank und so tat, als wüsste er gar nicht, unter welchen Umständen er in ihrem Bett gelandet war.

Ob er bleiben könne, fragte er.

»Bleiben sollst du, wenn es nach mir geht, unter allen Umständen.«

Und so begann der Morgen.

Er sang, er küsste ihre Narbe über der Augenbraue, die vor ihm noch keiner geküsst hatte, wollte, dass sie laut war, dass sie redete, obwohl er ihr anschließend kaum zuhörte und mehrfach die Hand auf den Mund legte und erklärte, der Kaffee sei wieder kalt.

Mischa.

Sie würde ihn nicht lange behalten dürfen, das wusste sie, nicht auf diese Weise jedenfalls, eine andere vielleicht, wenngleich auch das nicht sicher war.

Gegen Mittag erklärte sie ihm, wie es weitergehen würde.

Mischa richtete sich sofort auf, als wäre da eine Gefahr, vor der er sich wappnen müsste, ein Preis, den er zu bezahlen hätte, Höhe unbekannt.

So offenbar dachte er.

Sie ließ ihn eine Weile zappeln, weil es hübsch anzusehen war, wie er innerlich rechnete und zu keinem Schluss kam und sich nun regelrecht fürchtete.

»Ich bin zu allem bereit«, sagte er. »Nur wiedersehen muss ich dich.«

»Das trifft sich gut«, gab sie zurück. »Denn das ist meine Bedingung, dass wir uns wiedersehen, einmal die Woche.«

»Mehr verlangst du nicht?«

Mischa war erleichtert.

»Einmal die Woche, sagst du?«

»So habe ich gedacht.«

Sie hatten Schwierigkeiten, ein Ende zu finden, als das erledigt war, sie mehr als er, der irgendwann erklärte, dass er losmüsse, kein Ziel oder einen Termin nannte, sondern einfach aufstand und sich anzog und sie zum Abschied flüchtig küsste.

Danach war sie ziemlich entspannt. Machte sich in der Küche einen Tee und ging ein paar ausgewählte Szenen durch, mochte, dass sie nach ihm roch, dass er noch da war, sein Blick, vorher – nachher, wie neu und überraschend er alles gefunden hatte, weshalb auch ihr alles neu und überraschend erschienen war.

Das Nächste war, dass sie in die Badewanne stieg und über ihren Zahnarzt, Dr. Muhlack, nachsann, bei dem sie sich vierteljährlich die Zähne polieren ließ, um bei der abschließenden Kontrolle zu hören, dass alles in bester Ordnung sei.

Luna liebte es, zu Dr. Muhlack zu gehen, weil er sich regelmäßig neue Komplimente für ihre Zähne ausdachte und sie bei Gelegenheit mit den weißen Stadtmauern orientalischer Städte verglichen hatte, auf denen er eines Tages gerne spazieren gehen würde, was sie mit der Drohung beantwortet hatte, ihn bei passender Gelegenheit mit Haut und Haaren zu verschlingen.

Und dann lachte Zahnarzt Dr. Muhlack und zeigte seinerseits Zähne, die noch viel weißer und strahlender als ihre waren und, wenn sie recht überlegte, eigentlich teuflische.

Er habe eine kleine Bitte an sie, hatte er beim letzten Termin gesagt.

Da er ein rechter Schelm war, hatte Luna mit wer weiß was gerechnet, aber er sprach lediglich eine Einladung aus; er sei ein passionierter Segler und als solcher Mitglied eines Vereins, der alljährlich einen großen Ball veranstalte, mit an die hundert Gästen, die immer andere seien, auch die Ballkönigin sei alljährlich eine andere, und da habe er sich gedacht, ob nicht dieses Jahr sie das Amt übernehmen könne.

»Bitte, meine verehrte Luna«, hatte er so in einem flehenden Ton gesagt. »Niemand wäre geeigneter als Sie!«

Sie hatte nicht lange gezögert und gesagt: »Gut, ich mach es.«

Worauf ihr der Zahnarzt versichert hatte, dass sie weiter keine großen Vorbereitungen zu treffen habe, man schicke einen Wagen, um sie abzuholen, kleide sie vor Ort ein, erläutere ihr die Abläufe; zu essen und trinken gebe es selbstverständlich, haufenweise und in Strömen.

»Wenn Sie es sich über Nacht anders überlegen, rufen Sie mich gerne an«, hatte er gesagt, was so klang, als solle sie es bloß nicht wagen.

Aber es fiel ihr gar nicht ein.

Dr. Muhlack hatte ganz andere, jüngere Patientinnen, die er hätte fragen können, aber gefragt hatte er *sie*, und das schmeichelte ihr; außerdem war so ein Ball sicher ein großer Spaß, womöglich traf man auf interessante Leute, auch zum Tanzen würde sie mal wieder kommen und Champagner trinken bis zum frühen Morgen.

So ungefähr stellte sie sich die Sache vor.

Sie ließ mehrfach heißes Wasser nach, bis sie genug hatte; inzwischen war es halb fünf, Zeit, dass sie sich anzog, das kleine Schwarze, das sie in Kürze wieder ausziehen würde, den Schmuck, Strümpfe, Schuhe. Sie sprühte ein wenig *Narcisse Noir* in ihre Halsbeuge, kontrollierte die Handtasche, den Ladestand ihres Handys und hatte am Ende immer noch eine halbe Stunde, in der sie in einem der Sessel im Arbeitszimmer darauf wartete, dass man sie abholte.

4

Was sollen wir nur tun?!

Auch im fernen Friedenau wurde gewartet. Anastasia war die Wartende, doch anders als Luna saß sie nicht ruhig in einem Sessel, sondern tigerte durch ihr Zimmer, in Erwartung ihres Mitbewohners Fjodor, der sie vorhin, in der Küche, um ein Gespräch gebeten hatte, des Vorfalls wegen, wie sie sofort begriff, in der Nacht, bevor sie Mischa kennengelernt hatte.

»Es dauert bestimmt nicht lang«, hatte Fjodor gesagt.

Und darauf sie: »In einer halben Stunde. Wäre das okay? Ich komm dann zu dir rüber.«

Er müsse etwas für sich klären, hatte Fjodor gesagt, was ihr auf verquere Weise gefiel, da auch sie etwas für sich klären musste, Mischa betreffend, von dem sie seit sechsunddreißig Stunden keine Nachricht hatte, was ihr nicht gefiel, obwohl sie sich tapfer sagte, dass sie kein Recht dazu hatte, so wie Mischa kein Recht hatte und der Vorfall mit Fjodor allein sie und Fjodor betraf.

Und so war sie völlig ruhig, als sie zu ihm ging.

Sein Zimmer war das denkbar schlichteste; außer Tisch und Stuhl und Schrank gab es bloß eine kleine Christus-Ikone, die über dem Bett hing, das Bett, das weiterhin das Bett war, so wie Fjodor Fjodor war, fremd und vertraut in einem.

»Bitte sei nicht böse«, begann sie. »Ich habe lange

überlegt, was es bedeutet, da es ja immer etwas bedeutet, wenn auch nicht unbedingt für jeden dasselbe.«

Und mehr musste sie nicht sagen.

Fjodor war komplett in Schwarz gekleidet und wirkte in keiner Weise überrascht, eher bekümmert als enttäuscht, auf eine versöhnliche Art und Weise.

»Aber du weißt es noch, du erinnerst dich«, sagte er, was ja nun wirklich keine Frage war.

»An alles erinnere ich mich, Fjodor. Und ich danke dir.«

Mit einem Unterton des Bedauerns sagte sie das, als hätte unter anderen Umständen mehr daraus werden können, wenn das Kloster nicht gewesen wäre, wenn Mischa nicht gewesen wäre.

»Ich habe gestern mit Kyrill gesprochen, und er sagt, dass ich sofort einziehen kann.«

»Oh, das freut mich«, sagte sie. »Und bedeutet was?«

»Es bedeutet, dass es meine letzten Tage hier sind.«

»Und? Freust du dich?«

»Ich muss vor allem beten lernen, das wird das Schwierigste«, meinte er.

Beten sei Arbeit, man dürfe nie aufhören damit, behaupte jedenfalls Kyrill, und Kyrill müsse es wissen.

»Kyrill, ja«, sagte sie.

Und Fjodor: »Ich habe ihm von uns erzählt, ich hoffe, das ist nicht schlimm.«

Da sie diesen Kyrill nicht kannte, hatte sie es eher nicht so gern, bevor sie sich neuerlich sagte, dass es ja nur ein Vorfall gewesen war.

»Und?«

»Ich soll mich bedanken bei dir. Es ist niemandem Böses geschehen, also ist das Gute geschehen. So sagte er.«

Was Anastasia jetzt doch beinahe versöhnte und sogar ein bisschen freute.

❦

Noch viel mehr hätte sie sich über eine Nachricht von Mischa gefreut, doch Mischa hatte andere Sorgen.

Er war viel zu spät ins *Schostakowitsch* gekommen, wo zu seinem Erstaunen keine Musik lief, dafür zwei größere Gruppen lärmend an zwei Tischen saßen und gerade ausgiebig nachbestellten.

Onkel Wladimir war schlecht gelaunt, weil eine der Boxen einen Wackelkontakt hatte, außerdem gab es Ärger mit einem Kunden, der behauptete, seine Frau sei erkrankt, nachdem sie eine Flasche Krimsekt aus dem *Schostakowitsch* getrunken habe, was nun wirklich ein Witz war; die Frau war dem Onkel gut bekannt, sie trank gerne einen über den Durst, Sekt und Rotwein durcheinander, was sich bekanntlich schlecht vertrug.

Zu Mischa sagte er bloß: »Wie siehst du denn aus? Kann man sich auf dich verlassen? Nein, verlassen kann man sich leider nicht.«

Mischa war versucht, ein umfassendes Geständnis abzulegen, aber der Onkel erahnte es auch so und schickte ihn kurzerhand nach Hause ins Bett.

Und da lag Mischa nun und machte die Entdeckung, dass er eifersüchtig war. Er hatte keine Erfahrung mit diesem Gefühl und begriff fürs Erste nur, dass er bestimmt kein Recht dazu hatte, und ebendas schien Eifersucht zu sein, dass man anfing, auf Rechte zu pochen, die man nicht hatte.

Mischa schüttelte mehrfach den Kopf über sich, was

nichts daran änderte, dass er sich die unterschiedlichsten Szenen ausmalte, die teilweise auf einem von Luna erwähnten Ball und teilweise in ihrem japanischen Bett spielten und ihn regelrecht marterten. Verschiedene Männer liefen durchs Bild, große, erwachsene Männer, die alles wussten und im Begriff waren, unaussprechliche Dinge mit Luna zu tun oder mit Lunas Zustimmung bereits getan hatten, obwohl Mischa wenig Genaues sah, sondern sich vage zusammenreimte, wie sie jemandem Kaffee ans Bett brachte oder über das nächtliche Berlin flog und überhaupt alles tat, was sie mit ihm, Mischa, getan hatte und rückblickend sicher ganz dumm und lächerlich fand.

Kurz: Er fühlte sich entsetzlich, sosehr er zwischendurch über sich lachte und staunte, in welche Zustände man geraten konnte, ihr irgendwann eine Nachricht schickte, die unbeantwortet blieb, und zwischendurch schlief und wieder wach wurde, worauf seine Qualen von vorne begannen.

༄

Eine der Sprechstundenhilfen von Dr. Muhlack holte sie ab. Luna stand schon seit Minuten unten auf der Straße, als sie mit einer dunklen Limousine vorfuhr und sofort ausstieg, um Luna auf der Beifahrerseite die hintere Tür zu öffnen.

»Arbeiten Sie nicht bei Dr. Muhlack?«, fragte Luna überrascht, worauf die Frau zurückgab, dass das gut sein könne, sie jedoch nicht befugt sei, sich mit Luna zu unterhalten, und lediglich preisgab, wohin sie die verehrte Ballkönigin bringe, raus aus Berlin zu einer Villa am Heiligen See.

Nach gut einer halben Stunde waren sie da.

Die Villa war nur schwach erleuchtet, in der Dämmerung konnte man sich keine genaue Vorstellung von ihr machen, aber sie war groß, sie war weiß, von der Straße aus nicht sonderlich spektakulär, was von der Seeseite sicher anders aussähe.

Eine Frau mittleren Alters trat an den Wagen, und seltsam, sie war ebenfalls eine von Dr. Muhlacks Sprechstundenhilfen und genauso wortkarg wie die erste, obwohl Luna sicher war, schon dutzendmal einen Termin bei ihr vereinbart zu haben.

Nun gut, dann war das eben so; wahrscheinlich hatte sie schlechte Laune, weil sie mit der Arbeit als Sprechstundenhilfe nicht zufrieden war und nun zu allem Überfluss eine Ballkönigin zu betreuen hatte. Dabei hatte sie Luna lediglich in die Villa gebracht, durch einen Seiteneingang in ein Zimmer im zweiten Stock, das als Umkleide eingerichtet war; es gab einen Schminktisch mit Spiegel, in der Ecke eine spanische Wand, eine fahrbare Garderobe und mehrere Stühle, durchweg in stark gebrauchtem Zustand.

Kurz darauf ging es los.

Luna hatte die Mitarbeiterinnen von Dr. Muhlack nie gezählt. Fünf, sechs, hätte sie geschätzt, dabei handelte es sich um mindestens doppelt so viele, wie sich in der folgenden Stunde zeigte, alle in Weiß und mit Praxislogo und Namenschild auf der Bluse, es war ein einziges Kommen und Gehen.

»Ich mache Ihnen jetzt das Haar«, sagte die eine und kämmte und föhnte Lunas Haar, bevor eine zweite ihr die Füße massierte und eine dritte ihre Finger in einer Schüssel mit warmem Wasser badete und später jedes einzelne Nagelhäutchen schnitt; jemand brachte eine Lotion für das Gesicht, eine andere begann Luna zu schminken, zwischendurch wurde Kaffee und Wasser gereicht, bevor gegen halb acht jemand das Kleid ankündigte.

Luna ließ lächelnd alles über sich ergehen, was ihr umso leichter fiel, als man sie wirklich wie eine Königin behandelte, jederzeit ehrerbietig auf ihre Fragen antwortete, sich vor ihr verneigte und in allen möglichen Variationen ihre fast unbegreifliche Schönheit zum Thema machte; sie bekam Komplimente für ihr Haar, ihre grünen Augen, den Zustand ihrer Haut, in die sie seit Jahren hohe Summen investierte, ihre feine Wäsche und die Strümpfe, die sie jetzt bitte ausziehen möge, sie bekomme gleich neue, die besser zum Kleid passten.

Das Ballkleid allerdings war furios.

Es bestand aus perlmuttfarbener Seide, wirkte jedoch sehr schlicht, setzte oben auf Taille und unten auf glockige Weite, was nicht im Entferntesten Lunas Erwartungen entsprach und zugleich jede erfüllte oder sogar übertraf.

Sie wurde zur Königin in diesem Kleid – eine neue Luna.

Alle klatschten und seufzten, als sie es sich über den Kopf zog und versonnen mehrmals im Kreis drehte, denn wie auf ein Zeichen waren alle dienstbaren Geister zurückgekommen, um zu begutachten, was sie in der vergangenen Stunde aus Luna gemacht hatten.

»Oh, wie bist du anmutig und zart«, flüsterten sie. »Nie zuvor haben wir eine schönere Ballkönigin gesehen.« Wozu sie sich mehrfach verbeugten und vereinzelt ein paar mädchenhafte Tränen vergossen und auf Geisterart verschwanden.

Und nun war Luna endlich allein.

Aus einem Fenster konnte sie sehen, wie unten die ersten Wagen vorfuhren; livrierte Diener öffneten Türen, denen Gäste in feinen Mänteln entstiegen, doch blieb es merkwürdig still, niemand lachte oder sprach.

Die genauen Details konnte sie vom zweiten Stock aus nicht erkennen, vielleicht war auch Dr. Muhlack unter den Ankommenden, obwohl ein Gefühl ihr sagte, dass er sich längst in der Villa befand.

∽

Und so war es; der Zahnarzt saß zwei Zimmer weiter mit dem erweiterten Vorstand des *Yachtclubs 29A* und rauchte seinen zweiten Zigarillo.

Bis auf den Zahnarzt zeigten sich alle durchweg entspannt, man plauderte über die bevorstehende Segelsaison und am Rande über die Finanzen.

Nach außen bestand der Vereinszweck in der Förderung der Segelkunst auf den Berliner und Brandenburger Gewässern, doch im Hintergrund wirkte man vor allem karitativ, nahm sich der geheimen Laster und Wünsche der Leute an, unterstützte und ermunterte sie, überwand Skrupel gegenüber Dritten und gab gelegentlich ein weiterführendes Beispiel, über das die Betroffenen nicht selten erschraken und dafür anschließend umso besser begriffen, was im Bereich des Möglichen lag.

Alle sieben hatten sich für den Anlass festlich gekleidet, man trug dunkle Zweireiher, Malermeister Schell als Vorsitzender Frack, dazu alle weißes Hemd mit feuerwehrroten Manschettenknöpfen und ebensolchen Krawatten.

»Gut, schauen wir uns die Dame an«, sagte der Malermeister, der seit Langem keinen rechten Spaß an Bällen und Ballköniginnen mehr hatte.

»Ich hoffe, das Kleid war nicht so teuer wie das letzte«, bemerkte Gebrauchtwagenhändler Frackmann, der sich seit Ewigkeiten um die Finanzen kümmerte.

»Ich hoffe, sie ist keine Hexe«, sagte Bezirksstadtrat Nitsch, der erster Beisitzer war.

»Sie sind doch alle mehr oder weniger Hexen«, meinte Theaterregisseur Stranz, der zweiter Beisitzer war.

Universitätsprofessor Ruffer und Rechtsanwalt Pfann-kuch schwiegen; wie auf ein Zeichen standen alle auf und begaben sich nach nebenan in einen weiteren Salon, der größer, aber ähnlich eingerichtet war, mit altmodischen Sesseln und Tischchen und Stehlampen und dunkelfarbi-gen Tapeten. Man nahm ohne große Eile Platz, registrierte die Getränke, die bereitstanden, registrierte Schells Pudel, der bei besonderen Gelegenheiten zuverlässig dabei war und ein erwartungsvolles Knurren von sich gab.

Und dann kam sie endlich.

Jemand öffnete von außen die Tür, und die neue Ball-königin betrat den Raum.

Dr. Muhlack dachte: O gütiger Himmel, nein, was für eine Frau, so eine Ballkönigin müssen die anderen erst mal finden.

Aber die anderen dachten nicht daran, eine zu finden, sie waren sprachlos und begeistert, was hieß, dass es einen langen Moment des Schweigens gab, bevor alles aus ihnen herausbrach, begleitet von den unterschied-lichsten Lauten und Geräuschen, die teilweise mensch-lich klangen und teilweise nicht.

Der erweiterte Vorstand des *Yachtclubs 29A* war aus dem Häuschen.

»Bravo!«, riefen Rechtsanwalt Pfannkuch und Universitätsprofessor Ruffer wie aus einem Munde, während Stranz und Nitsch einfach nur glotzten und in ihren Spitzbärten kraulten.

»Ich möchte Ihnen von Herzen gratulieren, mein lieber Doktor«, sagte Schell, worauf der nervöse Zahnarzt vor Erleichterung seufzte und befriedigt zusah, wie sich Luna mehrfach verbeugte und versicherte, dass sie sich geehrt fühle und ihr Bestes geben werde.

»Eine Hexe, na klar«, murmelten Bezirksstadtrat Nitsch und Theaterregisseur Stranz, jedoch zum Glück so leise, dass es die Ballkönigin nicht hörte, die bloß Augen für den Pudel hatte.

»Ich denke, wir stellen uns einfach mal vor«, sagte der Malermeister, was nun geschah und in Windeseile erledigt war.

»Der Pudel ist einfach nur der Pudel«, erklärte abschließend wiederum der Malermeister, der Lunas Interesse für das Tier bemerkt hatte.

Der Pudel wedelte freudig mit dem Schwanz.

»Ja, du freust dich natürlich«, sagte der Malermeister, worauf der Pudel auf seinen Schoß sprang, um kurz darauf wegzuspringen und nach zwei überraschend akkuraten Purzelbäumen neben Lunas Füßen in Wartestellung zu gehen.

»Kannst du bitte was sagen? Du sprichst doch immer so schön.«

Worauf der Pudel sagte »Pudel« und alle darüber lachten.

Dr. Muhlack hatte mit keiner Silbe erwähnt, dass sie es mit einem Pudel zu tun bekäme, und schon gar nicht mit einem sprechenden, der sie aufforderte, mit ihm zu kommen, und sogleich sehr schmeichelhafte Sachen über sie zu sagen wusste; sie sei wahrhaftig die bezauberndste Ballkönigin, die sie je gehabt hätten, und es sei ihm eine Ehre, sie mit den weiteren Abläufen vertraut zu machen.

Das Ankleidezimmer war kaum wiederzuerkennen: Jemand hatte Häppchen und Getränke bereitgestellt, es gab zwei neue, bequeme Sessel, einen für sie und einen für den Pudel, der ganz aufrecht darin saß.

»Darf ich Du sagen?«

Was ihm Luna ohne Zögern gestattete.

»Du gefällst mir jeden Augenblick«, sagte der Pudel, der an einer Käsestange knabberte und zum Kennenlernen von sich erzählte und dass der Malermeister doch ein rechter Teufel sei und ihn schon dreimal vor Wut an die Wand geworfen hatte, dass er auf der Stelle tot zu Boden stürzte und sich beim Erwachen sein Lachen anhören musste, weil er alles und jeden nach Lust und Laune aus dem Leben befördern konnte und nach Lust und Laune wieder zurück.

»Gut, doch nun zur Sache«, sagte er. »Du hast sicher Fragen: Wer sind die Gäste, was muss ich tun, was lasse ich besser bleiben.«

Was sie als Ballkönigin zu tun hatte, war schnell erklärt: Jeden einzelnen Gast zur Begrüßung die Hand geben und mit keinem von ihnen sprechen.

»Oben, am Ende der großen Treppe«, erklärte der Pudel.

Luna hatte bei ihrer Ankunft keine große Treppe bemerkt, aber der Pudel ließ keinen Zweifel, dass eine solche vorhanden war, und fügte hinzu, dass er nicht eine Sekunde von ihrer Seite weichen werde, jeweils ein, zwei Sätze über die Gäste sagen werde, mehr sei nicht zu tun. »Ein bisschen begrüßen und später tanzen, das war's.«

»Punkt Mitternacht geht es los, also in zwei Stunden.«

»In zwei Stunden?«, rief sie entsetzt, worauf der Pudel sie wissen ließ, dass bis dahin noch einiges zu erledigen sei.

»Unterschätze nicht, wie anstrengend die nächsten Stunden für dich werden. So eine Begrüßung dauert, außerdem wirst du unglaubliche Dinge zu hören bekommen, wozu du unter allen Umständen schweigen musst, auch später beim Tanz, denn das ist die zweite Aufgabe, dass du dich unters Volk mischst und jederzeit zum Tanz bitten lässt, aber nur lächelst und nickst und dich auf keine Gespräche einlässt.«

»Keine Gespräche, verstanden«, wiederholte Luna, obwohl sie in Wahrheit nur Bruchstücke verstand und sich vor allem aufs Tanzen freute, da sie für ihr Leben gern tanzte und auch sehr gut darin war.

»Zweitens die Salben«, fuhr der Pudel fort.

Luna schüttelte den Kopf. »Welche Salben?«

Der Pudel: »Alle Ballköniginnen werden von mir gesalbt. Jede Ballkönigin ist eine Gesalbte. Ich erklär's dir am besten da drüben.«

Er kletterte aus dem Sessel und gab Luna Zeichen, ihm zum Schminktisch zu folgen, auf dem verschiedene Tiegel standen, randvoll gefüllt mit einer weißlichen Masse, durchaus wohlriechend und – wie sich herausstellen sollte – leicht aufzutragen und zu verreiben.

Sonderlich begeistert war sie nicht.

»Ich bin ein Meister im Einsalben«, sagte der Pudel. »Du wirst sehen, es geht ganz schnell.«

Angeblich dienten die Salben dazu, ihr die Arbeit zu erleichtern; sie waren ein Schutz und zugleich eine Art Trick, der die Gäste in eine bestimmte Richtung manipulierte bzw. sie von etwas abhielt: Man gab der gesalbten Ballkönigin die Hand und war nicht mehr derselbe.

Luna hatte Mühe, sich das vorzustellen.

»Aber so ist es«, erwiderte der Pudel, der nun sogleich mit der Salbung begann und zu Lunas Überraschung äußerst geschickt darin war; seine Pfote war weich wie Samt, es fühlte sich nicht unangenehm an, von ihm berührt zu werden, denn er war vorsichtig und ließ sich viel Zeit beim Reiben, damit, wie er erklärte, alles vollständig einzog.

»Wer immer dir die Hand gibt, wird anschließend die Wahrheit sagen«, erläuterte er. »Und das ist doch regelmäßig sehr lustig, wenn die Leute ausnahmsweise die Wahrheit sagen, obwohl sie bekanntlich meistens zum Fürchten ist.«

Es folgte Salbe Nummer zwei gegen das Zweifeln und Salbe Nummer drei gegen die Reue, und alles zusammen, so der Pudel, führe dazu, dass die Leute nicht lange um den Brei herumredeten, sondern offen aussprachen, was sie bewegte und worin sie Rat und Hilfe brauchten.

»Im Grunde machen wir dasselbe wie du«, erklärte er. »Wir bringen verborgene Wünsche zum Vorschein, schauen sie uns gemeinsam an und lassen sie anschließend machen, nur dass längst nicht alle ihre Möglichkeiten nutzen.«

Ich bin unter die Teufel geraten, dachte Luna, überrascht, dass sie so wenig überrascht war und dem Pudel in allen Punkten zustimmte.

Es lag am Klienten, was aus seinen Wünschen wurde, und in der Regel wurde nicht viel daraus.

»Wir bemühen uns«, sagte der Pudel. »Und bemühen sollte man sich unbedingt und jederzeit.«

Er verrieb einen letzten Rest Salbe und schaute sie mit beinahe verliebten Blicken an.

»Du wirst mit jeder Minute bezaubernder«, sagte er leise. »Fast möchte ich es bedauern, dass ich bloß ein Pudel bin; Dr. Muhlack ist ein Held.«

»Dr. Muhlack ist mein Zahnarzt«, versuchte Luna zu widersprechen, was den Pudel zu der förmlichen Bemerkung veranlasste, dass aus seiner Sicht überhaupt nichts dagegen spreche, wenn man Dr. Muhlack als Zahnarzt bezeichne, obwohl er im Nebenberuf ein rechter Teufel sei, nicht gar so aufbrausend wie der Malermeister, dafür einigermaßen selbstverliebt und oft von oben herab.

»Er hat mich gefunden.«

»Hätte ich gewusst, dass es dich gibt, hätte ich dich ebenfalls gefunden«, erwiderte der Pudel, worauf Luna in einem Anfall von Rührung seine Pfote ergriff und recht lange drückte und herzte, auch mit ein paar getupften Küsschen versah und zum Abschluss lediglich sagen konnte: »Na dann mal los und an die Arbeit.«

5

Der große Ball beim Satan

Nach den vielen kleinen Aufregungen des Abends hätte Luna jetzt eine Verschnaufpause gebraucht. Doch der Pudel ließ sie nicht lange allein und verkündete zehn Minuten später, dass es kurz vor Mitternacht sei und er sie jetzt zur Treppe bringe.

»Sie ist uns dieses Jahr etwas groß geraten«, erklärte er unterwegs. »Aber für dich, sind wir der Meinung, ist sie gerade recht, zumal in diesem Jahr besonders viele Gäste erwartet werden.«

Luna hatte über das Thema Treppe bislang kaum nachgedacht. Sie befanden sich im zweiten Stock, von einer zu groß geratenen Treppe keine Spur, doch der Pudel gab sich weiterhin fest davon überzeugt, dass es eine solche gebe, und führte sie abwechselnd nach links und rechts, sodass Luna bald die Orientierung verlor und sich fragte, wie groß die Villa eigentlich war, sie schien ja wirklich riesig zu sein.

»Wir haben uns wie gesagt nicht lumpen lassen«, erklärte der Pudel und führte sie zu einer unscheinbaren Tür, hinter der es plötzlich sehr hell und weit wurde, und dann war klar, was er gemeint hatte – alles hatte ganz unerwartete Ausmaße.

Sie betraten einen von drei Kronleuchtern erleuchteten Saal, der linker Hand in mehrere andere Säle überging, die der Pudel jedoch ignorierte und stattdessen nach rechts steuerte, wo hinter einer geöffneten Flügeltür die Treppe war – eine breite Freitreppe aus weißem Marmor, die bis ins Erdgeschoss führte. Alle paar Stufen standen beidseitig altertümliche Kandelaber mit brennenden Kerzen, die ein flackerndes Licht gaben und die Atmosphäre einer Totenmesse verbreiteten, wie Luna unwillkürlich einfiel.

»Habe ich zu viel versprochen?«, fragte der Pudel.

Aber Luna konnte nicht richtig denken, ihr war abwechselnd heiß und kalt, außerdem drückte der rechte Schuh, bevor sie sich sagte, dass es wohl der linke sei, oder beide oder am Ende keiner.

»Ah, da sind sie ja!«, rief der Pudel, als plötzlich eine Tür schlug und Dr. Muhlack und die anderen erschienen, alle in schwarzen Anzügen mit feuerwehrroten Krawatten und dazu passenden Einstecktüchern.

»Du siehst wirklich bezaubernd aus«, sagte der Pudelbesitzer, während Dr. Muhlack schwieg und sich ansatzweise vor ihr verneigte und dann alle anderen ermahnte, dass man leider an die Arbeit müsse, denn am Fuß der Treppe begannen sich die ersten Gäste zu zeigen und in Bewegung zu setzen, anfangs zögerlich und bald zunehmend entschlossen.

෴

Und Luna war die Königin, die sie nacheinander mit einem Nicken begrüßte und ihnen die Hand reichte, die fast alle umstandslos nahmen und abwechselnd ihr Kleid oder seine Trägerin bestaunten, während neben ihr der Pudel bündig und geschäftsmäßig vortrug, wen sie vor sich hatte.

Anfangs ließ er sich Zeit, für Lunas Geschmack zu viel, obwohl es Spaß machte, ihn zu beobachten, denn er war ein guter Schauspieler, legte sehr hübsch den Kopf zur Seite, wenn er überlegte und so tat, als wäre der vorliegende Fall gewiss einer der schwierigsten und praktisch unlösbar.

Es war kein einziger unlösbar.

Ein Fuhrunternehmer aus Spandau hatte zwei Jahre die Sozialversicherungsbeiträge seiner Fahrer einbehalten und sich dafür im Keller seines Hauses eine Saunalandschaft mit Pool einbauen lassen, und jetzt war die Sache aufgeflogen, und er wusste nicht ein noch aus.

Da der Pudel seinen Spaß haben wollte, ließ er ihn eine Weile zappeln, der Keller sei ja geradezu ein Paradies, wie er sich die Tage mit eigenen Augen habe überzeugen können, allerdings fehle leider das Dampfbad.

»Für mich als Pudel ist so ein Dampfbad ja nichts, doch für Sie und Ihre Frau wäre es gewiss eine anhaltende Freude. Oder etwa nicht?«

»Das ist richtig, aber ich muss dringend handeln«, jammerte der Fuhrunternehmer. »Bei solchen Summen verstehen sie keinen Spaß, ich bin am Ende!«

Worauf der Pudel mit einer wegwerfenden Handbewegung meinte, wo eigentlich das Problem liege, man gehe mit der alten Firma in Insolvenz und gründe am selben Tag eine neue, zahle nachträglich die Sozialversicherungsbeiträge und lasse den Rest der Gläubiger im Regen stehen.

»So einfach ist das?«

Der Fuhrunternehmer konnte sein Glück nicht fassen, aber ja, so einfach sei es, behauptete der Pudel.

Als Nächste begehrte eine Barkeeperin aus Neukölln

Rat und Hilfe; ihr Freund hatte sie wegen ihrer ewigen Männergeschichten die Tage vor die Tür gesetzt, und nun sann sie auf Rache und wollte wissen, wie sie ihn am besten bestrafe.

Der Pudel erkundigte sich höflich, ob gemeinsame Kinder vorhanden seien, mit gemeinsamen Kindern ließen sich ja regelmäßig sehr nachhaltige Unglücke produzieren, aber das Paar hatte lediglich eine Katze, worauf der Pudel ihr den Rat gab, eine Weile über die gemeinsame Katze nachzudenken, der Rest komme zuverlässig von selbst.

»Bravo«, rief der Malermeister von hinten, der Rachegeschichten liebte, worauf nacheinander drei Frauen und zwei Männern vor Luna traten, die von ihren Berufen und Familien genug hatten und davon träumten, ins nächste Flugzeug zu steigen und nie zurückzukehren, worin sie der Pudel ausdrücklich bestärkte.

Und so ging es immer weiter. Eine Frau suchte nach Mitteln und Wegen, um an das Erbe ihrer Stiefmutter zu gelangen, während der nachfolgende Mann nach Mitteln und Wegen suchte, die sechzehnjährige Tochter des Nachbarn zu verführen. Bürokriege mussten zu Ende gekämpft werden, Ehe- und Freundschaftskriege. Und für alles wusste der Pudel Rat, wobei sich die Konstellationen bald wiederholten und eben darin spaßig waren, dass die Sünder glaubten, auf ihre Art überaus besonders und einzigartig zu sein.

»Ich bin als Mensch ziemlich verträglich«, sagten sie. »Ich bin von Hause aus treu, ich bin hilfsbereit, ich tue niemandem Böses, nur unter diesen ganz besonderen Umständen muss ich leider die Ehe brechen oder in der *Galerie Lafayette* Lippenstifte und Puder mitgehen lassen, weil so ein Kaufhaus schließlich kein Mensch ist und mein Partner rein gar nichts von meinem Fehltritt weiß.«

So verging die erste Stunde.

Luna hörte inzwischen kaum zu und versuchte sich auf die Begrüßungsarbeit zu konzentrieren. Vor allem mit Männern um die fünfzig kam es jetzt doch mehrfach zu kleinen Zwischenfällen, weil sie bei Lunas Anblick regelmäßig die Fassung verloren und vor ihr niedersanken und ihr die Füße küssten, um sich weiter nach oben zu ihren Knien vorzuarbeiten, was der Pudel in aller Regel zu unterbinden wusste, wenn auch nicht durchweg mit Erfolg.

Der Pudel warnte Luna. »Du wirst bald müde werden«, tuschelte er. Oder: »Wir sind erst am Anfang, versuche, deine Kräfte einzuteilen.«

Er selbst war erkennbar bester Dinge; manches langweilte ihn, doch dann putzte er jemanden zu seiner Unterhaltung herunter oder stimmte unpassenderweise ein altes Kirchenlied an, bevor er sich neuerlich recht freundlich und überschwänglich gab.

༄

Inzwischen hatte sich eine lange Schlange die Treppe hinauf gebildet. Der Pudel redete zu viel, es gab erste Anzeichen von Unmut, man möge ein bisschen aufs Tempo drücken, was der Pudel nun auch tat und es dabei beließ, formelhaft zu verstärken, was die meisten ohnehin dachten oder vorhatten.

»Ist es schlimm, wenn ich notorisch eifersüchtig bin?« – »Nein, da es bloß vernünftig ist.«

»Ich gebe Kellnern grundsätzlich kein Trinkgeld. Muss ich mich deshalb schlecht fühlen?« – »Ganz im Gegenteil, halten Sie Ihr Geld zusammen und finden Sie ihm ein sicheres Plätzchen in einem Steuerparadies.«

»Neulich, bei einer Abendeinladung, habe ich bemerkt, wie dumm und langweilig meine Freunde sind.« – »Dann suchen Sie sich schnellstens neue, ein innerlich so reicher Mensch wie Sie hat Besseres verdient.«

»Darf ich meinen Partner gleichzeitig mit zwei anderen Partnern betrügen?« – »Wenn Sie das zeitlich bewältigen, warum nicht? Viel Spaß dabei.«

Usw.

Luna war mit diesen Antworten nicht durchweg zufrieden, weil sie eine kabarettartige Stimmung beförderten, im vorderen Bereich der Schlange jedenfalls, wo alle alles gut hörten und amüsiert grinsten oder laut loslachten.

Die Mehrzahl der Gäste wirkte auf Luna nicht unsympathisch, wenngleich man sah, dass sie oft unzufrieden und gierig waren, je triumphaler sie auftraten, desto mehr.

Zu Überraschungen kam es nur noch selten.

Ein junger Verzweifelter brachte neuen Schwung, der jedoch nicht lange anhielt.

»Die größten Sünder sind doch seit jeher die Verzweifelten«, erklärte der Pudel. »Denn sie glauben buchstäblich an nichts, an keinen Gott und keine Tugend und womöglich nicht mal an ihre Verzweiflung.«

Und tatsächlich war sie nicht allzu groß. Der Junge lebte wohlbehütet bei seinen Eltern, die er sogar mochte, und hatte eine liebe, tapfere Freundin, die treu zu ihm hielt und an seinem Bett wachte, wenn er nachmittags schlief, weil er in den Nächten damit beschäftigt war, die totale Finsternis in seiner Seele zu beschwören.

Luna war nur noch Körper. Beine und Füße taten ihr weh, sie wäre gerne ein paar Schritte gegangen, auch die Hände hätte sie liebend gerne gewaschen, nichts mehr hören und sehen müssen, unterbinden, dass ihr Leute die Füße küssten oder über ihr Kleid strichen, anzügliche Bemerkungen machten, obwohl sie diese kaum zur Kenntnis nahm.

Kurzum: Sie fühlte sich wie ein Automat, dachte an Mischa, wie sehr sie sich langweilte und wie anstrengend diese Form von Langweile war.

Irgendwann trat ein weiterer Verzweifelter vor sie hin, das registrierte sie und wie die Schlange kürzer und kürzer wurde und der letzte Gast oder der Pudel ihr zuflüsterte, dass es vorbei sei, geschafft, erledigt, und sie selbst völlig erledigt war und nur inständig hoffte, dass ihr jemand gleich und auf der Stelle ein Glas Champagner reichen möge und im Anschluss sofort ein zweites.

⁓

»Das haben wir gut gemacht«, sagte der Pudel, der nicht im Geringsten erschöpft wirkte und weiter zu Dr. Muhlack und den anderen wollte, die freilich nirgendwo zu entdecken waren bzw. sich wie immer aus dem Staub gemacht hatten, wie der Pudel zugab.

»Sie hassen diese Begrüßungen, während ich sie liebe, selbst wenn ich jedes Jahr dasselbe sage, was die Herren verständlicherweise zu Tode langweilt.«

Luna wollte wissen, zu welchem Zeitpunkt sie wohl

gegangen seien, worauf der Pudel munter erwiderte: »Oh, so etwa nach zwanzig Minuten.«

Und jetzt war Luna doch enttäuscht. Sie hatte sich bis zum Umfallen um jeden einzelnen Gast gekümmert, sie hatte ihr Gesicht und ihren Körper zur Schau gestellt und stundenlang gestanden und gelächelt, und jetzt gab es nicht das kleinste Dankeschön, von einem Glas Champagner ganz zu schweigen.

»Man dankt dir in jeder Hinsicht sehr«, widersprach der Pudel. »Und was den Champagner betrifft, so steht er in Hülle und Fülle zur Verfügung, bitte folg mir.«

Und so folgte sie ihm, ohne darauf zu achten, auf welchem Weg, fort von den hellen Sälen und den lärmenden Gästen jedenfalls, was ihr recht war.

Der Pudel hielt vor einer schmalen schwarzen Tür, die er, ohne zu klopfen, öffnete und anschließend nach drinnen schlüpfte und ihr wie ein Kavalier die rechte Pfote entgegenstreckte.

»Es ist alles für dich bereit«, rief er. »Auch das Rauchen ist gestattet, man wartet schon ungeduldig auf dich.«

Luna war noch in der Tür, da brachte er das erste Glas, gleichzeitig erhob sich aus verschiedenen Ecken des Raums Applaus, Malermeister Schell und Dr. Muhlack standen sogar auf und riefen »Bravo, bravo!«.

Der Pudel führte sie zum letzten freien Sessel, der mit rotem Samt bezogen war und offenbar eine Art Thron darstellen sollte, der seine besten Zeiten jedoch eindeutig hinter sich hatte.

»Sie sind einfach großartig gewesen, verehrte Luna«, erklärte Dr. Muhlack.

»Die beste Ballkönigin seit Jahren«, ergänzte Professor Ruffer. »Die beste *ever*, möchte ich behaupten.«

»Na, wie fühlen wir uns jetzt?«, fragte der Malermeister.

Aber Luna wusste nicht, wie sie sich fühlte, sie hatte keinen Körper, sie hatte keine Gedanken, sie wusste nicht mal, wie spät es war.

»Halb zwei«, antwortete der Pudel. »Möchte jemand eine weitere Bemerkung machen?«

»Mir gefiel am besten der Junge«, sagte Professor Ruffer, der sich auch privat für Jungen aller Altersgruppen interessierte, und Bezirksstadtrat Nitsch erwähnte lobend eine Szene gegen Ende, als Luna mit ihrem rechten Füßchen einen knienden Verehrer weggestoßen hatte, woran ja nur seltsam war, dass er die Szene überhaupt nicht beobachtet haben konnte.

Hatte der Pudel nicht gesagt, dass sie nach wenigen Minuten gegangen waren?

»So dürfen Sie aber von uns nicht denken«, widersprach der Malermeister. »Wir sehen und interessieren uns jederzeit für alles. So, und nun müssen wir wirklich los.«

Und tatsächlich begannen sich alle nacheinander zu erheben, schließlich seien da draußen eine Menge Gäste, um die man sich kümmern müsse, als Gruppe ein zweites Mal begrüßen bzw. unterweisen, was Dr. Muhlacks Aufgabe sein würde, weil er die mit Abstand wohlklingendste Stimme besaß.

⸙

Luna wäre am liebsten in ihrem roten Sessel sitzen geblieben, um weiter Champagner zu trinken, obwohl es auch draußen Champagner gab und viel Licht in den ineinander übergehenden Sälen, deren genaue Anordnung sie nicht recht überblickte.

Die Gäste hatte man zwischenzeitlich mit Getränken und süßen Snacks versorgt; man sah livrierte Diener, die hin und her liefen, und in kleinen und großen Gruppen plaudernde Gäste, die Bekanntschaft miteinander machten und durchweg guter Dinge schienen.

Auf die Gastgeber achtete zunächst niemand. Erst als sie im mittleren Saal halbkreisförmig Aufstellung nahmen und Dr. Muhlack sich mehrfach räusperte, entstand Aufmerksamkeit; man reckte die Hälse und unterbrach sich gegenseitig bei irgendwelchen Ausführungen, wurde neugierig, wohin da plötzlich alle schauten oder gingen, worauf sich der Großteil der Gäste innerhalb weniger Minuten versammelte und in gehobener Stimmung die Ohren spitzte.

»Meine sehr verehrten Damen und Herren«, begann der Zahnarzt. »Sie sind heute Abend unsere Gäste, weil wir an Sie glauben. Glauben heißt sehen, und was wir sehen, ist, dass Sie auf dem richtigen Weg sind, der gewiss steinige Passagen hat, auch Ablehnung provoziert, o ja, jedoch unwiderruflich Ihr Weg ist.«

»Und Sie gehen ihn allein. Aber nicht ganz. Wir alle brauchen Vorbilder, und deshalb sage ich: Seien Sie einander Vorbild, sprechen Sie hier und heute miteinander, offen und ehrlich, Anfälle von Reue und schlechte Träume eingeschlossen. Sie werden sehen, dass Sie nicht allein sind, sondern Teil einer Gruppe, die Sie stärkt, und ebendas ist der Sinn dieses Abends, dass Sie die Stärke der Gruppe erfahren und auf diesem Wege ihre eigene.«

Er machte eine Pause, in der es vereinzelt Beifall gab, während andere erst mal innerlich sondierten, wie sie das mit der Gruppe fanden, oder gar nicht zugehört hatten und sich im Stillen mit den roten Krawatten der Gastgeber beschäftigten.

»Apropos Krawatten«, nahm Dr. Muhlack den Faden auf. »Hat jemand Einwände gegen unsere wunderbaren roten Krawatten, wie sie sonst nur echte Teufel tragen?«

»Ja, Krawatten, ja, Teufel!«, rief es zustimmend aus allen Ecken; die Mehrzahl der Gäste war nun regelrecht euphorisiert, und als Dr. Muhlack zum Abschluss wissen wollte, wie sie nun eigentlich die Ballkönigin fänden, gab es praktisch kein Halten mehr.

Tosender Applaus erhob sich, was Luna freute, jedoch die missliche Folge hatte, dass eine jüngere Frau geradezu an ihr hochsprang und Luna stürmisch umarmte und küsste, während unten an ihren Füßen etwas leckte und zerrte, einer dieser Fünfzigjährigen, wie sich herausstellte, den der herbeieilende Pudel mit Mühe verscheuchte und zur Strafe nicht allzu fest in die Wade biss.

»Die Leute, ja – man fasst es nicht«, sagte er indigniert.

»Es sind nicht alle so«, erwiderte Luna, der es gefiel, dass um sie herum geklatscht und gejubelt wurde, Männer wie Frauen »Unsere Königin, unsere Königin« riefen und kein Ende damit fanden.

Die Stimmung erreichte einen ersten Höhepunkt. Nach der langen Warterei auf der Treppe hatten alle das Bedürfnis, sich zu bewegen und zu beschnuppern, da und dort begannen Gäste, sich in den Armen zu liegen oder gegenseitig Reueszenen vorzuspielen, über die man anschließend herzlich lachte.

Luna hatte allmählich Hunger, doch der Pudel ließ sie wissen, dass sie sich leider gedulden müsse, es gebe jetzt ein paar Kunststücke.

»Kunststücke?«

Nach Dr. Muhlacks fulminanter Rede habe der Maler-meister das Bedürfnis geäußert, seinerseits einige seiner Fähigkeiten zu demonstrieren.

»Alles Theater natürlich, mach dir um mich keine Sorgen«, fügte er hinzu, weil in diesem Moment der Malermeister nach ihm pfiff.

Anfangs sah es nach einer Zirkusnummer aus. Der Pudel machte Männchen, gab artig Pfote, ehe er über Stühle, Tische und Wände bis hoch in die Kronleuchter lief oder vielmehr sprang, bis ihn Schell nach einer Weile zurückbefahl und mit einem Kopfnicken in Flammen aufgehen ließ – in kürzester Zeit war lediglich ein Häuf-lein Asche von ihm übrig.

Es gab ein entsetztes Raunen, vereinzelt Gekreische, das sofort aufhörte, als Schell mit einer Kopfbewegung die Asche in den vorherigen Pudel zurückverwandelte, der völlig unversehrt geblieben war und sich nun in alle Richtungen verbeugte.

Der Applaus war gewaltig, worauf das Schauspiel von vorne begann, nur dass der Malermeister den Pudel dies-mal in eine mäßig bekleidete Frau verwandelte, die wei-ter nicht viel anstellte, jedoch nett anzusehen war und sich nach einer Weile in einen ebenso mäßig bekleideten Mann verwandelte und zuletzt wieder in den Pudel.

»Na ja«, dachte Luna, wenig begeistert. »Aber jetzt er-öffnet bitte das Büfett, ich habe Hunger.«

»Auf das Leben!«, rief Dr. Muhlack, der allen einen rauschenden Abend wünschte, obwohl er das Gesicht ei-nes beleidigten Vierjährigen machte, der im Supermarkt nicht die versprochene Schokolade bekommen hat.

6

Auf vollen Touren

Gegen halb drei wurde das Büfett eröffnet. Die Hälfte der Gäste stürzte sofort los, während die andere abwartete, begonnene Gespräche zu Ende führte und gelassen-souverän und erwachsen den Kopf über die Meute der Gierigen schüttelte.

Der Pudel war nach seinen beiden Kunststücken spurlos verschwunden, dafür nahm sie nun Dr. Muhlack in Beschlag, der sichtlich erpicht war, sich mit ihr zu zeigen, und es sich nicht nehmen ließ, Luna durch das gesamte Obergeschoss zu führen.

Es bestand aus fünf kreuzartig angeordneten Sälen, deren augenfälligste Eigenschaft darin bestand, dass sie ähnlich wie die Treppe – wie sollte man sagen? – falsch waren, in ihren Ausmaßen und ihrer Anordnung nicht plausibel, verrückt, hätte Luna beinahe gedacht, obwohl es sich äußerlich um ganz normale, allerdings prunkvolle Säle handelte, die bloß einfach nicht zur Villa passen wollten.

Der erste war der, in dem zuletzt die Kunststücke stattgefunden hatten; ging man weiter, gelangte man in einen sehr viel größeren, in dem mehrreihig festlich gedeckte Tafeln standen, an denen sich erste Gäste niedergelassen hatten und lachend über ihre Beute unterhielten.

Das Büfett, an dem sie Dr. Muhlack leider vorbeilotste,

befand sich in einem weiteren Saal links, der allein die Maße der Villa sprengte und an dessen Ende man durch eine Flucht Glastüren auf eine riesige Terrasse gelangte, und tatsächlich wollte der Zahnarzt unbedingt auf die Terrasse.

Der Blick ging auf einen großen, dämmrigen Garten und weiter zum See, der fern und dunkel und ruhig im Mondlicht lag. Seltsam war allerdings, dass im Hintergrund das leuchtende Berlin zu erkennen war, ziemlich nah sogar, was ja wiederum überhaupt nicht sein konnte – da drüben die erleuchtete Kugel des Fernsehturms, in der sie den Jungen verhext hatte, praktisch daneben der abwechselnd in verschiedenen Farben leuchtende Funkturm.

»Ach, Mischa«, seufzte sie, ohne weiter an ihn zu denken, und bat Dr. Muhlack um eine Zigarette, der ihr auf der Stelle eine anbot und auch Feuer gab, obwohl er selbst nicht rauchte.

Für Mitte April war es erstaunlich mild, jedenfalls auf der Terrasse, die weiträumig überdacht und also gut zum Rauchen war, obwohl außer Luna niemand rauchte und überhaupt nur zwei, drei weitere Leute zu sehen waren.

Der Zahnarzt nutzte die günstige Gelegenheit nicht aus, sondern benahm sich für seine Verhältnisse überaus artig, lobte noch einmal ihren Auftritt und machte eine ansatzweise kühne Bemerkung zu ihrem Po, hielt jedoch durchgehend höflich Abstand und redete ziemlich lange über das Thema Mond und unerwiderte Gefühle, ehe er in ein trübsinniges Schweigen verfiel.

»Ich bin ohne die geringste Hoffnung«, sagte er. »Aber der Abend ist dank Ihnen schon jetzt ein großer Erfolg.

»Ich könnte eine Kleinigkeit zu essen gebrauchen«, versuchte Luna ihn zurück auf die richtige Spur zu setzen, worauf sich der Zahnarzt wortreich entschuldigte und als völligen Narren bezeichnete, jedoch endlich bereit schien, sie zurück in den mittleren Saal zu begleiten.

∽

Drinnen das Büfett befand sich weiterhin im Zustand wütender Belagerung.

Inzwischen hatten sich lange Schlangen gebildet, in denen angeregt geplaudert und gestikuliert wurde, wobei der Pudel gelegentlich für Ordnung und Disziplin sorgen musste.

Auch im mittleren Saal, wo die Leute in großer Zahl beim Essen saßen, war die Stimmung weitestgehend manierlich, während im Saal rechts, wo die Bar war, es zu ersten Lockerungsübungen kam.

Die Bar und der schlangenförmig gebaute Tresen hatten neuerlich erstaunliche Ausmaße, es hatten mindestens zwei Dutzend Leute daran Platz, obwohl es derzeit noch große Lücken gab, Frauen und Männer, die allein für sich erste Drinks nahmen und sich um Blickkontakt bemühten, und wieder andere, die über Blicke bereits hinaus waren und Krawatten lockerten und mit Blusenknöpfen spielten.

Luna konnte sich inzwischen kaum mehr auf den Beinen halten. Sie war schwerstens unterzuckert und hatte Schwindelgefühle, weshalb Dr. Muhlack den herbeieilenden Pudel beauftragte, ihr einen Teller Vorspeisen zu bringen.

Luna wäre gerne selbst ans Büfett gegangen, sah jedoch ein, dass das nur zu Komplikationen führen konnte.

»Lass mich einfach machen, liebe Luna«, sagte der Pudel. »Ich weiß, was du jetzt brauchst und wünschst.«

Und so war es.

Innerhalb kürzester Zeit brachte er einen reich gefüllten Teller, wobei ihr auffiel, dass sie das meiste bis vor einer Minute nicht angerührt hätte und nun mit Heißhunger darüber herfiel, mit Vergnügen Fisch in allen Variationen aß, Austern schlürfte und Muscheln und Schnecken kostete, sich zwischendurch von dem teuren Champagner nachschenken ließ und sagte: »Bitte noch einmal dasselbe.«

Für den zweiten Teller brauchte der Pudel erheblich länger, was er bei seiner Rückkehr damit begründete, dass er mehrfach gestört und aufgehalten worden sei, weil ihm Männer und Frauen kleine Zettelchen für Luna zusteckten und ihn baten, sie ihr zu geben.

Ein gutes Dutzend war zusammengekommen.

Für Dr. Muhlack war das der Moment, sich zu empfehlen, er bitte zu entschuldigen, aber die Pflicht, die Pflicht, man sehe sich nachher zum Tanz.

»Willst du hören?«, fragte der Pudel und begann die ersten Zettel zu entfalten und zu überfliegen, um anschließend ein paar ausgewählte vorzulesen und zu kommentieren.

»Es kommen ziemlich viele Füßchen vor«, erklärte er. »Das Kleid, dein Busen, klar, wo man gerne liegen würde, wo man dich treffen möchte, dass man dich auf Händen tragen würde, mit dir reisen, mit dir leben, und wenn es bloß für eine Nacht wäre.«

»Hier, das klingt ausnahmsweise interessant: *Selig sind die, die Sie jetzt und in Zukunft nicht lieben müssen.*«

»Oder hier, ein Witzbold: »*Alles, was ich Ihretwegen empfinde, steht im Hohen Lied Salomos, so Sie die Güte haben wollen, es nachzulesen.*«

»Na ja«, meinte der Pudel.

Und Luna: »Bin das wirklich ich, die sie in diese Zustände versetzt?«

Worauf der Pudel nur lachte.

Sie wäre gerne kurz für sich geblieben, aber der Pudel ließ sie buchstäblich nicht eine Sekunde aus den Augen und wollte sie nicht mal allein zu den Toiletten lassen.

Die Wahrheit war, dass sich dort kaum jemand für sie interessierte, sei es aus Furcht vor dem Pudel, der knurrend Wache hielt, oder weil man mit allen möglichen Verrichtungen beschäftigt war.

Nicht jedes Detail war in Lunas Augen erfreulich, wobei sie das meiste überhaupt nur hörte, darunter viel Geschnaufe und Geschniefe und seufzende Achs und Jas, was die Erklärung dafür war, dass sich kaum eine freie Kabine fand und die Leute sich ersatzweise vor den Waschbecken vergnügten und fummelnd und grapschend in Stimmung brachten und in den Spiegeln verfolgten, wie weit die anderen waren.

»Was ist denn hier los?«, fragte eine Neue. »Kann man noch mitmachen?« Worauf ein großes Gelächter ausbrach und eine junge Männerstimme antwortete: »Hierher, wenn Sie mögen, hierher«, und wieder alle lachten und ein paar Tauben zu gurren begannen, wie man glauben mochte.

Inzwischen war vom Pudel nichts mehr zu hören, der jedoch zuverlässig dageblieben war, leicht verstimmt, weil Luna ihn hatte warten lassen und nun auch noch die Bar in Augenschein nehmen wollte, wo die Stimmung ebenfalls prächtig schien; überall redete man munter und schamlos über die intimsten Dinge.

»Wenn er am Wochenende auftaucht«, sagte am Nebentisch eine Frau, »mache ich gar nicht erst auf und lasse ihn über die Gegensprechanlage wissen, dass die Kinder ihn nicht sehen wollen.«

»Ich habe mich selten so gut gefühlt, so frei«, sagte ein Mann, worauf die Frau neben ihm erklärte, dieser Abend habe schon jetzt ihr ganzes Leben umgekrempelt.

»Der Witz ist, dass es die zwanzig Millionen nicht mehr gibt«, sagte ein anderer. »Für mich natürlich schon, nur für die Firma leider eben nicht.«

༄

Irgendwann hörte man aus dem oberen Saal, wie verschiedene Musiker ihre Instrumente stimmten.

Luna wollte den Pudel soeben bitten, eine weitere Zigarette zu besorgen, doch der ließ sie sofort wissen, dass ihre Arbeit als Ballkönigin bei Weitem nicht erledigt sei, denn nun komme der Eröffnungstanz mit Dr. Muhlack, der sie schließlich gefunden und ausgewählt habe und sicher bereits ungeduldig auf sie warte.

Aber diesmal irrte der Pudel. Dr. Muhlack war, im Gegenteil, die Entspanntheit in Person, stand versonnen am Rande der nicht allzu hohen Bühne und schaute den Musikern bei ihren Vorbereitungen zu; diverse Streicher und Bläser hatten Platz genommen, ein Klavierspieler am Flügel, dazu ein Gitarrist sowie ein junger Schlagzeuger, insgesamt etwa ein Dutzend Männer und Frauen, die als Engel verkleidet waren, richtig mit Flügeln, im selben Feuerwehrrot wie die Krawatte von Dr. Muhlack.

»Ich habe Strawinskys *Tango* für uns ausgesucht«, erklärte der Zahnarzt, was hoffentlich nach Lunas Geschmack sei und von dieser bejaht wurde, da sie Tangos liebte und kaum erwarten konnte, dass es endlich losging.

Der Pudel lief bereits durch die Säle und trieb die Gäste in Richtung Bühne, worauf Dr. Muhlack irgendwann in die Hände klatschte und erklärte, dass nun getanzt werden könne, auch mit der verehrten Ballkönigin, aber bitte nur nach vorheriger Anmeldung. Er deutete Richtung Pudel, der sich artig verbeugte, blickte einladend-fragend zu Luna und bat sie zum Eröffnungstanz, für den sich nun fast alle Gäste interessierten, die Tanzfläche war dicht umringt.

Den Strawinsky fand Luna etwas düster und für einen Tango zu langsam, doch es machte Spaß, sich zu bewegen und von Dr. Muhlack geführt zu werden, der es genoss, dass ihn alle beneideten, und so im Glanz des Neides den besten Tanz seines Lebens tanzte und Luna mehrfach auf ansehnliche Weise durch die Luft wirbelte.

Neuerlich gab es viel Applaus, bevor sich Luna in den Armen des Theaterregisseurs wiederfand, der im Vergleich zum Zahnarzt ein erbärmlicher Tänzer war, beim Prokofiev-Walzer gegen Ende beinahe stürzte und Luna aus seinen bösen Augen anfunkelte.

Luna machte sich nicht viel aus Musik. Sie kannte den einen oder anderen Komponisten und begriff, dass es abwechselnd Richtung Jazz und Richtung Klassik ging, wobei die Walzer eindeutig überwogen.

Als zum zweiten Mal der Name Schostakowitsch fiel, dachte sie länger an Mischa, stellte sich vor, wie sie es fände, wenn er jetzt dort drüben durch die Saaltüren träte, wenngleich sie sich lieber vorstellte, er wäre bei ihr im Bett und in ihren Armen, was ihr weiter nicht schwerfiel.

Mit den Gästen gab es keine größeren Probleme; die wenigsten trauten sich, und die sich trauten, sagten ein, zwei Sätze oder genossen, wie Luna sich bewegte und ab und zu redete, wenngleich sie in der Regel bloß lächelte oder »Ja« sagte oder »Vielleicht« und »Wenn Sie meinen«.

Nach einer Stunde bekam sie vieles nicht mehr mit – die Hände auf ihrem Po nicht, wie die Leute sich abklatschten, ihre flüsternden und keuchenden Stimmen, das Licht, die wechselnde Musik, die sie zum Fliegen brachte oder machte, dass es sich so anfühlte.

Nur gelegentlich drang etwas zu ihr: Eine nicht mehr ganz junge Frau wollte etwas mit einer Katze anstellen, eine jüngere in die Spree springen, ein Universitätsdozent ereiferte sich über Kollegen und Studenten, die nicht denken konnten; die meisten jedoch schwiegen und träumten von Sex und Geld und wie man ohne Mühe an beides herankam.

Zum Abschluss tanzte sie mit dem Malermeister den *Mephisto-Walzer* von Liszt, weil der Titel ja nun mal sehr passend war, wie er unbedingt sagen musste und sie beim Tanzen mehrfach losließ, um mit seinen Händen durch die Luft zu fahren, gerade so, als zeigte er einem Lehrling, wie er morgen die Garagen in Karow zu streichen hätte.

Die Musiker drehten dem Publikum den Rücken zu und wedelten fröhlich mit ihren Flügeln, als sie fertig waren.

Wieder gab es stürmischen Applaus, der sich noch steigerte, als der Schlagzeuger flügelschlagend ein paar

Zentimeter über dem Boden zu schweben begann, um, wie er ankündigte, auf schnellstem Weg nach Hause zu fliegen.

Luna war verärgert, dass er das behauptete, aber mehr noch ärgerte sie, dass sie den Trick nicht kannte, denn natürlich handelte es sich um einen Trick; der Schlagzeuger saß auch bald wieder am Platz und gab den Takt für die Zugabe – ein Walzer mit dem passenden Titel *Angel Band*.

ဪ

Inzwischen war es nach fünf. Luna wollte bloß noch nach Hause, doch Dr. Muhlack bestand darauf, dass sie blieb, der Ball sei nicht zu Ende.

»Aber ich weiß gar nicht mehr, wer ich bin«, versuchte sie zu protestieren.

Und darauf der Zahnarzt: »Sie wissen genau, wer Sie sind, meine teure Luna.«

Zu allem Überfluss hatte der Malermeister Schell ein paar letzte Kunststücke angekündigt.

Luna hatte von Kunststücken, ehrlich gesagt, genug, merkte jedoch sofort auf, als er die Gäste fragte, ob es zwei Freiwillige gebe, am besten verschiedenen Geschlechts, so mit einem drohenden Unterton, als seien die bevorstehenden Späße – anders als vorhin mit dem Pudel – nicht unbedingt lustig, dafür umso bedeutender.

Ein Ehepaar erklärte sich bereit. Es trat sogleich vor, leicht skeptisch, aber guter Dinge, Hand in Hand, falls sie einander doch Beistand leisten müssten, woran sie keine Sekunde glaubten.

Das Kunststück bestand aus einer Handbewegung, die

von der großen Mehrheit der Anwesenden überhaupt nicht bemerkt wurde. Es gab nicht das geringste Drumherum, keine Ankündigung und keine Erklärung, selbstverständlich kein Feuer und keinen Rauch und keinen Knall, nur die Handbewegung, weshalb das Kunststück letztlich aus seiner Wirkung bestand: Das Paar, das sich an den Händen hielt, hatte sich vor aller Augen in Luft aufgelöst.

Ein wellenartiges Raunen ging durch die Menge, vereinzelt wurde gelacht, beides in der frohgemuten Erwartung, dass die beiden demnächst zurück seien, aber der Malermeister machte nicht die geringsten Anstalten.

Um zu demonstrieren, dass er Späße dieser Art zu schätzen wisse, fragte ein Witzbold, wo die beiden sich jetzt befänden, doch hoffentlich zu Hause.

»Zu Hause sind sie«, war Schells Antwort.

»Und sie kommen nicht zurück?«

»Da sie an einem sicheren Ort sind, werden sie wohl nicht zurückkommen.«

Diese Formulierung sorgte für allerlei Irritationen, von jetzt auf gleich gab es besorgte Gesichter, drei, vier Unbestechliche wollten sich auf der Stelle in der Villa auf die Suche machen, während der große Rest ratlos auf der Tanzfläche verblieb und überlegte, wo genau die verdammte Garderobe gewesen war.

Der Abend schien kein gutes, genaues Ende zu nehmen. Flatternde Unruhe breitete sich unter den Gästen aus, was jedoch Teil des Plans gewesen war, wie man der nun folgenden Abschlussrede von Dr. Muhlack entnehmen konnte, der von Unsicherheit und Vertrauen sprach und die Anwesenden aufforderte, zu *glauben*.

»Die beiden Verschwundenen sind wohlauf«, erklärte

er. »Es steht in unserer Macht, sie verschwinden zu lassen, und es steht in unserer Macht, dass sie wohlauf sind. Das wollten wir Ihnen zum Abschluss zeigen. *Glauben* . Sie. Nur wer an unsere Kräfte glaubt, glaubt auch an die seinen.«

Er machte eine längere Pause, die freilich keine Pause war, sondern das Ende seiner Ausführungen, weshalb der Beifall eher spärlich ausfiel, jedoch viele nickten und sich untereinander umarmten, wobei vereinzelt neue Tränen flossen, aber solche von der heiteren, stärkenden Art.

Es dauerte ewig, bis sich der Saal geleert hatte. Die Musiker verschwanden als Erste, das Paar blieb unauffindbar, was jedoch niemanden mehr aufregte.

Die sieben Teufel verabschiedeten Luna mit Handküssen oder Verbeugungen und Dr. Muhlack sogar mit beidem.

»Ich hoffe, Sie wissen, wie sehr wir Ihnen zu Dank verpflichtet sind.«

»Ich bin todmüde«, sagte Luna. »Was mache ich mit dem Kleid?«

»Das Kleid dürfen Sie selbstverständlich behalten.«

»Ich will nur nach Hause«, sagte sie.

»Natürlich. Ein Fahrer steht für Sie bereit.«

Unten auf der Straße musste sie erst mal eine rauchen. Der Wagen parkte mit Standlicht auf der anderen Seite der Straße, die völlig unbelebt war; man sah weder Passanten noch an- und abfahrende Autos, was Luna sehr merkwürdig fand, auch dass aus der Villa kaum Licht kam und um sie herum nur Stille und Dunkelheit war.

Sie hatte vergessen, sich vom Pudel zu verabschieden.

Sonst dachte sie vorläufig nicht viel. Sie rauchte und ließ diverse Szenen an sich vorüberziehen, ohne sie weiter zu bewerten, was an den Dingen ja bekanntlich wenig ändert; und so stieg sie in den Wagen.

»Angenehmen Abend gehabt?«, fragte die Sprechstundenhilfe, die sie schon gebracht hatte. »Ich hatte die Ehre, Ihnen die Füße zu massieren.«

»Oh, meine armen Füße, wenn Sie wüssten«, antwortete Luna und brachte es eben noch zustande, eine Nachricht an Mischa zu schreiben, in der lediglich stand, dass sie auf dem Heimweg sei und lebe und an ihn denke.

৯

Anders als Luna vermutete, herrschte in der Villa weiterhin erstaunlich viel Betrieb. Die meisten Gäste hatten sich längst auf den Heimweg begeben, doch ein paar Hartnäckige ließen und ließen sich nicht bewegen; der Pudel hatte gut zu tun.

Vor allem in den Separees ging es weiterhin hoch her. Bei manchen genügte eine kurze Aufforderung, doch drei, vier Pärchen musste man regelrecht auseinanderzupfen.

Als die Letzten aus dem Haus waren, versammelten sich Dr. Muhlack und die Seinen zur Besprechung.

Die Stimmung war überraschend schlecht, vor allem beim Malermeister, der seit Langem amtsmüde und in Wahrheit krankhaft schwermütig war und den Nutzen dieser jährlichen Bälle bezweifelte.

»Sie finden sich auch ohne uns zurecht«, war seine altbekannte Position.

Das mochte nun vor allem Dr. Muhlack nicht hören und nannte Fälle, wo sich Gäste ausdrücklich bei ihm bedankt hatten – so frei und rücksichtslos hätten sie sich selten gefühlt.

»Na vielen Dank auch für den Dank.«

»Ein paar rechte Halunken sind ja durchaus dabei gewesen«, bemerkte Bezirksstadtrat Nitsch, um nur irgendetwas zu bemerken.

»Und wie fandet ihr meine Rede?«, konnte sich der Zahnarzt nicht enthalten zu fragen.

Die Rede, doch, hatte allgemein gefallen, man nickte, äußerte sich ein weiteres Mal lobend über Luna, denn der Zahnarzt brauchte viel Lob, zumal ja offen zutage lag, wie geradezu verfallen er der diesjährigen Ballkönigin war.

»Ich fahre jetzt nach Hause und nehme eine Schlaftablette«, sagte endlich der Malermeister, worauf sich die anderen erhoben und wussten, dass sie jetzt auf Tage keinen Vorsitzenden mehr hätten, nicht wegen der Tabletten, die seit Langem nicht mehr halfen, sondern weil nun eine Phase tiefer Finsternis und Verzweiflung für ihn begann, aus der er frühestens herauskäme, wenn die ersten unverputzten Wände und Farbeimer und Pinsel in seinen Träumen auftauchten.

7

Es hat begonnen

Mischa freute sich über Lunas Nachricht, fand sie ebenso kurz wie rätselhaft, weshalb es eine Weile dauerte, bis sie ihn beruhigte.

Er hätte längst in der U-Bahn sitzen müssen, wenn er um elf zur Vorlesung wollte, doch er wollte und wollte nicht in Schwung kommen, machte sich in der Küche einen zweiten Kaffee, und als er zurück ins Zimmer kam, lag ein Mann auf seinem Bett.

Da liegt ein Mann auf meinem Bett, dachte Mischa, und weil das ja ganz und gar nicht sein konnte, ging er in Gedanken zurück in die Küche, machte sich in aller Ruhe neuen Kaffee, spülte schmutzige Teller vom Vorabend weg, um sich anschließend neuerlich in sein Zimmer zu begeben, wo weiterhin der Mann war und ihn nicht eben freundlich musterte.

Sonderlich zum Fürchten schien er nicht zu sein, obwohl er das Aussehen eines dostojewskischen Säufers hatte, sehr abgewetzte Kleidung trug und seine Schuhe eher Lappen als Schuhe waren; wahrscheinlich lebte er auf der Straße und hatte sich bei Mischa für ein paar Stunden ein warmes Plätzchen gefunden, was Mischa nun allmählich empörte, allerdings weniger als erwartet.

Er begann dem Eindringling die ersten, wie er glaubte, unangenehmen Fragen zu stellen, doch der lag weiterhin bloß da und ließ alle Fragen unbeantwortet – wer er war und was er hier wollte, wer ihn hereingelassen hatte, wobei Mischa wusste oder zumindest ahnte, dass es auf Antworten nicht ankam.

»Bogdanow«, sagte der Mann, als er Lust dazu hatte, mit fester, angenehmer Stimme.

Und darauf Mischa ohne Nachdenken: »Sie sind ein Engel, nicht wahr? Ich weiß, dass Sie ein Engel sind.«

»Du weißt gar nichts«, antwortete Bogdanow und erkundigte sich quasi im selben Atemzug, ob es Wodka gebe. »Ich könnte jetzt ein Schlückchen gebrauchen.«

»Wodka? Um diese Uhrzeit?«

»Die Uhrzeit spielt keine Rolle. Schau einfach nach, ob sich im Kühlschrank was findet. Und dann reden wir.«

∽

Im Kühlschrank stand tatsächlich eine Flasche *Beluga* von Onkel Wladimir, der abends gelegentlich ein Gläschen trank, um nach den langen Tagen im *Schostakowitsch* auf andere Gedanken zu kommen.

Mischa machte sich nicht viel aus Wodka und war bloß froh, seinem ungebetenen Gast etwas anbieten zu können, fand auch zwei Wassergläser und brachte alles nach drüben.

»Ein *Beluga*, na immerhin«, sagte Bogdanow und begann sich ächzend und seufzend zu erheben, als wäre so ein *Beluga* es kaum wert, dass man die Mühe auf sich nahm, und nun auch wirklich stand und seine riesigen Flügel entfaltete und sofort wieder verbarg.

»Entschuldige, das hättest du jetzt nicht sehen sollen«, sagte Bogdanow. »Lass uns trinken.«

Ich bin überhaupt nicht wach, überlegte Mischa, da er sich nun doch fürchtete, obwohl er so gut wie nichts gesehen hatte und sich nur immer sagte, dass er gar nicht da war oder ein anderer und nicht der Mischa, den er kannte.

Bogdanow hatte zwischenzeitlich auf dem alten Drehstuhl vor Mischas Schreibtisch Platz genommen, der die einzige Sitzgelegenheit war und Bogdanow derart erheiterte, dass er sich wieder und wieder im Kreis drehte, während Mischa die Wassergläser zur Hälfte mit Wodka füllte, wozu Bogdanow zustimmend den Kopf wog.

Mischa reichte ihm ein Glas, und sie stießen an.

»Nastrowje«, sagte Bogdanow.

Und Mischa, zögerlich: »Nastrowje.«

Niemand sagte etwas, erst nach dem zweiten Glas tippte sich Bogdanow plötzlich an die Stirn, goss sich selbst ein drittes ein und sagte: »Richtig, dein Mädchen. Zu deinem Mädchen wollte ich eine Bemerkung machen.«

»Mädchen?«, fragte Mischa.

»Anastasia. Gibt es noch ein anderes? Äußerst feine Person, deine Anastasia, so klug und aufrichtig, wenn ich das aus der Ferne zutreffend beurteile, und ich glaube, das tue ich. Ich mag sie sehr. Du nicht?«

Auch Mischa mochte sie selbstverständlich, wollte sich von einem Säufer wie Bogdanow jedoch nicht vorschreiben lassen, wie er über sie denken sollte, zumal er Gedanken an Anastasia derzeit tunlichst vermied.

»Sie hat gerufen, deine Anastasia«, fuhr Bogdanow fort; Mischa erinnere sich gewiss.

Nein, nein, dachte Mischa. Nicht das, bitte nicht das.

»Doch, doch«, gab Bogdanow fröhlich zurück, der offenbar Gedanken lesen konnte. »Und nun hör zu, was ich dir zu sagen habe.«

»Das hätte sie nicht tun dürfen«, dachte oder sagte Mischa und darauf Bogdanow neuerlich heiter und gelassen: »Aber warum denn, warum denn, Jeschua ist es eine Freude.«

»Jeschua«, sagte, dachte Mischa, während Bogdanow sehnsüchtig Richtung Flasche blickte und sich erkundigte, ob es irgendwo Nachschub gebe, dann würde er sich nämlich auf den Weg machen und ihn holen.

Und war im nächsten Augenblick aus der Tür.

Mischa konnte sich beim besten Willen nicht vorstellen, dass noch etwas im Kühlschrank war, aber siehe da, Bogdanow brachte von einer Minute auf die andere eine weitere Flasche *Beluga*, die er mit geübtem Handgriff öffnete und sich und Mischa erneut eingoss.

»Worum wir dich bitten, ist, dass du Jeschua für ein paar Tage begleitest«, fuhr er mit neuem Schwung fort. »Er wird demnächst da sein, jedoch nicht für lange, was man bei ihm vorher nie genau weiß, da er sich ungern festlegt. Er ist zum ersten Mal in der Stadt, deshalb braucht er jemanden, der ihn herumführt und auf ihn aufpasst oder zumindest an seiner Seite bleibt.«

Das war, was er Mischa sagte.

»Mehr ist es nicht. Eine Kleinigkeit.«

»Aber warum ich?«, fragte Mischa. »Ich bin bestimmt nicht der Richtige.«

»Man hat dich ausgesucht, also bist du ohne Zweifel der Richtige.«

»Kann ich Nein sagen?«

»Nein, kannst du nicht.«

»Aber das Semester hat eben erst begonnen, ich muss

Geld verdienen, bin viermal die Woche im *Schostako-witsch* ...«

Doch Bogdanow winkte sofort ab; das werde sich alles finden. »So du willst, wird es sich finden.«

Richtig verstanden hatte Mischa trotzdem nicht. Er verstand, was man von ihm verlangte, doch davon abgesehen verstand er nicht das Geringste und versuchte verzweifelt rückwärts Richtung Anfang zu gehen, an den Punkt, wo mutmaßlich alles angefangen hatte, wobei er über mehrere Zwischenstationen bei seinen lieben Eltern landete, genauer: bei der Szene, in der sie Mischa gezeugt hatten.

Er fragte ein zweites Mal: »Warum ich?«

Darüber musste Bogdanow nachdenken.

»Du bist jung«, erwiderte er schließlich. »Du hast dir bislang nicht viel zuschulden kommen lassen, außerdem sind deine Eltern tot.«

»Meine Eltern sind nicht tot«, widersprach Mischa.

»Du weißt nicht, wo sie sind, also sind sie so gut wie tot.«

»Ja«, sagte Mischa, obwohl er ziemlich sicher war, dass sie irgendwo am Leben waren.

Bogdanow schwieg und drehte sich auf Mischas Stuhl im Kreis. »Noch Fragen?«

»Na ja, schon«, antwortete Mischa, um sich am Ende lediglich nach dem Wann und Wie zu erkundigen, Uhrzeiten und Treffpunkten, die ja unter Umständen bereits feststanden.

Bogdanow schüttelte nachsichtig den Kopf.

»Wenn er da ist, ist er da. Mach dir keine Gedanken.«

Keine Gedanken, ja.

»Er freut sich auf dich, auf die Tage mit dir, die Stadt,

die er wie gesagt nicht kennt und bestimmt interessant finden wird«, fügte er hinzu, was nun auch Mischa freute – man kannte sich also gewissermaßen schon, lief aufeinander zu, ja, so.

»Jedenfalls soll ich dich grüßen«, sagte Bogdanow. »Das hat er ausdrücklich gesagt: Grüß ihn bitte von mir. Den Jungen, der so gerne Dostojewski liest.«

Jetzt musste Mischa lächeln.

»Na siehst du«, sagte Bogdanow. »Könnte ich übrigens eine Kleinigkeit zu essen haben? Ich bin auf dem Herweg nicht dazu gekommen.«

Nach dem vielen Wodka betrachtete Mischa diesen Wunsch als ebenso verständlich wie ungehörig, schließlich war die Wohnung kein Restaurant, wobei er sich vage erinnerte, dass ein Rest Borschtsch im Kühlschrank war und, wenn er Glück hatte, saure Sahne und ein Stück Brot.

⁊

Erst in der Küche wurde Mischa bewusst, wie benebelt und regelrecht betrunken er war. Trotzdem brachte er alles gut zustande, wärmte den Borschtsch auf und schöpfte ihn ohne Zwischenfälle in zwei Teller mit Goldrand, vergaß auch Brot und Sahne nicht und brachte auf einem Tablett alles wohlbehalten zurück ins Zimmer, wo er Bogdanow zum zweiten Mal mit ausgebreiteten Flügeln antraf.

»Da fällt mir ein, dass ich vergessen habe, dir zu sagen, dass du dich nicht fürchten sollst«, bemerkte er dazu. »Also, fürchte dich bitte nicht, ich bekomme Ärger, wenn du dich fürchtest.«

Und so aßen sie, Bogdanow sichtlich erfreut und mit

großem Appetit, während Mischa bloß aß, weil Bogdanow aß.

»Borschtsch, sagst du, heißt die rote Sache da?«, fragte der Engel, der zwar wusste, was Wodka war, jedoch nie Borschtsch mit saurer Sahne gegessen hatte und sogleich wissen wollte, ob noch ein Rest vorhanden sei.

Mischa musste also wohl oder übel ein zweites Mal los, sich mühsam von der Bettkante erheben und in die Küche schleppen, wo tatsächlich ein Rest war, saure Sahne nein, ein weitere Scheibe Brot ja.

Mischa pfiff, als er sich auf den Rückweg machte, das Abenteuer, in das er da geraten war, begann ihm zu gefallen, man musste nur aufhören, sich allzu viele Fragen zu stellen, und sofort war alles auf spannendste Weise interessant, Wodka und Engel und Jeschua inklusive.

Bogdanow hatte mit keiner Silbe gesagt, wie lange er zu bleiben vorhatte, vielleicht war es ja ein Gebot der Höflichkeit, zu fragen, ob er Quartier brauchte, doch Bogdanow brauchte kein Quartier, denn er war weg, spurlos verschwunden, als Mischa mit dem zweiten Teller kam.

⟳

Mischas Reaktion bestand darin, dass er sich ohne weitere Überlegung aufs Bett warf und auf der Stelle in einen tiefen Schlaf fiel.

Zwischendurch wachte er auf und dachte, dass sich Bogdanow verabschieden hätte können und überhaupt ein recht ungehobeltes Exemplar von Engel war, worauf er zwei weitere Stunden wie leblos schlief, bevor er nach Mittag erwachte und sofort wusste, wo und wer er war, die Bedeutung von leeren Wodkaflaschen eingeschlossen, die er gleichzeitig leugnete und akzeptierte; sein Problem waren eindeutig die Flaschen.

Da war nichts, versuchte er sich zu sagen, und wenn, so glaube ich es nicht, obwohl er im selben Augenblick wusste, dass das nicht sein Problem war; sein Problem war, dass er *glaubte,* immer die beiden Wodkaflaschen im Blick, die ihn dazu zwangen.

Und je länger er darüber nachsann, desto mehr begann er sich zu fürchten, ungeachtet der Tatsache, dass Bogdanow erklärt hatte, dass er sich nicht zu fürchten brauche.

Er musste unbedingt mit jemandem sprechen. Aber mit wem? Sein Onkel würde ihn auslachen und für verrückt erklären, also nein; auch Luna nein; Anastasias Mitbewohner fiel ihm ein, aber eigentlich nur Anastasia.

Er schickte ihr eine Nachricht, fünf Minuten später rief sie an.

»Na endlich«, sagte sie, etwas verstimmt, aber auch erleichtert, dass er sich gemeldet hatte. »Wo bist du bloß?«

Worauf Mischa sagte, dass er in seinem Zimmer sei und zwei leere Wodkaflaschen vor sich stehen habe.

»Ich habe Besuch bekommen.«

»Ja?«, fragte Anastasia. »Besuch. Und weiter?«

Mischa: »Ein Mann. Bogdanow. Bitte lach nicht.«

Und dann erzählte er, was geschehen war, kunterbunt durcheinander, sodass Anastasia fürs Erste kaum etwas begriff, da Mischa wieder und wieder auf die Flügel kam und dass er mit Bogdanow getrunken habe und die Tage jemanden durch die Stadt begleiten solle und Jeschua schon von Mischa wisse.

»Ich weiß nicht, was ich denken soll«, schloss Mischa. »Das ist doch alles überhaupt nicht wahr.«

»Magst du zu mir kommen?«

Und ja, das wollte er; eine halbe Stunde später saß er bei ihr im Zimmer.

Anastasia hatte Tee und Kekse gebracht und in der Zwischenzeit nachgedacht.

»Hier, setz dich ruhig aufs Bett«, sagte sie und ließ ihn wissen, dass sie nicht sonderlich besorgt sei und Mischa rate abzuwarten.

»Ich würde mich ja weiterhin freuen, wenn er käme«, sagte sie.

»Ich weiß nicht«, meinte Mischa. »Was wissen wir beide schon davon. Wir beten nicht mal. Oder betest du? Dein Fjodor betet. Wer betet, wartet auf Antwort, doch ich bete und warte nicht.«

»Nein.«

»Außerdem hast *du* ihn gerufen, nicht ich.«

Sie dachte kurz nach und hatte eine Idee.

»Richtig helfen kann ich dir leider nicht, Fjodor in seinem Kloster eventuell oder dieser Kyrill, ich bringe dich gerne hin.«

Mischa verstand nicht.

»Ich habe einen Führerschein und einen alten Peugeot und verschwinde nur eben im Bad, dann können wir los.«

⁊

Das geschah Samstagnachmittag um drei.

Für die Siebenerbande um Dr. Muhlack war das die Zeit, in der sie üblicherweise ein Nickerchen hielten, denn sie waren Männer im fortgeschrittenen Alter, und

Männer im fortgeschrittenen Alter lieben es, bei einem Nickerchen neue Kräfte zu sammeln, zumal ihnen die vor Stunden zu Ende gegangene Festivität einiges abverlangt hatte.

Alle sieben hatten sich in prächtigster Stimmung an verschiedenen Orten zur Ruhe gelegt, doch seltsam, keiner fand den erhofften Schlaf, und wenn, so fiel er alles andere als erquicklich aus und war voll düsterer Ahnungen, für die es anschließend keine Erklärung gab.

Zahnarzt Dr. Muhlack hatte seit Jahren die Gewohnheit, in seiner Praxis zu schlafen, mitten im Betrieb eine halbe Stunde in einem der Behandlungsstühle, was das Personal regelmäßig veranlasste, die Patienten im Flüstermodus abzufertigen, obwohl er mehrfach betont hatte, dass Stimmen und Geräusche ihn nicht störten.

Jetzt, am Samstag, war es in der Praxis totenstill, sodass er zwar mühelos einschlief, aber nach wenigen Minuten zitternd erwachte und sich irritiert fragte, welche feindliche Macht ihm da im Traum begegnet war, und bloß dasaß und zitterte und an die neue Zahnarzthelferin dachte, die es aber gewiss nicht war.

Auch Professor Rutter, der auf dem Sofa in seinem Arbeitszimmer schlief, und zwar über eine halbe Stunde, hatte mit einer feindlichen Macht zu tun, nur dass er selbst diese Macht war und sich einen Spaß daraus machte, einem leise blökenden Osterlamm, das ihn aus sehr lieben Augen ansah, die Kehle durchzuschneiden.

Regisseur Stranz, Rechtsanwalt Pfannkuch und Bezirksstadtrat Nitsch schliefen überhaupt nicht, sondern tigerten in ihren Immobilien auf und ab: Pfannkuch in seiner Mansardenwohnung am Boxhagener Platz, Nitsch im Garten seines kürzlich abbezahlten Reihenendhauses in Lankwitz und Regisseur Stranz in seiner Doppelhaushälfte am Nonnendamm; alle drei wandten sich im Laufe des Nachmittags verschiedenen alkoholischen Getränken zu, was ihre Unruhe allerdings nicht nur nicht dämpfte, sondern eher noch verschlimmerte.

Einzig der Malermeister war bester Dinge.

Gleich nach seinem Abschied von den Vereinskollegen hatte er die schweren Vorhänge in seinem Schlafzimmer zugezogen und mit Unterstützung zweier Schlaftabletten eineinhalb Stunden tief und fest geschlafen, um mit ziemlich genau dem Gefühl zu erwachen, mit dem zuvor der Zahnarzt erwacht war.

Allerdings zitterte Schell nicht im Geringsten. Im Gegenteil, er war wie elektrisiert; die feindliche Macht, vor der Dr. Muhlack idiotischerweise zitterte, war ihrer aller Rettung; sie würden jede Menge zu tun haben, sobald sie aufgetreten war, und das würde sie in Kürze, das spürte er und holte zur Feier des Tages eine Flasche *Grand Cru Saint-Émilion Bordeaux* Jahrgang 2001 aus dem Weinkeller, der sich praktisch von selbst trank und vorzüglich zu seiner gehobenen Stimmung passte und auch schmeckte.

8

Der Psalm

Und so fuhren sie nach Brandenburg. Anastasia war bester Dinge, draußen schien eine strahlend optimistische Sonne, weshalb sie nach Überschreiten der Stadtgrenze das Verdeck ihres Peugeots herunterließ und wiederholte, dass sie ihm glaube.

»Wahrscheinlich ist das alles nur in meinem Kopf«, meinte Mischa.

Und Anastasia: »In deinem Kopf ist es definitiv auch.«

»Aber wieso ich?«

Er sah, wie der Wind durch ihr dunkles Haar fuhr, und wie es überall grünte und blühte, die Apfel- und Kirschbäume links und rechts, zwischen denen Wiesen und Felder zu sehen waren und ab und zu eine ramponierte Ortschaft mit Kirche und Anger, bevor neuerlich lediglich Landschaft war.

Mischa wollte mehr über Fjodor wissen.

»Fjodor, ja weißt du«, begann sie. »Er ist seltsam.«

»Weil er sich fürs Kloster entschieden hat?«

»Nein, es ist gut, dass er ins Kloster geht, denn er ist im Herzen ein Mönch, wenn auch ein verzweifelter. Er hat sein Zimmer bei Edita in den letzten Monaten kaum verlassen, aß nur Brot und Salzgurken, betete, verzweifelte, betete, in wiederkehrenden Schleifen, *Herr, ich bin nicht würdig.* Und dann hörte ich ihn oft weinen und fluchen und russisch reden und manchmal auch singen.«

»Er tat mir leid«, erklärte sie und wollte sagen, dass es aus Mitleid geschehen sei, den Vorfall meinte sie, ein wenig aus Neugier, weil sie – Gott, wie peinlich – gedacht hatte, dass Fjodor irgendwie *heilig* sei, auf diese besondere Weise verrückt, und dieses Verrückte, Heilige hatte sie im Rahmen des Vorfalls irgendwie anfassen und in sich spüren wollen.

Alles in allem klang das reichlich vage, fand sie, aber Mischa, der Gute, hatte sofort verstanden, und dass es lediglich ein Vorfall gewesen war und als solcher nicht viel zu bedeuten hatte.

»Ich glaube, er ist sehr einsam«, fügte sie hinzu. »Aber anders als du; du bist fröhlich dabei, dir gefällt's, für dich zu sein, während es ihm, glaube ich, überhaupt nicht gefällt.«

»Ich beneide ihn ja eher, als dass ich ihn bedauere«, meinte Mischa, der selbst eine Art Mönch war oder werden wollte, und das mochte sie an ihm, da er zum Glück auch noch vieles anderes war.

Er wirkte zufrieden, wie er da saß und die Karte studierte, als wäre sie ein Buch, das voller rätselhafter Stellen war, obwohl er bislang keinen einzigen Fehler gemacht hatte und dann bei Gelegenheit sagte: »Beim nächsten Abzweig müssen wir nach rechts.«

༄

Nach gut einer Stunde erreichten sie ihr Ziel, bogen auf einen Parkplatz, der sehr schlammig war und auf dem nur wenige andere Wagen standen.

Mischas Kenntnis von Klöstern bestand darin, dass er *Die Brüder Karamasow* gelesen und sich wer weiß was ausgemalt hatte, ein zusammenhängendes Ensemble mit Kirche und Zellentrakten und Ställen und Gärten, während hier das meiste sozusagen bloß tröpfchenweise vorhanden war: links ein altes Gutshaus, schräg gegenüber eine russische Kirche, die, wie sich herausstellte, zur Hälfte im Rohbau war, dazu ein flaches, unverputztes Gebäude, in dem vermutlich die Mönche lebten.

Mischa war enttäuscht; es passte so gar nicht zu seinen Bildern und Fantasien.

»O weh«, sagte Anastasia, die auf eine Gruppe frei laufender Schafe zeigte und den Ansatz eines Klostergartens, der Richtung See in der frühen Dämmerung lag, denn auf der Rückseite des Zellentrakts lag in halber Ferne ein brandenburgischer See.

Zu sehen war fürs Erste niemand.

Der Klostergarten lag zur Hälfte brach und war mit verschiedenen noch jungen Kräutern bepflanzt.

»Der Rosmarin, schau«, sagte Anastasia, und in diesem Augenblick stand Fjodor in der Tür.

Er trug ein langes schwarzes Hemd mit schwarzen Knöpfen, dazu eine schwarze Pluderhose und ein Paar neue dunkelbraune Sandalen und zeigte nicht das geringste Zeichen der Überraschung, begrüßte erst Anastasia und anschließend Mischa, indem er unmerklich mit dem Kopf nickte und sich weiter nicht äußerte.

»Wir hätten uns beinahe bei Edita gesehen«, sagte Mischa.

»Edita, ja«, antwortete er.

Und Mischa: »Hast du Zeit? Ich brauche deinen Rat. Es ist kompliziert.«

Fjodors Zelle war gleich die erste links und wirklich kaum mehr als das: Die weißen Wände schienen kürzlich gestrichen worden zu sein, trotzdem war es dunkel und eng, sodass man kaum wusste, wo man Platz nehmen sollte; es gab kein Bett, nur eine Matratze mit Decke, daneben einen quadratischen Tisch, auf dem aufgeschlagen eine russische und eine deutsche Bibel lagen und daneben mehrere von Hand beschriebene Zettel.

Mischa wusste nicht, wie er anfangen sollte, obwohl ihn Fjodor einigermaßen freundlich ansah und keinen Zweifel ließ, dass er nach Kräften raten werde.

»Du hast Kummer, also sprich«, sagte er und bat Mischa neben sich auf die Matratze, während sich Anastasia irgendwie an eine der Wände lehnte.

Kummer hatte Mischa streng genommen nicht; jemand hatte ihn überraschend besucht, lag in seinem Bett und behauptete merkwürdige Sachen, ein Mann mit Namen Bogdanow.

Mischa fasste zusammen, was Bogdanow gesagt hatte, es war ja eigentlich recht wenig; trotzdem brauchte Mischa ziemlich lange, bis er fertig war.

»Bogdanow, sagst du, hat er sich genannt?«

»So hat er sich genannt.«

Fjodor – das war offensichtlich – glaubte Mischa kein Wort, er lächelte, jedoch auf eine Art, dass man sich klein und dumm unter diesem Lächeln fühlte, er schwieg, was überhaupt das Schlimmste war und Mischa dazu brachte, noch einmal von vorne zu beginnen; offenbar hatte er die Geschichte schlecht erzählt, die Sache mit den schrecklichen braunen Flügeln und wie Bogdanow plötzlich verschwunden war.

»Nein, nein, warte«, unterbrach ihn Fjodor. »Deine

Worte sind völlig unwichtig. Es geht nicht um Worte. Du hast es schwer, doch ein Unglück ist es nicht. Oder wie der Psalm weiß: *Gott legt uns eine Last auf, aber er hilft uns auch.* Was soll ich sagen – ich glaube dir.«

Alle schwiegen und schauten vor sich hin; neben dem Tisch den Betschemel hatte Mischa bislang nicht bemerkt, doch jetzt bemerkte er ihn.

»Du hast wirklich nicht viel«, sagte Anastasia.

»Und ebendeshalb alles«, erwiderte Fjodor, der spürte, dass Mischa mit seinen Antworten nicht zufrieden war und vorschlug, die Angelegenheit mit Kyrill zu besprechen, der sich mit Gesichten und Erscheinungen auskannte und sicher Kluges zu sagen wüsste.

༺

Sie fanden Kyrill in der Kirche, wo er vor dem Altar betete. Auf den ersten Blick sah es so aus, als stünde er nur, aber dann vernahmen sie sein singendes Murmeln, etwas leiernd sich Wiederholendes, an dem es nichts weiter zu verstehen gab.

Erstaunlich war der Zustand der Kirche. Von außen hatte es so ausgesehen, als wäre sie fertig, aber davon konnte keine Rede sein, im Innenraum war sie eine große Baustelle; einzig die Deckengewölbe waren gestrichen, die Wände bloß verputzt; es gab keine Bestuhlung, und der Betonboden war notdürftig mit alten Teppichen bedeckt. Nur die bemalte Apsis besaß bereits einen gewissen Glanz: Man sah eine Maria in ausladend rotem Kleid vor goldenem Hintergrund, davor ein viel kleinerer Jesus, der wie sie die Arme ausbreitete.

Inzwischen hatte Kyrill sein Gebet beendet und Fjodor mit den beiden Gästen entdeckt. Er war ein wohlbeleibter Mann um die fünfzig, der nicht weiter überrascht schien, dass Gäste gekommen waren, und entschlossen auf Mischa und Anastasia zutrat.

»Uns fehlt das Geld an allen Ecken und Enden«, erklärte er mit Blick auf den Zustand der Kirche, die er offensichtlich als seine betrachtete, das große Werk, das er noch zu Lebzeiten zu Ende bringen wollte.

»Kennen Sie *Andrej Rubljow*, den wunderbaren Film über den Ikonenmaler?«

Keiner kannte ihn.

»Na ja, die Zeit ist seltsam«, fuhr er ohne weitere Erläuterungen fort. »Manchmal steht sie, manchmal geht sie, nur ob im Kreis oder vorwärts oder rückwärts, weiß man selten.«

»Aber gut«, unterbrach er sich. »Was hat euch zu uns geführt? Seid ihr Russen? – Ihr seid doch Russen«, sagte er und lud Mischa und Anastasia ein, drüben in der Küche eine Kleinigkeit zu essen.

Die Soljanka war dünn und die Küche eine weitere Baustelle, doch Mischa achtete kaum darauf, schaute zu, wie Kyrill das Essen segnete und nun aß und das Wasser in die Gläser goss und sich Mischa nach einer Ewigkeit zuwandte und fragte, warum er gekommen sei.

»Was liegt dir auf dem Herzen?«

Worauf Mischa in verknappter Form erzählte, was er bereits Anastasia und Fjodor erzählt hatte.

»Gut«, sagte Kyrill und schwieg.

»Du hast nicht erwähnt, dass ihr zwei Flaschen Wodka getrunken habt«, ergänzte Anastasia, weil sie fand, dass das der Geschichte eine andere Färbung gab.

Doch für Kyrill schien es nichts zu ändern.

»Zwei Flaschen, sagst du? Also ist er aus dem Osten. Der Name sagt ja, dass er aus dem Osten ist. Alles Verrückte kommt aus dem Osten.«

»Trotzdem fürchte ich mich«, sagte Mischa. »Zwischendurch fürchte ich mich nicht, und dann fürchte ich mich wieder.«

»Nur warum eigentlich? Etwas geschieht oder bleibt aus oder entwickelt sich anders, als du vermutet hast, und weder das eine noch das andere kannst du beeinflussen. Nimm deine Geburt, den Tod, was immer du willst, und du wirst feststellen, dass wir nicht wissen können, was uns geschehen wird.«

»Und was diese Besuche betrifft«, fuhr er fort, »so kann ich dir sagen, dass sie vorkommen. Ich habe schon von den unwahrscheinlichsten Besuchen und Erscheinungen gehört und nicht den geringsten Zweifel, dass sie stattgefunden haben und weiter stattfinden werden.«

Eine Weile sagte er nichts, kratzte sich am Kopf, durchweg mit diesem leicht irren Lächeln, das Mischa jetzt erst richtig auffiel, dieses Flackern in Kyrills Augenhintergrund, als wären da Feuer, denen man besser nicht zu nahe kam.

Aber jetzt lächelte er und sagte, dass ihm noch etwas eingefallen sei, die Geschichte mit Lazarus, die Mischa ja gewiss kenne.

»Weißt du auch, wie sie weitergegangen ist?«

»Wie weitergegangen?«

»Das fragst du dich«, sagte Kyrill. »Also hör zu. Stell dir vor, du bekommst durch ein Wunder ein zweites Leben, dann musst du mit diesem Geschenk natürlich etwas anfangen, und genau das hat Lazarus getan: Er wurde Bischof in der Stadt Lanarka auf Zypern und verbreitete unseren Glauben.«

»Und weiter?«, fragte Anastasia.

»Nichts weiter«, antwortete Kyrill. »Aber vergesst nicht, dass er ein Toter war; das hinterlässt Spuren, einen üblen Geschmack im Mund in seinem Fall, den zu überdecken der arme Lazarus zeit seines Lebens *was* getan hat? Von morgens bis abends Pinienkerne gekaut.«

Er lachte, als er das sagte und in die verwunderten Gesichter von Mischa und Anastasia sah, die sich noch mehr verwunderten, als er mit dem letzten Satz aufstand und sich bedankte, dass man den weiten Weg auf sich genommen habe, und Mischa und Anastasia auf denkbar freundlichste Weise aus dem Kloster warf.

Es begann zu dämmern, als sie zurück zum Wagen gingen.

Anfangs wollte keiner sprechen, jeder hing seinen Gedanken nach, was man gesehen und gehört hatte, wobei Anastasia mehr an Fjodor und Mischa mehr an die Lazarus-Geschichte dachte.

»Dieser Kyrill, also ich weiß nicht«, sagte er schließlich. »Direkt verrückt ist er mir nicht vorgekommen.«

»Ich glaube, es ging ihm um die Pinienkerne«, erwiderte Anastasia. »Glaubst du an die Pinienkerne, glaubst du auch den Rest.«

»Das ist doch alles Blödsinn«, sagte Mischa.

»Wie schmecken überhaupt Pinienkerne?«, wollte Anastasia wissen. »Ich erinnere mich gerade nicht.«

Auch Mischa erinnerte sich nicht genau, harzig-nussig, glaubte er.

»Ja, so«, sagte Anastasia.

»Alles Blödsinn«, wiederholte Mischa, ohne rechte Überzeugung, wie er zugeben musste, weil ihm die Wodkaflaschen in seinem Zimmer einfielen, die so etwas wie seine Pinienkerne waren, weshalb er inständig und wider besseres Wissen hoffte, dass sie sich in Luft aufgelöst hätten oder überhaupt Einbildung gewesen waren.

Kurz nach der Stadtgrenze fragte Anastasia, ob er auf einen Sprung zu ihr komme, in so einem bittend-zärtlichen Ton, dass er fast versucht war, sich aber doch lieber absetzen ließ.

»Mein Onkel wird wissen wollen, wo sein Wodka geblieben ist, und aufräumen muss ich außerdem.«

»Ich verstehe«, sagte Anastasia; es laufe ihnen ja nichts davon, und anrufen könne er jederzeit.

»Was immer mit dir ist oder geschieht, bitte lass es mich wissen, ich bin da.«

»Wir sehen uns in der Vorlesung«, erwiderte Mischa, der bei seiner Rückkehr tüchtig erschrak, als er die Wodkaflaschen erblickte und sofort wegbrachte, einen Rest austrank und hoffte, dass der Onkel sich nicht beschweren würde, so es diese Flaschen und die damit verbundenen Ereignisse wirklich gegeben hatte, was man sich jetzt, da aufgeräumt und gelüftet worden war, kaum mehr vorstellen konnte.

༄

Ungefähr zur selben Zeit stand eine Frau auf der Bärenbrücke in Moabit und sann über die Katze in ihrem Rucksack nach, noch unschlüssig, was die nachfolgenden Schritte betraf, aber heiter und entschlossen, berauscht vom gestrigen Abend, an dem sie stundenlang getanzt und getrunken hatte.

Zu dem Fest eingeladen hatte sie ein Gast der Bar, in der sie die Getränke mixte. Er war gegen Mitternacht gekommen und hatte nach dem ersten Gin Tonic zwei geschlagene Stunden auf sie eingeredet, ohne weiter etwas zu wollen, als über das Theater und einen gewissen Stranz zu reden, der – wie sie bald begriff – er selbst war, voller Zweifel, aber eben mit jeder Faser Stranz, ein Neuerer, ein Radikaler, der im Theater keinen Stein auf dem anderen lassen würde, denn er war Regisseur an einer der Berliner Bühnen.

Nach dem vierten Gin Tonic hatte er sie eingeladen. Er konnte soeben noch schreiben, Angaben zu Ort und Zeit, nannte es einen Ball, auf dem sie bitte weiterhin so bezaubernd lächeln möge, dann werde es bestimmt ein Spaß.

Was es geworden war.

Natürlich hatte sie ausgiebig mit ihm getanzt, obwohl sie sich jetzt bloß vage daran erinnerte und ihre Erinnerungen überhaupt sehr lückenhaft waren. Sie war ewig lange auf einer Treppe gestanden; an die Ballkönigin und deren Kleid erinnerte sie sich, dass es in Hülle und Fülle zu essen und zu trinken gab, dass ein Pudel vor Ort gewesen war und sie allen möglichen Leuten von ihrem Freund erzählt hatte, der sie verlassen hatte und nichts so sehr liebte wie seine Katze, die sie aus Rache hier und jetzt ertränken würde; und alles schön filmen würde sie, damit er nicht glaubte, das Tier sei nur weggelaufen und irgendwo am Leben.

Sie hatte nicht viel Erfahrung mit Handyfilmen, aber siehe da, sie kam auf Anhieb zurecht, holte das Kätzchen bei laufender Kamera aus der Tasche und warf es mit einem gewissen Schwung über das Brückengeländer ins Wasser.

Es war nicht recht, was sie da tat, aber darin bestand das Vergnügen; sie war böse, doch dazu gemacht hatte sie allein der Freund, dem sie nun richtig wehtat, während die Katze da unten um ihr Leben kämpfte, irgendwie zu schwimmen versuchte und klagte und miaute, wie sie zu hören meinte und mit der Kamera unerschrocken drauf hielt, bis sie untergegangen war.

Nun wirst du mich endlich kennenlernen, dachte sie und stellte sich das Gesicht ihres Freundes vor, wenn er erst sähe, was sie seiner tierischen Freundin getan hatte, von der weiterhin nichts zu sehen war, ein Blick übers Geländer genügte, um sich davon zu überzeugen: Es war aus und vorbei mit ihr.

Das zumindest glaubte sie und wandte sich zum Gehen, während die Katze zwar untergegangen war, aber tapfer kämpfte und sich bald zu helfen wusste, indem sie – mir nichts, dir nichts – zu schwimmen begann.

Sie gehörte zu den Katzen, die das Wasser hassten, mit gutem Grund, denn es war kalt, das Fell wurde klatschnass, man wurde schwer und nach unten gezogen, und ebendeshalb und trotzdem begann sie zu schwimmen.

Niemand hatte ihr gezeigt, wie das ging, deshalb hielt sie anfangs den Kopf nicht richtig, sodass sie mehrmals unterging, jedoch immer wieder hochkam und aus irgendwelchen Gründen wusste, dass sie bloß weiter strampeln und schwimmen müsse und eine Stelle suchen, wo das Wasser aufhörte.

An die Frau, die sie in diese Lage gebracht hatte, dachte sie gar nicht mehr. Sie dachte nur noch an die Bewegung und das Nein, das dem übermächtigen Feind galt, der von unten an ihr zog und sie mal in diese, mal jene Richtung schubste.

Eine lange Weile ging das so, bis sie plötzlich eine Stelle erreichte, der sie vertraute; plötzlich war da etwas, an dem man sich festhalten und hochziehen konnte, und siehe, sie war gerettet und am Leben, zu Tode erschöpft, doch ohne Zweifel am Leben.

In der Dämmerung war nicht viel zu erkennen, deshalb blieb sie, wo sie war, nahe am Ufer bei einem Gebüsch, das sie ebenfalls vertrauenswürdig fand. Sie schüttelte sich das Wasser aus dem Fell und begann sich oberflächlich zu putzen, bevor sie sich eingestand, dass sie für dergleichen Tätigkeiten zu müde war, und sich hinlegte und zitternd in einen tiefen Schlaf fiel.

ZWEITES BUCH

EINE WIRKLICH FANTASTISCHE EPIDEMIE

9

Das Erscheinen des Helden

Der Mann, der gestorben war, saß auf der Treppe vor der Wohnung, die ihm Bogdanow genannt hatte, und wartete.

Wie oft war er zu früh, was ihn aber nicht weiter bekümmerte. Er war guter Dinge und freute sich auf den Jungen, mit dem er seine Zeit verbringen würde, damit es nicht gar so mühsam würde, denn als mühsam stellten sich diese Besuche ja regelmäßig heraus.

Von dem Jungen wusste er lediglich, was Bogdanow berichtet hatte: seinen Namen, Mischa; dass sie getrunken und gegessen hatten; dass es ein Mädchen gab, ebenjenes, das ihn gerufen hatte.

Da er vorläufig nichts zu tun oder zu bedenken hatte, beschäftigte er sich damit, auf die Geräusche im Haus zu lauschen. Es herrschte kaum Betrieb, die meisten Bewohner waren unterwegs, man hörte gelegentlich eine Stimme, einmal länger eine Musik, die ihm gefiel und bald darauf verstummte.

Er stand mehrfach auf, um sich die Beine zu vertreten, blieb jedoch immer, wo er war, wechselte allenfalls die Stufe, prüfte die Kleidung, die womöglich zu sommerlich ausgefallen war, fuhr sich durch den Bart.

Inzwischen musste es später Vormittag sein, und der Junge war immer noch nicht erschienen. Er merkte, dass er gerne gegessen hätte, was er seit jeher als gutes Zeichen nahm: Man kam an und hatte etwas, worauf man sich freuen konnte, die köstliche rote Suppe, die Bogdanow mehrfach lobend erwähnt hatte und nun verschiedene Erinnerungen in ihm wachrief, die leider recht undeutlich waren und allenfalls in dem Wissen bestanden, dass er sie von einem seiner Besuche kannte und bereits gegessen hatte.

Davon abgesehen hatte er keine großen Erwartungen oder Befürchtungen. Mehr als ein paar Tage würde er auch diesmal nicht bleiben und wie die Male davor sehr rasch vergessen, was gewesen war, so wie er auch vergessen hatte, warum er sich weiterhin der Mühe unterzog.

Jemand rief ihn, und er kam.

Obwohl ja dauernd jemand rief und er die Rufe so gut es ging überhörte und eigentlich nur existierte, um nicht zu hören und für sich und in Ruhe und eigentlich nirgendwo zu sein, und leider doch immer wieder mal in Bewegung geriet und nicht anders konnte, als sich für einige Tage zu zeigen.

Er hatte nie herausgefunden, wer oder was ihn genau bewegte, doch Tatsache war, dass es von Zeit zu Zeit geschah und er jetzt hier war und sich sogar freute, es zu sein, und wiederum merkte, wie er immer hungriger wurde.

✑

Mischa wusste sofort, dass es Jeschua war, der auf der Treppe saß.

Der Besuch von Bogdanow lag keine vierundzwanzig Stunden zurück. Er fühlte sich überrumpelt, war nicht bereit, allerdings auch nicht sonderlich überrascht, obwohl er innerlich sofort zu zittern begann und sich fürchtete und zugleich freute.

Der Mann lächelte, als er ihn sah, stand sofort auf, ergriff seine Reisetasche und erklärte, dass er Jeschua sei.

»Und du musst Mischa sein«, sagte er.

»Ja, Mischa, der bin ich«, sagte Mischa, obwohl er das gerade bezweifelte und überlegte, ob es diesen Mischa nicht doppelt gab, den einen, der mit seinen Einkäufen in einem Café Espresso trank, und den anderen, der schon wieder unerwartet besucht wurde.

Mischa hatte sich bis zu diesem Augenblick keine großen Gedanken über Jeschuas Aussehen gemacht. Er hatte ihn sich jung vorgestellt, und jung war er zweifellos, wenige Jahre älter als er, selbstverständlich mit Bart, aber frisch gestutzt, das leicht lockige Haar kurz geschnitten, als wäre er erst die Tage beim Friseur gewesen, die Kleidung lässig und sandfarben hell und nicht billig.

Das war Jeschua.

Er sieht wie ein Hipster aus, dachte Mischa, der gar nicht wusste, was genau ein Hipster war, und in seiner Verwirrung lediglich den nächstbesten Gedanken ergriff.

Ich bin Mischa, sagte er sich. Ich habe einen Schlüssel zu dieser Wohnung, ich wohne hier und habe soeben überraschend Besuch bekommen, also gehen wir da jetzt rein; ich bringe die Einkäufe in die Küche, zeige ihm die Küche, zeige ihm, wo Onkel Wladimir schläft, sage ihm, wer Onkel Wladimir ist, und bringe ihn anschließend wie vor Tagen Anastasia in mein Zimmer.

Und so geschah es.

Im Gegensatz zu Bogdanow war Jeschua ein angenehm zurückhaltender Gast. Er trat mit gebührendem Abstand in Mischas Zimmer, legte sich dort natürlich auch nicht ins Bett, sondern wartete, bis ihm der Platz am Schreibtisch angeboten wurde, von wo aus er sich wohlwollend umsah

»Hier also wohnst du«, sagte der Mann, der Jeschua war.

»Hier wohne ich.«

»Es ist sehr freundlich von dir, dass du bereit bist, mich aufzunehmen. Ich kann dir nur danken.«

»Gern«, sagte Mischa, obwohl er nicht wusste, für wie lange das wäre und wo der Mann schlafen würde und wie überhaupt alles werden sollte, da für Besuche eigentlich nicht die Zeit war.

»Ich hoffe, Bogdanow hat sich nicht allzu sehr danebenbenommen«, fuhr Jeschua fort.

»Er hat gesagt, dass ich mich nicht fürchten soll.«

»Und? Hat es geholfen?«

»Ich glaube, der Wodka hat geholfen. Wir haben zwei Flaschen *Beluga* zusammen ausgetrunken. Außerdem fürchte ich mich nicht so leicht.«

Mischa hatte das nicht unbedingt sagen wollen, doch jetzt lächelte der Mann, der Jeschua war, als wäre das der Grund, warum man ausgerechnet auf Mischa verfallen war.

Und wirklich war er jetzt ganz furchtlos.

Das gefiel ihm. Man konnte besser denken, wenn man sich nicht fürchtete, überlegen, was als Nächstes geschehen sollte, dem Gast zu essen und zu trinken anbieten, wie es russische Sitte war, und tatsächlich landeten sie kurz darauf in der Küche; Mischa schlug ein paar Eier in die Pfanne, machte Tee, stellte für alle Fälle Wodka kalt und zeigte sich erfreut, weil der Gast nicht müde wurde, ihn zu loben, und zu guter Letzt fragte, ob er bei Gelegenheit diese rote Suppe zu essen bekommen könne.

»Borschtsch, meinst du?«, antwortete Mischa und dass sich das ohne Schwierigkeiten einrichten lasse, wenn nicht heute, so spätestens morgen.

∽

Der Mann, der gestorben war, schloss den Jungen sofort ins Herz. Er hatte einen furchtlosen Geist, fragte, ohne auf Antwort zu bestehen, war natürlich sehr jung und mit seinem einnehmenden Wesen für ein paar Tage gewiss ein angenehmer Begleiter.

Nach dem Frühstück stellte er die üblichen Fragen, warum Berlin, warum ausgerechnet jetzt, warum ich, auf die er in allen Fällen keine befriedigende Antwort zu geben wusste.

»Ich bin nur da«, sagte er. »Mehr ist mir nicht aufgetragen.«

»Aufgetragen«, wiederholte Mischa. »Du willst uns helfen.«

Worauf er lächelnd erklärte, er helfe nicht. »Oder nur ganz selten, du hast recht. Aber so, wie du und jeder andere helfen würden.«

Damit war der Junge erkennbar nicht zufrieden, und es war hübsch anzusehen, wie es in ihm arbeitete und er lange zu keinem Ergebnis kam.

Er hätte ihm gern eine Erklärung gegeben, mit der er zufrieden gewesen wäre, aber es war nicht leicht, etwas zu erklären, das man selbst allenfalls in Teilen verstand.

»Ich langweile mich auf die Dauer, so mit mir selbst«,

versuchte er es. »Außerdem wollte ich dich kennenlernen.«

»Mich?«, fragte der Junge, der nicht wusste, dass er schon geliebt wurde, weil jemanden kennenlernen wollen und lieben eins war.

Sie saßen weiterhin in der Küche, wo auf dem Tisch das schmutzige Geschirr stand und der Junge sich allmählich gewöhnte, neuen Tee aufsetzte und nicht weiter bohrte, sondern bloß sagte: »Gut, lernen wir uns kennen.«

༄

Inzwischen war es lange nach Mittag, Mischa hatte vorübergehend das Zeitgefühl verloren, dabei gab es weiterhin viele Fragen, die ihm dummerweise nicht einfielen, kurz auftauchten und neuerlich weg waren: die Quartierfrage, die Geldfrage, die Programmfrage, von lauernden Luna- und Anastasiafragen nicht zu reden, und wie sich das nun eigentlich mit dem doppelten Mischa verhielt, falls es nicht überhaupt fünf oder zehn Mischas gab, die sich untereinander nicht absprachen und teilweise kaum kannten.

In dieser für Mischa recht unbequemen Lage tauchte zum Glück der Onkel auf. Er hatte seit dem Morgen im *Schostakowitsch* gekocht und wollte wie üblich nur duschen, doch nun hatte Mischa Besuch, was eine große Seltenheit bei Mischa war und den Onkel erkennbar freute.

»Ich bin Wladimir, ich werde euch nicht lange stören«, sagte der Onkel, der es eilig zu haben schien, weshalb Jeschua lediglich erwiderte, dass er Jeschua sei, und man sich flüchtig die Hand gab.

»Kann ich dich sprechen?«, fragte der Onkel, sich an Mischa wendend. »Es ist wichtig, am besten gehen wir in mein Zimmer.«

Mischa war länger nicht im Zimmer des Onkels gewesen, es war wie üblich sehr aufgeräumt, alles in Weiß, denn der Onkel liebte Weiß, sogar sein heiliger Plattenspieler war weiß, Wände, Möbel, das Bettzeug.

Was er Mischa zu eröffnen hatte, war nun allerdings erfreulich. Es dauerte, bis der Onkel es herausbrachte, aber er strahlte dabei, denn er hatte jemanden kennengelernt, eine Straßenbahnschaffnerin mit dem hübschen Namen Galina, die ihn sozusagen zu sich eingeladen hatte, weshalb er in der kommenden Nacht wahrscheinlich nicht nach Hause kommen werde und womöglich die darauffolgenden auch nicht.

»Und nun zu dir«, sagte er. »Es gefällt mir, dass du mal jemanden mitbringst. Ich kann dir gar nicht sagen, wie sehr.«

Worauf es auch Mischa immer besser gefiel.

»Hat er nicht gesagt, dass er Jeschua heißt?«

»Jeschua, genau«, bestätigte Mischa und dass sie sich soeben kennengelernt hätten und Jeschua nur vorübergehend in der Stadt sei, worauf der Onkel ohne Zögern sein Zimmer anbot, das er ja derzeit nicht brauche, und Mischa musterte, als sei er der wunderlichste Junge, der je auf Erden gewandelt war; auch drei, vier Scheine steckte er Mischa zu, die er wie üblich lose in der Hosentasche trug.

Mischa freute sich für den Onkel, aber mehr noch war er erleichtert, dass das Zimmerproblem gelöst war; er hatte Geld, er hatte Zeit, und also konnten er und Jeschua jetzt ein bisschen gehen und in der frühen Nachmittagssonne anfangen, die Stadt zu erkunden, die auch Mischa größtenteils unbekannt war, was er sich in Anbetracht der vor ihm liegenden Aufgabe sehr übel nahm, aber leider nicht zu ändern war.

10

Wir entwickeln Energie

Der erste Vorfall ereignete sich in der Straßenbahn M 13, kurz nach der Station Schönhauser Allee, Ecke Bornholmer Straße.

Mischa hätte kaum sagen können, auf welchen Wegen sie dorthin gelangt waren. Um sich und Jeschua einen ersten Eindruck zu verschaffen, waren sie zunächst an der Station Halensee in die Ringbahn gestiegen und eineinhalbmal im Kreis gefahren, wobei sie kaum miteinander sprachen, sondern vor allem schauten, staunten, was es zu sehen gab – Berlinerinnen und Berliner in jedweder Gestalt, Touristen aus aller Herren Länder, Pärchen, Alte, Verzweifelte, ein paar Träumer und allein fahrende Kinder. Dazu links und rechts der Gleise das architektonische Kleinklein aus Häusern und Türmen und Kleingartenanlagen, einmal weit weg den Fernsehturm, diverse Brücken, Einkaufszentren, ein Stück Kanal, ein Zirkuszelt, entgegenkommende S-Bahnen, Baustellen, einen Bunker, den Westhafen, das zarte Grün der Parks.

Jeschua schien all das zu gefallen. Er lächelte, wandte den Blick abwechselnd nach drinnen und nach draußen, wobei Mischa noch einmal bewusst wurde, wie jung er war. Na gut, er war in gewissem Sinne steinalt, aber so wie er hier saß, erstaunlich jung.

Jeschua – das fiel Mischa auf – bekam ziemlich viele

Blicke, überwiegend von Frauen und Männern seines Alters, die ihn unterschiedlich lange taxierten und für sich zu dem Schluss kamen, dass Jeschua ein erfreulicher Anblick war, ihn aber in keinem Fall erkannten.

Die Straßenbahn war zum Zeitpunkt des Vorfalls sehr voll. Mischa und Jeschua standen im hinteren Teil des zweiten Wagens, als vor ihnen plötzlich Unruhe um einen jungen Mann entstand, der ohne erkennbaren Anlass auf unflätigste Weise zu schimpfen begann und die Umstehenden abwechselnd als Dreck und Abschaum bezeichnete, da sie durchweg böse seien, das wisse er mit seinem Herzen.

»Ihr seid alle so scheiße«, schrie er. »Ich fühle mich besudelt, macht, dass ihr wegkommt, ihr stinkt, es ist nicht auszuhalten mit euch, so ein Dreck seid ihr, nichts als Dreck und Unflat, denn das seid ihr.«

Inzwischen waren die Fahrgäste von ihm abgerückt, einzelne lachten, andere versuchten zur Tür zu gelangen, um bei nächster Gelegenheit auszusteigen, während der Junge weiter schimpfte, ja regelrecht tobte und – sich erhebend – mit den Armen fuchtelte.

»Komm, wir steigen aus, er ist verrückt«, sagte Mischa, der solche Szenen bereits erlebt hatte, doch Jeschua schüttelte den Kopf und ging zu dem Jungen hin, legte die Hand auf seinen Scheitel, worauf sich dieser zur allgemeinen Überraschung auf der Stelle beruhigte und sogar lächelte.

Sonderlich verrückt sah er nun nicht mehr aus.

Er war ungefähr in Mischas Alter und hatte verstrubbelte dunkle Haare, als wäre er direkt vom Bett in die Straßenbahn gefallen, um dieses Theater zu veranstalten.

Jeschua fragte, wer er sei, woher er komme.

»Direkt aus der Hölle«, lautete die Antwort, worauf die Umstehenden erleichtert lachten, aber auch anerkennend zu Jeschua schauten, der den Jungen mit einem einzigen Handgriff zu beruhigen verstanden hatte.

»Sind Sie Arzt?«, fragte der Junge, mit nunmehr ruhiger, fast vernünftiger Stimme; worauf Jeschua zurückgab, dass er gewiss kein Arzt sei und auch weiter nichts für ihn tun könne.

»Du brauchst Hilfe.«

Der Junge nickte und fragte, ob Jeschua ihn nach Hause bringen könne.

»Es ist mir auf einmal so wohl. Ich bin sehr unglücklich, o weh, aber jetzt, auf einmal, ist mir wohl. Ich danke dir; du bist ein guter Arzt.«

Jeschua wiederholte, dass er kein Arzt sei, außerdem habe er derzeit nicht die Möglichkeit, jemanden nach Hause zu bringen, das könne er gut alleine.

Und mehr war da nicht.

Kurz darauf hielt die Straßenbahn. Fast alle Zeugen des Vorfalls stiegen aus, in letzter Sekunde auch der Junge, während Jeschua keine Anstalten machte und zusah, wie sein Schützling von draußen winkte und sich wegdrehte und im neuen Zustand der Ruhe seines Weges ging.

∾

Für keinen der Beobachter war der Vorfall in der Straßenbahn von großer Bedeutung. Man wunderte sich, dass sich gelegentlich noch jemand kümmerte, fand die Szene rührend, obwohl sie überwiegend peinlich war, und hatte sie in der Sekunde vergessen, als man draußen auf der Straße stand; schließlich hatte man zu tun, man hatte Wege, ein, zwei Gedanken, die zu diesen Wegen gehörten oder von ihnen wegführten.

Der Literaturkritiker Benjamin Hasenfuß war auf dem Weg zu einem Interview mit einer Siebzehnjährigen, deren Erstlingsroman die Tage Furore machte, als er den Vorfall aus nächster Nähe beobachtete. Auch er maß ihm nicht die geringste Bedeutung bei, fühlte sich jedoch plötzlich ganz matt und kläglich, wofür sich keine rechte Erklärung fand und doch der Grund war, warum er auf halbem Wege umkehrte und in einer Art Fieber in seine Vierzimmerwohnung in der Martinstraße in Steglitz eilte, um auf seinem Sofa minutenlang zu weinen und so als Weinender alles mit neuen Augen zu sehen, und dabei sehr glücklich war.

Anfangs begriff er wirklich nur das. Er zitterte vor Glück, weinte und lachte, bevor er wieder weinte und allmählich erkannte, dass er hier und heute auf seinem Sofa ein neues Leben beginnen würde; nicht mehr zerstören, sondern aufbauen und heilen; keine Verrisse mehr schreiben, sondern ermuntern; die Galle des Neides ausspucken und bloß noch loben und staunen und bewundern.

Er hatte Existenzen ins Wanken gebracht, sie zerstört oder in Kauf genommen, sie zu zerstören, aber damit wäre es ab sofort vorbei, und ebendas war das Glück: dass er begriff, wer er gewesen war und nie mehr sein würde, und nun alle seine üblen Taten an sich vorüberziehen ließ und bittersüße Tränen der Reue darüber vergoss.

Danach fühlte er sich sehr leicht. Er würde jedem seiner Opfer schreiben und sich bei ihm entschuldigen; er

würde Blumen und Whiskyflaschen verschicken und ihnen allen hoch und heilig versprechen, ihre Werke beim
nächsten Anlass in aller Bescheidenheit zu loben und zu
preisen.

Aber das reichte ihm nicht; er musste jetzt, auf der
Stelle, etwas tun – die Gedichte und Erzählungen vernichten, die er mit Anfang zwanzig geschrieben hatte
und der Ursprung seiner Krankheit waren, eine Liste seiner Opfer anlegen, die er dann abarbeiten könnte, oder
noch besser: sich jemandem vor die Füße werfen, jetzt
gleich und vor Ort.

Die Lyrikerin, deren zweiten Gedichtband er vor Jahren vernichtet hatte und die als Autorin nie wieder in
Erscheinung getreten war, fiel ihm ein. Rebekka Sommer,
ja, richtig, hatte sie geheißen; es war schrecklich, was er
ihr angetan hatte, angeblich hatte sie wochenlang das
Bett nicht verlassen nach seinem Verriss, und deshalb
musste er sie sehen und sich ihr vor die Füße werfen,
damit sie ihm – hoffentlich, hoffentlich – verziehe.

Da er nicht wusste, ob sie überhaupt noch in der Stadt
war, rief er in ihrem Verlag an, und dort schaute jemand
nach und sagte, ja, sie sei in der Stadt, gab auch bereitwillig die Adresse heraus, als er ankündigte, über Frau
Sommer schreiben zu wollen, und eine halbe Stunde
später – man glaubt es nicht – öffnete sie ihm die Tür
zu ihrer Wohnung in der Prinzenallee und sah mit Erstaunen, wie er sich wirklich und allen Ernstes vor ihr
auf den Boden warf.

Ob er eintreten dürfe.

Darauf die Lyrikerin zögerlich: »Herr Hasenfuß, sind
Sie's?«

»Ja, ja, bitte, nur auf einen Sprung.«

Er hatte weder Blumen noch Pralinen für sie und stattdessen die Kritik von damals mitgebracht, um sie ihr zu seiner Schande Wort für Wort vorzutragen, was keine fünf Minuten dauerte.

»Das ist doch eine Gemeinheit von mir, dass ich so über Sie schreibe«, sagte Hasenfuß, worüber sich die Lyrikerin sehr verwunderte, jedoch einen gewissen Gefallen daran fand, da sie allgemein sehr neugierig war und wissen wollte, was in den unbeugsamen Kritiker gefahren war.

Aber das konnte er nicht erklären. Er habe soeben ein neues Leben begonnen und sei überglücklich, dass sie ihn hereingelassen habe, um seine Schande mit ihm zu teilen und womöglich von ihm zu nehmen.

So in etwa redete er, trank ihren Tee und aß ihr Gebäck, erkundigte sich freundlich nach ihrer Arbeit, schniefte zwischendurch, entschuldigte sich, blieb ein Rätsel.

Als sie ihn eine Stunde später entließ, war sie so klug als zuvor, obwohl sie merkte, dass etwas mit ihr geschehen war, denn sie war sehr empfindlich und spürte den leisesten Windhauch, im Sommer, wenn die Fenster zum Garten offen standen und überhaupt kein Wind vorhanden war, nur eben dieser Hauch, der allein für sie existierte und von niemandem sonst bemerkt wurde.

⁊

Die Immobilienmaklerin Diana Kuhl hatte den Vorfall in der Straßenbahn nicht aus allernächster Nähe beobachtet, halb verdeckt durch den Kritiker Hasenfuß, weshalb die Symptome mit Verzögerung bei ihr auftraten und sich teilweise unterschieden.

Anders als der Kritiker vergoss sie in den nächsten

Stunden keine einzige Träne, meinte allerdings schon auf dem Weg ins Büro zu bemerken, dass sie eine fast weihnachtlich frohgemute Stille zu erfüllen begann.

Die ersten Kunden waren Bayern, ein junges Paar aus Rosenheim, das ein Haus in Berlin suchte und sich auf diversen Streifzügen ins ländliche Lübars verliebt hatte, wo auch tatsächlich eins zu haben war, und nun wollten sie es natürlich besichtigen und wissen, ob sie gegebenenfalls zum Zuge kämen.

Der Mann hatte zur Begrüßung einen neutralen Umschlag auf Diana Kuhls Schreibtisch gelegt.

»Das ist sehr aufmerksam von Ihnen«, hatte sie gesagt. »Gerade heute Morgen habe ich so für mich gedacht, dass mir mein Beruf gar keine rechte Freude mehr macht, da kommt Ihre kleine Aufmerksamkeit gerade recht.«

Aber seltsam – der Umschlag interessierte sie gar nicht sehr.

Sie bot dem Paar zu trinken an, damit sie sich beruhigten, besprach das schöne Wetter, das im fernen Rosenheim gewiss noch viel schöner sei, schwärmte vom hübschen Lübars und erkundigte sich schließlich, ob Kinder vorhanden seien. Ja, hieß es, ein Mädchen und Junge, was Diana Kuhl zum Anlass nahm, sich ausführlich für sie zu interessieren, sogar die Namen wissen wollte – Emma und Korbinian –, ob sie sich vertrugen, und siehe, sie waren ein Herz und eine Seele. Die Frau hatte ein lukratives Angebot als Managerin bei der Deutschen Bahn angenommen, weswegen sich der Mann erst mal um die Kinder kümmern und dann sehen würde, ob er später irgendwo als Lehrer unterkam.

Das alles fragte sie aus den beiden Rosenheimern auf allerfreundlichste Weise heraus, die sich womöglich darüber wunderten und lieber sofort nach Lübars gefahren wären, ins ach so schöne, liebliche Lübars.

Normalerweise würde Diana Kuhl den Umschlag längst an sich genommen haben, aber, wie gesagt, es war ihr gar nicht danach, und es gefiel ihr, dass es so war, obwohl sie sich regelmäßig prüfte, ob der Umschlag und sein Inhalt sie locken könnte, doch er lockte überhaupt nicht.

Was war nur mit ihr geschehen? Sie erkannte sich nicht wieder.

Aber das gefiel ihr ja gerade so; sie brauchte das Geld nicht, deshalb würde sie es nicht nehmen, ja mehr noch, es ihnen mit freundlichen Grüßen zurückgeben, denn sie hatten zwei Kinder und gewiss jeden Tausender nötig.

War Geben nicht schöner als Nehmen?

Ach, eine Wonne war es!

Und wie sie dankten, als sie erklärte, jetzt gleich mit ihnen nach Lübars zu fahren!

Und wie sie strahlten, als sie ihnen das Geld zurückgab und sich nur wünschte, es würde für die Einrichtung der beiden Kinderzimmer verwendet!

Noch am Abend badete sie förmlich in ihrem neuen Glück. So schlimm war sie gar nicht. Das hatte sie oft gedacht, dass sie eine ganz Schlimme sei, aber nun hatte sich herausgestellt, dass sie noch ganz andere, bislang verborgene Talente hatte und sich ganz ehrlich und von Herzen darauf freute, in Zukunft nur noch Gutes zu tun.

⁊

Unterdessen waren Mischa und Jeschua von der Bornholmer Brücke zum Gesundbrunnen-Center und weiter in den Humboldthain gelaufen, wo sie auf einer Parkbank länger miteinander sprachen und Mischa jede Menge Fragen beantworten musste und dies auch bereitwillig tat und seine eigenen vorübergehend vergaß.

Da Mischa derzeit keinen engen Freund hatte, fand er es anfangs mühsam und beinahe ungehörig, so lange über sich zu sprechen, doch Jeschua verstand es, ihm das Gefühl zu nehmen, hörte geduldig zu und wusste auch manches schon – dass es Anastasia gab, in groben Zügen die Geschichte mit seinen Eltern, die er äußerst traurig nannte.

Auch von Luna erzählte Mischa, zögerlich, als müsste er sich für die Geschichte mit Luna schämen oder wenigstens entschuldigen, wofür Jeschua nicht den geringsten Grund sah, sondern sich im Gegenteil sehr freute.

So jedenfalls sagte er.

»Du freust dich für mich?«, fragte Mischa und war so glücklich überrascht, dass er Jeschua am liebsten umarmt hätte. – »Siehst du da drüben den Turm mit dem roten Blinklicht? Dort ist es gewesen«, fügte er hinzu.

»Na dann lass uns da doch hingehen«, schlug Jeschua vor, was die nächste Überraschung war.

Und so kam es, dass Mischa innerhalb weniger Tage zum zweiten Mal den Berliner Fernsehturm besuchte, was ja bekanntlich sonst bloß die Touristen taten und unter besonderen Umständen ein paar wenige Berliner mit besonders lieben Gästen.

Es dämmerte, als sie den Alexanderplatz erreichten. Die Schlange vor der Kasse war nicht lang, im Nu standen sie mit einem Dutzend Touristen in der Kabine und fuhren nach oben zum Restaurant. Mischa erklärte Jeschua, dass es sich drehte, deutete auf einen der Plätze am Fenster und brachte ihn weiter nach oben, wo sich überhaupt nichts drehte, aber man das komplette Berlin überblickte.

Nach der ersten Runde zeigte er Jeschua die Stelle, wo er Luna geküsst hatte, im Hintergrund das leuchtende Reinickendorf, das er sich gemerkt hatte – und von da drüben, genau, waren sie losgeflogen, denn auch diese Stelle hatte Mischa sich gemerkt, ohne sie Jeschua gegenüber zu erwähnen, der jedoch wiederum Kenntnis von ihr zu haben schien und freundlich dazu nickte.

Und Mischa war glücklich.

Die Erinnerung an Luna machte ihn glücklich, dass er mit Jeschua reden konnte, dass sie gemeinsam auf die Stadt schauten und Jeschua Jeschua war; es wurde einem wohl in seiner Anwesenheit, da hatte der Junge aus der Straßenbahn völlig recht gehabt.

Vielleicht werden wir ja Freunde, überlegte er, worauf Jeschua zu seiner Verwunderung sagte, dass er seit jeher Mischas Freund gewesen sei.

Zeit zum Essen wurde es inzwischen auch, und was lag da näher, als Jeschua ins *Schostakowitsch* einzuladen, wo es zum Glück Borschtsch gab und Brot und Dill und saure Sahne, ganz wie Jeschua es sich gewünscht hatte.

Der Onkel war erkennbar nervös, weil er jede Minute mit dem Eintreffen seiner Straßenbahnschaffnerin rechnete, ließ es sich jedoch nicht nehmen, Jeschua höflich zu begrüßen, setzte sich kurz hin und fragte, wie sein erster Berlintag gewesen sei, und setzte sich ein zweites Mal, um sich zu erkundigen, ob es ihm geschmeckt habe.

Jeschua aß sehr langsam und nicht viel, aber es schmeckte ihm.

»Ja, Borschtsch«, sagte er. »Sakuska, Bœuf Stroganoff, Pelmeni, ich erinnere mich.«

Seine Aussprache ist gar nicht so übel, dachte Mischa, seltsam gerührt, dass Jeschua eine Auswahl der bekanntesten russischen Mahlzeiten memorierte, was ja wohl bedeutete, dass er Erfahrungen mit ihnen hatte.

»Ja, Moskau«, sagte er.

»Du bist in Moskau gewesen?«

Leider erinnerte sich Jeschua nicht, ob es wirklich Moskau gewesen war oder eine andere russische Stadt, eigentlich erinnerte er sich nur an die Suppe.

Auch Mischa erinnerte sich kaum an Moskau, mit fünf oder sechs war er für einige Tage mit seinen Eltern dort gewesen und erinnerte sich an fast überhaupt nichts.

»War es Winter bei dir?«

»Ja, Winter«, sagte Jeschua, was Mischa neuerlich rührte, denn bei ihm musste damals ebenfalls Winter gewesen sein, er fror, wenn er an Moskau dachte, aber auf eine tröstlich-heimelige Art.

༄

»Ich habe vergessen, mich bei Onkel Wladimir für das Zimmer zu bedanken«, sagte Jeschua, als sie nach Hause kamen, worauf Mischa meinte, sie seien bestimmt nicht das letzte Mal im *Schostakowitsch* gewesen, außerdem habe er sich ja längst bedankt, was er nicht mehr zu wissen schien; darauf begab er sich in sein Zimmer.

Und Mischa war zufrieden. Sie hatten einen guten Tag gehabt, nichts war befremdlich oder kompliziert gewesen; sie waren durch verschiedene Stadtteile gelaufen, hatten geredet, zusammen gegessen, und nun war Abend, und er dachte zum ersten Mal an Anastasia, der er versprochen hatte, zu schreiben, wenn es Neuigkeiten gab.

Er hatte Mühe, innerlich Kontakt herzustellen, und schickte ihr eine Nachricht, in der lediglich stand, dass er sie gerne sprechen würde.

Zwei Minuten später rief sie an.

Mischa war kein großer Telefonierer und berichtete wiederum nur das Nötigste; ja, Jeschua sei bei ihm, und ja, er fände es schön, wenn sie vorbeikäme.

»Ich fliege«, sagte sie.

Und weil sie eine Liebende war und Mischa weiterhin Schwierigkeiten mit den zeitlichen Abläufen hatte, stand sie praktisch im nächsten Augenblick vor der Tür.

»Alles in Ordnung mit dir?«, fragte sie, als könnte er irgendwie Schaden genommen haben, was sie mit keinem Wort aussprach und ihn doch sozusagen untersuchte, über sein Haar strich, seine Hand nahm, beides auf eine Weise, dass Mischa es ihr nachträglich gern erlaubte.

Anlass zu größerer Sorge bestand in ihren Augen nicht; Mischa sehe erschöpft aus, was unter den gegebenen Umständen nicht erstaunlich sei, das Gegenteil wäre erstaunlich, also erzähl.

Und er erzählte.

»Ich würde ihn ja gerne sehen«, sagte Anastasia, als er zu Ende erzählt hatte, aber weil von Jeschua nichts zu hören war und er wahrscheinlich längst schlief, mussten sie es wohl auf morgen verschieben.

»Ich mag ihn sehr«, sagte Mischa. »Auch du wirst ihn mögen; und er dich sowieso.«

Irgendwann legte Mischa den Arm um sie, worauf es den beiden relativ schnell einfiel, sich aufs Bett fallen zu lassen, um dort still und heiter nebeneinanderzuliegen, und als sie kurz davor waren, einzuschlafen, sagte Anastasia, dass sie gerne bleiben würde, hier, in Mischas Bett, bis zum nächsten Morgen.

»Wir müssen uns ausziehen«, sagte Mischa schläfrig, worauf Anastasia meinte, dass sie rein gar nichts müssten. Und mit nicht weniger schläfriger Stimme hinzufügte: »Ziehen wir uns eben ausnahmsweise erst morgen aus.«

11

Die Abenteuer beginnen

Als Mischa am nächsten Morgen erwachte, schien eine mild-warme Sonne in sein Gesicht, und diese Sonne war niemand anders als Anastasia, die mit aufgestütztem Arm neben ihm lag und ihn betrachtete, schon eine Weile, entzückt und nachdenklich.

»Ich habe geschlafen wie ein Murmeltier«, sagte Mischa, der, o weh, geschnarcht hatte, wie Anastasia vergnügt berichtete, die ihn mehrfach gestupst hatte und es mochte, wie er seufzte und im Schlaf den Arm um sie legte, weshalb alles ganz leicht und hell in ihr war.

Sie hatten die erste gemeinsame Nacht verbracht, wenn man es so bezeichnen will, sie waren beglückt, mussten es jedoch nicht aussprechen, und genau darin bestand ihr Glück.

Von Jeschua war nichts zu hören.

Anastasia trank mit Mischa im Bett Kaffee und schaute immer wieder erwartungsvoll zur Tür, aber er wollte und wollte nicht kommen, und am Ende war das ja gut und man lernte sich zu einer unkomplizierteren Tageszeit kennen, abends im *Schostakowitsch* beim Essen, was hiermit beschlossene Sache war.

»Und was, wenn Jeschua nicht mehr da ist?«

Anastasia sagte das fast erschrocken, worauf Mischa meinte, nein, nein, das passe nicht zu ihm, er kenne Jeschua, was nach vierundzwanzig Stunden eine ziemlich starke Behauptung war.

Um Gewissheit zu haben, gingen sie nachsehen.

Die Tür zum Zimmer war angelehnt, allerdings konnte man durch den Spalt nicht viel sehen, jemand atmete, wenn sie sich nicht täuschten, draußen war es windig, womöglich machte das Geräusch ja der Wind.

»Jeschua?«, flüsterte Mischa, worauf Anastasia heftig den Kopf schüttelte und mit der Fingerspitze gegen die Tür drückte, und wirklich lag da jemand und war Jeschua und schlief und war am Leben.

Danach geschah nicht mehr viel.

Anastasia mochte es, dass Mischa ihr erlaubte, seine Zahnbürste zu verwenden, und Mischa mochte es, dass sie es tat und weiter nichts dabei fand.

»Ich muss los, die Vorlesung ruft«, flüsterte Anastasia und stellte sich auf die Zehenspitzen, um Mischa links und rechts auf die Wange zu küssen, winkte und sagte: »Dann bis heute Abend.« Obwohl sie nichts davon aussprach, sondern nur die Lippen entsprechend bewegte und in einer hüpfenden Stimmung im Treppenhaus verschwand.

∽

Jeschua kam eine halbe Stunde später, augenscheinlich bester Dinge, neuerlich sehr jung, wie Mischa dachte und überhaupt zum ersten Mal begriff, dass er wirklich hier und bei ihm war und hoffentlich so schnell nicht gehen würde.

Er hatte Mischas und Anastasias Stimmen gehört, stellte sich heraus.

»Ich habe euch nicht stören wollen, deshalb bin ich liegen geblieben«, erklärte er, und dass man sich hoffentlich bald kennenlernen werde.

»Ich mag ja ihren Namen: Anastasia«, sagte er. »Es handelt sich doch um Anastasia. Oder etwa nicht?«

»Ja, Anastasia. Wir treffen uns heute Abend wieder im *Schostakowitsch*, wenn du einverstanden bist.«

Was Jeschua ohne Einschränkung begrüßte.

Mischa setzte eine zweite Kanne Tee auf und machte Vorschläge, wohin sie heute gehen könnten, die Jeschua alle gleichermaßen gefielen.

»Es ist nicht wichtig, wohin wir gehen«, sagte er.

Er will es mir leicht machen, das ist nett von ihm, dachte Mischa, der Sorge hatte, Jeschua könne sich langweilen, und weiterhin voller Fragen war, weshalb er schließlich und endlich aufstand und die *Brüder Karamasow* holte und vor Jeschua auf den Küchentisch legte.

»Eine Geschichte über dich. Ich finde sie ziemlich gut, vielleicht magst du sie ja lesen.«

»Es sind sehr viele Geschichten über mich geschrieben worden«, gab Jeschua zurück und klang wenig erfreut.

»Es sind nur ein paar Seiten, du würdest mir eine große Freude machen, außerdem glaube ich, dass sie dir gefallen wird. *Der Großinquisitor* – eine Geschichte in der Geschichte.«

»Dostojewski«, sagte Jeschua, als würde er wissen, dass für Mischa fast überall Dostojewski war, nahm das Buch in die Hand, um es im nächsten Moment wieder abzulegen.

»Ein Russe«, erklärte Mischa. »Ich bewundere ihn.«

»Bogdanow hat mir von deinen Plänen erzählt.«

»Dass ich schreiben will?«

Mischa erschrak, als hätte man ihn bei etwas ertappt, das besser verborgen geblieben wäre, ein schmutziges Geheimnis, wie er dachte, obwohl er gleichzeitig hoffte und spürte, dass Jeschua ihn sehr gernhatte und ihm seinen Traum nicht zerstören würde.

Und das tat er auch nicht; machte eine Bemerkung zu Mischas Stimme, die er eine schöne, kräftige nannte, was Mischa merkwürdig fand, und als er darüber nachdachte, gar nicht mehr.

»Wollen wir los?«, fragte er.

Inzwischen war es halb elf, es wurde Zeit, und so machten sie sich auf den Weg.

৩

Es war schwer, sich von der Stadt ein Bild zu machen. Der Junge bemühte sich, sie ihm zu erklären, erzählte von einer Mauer, die es nicht mehr gab, zeigte auf ein Schloss, die neuen hohen Häuser, ihre in der Sonne glitzernden Fassaden, die unzähligen Geschäfte, Straßen und was da sonst noch war, der Fluss, ein breiter Kanal, die dicht bevölkerten Parks, die zum Leben erwachenden Bäume, Vögel.

Der Junge war in der Stadt geboren, machte allerdings nicht den Eindruck, als würde er sie besonders gut kennen, nannte vereinzelt Namen von Straßen und Vierteln, kannte die Routen der ober- und unterirdischen Bahnen und bewegte sich doch wie einer, der wie er selbst ein Gast war.

Wie am Vortag gingen sie viel zu Fuß, der Junge schaute ihn mehrfach prüfend von der Seite an, ob ihm auch alles recht sei, lud ihn in einer Bäckerei zum Kaffee ein und führte sie jederzeit so, dass sie möglichst wenig Lärm abbekamen.

Es war erstaunlich, wie laut die Stadt war, und genauso erstaunte ihn, wie vergleichsweise still das Leben in den Seitenstraßen verlief; man sah spielende Kinder, blumengeschmückte Balkons, Leute, die bei offenem Fenster rauchten oder telefonierten, hörte auf einmal die Vögel, eine Musik, das Rascheln der Blätter, wenn ein Wind durch sie fuhr, eine weitere Musik und noch eine, sodass man eine Weile stehen blieb und lauschte.

»Diese Musik kenne ich doch!«, rief der Junge erstaunt. »Ein Streichquartett von Onkel Wladimirs geliebtem Schostakowitsch, ich weiß es genau.«

Der Junge wollte sofort hin, also folgte er ihm, wie sich herausstellte, kam sie von einem nahe gelegenen Friedhof, wo gerade jemand zu Grabe getragen wurde.

Es war ihm nicht wohl dabei, doch der Junge wollte unbedingt zu der Musik; vier junge Frauen spielten sie, und sie war sehr schön und ergreifend, so traurig.

Die Trauergemeinde bestand aus etwa hundert Leuten, die überwiegend jung waren, was darauf schließen ließ, dass der Betrauerte ebenfalls jung gewesen war, und entsprechend viel wurde geweint, richtig aus Kummer, der bei den Eltern, die am offenen Grab neben den Musikern standen, der allergrößte war und daneben für die sehr junge Frau, die die Schwester oder Freundin des Toten war.

Anfangs stand er mit dem Jungen weit hinten, weshalb sie nicht gut sahen, was am Grab geschah, als die Musik zu Ende war, das eine oder andere Detail, wie der Sarg in die Grube gelassen wurde und ein Priester oder Trauerredner Aufstellung nahm und nun auch redete und lange kein Ende fand.

Der Schmerz der Trauernden war überwältigend.

Er merkte, wie er nach und nach von ihm erfasst wurde, bis er ihm fast den Atem nahm. Da, wo er stand, war er vermutlich weniger dicht als vorne am Grab, trotzdem war er kaum zu ertragen, und obwohl er kaum zu ertragen war, begann er sich ohne weitere Überlegung zu ihm hinzubewegen.

Es war falsch, dass er das tat, trotzdem setzte er sich in Bewegung, begleitet von sehr alten Bildern, Szenen, die mit den hiesigen verknüpft und verwandt waren und an die er lange nicht mehr gedacht hatte; verschiedene Stimmen begannen sich in ihm zu erheben, die wollten, dass er etwas unternahm, während andere ihn beschworen, alles so zu belassen, wie er es vorfand.

Auf den Jungen achtete er gar nicht mehr, wandte sich nach links, wo die Leute weniger eng beieinanderstanden und ihm schnell Platz machten, bis er sich weiter vorne nach rechts wandte und eben in dem Augenblick vor die Familie trat, als die Mutter einen Strauß Blumen auf den Sarg ihres toten Sohnes warf.

Eine Weile stand er nur da und hörte die widerstreitenden Stimmen, die einen, die versuchten, ihn zu verführen, und die anderen, die ihn mit allen Kräften davon abhielten, während er selbst nur Schmerz war und bei Gelegenheit den Blick der Mutter erwischte, die ihn sofort erwiderte und verwundert lächelte.

Mehr tat er nicht. Suchte die Blicke und legte etwas in sie hinein, das sie zum Lächeln brachte, bevor sie neuerlich in ihren Schmerz zurückkehrten; für den Vater tat er das, für die junge Frau, für die vier Musikerinnen und einige Umstehende mehr.

Gerade als er fertig war, tauchte der Junge auf.

»Ich habe gesehen, wie sie gelächelt haben, und habe mir gedacht, dass du das warst«, sagte er, als sie inmitten der Trauergäste Richtung Ausgang gingen.

Der Junge sagte das fast bewundernd, was ihn freute, wenngleich er weiterhin Stimmen hörte, allerdings nicht mehr sehr viele, mit einem Gefühl der Beschwernis, während der Junge in munterem Ton von einem Mann zu berichten begann, dessen Benehmen er sehr merkwürdig gefunden hatte, weil er dauernd nickte oder klatschte und alle paar Minuten in ein schwarzes Notizbuch schrieb, um neuerlich zu nicken oder zu klatschen.

Ach so, das, dachte er, ohne sich weiter zu erklären und in der Hoffnung, dass der Junge die Szene schnell vergäße.

అ

Zwei Stunden später vor dem Standesamt Weißensee sah Mischa den Mann wieder, der denselben Anzug wie am Friedhof trug, bloß jetzt mit roter Krawatte anstatt wie vorher mit einer schwarzen.

»Da ist er!«, rief Mischa. »Siehst du, wie er schreibt?«

»Es ist alles falsch, was er schreibt«, sagte Jeschua.

Und Mischa: »Ich mag ihn überhaupt nicht.«

Praktisch im selben Augenblick trat eine Hochzeitsgesellschaft aus dem Standesamt.

Sie war sehr laut und fröhlich und bestand aus etwa fünfzig Gästen, die durchweg sehr festliche Kleidung trugen. Eine Frau mit Akkordeon spielte den Hochzeitsmarsch und danach diverse Tangos, während das Brautpaar mit Reis und Blütenblättern beworfen wurde, worüber sie sich trefflich amüsierten. Beide waren sehr jung und trugen sandfarbene Hosen und Jacketts, wie Jeschua sie trug, dazu jeder einen Strohhut mit rotem Band und einen Spazierstock wie aus einem Film mit Fred Astaire.

Jeschua war sofort neugierig stehen geblieben und wippte mit dem Fuß zu der Musik, was die Frau offenbar bemerkt hatte, denn als sich die Gesellschaft kurz darauf in Bewegung setzte, um am Seeufer auf das Brautpaar anzustoßen, lud sie Mischa und Jeschua einfach dazu.

»Ihr seid nett, kommt doch mit und lasst uns gemeinsam feiern«, schlug sie vor.

Auch ihren Namen nannte sie, Margarita, was sie Mischa als Bulgakow-Leser sofort sympathisch machte, dabei hatte sie vom Typ her eher etwas Italienisches.

Zum See war es zum Glück ein Katzensprung, obwohl es dauerte, bis man sich versammelt hatte und das Büfett zu stürmen begann, das aus diversen Häppchen und Likören bestand.

Reden wurden keine gehalten. Man plauderte, beobachtete das Treiben auf dem See, hörte Margarita beim Akkordeonspielen zu, worauf das eine oder andere Paar zu tanzen begann und auch Jeschua mehrfach dazu aufgefordert wurde und sich zu Mischas Erstaunen kein einziges Mal weigerte.

Irgendwann gingen die Häppchen aus und dann der Sekt und der Orangensaft, was die Stimmung in keiner Weise beeinträchtigte. Auch Mischa versuchte sich im Tanzen, wobei er regelmäßig ins Schwitzen geriet, weil er die Schritte nicht beherrschte beziehungsweise nicht weiterwusste, wenn seine Tanzpartnerin sie nicht beherrschte, und trotzdem ein bisschen hüpfte und sich freute, dass die anderen sich freuten und nicht merkten, wie die Zeit verflog.

Inzwischen musste es lange nach fünf sein. Mischa warf die ersten mahnenden Blicke Richtung Jeschua, die dieser entweder nicht richtig las oder ignorierte, denn jetzt tanzte er mit Margarita, die natürlich nicht gleichzeitig Akkordeon spielen konnte und sich kurzerhand damit behalf, ihm die Melodien ins Ohr zu singen, und so beim Singen und Sichdrehen aussah, als habe sie sich seit Ewigkeiten nicht mehr so amüsiert.

Sie strahlte.

Sie und Jeschua wurden das Paar der Stunde, und tatsächlich tanzten in Kürze bloß noch sie, und die anderen standen um sie herum und schauten ihnen mit leisem Staunen zu, das vorübergehend in den Schatten gestellte Brautpaar eingeschlossen.

Inzwischen begann es zu dämmern. Mischa schickte weitere Blicke, sie mussten dringend los, was jedoch so schnell niemand akzeptierte; Braut und Bräutigam versuchten, sie zum Bleiben zu bewegen, hier am See sei die Veranstaltung vorbei, doch da und da gehe es gleich weiter, es gebe weitere Musik, ein großes Büfett, bitte bleibt.

Auch Margarita wollte sie nicht gehen lassen.

»Wir sind leider verabredet«, erklärte Mischa. »Aber danke, dass du uns eingeladen hast.«

Jeschua sagte nichts, sondern sah sie lange an, gleichzeitig er *sie* und sie *ihn*, was Mischa sehr hübsch fand und schon mal an Anastasia dachte und sich vorstellte, wie es wohl wäre, mit Anastasia zu tanzen, wie wahrscheinlich es war, dass es dazu käme, und siehe, es schien ihm ziemlich wahrscheinlich.

12

Vom richtigen Essen

Anastasia saß mit dem ersten *Aperol Spritz* des Jahres draußen vor dem *Schostakowitsch* und wartete, dass sie endlich kämen. Mischa hatte gesagt, um sieben, aber als sie zehn nach nicht da waren, begann sie zu zweifeln, schickte eine Nachricht, wo sie denn blieben, und Sekunden später eine zweite, ob sie Mischa missverstanden habe, sie sitze vor dem *Schostakowitsch* und trinke *Aperol Spritz* und von ihnen beiden keine Spur.

In diesem Moment kamen sie die Straße hoch – ziemlich vergnügt, wie es schien, der Mann, der Jeschua war, vergnügter noch als Mischa, der sich mehrfach umdrehte und später nicht sagen wollte, warum.

Sie erkannte Jeschua sofort, ohne dass sie sagen hätte können, woran. Mischa hatte seine Kleidung beschrieben, seinen Bart, seine Hände, was es jedoch alles nicht war, am ehesten sein Blick, seine Präsenz, die nun auch ihr galt.

»Entschuldige die Verspätung, wie sind in eine Hochzeit geraten«, sagte Mischa, worauf sich Anastasia erhob und sagte, dass sie Anastasia sei.

»Das bist du, ja, ich freue mich«, sagte Jeschua. »Und das also ist das berühmte *Schostakowitsch*.«

Da auch Anastasia das *Schostakowitsch* nicht kannte, führte Mischa sie etwas herum, zeigte ihnen den Tresen mit den Vorspeisen, die Regale mit den russischen Lebensmitteln, im Eck den Eingang zur Küche, in der Onkel Wladimir in den Töpfen rührte und wenig später herausstürzte, um seiner Freude Ausdruck zu verleihen, dass Mischa seine neuen Freunde mitgebracht hatte.

»Hast du Borschtsch?«, fragte Mischa, weil das einer der Gründe für ihr Kommen war, und zum Glück hatte der Onkel am Vormittag jede Menge gekocht, bestand aber darauf, dass sie auch die Vorspeisen probierten und später ein Stück Kalbsfilet.

»Sucht euch einen Platz, ich bin gleich zurück.«

Jetzt, um halb acht, hätte das *Schostakowitsch* gut besucht sein müssen, doch es befand sich mal wieder im Zustand traurigster Verlassenheit, es saßen lediglich eine Handvoll Leute an den Tischen, und dabei war beste Essenszeit und der vom Onkel ausgewählte Schostakowitsch beinahe erträglich.

Mischa, das merkte man, war trotz der freundlichen Begrüßung angespannt, weshalb ihn Anastasia mehrfach zu beruhigen suchte, es sei alles in bester Ordnung, wir vertrauen dir, auch dem *Schostakowitsch* vertrauen wir; sie und Jeschua sollte das heißen, obwohl sich Jeschua mit keiner Silbe dazu geäußert hatte und trotzdem lächelnd in diesem Wir Platz nahm.

༄

Als der Onkel mit dem Wodka kam und den ersten Trinkspruch ausbrachte, begann sich Mischa zu entspannen.

»Auf dass ihr ewig jung bleibt«, sprach der Onkel, worauf man reihum miteinander anstieß, auch sofort nachgeschenkt wurde und Mischa eine goldene Zukunft des

Schostakowitschs beschwor und Jeschua die Kraft der Liebe.

»Auf die Liebe und das russische Essen«, sagte Anastasia, um alle Beteiligten daran zu erinnern, weshalb sie gekommen waren.

Jeschua aß wie am Vortag tüchtig vom Borschtsch, um sich anschließend dem roten Heringssalat zu widmen, während Anastasia reihum alles probierte und vieles überraschenderweise nicht kannte.

»Ich bin froh, hier mit euch zu sein«, sagte Mischa, als sie reihum satt waren und auf den Kaffee und das Konfekt warteten und Zeit für Fragen entstand – die von Anastasia natürlich, für die ja fast alles neu und wunderbar und voller Rätsel war.

Es war entzückend, wie sie fragte, fand Mischa, dem es gefiel, wie sie beim Reden gestikulierte und Jeschua keine Sekunde aus dem Blick ließ und mit ihrer dunkel singenden Stimme herausforderte und zugleich liebkoste.

»Ich freue mich so«, sagte sie. »Aber warum bist du bei uns, an diesem Tisch?« – »Dass du dir Mischa ausgesucht hast, kann ich gut begreifen«, fügte sie hinzu. »Aber, aber.«

»Du hast mich gerufen«, war Jeschuas Antwort.

»Ja, das stimmt, das habe ich«, erwiderte Anastasia. »Aber das war nur so eine Laune, weil Mischa von Dostojewski erzählt hat, und da kam ich plötzlich drauf und wollte nichts von dir, und trotzdem bist du gekommen.«

Und Jeschua: »Ebendeshalb.«

Anastasia verstand nicht.

»Bei dir hatte ich die Freiheit, also bin ich gekommen.«

Diese Antwort fanden Anastasia wie Mischa einiger-maßen erstaunlich, weshalb es fast ein Glück war, dass der Onkel die Nachspeisen brachte, auch ausführlich erklärte, um welche es sich handelte, frische Blini mit Brombeermarmelade sowie Syrniki mit Schmand und Honig, dazu heißer Tee und eine Handvoll russisches Konfekt.

So schnell, wie er gekommen war, war er wieder weg.

»Die Menschen haben dir sehr wehgetan«, fuhr Anastasia mit ihren Fragen und Gedanken fort. »Denkst du oft daran?«

»Ich denke an nichts davon. Manchmal an den Moment, als ich wieder zu Atem kam.«

Für eine Optimistin wie Anastasia musste das ein überwältigender Moment gewesen sein, doch zu ihrer Überraschung erklärte Jeschua, dass es ein ganz furchtbarer gewesen sei, verwirrend, beschämend, als hätte es jemand darauf angelegt, ihn bloßzustellen.

»Man hätte es mir erklären müssen; es hat mir bloß niemand etwas erklärt. Ich konnte mich kaum auf den Beinen halten, ertrug das Licht nicht, den Geschmack in meinem Mund, dass ich am Leben war.«

»Und weiter?«

»Irgendwann geht es weiter, ja.«

»Und seither bist du unterwegs«, warf Mischa ein.

»Wenn du es so nennen willst – von Zeit zu Zeit bin ich unterwegs.«

Es entstand eine längere Pause, weil neue Gäste erschienen, für die sich Jeschua aus unerfindlichen Gründen interessierte, jedenfalls schaute er mehrfach hin, probierte das Konfekt und ließ seinen Blick neuerlich auf Anastasia ruhen; offenbar habe sie weitere Fragen.

»Ja, sieht man das?«, fragte Anastasia.

»Man sieht es dir an der Nasenspitze an. Also frag. Über den Beruf des Schriftstellers lieber nicht, denn ich habe keine hohe Meinung von ihm.«

»Aber Mischa möchte doch einer werden!«, rief Anastasia.

»Das ist etwas anderes.«

»Also stimmt nicht, was über dich geschrieben steht?«, wagte Mischa zu fragen.

»Nichts von alledem, was dort geschrieben steht, habe ich je gesagt.«

»Das haben wir nicht gewusst«, sagte Anastasia.

»Nein«, sagte Mischa, der nun überhaupt nichts mehr begriff, umso weniger, als Jeschua sich regelrecht zu amüsieren schien über ihrer beider erschrockene Gesichter und dass es ihnen buchstäblich die Sprache verschlug.

»Gibt es noch Wodka? Ich finde, darauf sollten wir anstoßen«, erklärte er munter. »Der Wahrheiten sind viele, obwohl es letzten Endes regelmäßig nur eine gibt, und darauf stoßen wir jetzt an.«

Es war das erste Mal, dass Mischa ihn lachen sah, weshalb er sogleich aufsprang und aus der Küche neuen Wodka brachte, im Schlepptau den Onkel, der sich über die gute Stimmung am Tisch der jungen Leute freute und sich zu ihnen setzte.

»Worauf also wollen wir anstoßen?«, fragte er.

»Auf die Wahrheit«, sagte Jeschua.

»Die Wahrheit, gut. Um welche genau handelt es sich?«

Worauf alle lachten und miteinander anstießen und so laut wurden, dass die anderen Gäste zu ihnen herüberblickten und überlegten, ob sie mit anstoßen sollten, um es letztendlich bleiben zu lassen.

❧

Es war halb zehn, als sie aufbrachen.

»Bitte melde dich, es war sehr schön«, flüsterte Anastasia Mischa zu und küsste ihn auf die Wange. Jeschua umarmte Anastasia, und der Onkel umarmte Mischa, und dann standen sie alle vier draußen auf der Straße und wollten gerade los, als Jeschua sich plötzlich umwandte und zurück ins *Schostakowitsch* ging, an den Tisch des älteren Ehepaars, das als Letztes gekommen war.

Was er dort tat, war nicht ganz ersichtlich, jedenfalls nahm er nicht Platz, sondern stand nur für ein paar Augenblicke da, bevor er nach einer kurzen Verbeugung wieder nach draußen ging.

»Warum bist du zurück? Kennst du diese Leute?«, fragte Mischa, was Jeschua verneinte, woher solle er sie kennen, er habe nur das Bedürfnis gehabt, noch einmal zu ihnen zu gehen; der Mann habe mehrfach Blickkontakt gesucht, und also habe er ihn wissen lassen, dass es ihm nicht entgangen sei.

»Ist etwas mit dem Mann?«, fragte Anastasia.

Und darauf Jeschua: »Aber nein. Er ist bloß unglücklich und weiß es nicht.«

Was allgemein als immerhin verständliche und zugleich seltsame Antwort empfunden wurde, mit der sich ein jeder auf den Weg machte – der Onkel zurück zu seinen Gästen, um später bei seiner Straßenbahnfahrerin zu übernachten, Anastasia zur nahe gelegenen U-Bahn, um nach Hause zu fahren und mit Edita über ihre bevorstehende Russlandreise zu sprechen, und Mischa und Jeschua zu einem längeren Spaziergang durch Charlottenburg, der ihnen nach dem reichlichen Essen guttun würde.

Jetzt, da Anastasia fort war, wurde es mit Fragen und Sprechen für Mischa wieder schwierig. Außerdem nahm sofort Luna in seinen Gedanken Platz, an die er – gefühlt – seit Tagen kaum gedacht hatte, jedenfalls nicht auf diese drängende Art, als würde sie gerade in diesem Augenblick nach ihm rufen, während von anderer Stelle – aus der U-Bahn – Anastasia nach ihm rief oder vielmehr sang, nur für ihn, auf ihre trällernd optimistische Art.

Wie kann es sein, dass sie beide dauernd an mir ziehen, fragte er sich, obwohl er sehr gut wusste, dass da überhaupt niemand zog, sondern er selbst die Ursache des Geziehes war und sich mal dahin, mal dorthin wandte und nicht wusste, wohin er eigentlich gehörte.

Sollte er mit Jeschua darüber sprechen?

Aber Jeschua kannte Luna nicht, er würde Mischa nicht verstehen, selbst wenn er gewiss so seine Erfahrungen hatte, die bloß in den Schriften nirgendwo auftauchten.

Und so gingen sie, ein jeder in seinen Gedanken. Jeschua wirkte müde und wies Mischa gelegentlich auf etwas hin, ein schweigendes Paar in einem Restaurant, einen Mann mit Hund, der auf dessen Armen schlief, ein streunendes Geschwisterpaar.

Auf den Straßen war erstaunlich viel Betrieb, Restaurants und Bars waren gut besucht, man aß und trank und ging dann zögerlich zurück nach Hause oder auf einen Absacker ins *Schwarze Café*, um sich danach noch zögerlicher nach Hause zu begeben.

Einmal kam es zu einem Zwischenfall mit einer elegant gekleideten Frau, die sich Jeschua in den Weg stellte und dann förmlich an ihm hochsprang und ihn umarmte und in wechselnden Formulierungen stammelte, was für ein schöner, unvergleichlicher Mann er sei, wofür sich Jeschua bei ihr bedankte und anschließend bestritt, dass sie eine Verrückte sei.

»Sie hat dich erkannt!«

»Aber nein«, sagte Jeschua. »Sie ist nur ein bisschen wild.«

Jemand wie Luna, war Mischas Überlegung dazu, weil er ja nun mal nicht aufhören konnte, sich mit seiner Luna zu beschäftigen, und es nun eilig hatte, nach Hause zu kommen, als würde sie dort auf ihn warten, obwohl sie nicht die geringste Ahnung hatte, wo sich sein Zuhause befand.

৵

Das schweigende Paar aus dem *Schostakowitsch* war bereits zu Hause, die Frau ziemlich vergnügt, weil sie lange nicht so gut gegessen hatte, während ihr Mann unter großer innerer Spannung stand und lediglich die unnötig hohen Kosten sah, die er allerdings gar nicht bestritten hatte, weil seine Frau Swantje sie bestritten hatte; anlässlich seines fünfundfünfzigsten Geburtstags hatte sie ihn eingeladen, sie arbeiteten beide als Anwälte und konnten sich einen Abend wie diesen ohne Probleme leisten.

Sie hätte zum Abschluss des Tages gerne mit ihm angestoßen, doch der Mann zog es wie üblich vor, in sein Arbeitszimmer zu verschwinden, wo auf dem Schreibtisch die Geschenke des Tages standen: eine neue Pfeife von seiner Frau, eine Flasche Whisky von seinen drei Angestellten, zwei, drei Blumensträuße von Klienten und von seiner Tochter vier selbst gebrannte CDs mit ihren fünfzig Lieblingsarien.

Der Mann hasste es, Geschenke zu bekommen, da bislang noch jedes einzelne falsch und unpassend gewesen war, Anlass einer Qual, die sich Jahr für Jahr steigerte, weil er jedes Mal aufs Neue begreifen musste, dass Geschenke recht eigentlich Beleidigungen waren.

Er selbst schenkte seit Langem außer kleinen Gutscheinen überhaupt nichts, beleidigte also auch niemanden, während er umgekehrt die Beleidigungen der anderen akribisch dokumentierte, im Internet recherchierte, was wie viel gekostet hatte, und anschließend eine Rangliste erstellte, was er jedem Einzelnen wert gewesen war.

Das Ergebnis fiel auch diesmal nicht erfreulich aus: Seine Tochter hatte ein paar lumpige Cents investiert, seine Frau immerhin hundertzwanzig Euro, weit unter fünfzig seine Angestellten, und von seinen Klienten gewiss keiner mehr als dreißig.

Und das war also sein Geburtstag gewesen. Zum Glück war er so gut wie vorüber, obwohl er sich morgen bei allen artig bedanken würde müssen, was regelmäßig das Allergrässlichste für ihn war.

Er fühlte sich hundsmiserabel. Nahm die Pfeife seiner Frau in die Hand, roch an dem neuen Tabak, betrauerte das bei diesem Russen verprasste Geld, die seltsame Szene mit dem Mann, der an ihren Tisch getreten war – und brach in Tränen aus.

Anfangs versuchte er sich zu wehren, weil es doch

nicht anging, dass er an seinem Geburtstag spätabends sein Leben zu beweinen begann, wenngleich er sich überraschend wohl dabei fühlte, viel schniefte und schluchzte, teilweise richtig laut, als wollte er recht eigentlich seine Frau herbeirufen, damit sie wüsste, wie sehr er sein früheres Gebaren bereue.

Aber sie kam nicht. Und das war gut. Es war an ihm, dass er zu ihr ginge, sobald er sich beruhigt und im Bad die Tränen abwischt hatte, was er schließlich auch tat und sich ins Schlafzimmer zu seiner Frau begab.

»Was ist mit dir? Hast du geweint?«, fragte sie verwundert und begriff sofort, dass es so war, der Mann auch gleich wieder damit anfangen wollte und sich neben sie aufs Bett setzte und nicht mehr aufhörte, sich bei ihr zu bedanken – für die schöne Pfeife, das Essen und dass sie bei ihm geblieben war.

»Aber wo soll ich um Himmels willen sonst sein?«, fragte die Frau und hörte die erstaunlichsten Sachen von dem Mann: dass er mit ihr verreisen wollte, richtig weit weg und in die allerfeinsten Hotels; dass er vorhabe, der Tochter monatlich eine Summe zu überweisen, mit der sie wirklich studieren könne und nicht dauernd arbeiten müsse, und dergleichen Bekenntnisse und Ankündigungen mehr.

»Ich kenne dich gar nicht«, sagte sie.

»So sollst du mich kennenlernen. Darf ich mich ein Weilchen zu dir legen?«

Der Mann hatte sie seit Jahren nicht angefasst, weshalb sie anfangs nicht wusste, ob sie seiner plötzlichen Wandlung trauen sollte; gerade als Liebhaber hatte er sich regelmäßig besonders geizig gezeigt, aber jetzt überschlug er sich fast vor Großzügigkeit und machte Dinge, die er nie zuvor gemacht hatte, fragte auch dauernd nach, ob es ihr recht sei, und siehe, es war ihr alles recht.

»Ach, Henning, wie schön.«

Sie hatte einen neuen Mann.

Aber wie war das möglich?

Er war nicht betrunken, wollte nur dauernd in ihren Arm, wollte neuerlich weinen, wie ein kleines Kind.

Es musste das Essen gewesen sein, überlegte sie; der dicke russische Koch hatte etwas ins Essen getan, falls es sich nicht überhaupt um ein Wunder handelte, aber Wunder gab es nicht.

»Es gefällt mir, wie du bist«, sagte sie, worauf er im Halbschlaf erwiderte, dass er gleich die Tage wieder zu diesem Russen gehen wolle, da dort wahrhaftig ein neues Leben für ihn begonnen habe.

13

Die zweite Nacht

Spätestens nach diesem Vorfall konnte man von einem einsetzenden Infektionsgeschehen sprechen, das ebenso kompliziert wie rätselhaft war; nicht jede Wandlung erwies sich als stabil, es gab leichte und schwere Symptome, nicht in allen Fällen flossen Tränen, obwohl es reichlich Tränen gab und hie und da einen kaum merklichen Ruck, der von einem inneren Staunen begleitet wurde: Alles wurde neu und umwälzend anders, aber mit einer Leichtigkeit, dass man sich fragte, warum es nicht seit jeher so gewesen war.

Darin bestand an diesem zweiten Tag die Lage; bislang hielt sich die Anzahl der Infizierten in Grenzen, trotzdem lag etwas in der Luft, was verständlicher klingt, als es war; man atmete dieses Etwas ein, nahm es in sich auf und verwandelte sich oder blieb unverwandelt der, der man gewesen war.

Ein Großteil der Beerdigungsgesellschaft war infiziert, die komplette Hochzeitsgesellschaft inklusive Margarita, die nach dem Tanz mit Jeschua das Gefühl hatte, sie müsste vor Glück verrückt werden, und den ganzen Abend fieberhaft überlegte, worin eigentlich der Fehler ihres Leben bestand, und den ganzen Abend immer weiter tanzte und lachte und ansteckte.

Kritiker Hasenfuß hatte den Fehler bereits gefunden

und erkannte sein Leben nicht wieder. Seit dem frühen Morgen waren quasi im Minutentakt Nachrichten von Schriftstellern und Schriftstellerinnen bei ihm einge-troffen, in denen sie sich wortreich bei ihm bedankten und ihn wissen ließen, dass alles verziehen und vergeben sei, vereinzelt aus seinen Mails zitierten und ihn ermu-tigten, bei nächster Gelegenheit doch selbst zur Feder zu greifen, was er sogleich in die Tat umsetzte und einen eleganten Essay über die Kunst des Lobens zu schreiben begann.

Von den Schriftstellern und Schriftstellerinnen infi-zierte sich einzig die Lyrikerin, ebenjene, der sich Ha-senfuß vor die Füße geworfen hatte und die derart be-eindruckt davon war, dass sie sich auf der Stelle mit einer Freundin traf, die Stunden später während eines Abend-essens bei Freunden dadurch auffiel, dass sie kein einzi-ges Mal schlecht über jemanden sprach und stattdessen still und bescheiden am Tisch saß und mit einem schwer zu deutenden Lächeln die übrigens fantastische Lasagne des Gastgebers aß.

Der schwerstinfizierte Anwalt lag weiterhin selig in den Armen seiner Frau und würde im Verlauf des kom-menden Arbeitstags mehrere Klienten und zwei seiner Angestellten anstecken, während seine Frau keine Ge-legenheit dazu haben würde, weil sie in ihrem unver-muteten Glück den Tag im Bett zu verbringen gedachte.

Kurz: Die Lage war komplex und entfaltete zuneh-mend Dynamik.

In den Ortsteilen Dahlem, Wannsee und Nikolassee gingen große und kleine Steuersünder ihre Unterlagen fürs Finanzamt durch und pickten alle fingierten Belege heraus, um sie später in ihren jeweiligen Kaminen zu verbrennen – Rechnungen von privaten Restaurantbesuchen, die als Geschäftsessen deklariert worden waren, Tankbelege für Reisen, die nie stattgefunden hatten, und dergleichen mehr.

An allen möglichen Orten wurde bereut; es wurde verziehen und gestaunt, und dies auf die unkomplizierteste Weise.

Untreue Ehepartner kehrten vor der Zeit aus Hotels und Pensionen und Liebesnestern zurück und legten sich in Anfällen allergrößter Zärtlichkeit neben ihre schlafenden Partner, die zum Teil erwachten und Fragen stellten oder aus Klugheit schwiegen und sich in höchster Verwunderung den nachfolgenden Geschehnissen überließen, die im Detail sehr unterschiedlich ausfielen und in der Summe fast durchweg erfreulich waren.

⁊

Mischa, der von alldem nichts ahnte, merkte nun doch, dass es ein langer Tag gewesen war. Jeschua hatte sich wie am Vorabend in sein Zimmer zurückgezogen, sodass er in Ruhe alles Revue passieren lassen konnte, auch die weiter zurückliegenden Szenen mit Luna, die ganz unversehrt und lebendig waren und ihn anhaltend stark beschäftigten.

Kaum hatte er damit begonnen, schickte sie ihm eine Nachricht des Inhalts, dass sie an ihn gedacht habe, woraus Mischa voreilig den Schluss zog, dass sie ihn sehen wollte, und zurückschrieb, dass er auf dem Weg sei.

»Ist es dir auch recht?«

»Ja, ja, mein Lieber, du weißt, dass es mir recht ist, ich warte auf dich«, antwortete sie, was Mischa in noch größere Aufregung versetzte; im Grunde konnte er kaum einen Gedanken fassen, was überwiegend schön und zugleich schrecklich war.

Luna erwartete ihn in dem Kimono, den er am Rande bereits kennengelernt hatte, umarmte ihn und bat ihn zu seiner Verwunderung in die Küche, wo sie bei einem Glas Champagner erklärte, unter welchen Umständen sie an ihn gedacht habe.

Wäre Mischa erfahrener gewesen, hätte er bemerken können, dass Luna für ihre Verhältnisse fast schüchtern wirkte, als müsste sie sich vor Mischa schützen, der lediglich wahrnahm, dass sie anders war, zurückhaltender als beim ersten Mal, erdiger, hätte er beinahe geglaubt.

»Ich bin heute ein wenig langsam«, sagte sie und wollte, dass er sie nach drüben in ihr Bett brachte, als hätte sie vorübergehend vergessen, wo es sich befand.

»Liebster«, sagte sie, worüber Mischa fast erschrak, jedoch immerhin wahrnahm, dass auch mit Luna etwas geschah, und besser auf ihre Zeichen achtete, sie sich verschiedentlich, sagen wir, zurechtlegte, um anschließend herauszufinden, was aus diesem Zurechtlegen folgte.

Mischa war ja nun nicht mehr ganz unschuldig, und ebendeshalb war er womöglich hier und weil sie an ihn gedacht hatte und sich nun lange – inzwischen war es zwei – wiederum still und schweigsam gab und Mischa völlig unbekannten Gedanken nachhing.

»Ich hoffe, du wirst mich bald wieder besuchen«, sagte sie irgendwann, was Mischa als Aufforderung zum Gehen verstand und trotzdem neben ihr liegen blieb, was ihr offenbar gefiel.

»So, und nun erzähl. Bei dir ist viel passiert, seit wir uns gesehen haben.«

Und Mischa begann zu erzählen, wozu sie ein-, zweimal nickte und ihn küsste, als er fertig war.

»Ich freue mich für dich«, sagte sie.

»Du freust dich?«

»Du etwa nicht? Man kann spüren, dass du dich freust, über Jeschua, über Anastasia, dass dir all das geschieht, wie es dich weiterbringt, selbst wenn du nicht weißt, wohin. Wolltest du das nicht?«

Aber Mischa war viel zu verwirrt, um zu ergründen, was er wollte oder gewollt hatte, er wollte jetzt nur bei Luna bleiben und bat sie förmlich darum. Zu seiner Erleichterung erhob sie keine Einwände.

⁓

Während Mischa also allen Grund zur Zufriedenheit hatte, befand sich der Vorstand des *Yachtclubs 29A* im Krisenmodus. Die Sitzung im Bootshaus des Vereins hatte um Mitternacht begonnen, und jetzt war es nach vier, und sie diskutierten immer noch.

Die Stimmung war gereizt, weil man sich in den entscheidenden Punkten nicht einig wurde, nicht mal in der Frage, ob man Maßnahmen ergreifen sollte, und wenn ja, welche.

Es bildeten sich schnell zwei Fraktionen, deren eine den Dingen ihren Lauf lassen wollte, während die andere für entschiedenes Handeln war, um das Infektionsgeschehen wenigstens einzudämmen, was nur gelänge, wenn man Jeschua isolierte und so gewissermaßen kaltstellte.

Das waren in etwa die Linien des Konflikts, der anfangs recht sachlich und mit zunehmender Dauer immer hitziger geführt wurde und in allen Beteiligten ein Gefühl der Ratlosigkeit hinterließ.

Da keiner der Anwesenden über virologische Kenntnisse verfügte, wurde durchgehend mit den falschen Begriffen hantiert, man sprach von einer Saat, die aufgegangen war oder dabei war, aufzugehen, was das Tempo der Entwicklung in keiner Weise abbildete.

»Sagt mir, bei welchem seiner Besuche je etwas herausgekommen ist, und ich bin sofort bereit, mich vor ihm zu fürchten«, sagte Theaterregisseur Stranz, der entschieden für Nicht-Handeln war.

»Die Sache wird sich von selbst erledigen.«

»Das kann man leider nicht wissen«, wagte Bezirksstadtrat Nitsch zu widersprechen. »Und einen Schaden gibt es definitiv – wir werden jede Menge Arbeit haben, wenn er wieder weg ist.«

»Der Schaden ist, dass es Menschen gibt«, meinte Malermeister Schell mit dem ihm eigenen Grimm, worauf niemandem mehr etwas einfiel und alle erschöpft auf ihren Stühlen saßen.

Jetzt, im April, befanden sich die Boote längst im Wasser, einzig die alte Jolle des Gebrauchtwagenhändlers war im Bootshaus verblieben, halb im Dunkel hinten links, wo sie nicht weiter auffiel.

»Ich glaube, ich hab's«, rief der Malermeister und machte kurzerhand den Vorschlag, man könne sich Jeschua doch die Tage schnappen und in die alte Jolle packen.

»Man müsste einen kleinen Sturm entfachen, und dann würde man ja sehen, wie er sich da draußen zurechtfindet, das Boot ist leck, und am Ende ersäuft er ja.«

»Das ist schon damals bei dieser Anastasia von Sirmium gründlich schiefgegangen«, wandte Professor Ruffer ein. »Außerdem kennt er sich mit Seen aus.«

»Vergiss es«, fügte Zahnarzt Dr. Muhlack hinzu.

»Aber gefallen hätte es mir«, sagte der Malermeister, worauf neuerlich eine längere Pause entstand; alle dachten nach.

»Unter Umständen kann man ja über den Jungen etwas versuchen«, nahm Universitätsprofessor Ruffer den Faden wieder auf.

»Wartet, ich seh schnell nach, was er gerade macht.«

Das kannten die anderen bereits, dass der Universitätsprofessor gerne nachschaute, was gewisse Leute so machten, und nun wieder und wieder über seinen berühmten Spiegel wischte und tatsächlich einiges zu sehen bekam.

Der Spiegel hatte einen stark verwitterten Handgriff und war an mehreren Stellen gesprungen, nicht viel größer als eine Hand, weshalb sich nun alle über Ruffers Schultern und Arme beugten und leider nur ein leeres Bett sahen.

»Offenbar ausgeflogen, das Vögelchen«, sagte Ruffer und begann von Neuem zu wischen, und – zack, zack – schon war der Knabe zu sehen, friedlich schlafend in den Armen einer Frau, die sehr hübsch anzusehen war, fast ein wenig wie diese Luna, die sie kürzlich kennengelernt hatten, und siehe da, wenn man weiterwischte und drückte, hatte man sie sehr deutlich und praktisch nackt im Bild.

Die Ballkönigin hatte tatsächlich diesen Jungen in ihrem Bett!

Zahnarzt Dr. Muhlack zeigte sich natürlich überhaupt nicht amüsiert, während die anderen nur grinsten und sich noch eine Weile mit Ruffers Spiegel die Zeit vertrieben, bis nacheinander alle bloß noch gähnten und letztlich nur den Beschluss fassten, die Dinge zu beobachten und dem Jungen und Jeschua abwechselnd für jeweils sechs Stunden auf den Fersen zu bleiben, damit sie keinen allzu großen Unfug anrichteten.

~

Die Nacht war inzwischen fast vorbei, es begann zu dämmern. Erste Wecker wollten klingeln, und erste Gedanken des Morgens wurden gedacht – dass man aufstehen musste, sich anziehen, etwas trinken und eine Kleinigkeit essen, so einem zu dieser Uhrzeit danach war, und das war bei der Straßenbahnschaffnerin Galina Suchanowa selten der Fall.

Wenn sie Frühschicht hatte, klingelte ihr Wecker um halb vier, aber sie war schon eine Weile wach und sann über den Mann nach, der seit Tagen auf dem Sofa in ihrem Wohnzimmer schlief und gewiss der allerfreundlichste Mann war, den sie je kennengelernt hatte, bloß dass sie ihn leider nicht liebte, zumindest nicht auf die von ihr gewünschte Art.

Und das quälte sie.

Es hüpfte nichts, wenn er bei ihr war, sie sehnte sich nicht, fühlte sich in seiner Anwesenheit wohl, zumal er sie oft zum Lachen brachte und fantastisch kochte und seinen Schostakowitsch liebte, dass man bloß staunen konnte.

Aber sie war – es ließ sich nicht anders sagen – in keiner Weise verliebt; ihr Herz blieb völlig ruhig, dabei hätte es gelegentlich klopfen müssen – wenn sie wusste, dass er auf dem Weg zu ihr war, spätabends im Bad, wenn sie sich auszog und im Nachthemd ins Wohnzimmer tappte, um ihm eine gute Nacht zu wünschen.

Sie hatte ihn bei der Arbeit kennengelernt. Sie fuhr, er sprang in letzter Sekunde in die Bahn und bedankte sich bei ihr, weil sie gewartet hatte, ziemlich aus der Puste, da er nicht mehr jung und sehr beleibt war und ein Russe wie sie.

Weiter war fürs Erste nichts geschehen, wenngleich ihr bald auffiel, dass er nicht ausstieg und bis zur Endstation Revaler Straße sitzen blieb, wo sie für ein paar Sätze ins Gespräch gerieten und er immer noch nicht ausstieg und die ganze Strecke zurück bis zu den Virchow-Kliniken fuhr und sie letztendlich in sein Restaurant einlud, wo man sehr einvernehmlich miteinander plauderte und viel Interessantes voneinander erfuhr, über Straßenbahnen und russisches Essen und Neffen und Nichten, denn sie beide hatten keine Kinder und im Grunde überhaupt niemanden.

Sie gestand, dass sie kein Vertrauen zu russischen Männern habe, worauf er im Gegenzug gestand, dass er kein Vertrauen zu russischen Frauen habe, außer sie hießen Galina und lenkten gelbe Straßenbahnen durch Berlin.

Der liebe Wladimir, der einfach nicht ausgestiegen war.

Es musste an ihr liegen, dass sie ihn nicht richtig liebte; etwas in ihr funktionierte nicht, war falsch, war defekt, wenngleich sie nicht ausschloss, dass man es reparieren konnte; wahrscheinlich musste sie ihn heute Abend einfach in ihr Bett holen, ihn einladen, dazu bewegen, obwohl sie persönlich es ja vorzog, wenn der Mann die Dinge bewegte.

Mit diesen halbwegs zuversichtlichen Überlegungen

ging sie ins Bad, machte sich in der Küche eine Thermoskanne Tee, alles ohne Lärm, damit drüben im Wohnzimmer der gute Wladimir nicht erwachte, dem sie jetzt noch einen Besuch abstattete.

Er schlief mit dem Rücken zur Wand, mit angezogenen Beinen, beinahe wie ein Kind, wie sie unweigerlich dachte und ihn lange betrachtete und zu dem vorsichtigen Schluss kam, dass sie ihn gewiss noch lieben würde, und sich einredete, dass es ein klitzekleines bisschen schon so war.

Kaum war sie auf der Straße, war das Gefühl weg.

Er ist zu gut für dich, versuchte sie sich zu sagen, obwohl sie genau wusste, dass sie ihn letztlich nicht wollte und er das spürte und zugleich glücklich und unglücklich mit ihr war.

So in etwa überlegte sie.

Es war kurz vor Sonnenaufgang, als sie das Depot erreichte und in ihre Straßenbahn stieg, sich kurz schüttelte, um die Gedanken der letzten Stunde zu vertreiben, da sie dieses Denken und Überlegen auf die Dauer verrückt machte.

Ich muss aufhören damit, sagte sie sich, worauf ihr eine Stimme antwortete, dass das bestimmt klug von ihr sei; sie möge sich weiter keine Gedanken machen, denn noch vor Ablauf des Jahres werde sie Hochzeit feiern und ihren Wladimir zum Mann nehmen.

»Um Himmels willen, nein, sag das nicht«, entfuhr es ihr, doch die Stimme ließ sich nicht abbringen und wiederholte, genau so werde es geschehen.

»Und das weißt du auch.«

»Ja«, gab sie zu. »Vor Ablauf des Jahres, sagst du? So will ich einverstanden sein.«

Was sie für den Augenblick sogar war und sich trotzdem lieber nichts weiter vorstellte, sondern endlich die Straßenbahn in Bewegung setzte und im Dämmerlicht des Morgens zur ersten Haltestelle fuhr.

14

Hokuspokus

Mischa hatte am nächsten Morgen Mühe, sich von Luna loszureißen, zumal er keine vier Stunden geschlafen hatte und sich in einem nachgiebig-schläfrigen Zustand befand, mehrfach ankündigte, dass er nun wirklich losmüsse, aber regelmäßig in eines von Lunas Kissen sank, die ihrerseits nicht viel unternahm, um ihn beim Gehen zu unterstützen.

Kurz nach acht war Mischa endlich in seiner Straße, auf den letzten Metern zunehmend besorgt, weil er Jeschua so lange allein gelassen hatte – was, wenn er nicht mehr da war, er brauchte ihn doch noch, während Jeschua umgekehrt ihn gewiss bloß sehr wenig brauchte.

Aber Jeschua war ganz zuverlässig da und saß in der Küche bei einer Tasse Tee. Spätestens jetzt musste er bemerken, dass Mischa über Nacht fort gewesen war, stellte jedoch keine einzige Frage, holte eine zweite Tasse und zeigte sich bester Dinge.

»Ich war bei einer Freundin«, sagte Mischa, worauf Jeschua wissen wollte, ob es Streit gegeben habe mit dieser Freundin, er sehe bekümmert aus.

»Nein, nein, kein Streit, das glatte Gegenteil ist der Fall«, erwiderte Mischa, obwohl der Beischlaf – der Gedanke war neu – in gewisser Hinsicht ein Streit war, ein Messen der Kräfte, nur eben auf die allerschönste Weise.

»Das Gegenteil?«

Etwas genauer musste sich Mischa nun schon erklären, was er auch tat und das meiste zugleich wegließ, alle einschlägigen Details, dass Luna eine Art Hexe war, und Jeschua letztlich bloß wissen ließ, dass er die Nacht auf besagte unaussprechliche Weise in ihrer Wohnung verbracht hatte, das zweite Mal, um genau zu sein.

»Luna«, sagte Jeschua.

»Luna, ja.«

»Und warum siehst du so bekümmert aus?«

»Ich weiß nicht.«

Worauf Jeschua in freundlichem Ton erklärte, Mischa sei jung, er lerne sich gerade kennen, als Mann, als Freund, als Gefährte. »Nichts daran ist schlecht.«

So sagte er.

Aber Anastasia.

»Um Anastasia musst du dir keine Sorgen machen.«

»Nein, muss ich nicht?«, fragte Mischa zweifelnd und zugleich erfreut, weil er nun wusste, dass er einen Freund in Jeschua hatte und alles mit ihm besprechen konnte, was für Mischa eine neue, eigentlich erschütternde Erfahrung war.

☙

Draußen herrschte inzwischen das allerherrlichste Frühlingswetter. Es war fast zehn, als sie sich auf den Weg machten, und obwohl Mischa stark übernächtigt war, legten sie beide erhebliche Strecken zurück, standen lange auf der Oberbaumbrücke und beobachteten den Schiffsverkehr, schlenderten durch den Görlitzer Park und überließen sich dem bunten Treiben auf dem Türkenmarkt am Kanal, ehe sie sich am frühen Nachmittag in der Hasenheide für eine Stunde auf einer Wiese niederließen, wo Mischa so müde war, dass er beinahe einschlief.

Mischa war weiterhin stark mit seinen Luna- und Anastasia-Empfindungen beschäftigt, was ihn nicht daran gehindert hatte, ein paar auffällige Veränderungen im Außenbereich wahrzunehmen.

Anfangs hatte er sich wenig dabei gedacht. Ein Blumenstrauß wurde auf offener Straße überreicht; jemand trug einer alten Dame die Einkäufe ins Haus, Parkplätze wurden überlassen, und mehrere Hochzeitsgesellschaften flogen im Autokorso vorbei; weinenden Kindern wurden die Nasen geputzt, eine Schwangere redete mit ihrem ungeborenen Kind, und überall wurde geküsst, die unterschiedlichsten Menschen lagen sich in den Armen. Was nicht weiter der Rede gewesen wäre, wenn sich die Szenen nicht auffällig oft wiederholt hätten und Mischa noch nie so viele Schwangere und Kinder mit geputzten Nasen und Blumensträuße und Hochzeitsgesellschaften gesehen hätte.

Jeschua lächelte zu alldem nur.

Es war sein dritter Tag in Berlin, und das waren die ersten, für alle sichtbaren Wirkungen, die womöglich gar keine Wirkungen waren, sondern eine Häufung von Zufällen, obwohl Mischa an derart viele Zufälle nicht glaubte.

»Das machst *du*, nicht wahr?«, sagte er. »Weil du hier bist, sind die Leute so.«

Worauf Jeschua meinte, dass man das nicht wissen könne.

»Liebst du die Menschen denn, wie man von dir sagt?«

»Ich finde es ziemlich schwer, einen anderen zu lieben«, antwortete Jeschua. »Aber einen Versuch ist es immer wert. – Auf jeden Fall«, fügte er hinzu.

»Hast du oft geliebt?«, wagte Mischa weiter zu fragen, worauf Jeschua lange keine Antwort gab und schließlich erwiderte, man wisse nicht in allen Fällen, dass man liebe, und wo man es zu wissen meine, stellt es sich nicht selten als Einbildung heraus.

»Ja«, sagte Mischa, der dringend einen zweiten Kaffee und etwas zu essen brauchte, was leider bedeutete, dass er aufstehen und sich bewegen musste, in der Hoffnung auf ein Café außerhalb des Parks, wo sie alles bekämen und das sich ein paar Straßen weiter auch fand.

Mischa bestellte einen doppelten Espresso und danach sofort einen zweiten, sie aßen mit Lachs belegte Bagel und kamen neuerlich zu Kräften, hatten es nicht eilig.

Das Publikum war jung, es war laut, man redete über Wohnungen, die zu teuer oder gar nicht erst zu finden waren, nebenbei über das Studium, unsichere Pläne für den Abend.

»Hier gefällt es mir«, sagte Jeschua, und auch Mischa fühlte sich wohl und wunderte sich lediglich über einen weiteren Mann mit roter Krawatte, der mehrfach neugierig zu ihnen herüberlugte und zu den anderen Gästen nicht passte.

⟨⟩

Der Teufel, der in den Gebrauchtwagenhändler Frackmann gefahren war, beobachtete das Geschehen mit Widerwillen.

Er hasste es, der Gebrauchtwagenhändler Frackmann zu sein, und noch mehr hasste er es, ein verkleideter Gebrauchtwagenhändler Frackmann zu sein und in Anzug und Krawatte durch Kreuzberg zu spazieren, um sich ein Bild von Jeschuas Plänen und Taten zu machen.

Er hatte sich in letzter Minute überreden lassen, die erste Schicht zu übernehmen, aber bislang war nichts Bemerkenswertes vorgefallen. Beide hatten ihn längst entdeckt und taten, als würde sie seine Anwesenheit nicht kümmern, Jeschua noch weniger als den Jungen, der bei jeder Gelegenheit gähnte und in seinen Bewegungen recht langsam war, während Jeschua vergleichsweise munter wirkte.

Es kursierten unzählige Geschichten über ihn und seine Besuche: dass er nie auch nur eine einzige Kirche betreten hatte, dass er es sich wohlergehen ließ, auch die Frauen nicht verachtete und wie immer ganz toll und gut und hilfreich war und seine üblichen Kunststücke zeigte, mit denen er alles durcheinanderbrachte.

Er hasste ihn, aber auf eine Weise, dass er ihn gleichzeitig liebte.

Nur war es leider unmöglich, Jeschua zu lieben. Er gab einem das Gefühl, dass es möglich sei, bloß wenn man sich ihm näherte, schickte er einen weg oder schaute durch einen hindurch, was jedes Mal aufs Neue sehr schmerzhaft und kränkend war.

Stritten sie nicht letztlich für dieselbe Sache, wenn auch mit unterschiedlichen Mitteln?

Doch Jeschua stritt für überhaupt nichts; er ließ sich kurz sehen und verschwand wieder, tat, als wäre er jung, während er in Wahrheit steinalt war und der gestutzte Bart und die teure Kleidung es auf lächerlichste Weise verbargen.

Eine junge Frau hatte sich zu ihm und dem Jungen

gesetzt, Ende zwanzig, auf quirlige Art gesprächig, jemand, der andere zum Lachen brachte, und tatsächlich wurde mehrmals gelacht, wovon er sich allerdings nicht täuschen ließ, denn hinter ihrer niedlichen Stirn hegte sie die hinterlistigsten Gedanken.

Sie hatte kürzlich ihren langjährigen Freund durch einen älteren Mann ersetzt, der vor einer größeren Erbschaft stand, sprach sehr herablassend und verächtlich sowohl über den Freund als auch den neuen Mann und anschließend über ihre Professorin, die ihr gerade vorhin zum dritten Mal den Anfang ihrer Doktorarbeit zurückgegeben hatte, damit sie ihn noch einmal gründlich überarbeite, und dabei habe die gute Frau, die sehr hässlich sei, von unipolaren Störungen nicht die geringste Ahnung.

Er verstand nicht jedes Wort, doch immerhin so viel, dass es sie gar nicht kümmerte, was mit ihrer Arbeit war; auch ihren Namen erfuhr er, Henriette, die nun eine Weile schwieg und so auf eine herausfordernd-hochmütige Art die anderen Gäste taxierte.

Es war bloß eine Frage der Zeit, dass sie in Tränen ausbrechen würde, überlegte er, und tatsächlich hasste er Jeschua dafür am meisten: dass er die Leute zum Weinen brachte und diese sich anschließend zu neuen Menschen erklärten und die lächerlichsten Bekenntnisse von sich gaben und mit hohen Stimmchen verkündeten, was sie noch in dieser Stunde Gutes tun würden und wie glücklich sie darüber seien.

»Ich weiß auch nicht, mir ist auf einmal so wohl und warm, ich verstehe gar nicht mehr, warum ich so böse und eingebildet gewesen bin; ganz lieb und nett und bescheiden werde ich von nun an sein, ja, ich versprech's, das werde ich.«

Es konnte einem schlecht werden davon.

Und wie Jeschua immer so tat, als wären sie von selbst darauf gekommen, und dauernd ganz freundlich nickte und keine Sekunde bemerkte, dass er von den Hochmütigen der mit Abstand Hochmütigste war.

Es war ein schlechter Witz, Theater im Grunde, also harmlos, obwohl er sich weiter tüchtig ärgerte und nun zusah, wie die Frau aufstand und die beiden umarmte, bevor sie sich neuerlich setzte und ein zweites Mal aufstand und nur Jeschua umarmte, sehr lang und innig.

Sie sah richtig dümmlich aus in ihrem Glück, wie jemand, der kurz vor der Heiligsprechung stand, obwohl sie vorläufig nur still lächelnd ihre Holunderschorle austrank und nicht ahnte, dass sie die Nase in wenigen Tagen wieder so hoch tragen würde, wie sie es gewohnt war.

Das nahm der Gebrauchtwagenhändler jedenfalls an; man konnte die Tage ja mal nachsehen, und wenn nicht, gab es ja jederzeit Mittel und Wege, sie in diese Richtung zu ermuntern und zu bewegen.

༄

Mischa mochte, wie die Frau wegging, so auf eine tänzelnde Art, was vorübergehend das Letzte war, was er richtig mitbekam; denn danach ging in seinem Kopf einiges durcheinander, in dem Sinne, dass es Sprünge im zeitlichen Ablauf gab, was er jedoch sehr angenehm fand, weil man so schneller vorankam, vom Café zur nächsten U-Bahn-Station und mit einem weiteren Sprung auf ein Schiff der Reederei Riedel, das, vom Hauptbahnhof kommend, Richtung Oberbaumbrücke fuhr.

Es war das erste Mal, dass er ein Ausflugsboot bestieg, deshalb fühlte er sich anfangs unbehaglich; alles wackelte, außerdem hatte ein kräftiger Wind zu blasen begonnen, und empfindlich kalt war es zudem.

Sie fanden einen Platz vorne am Bug zwischen einer Gruppe Japaner, die bald nach unten floh, sodass sie mehr oder weniger für sich waren und gelegentlich über etwas sprachen, die neue und die alte Stadt, den Fluss, ob ihnen kalt war oder nicht, eine Windbö oder was immer ihnen gerade einfiel.

»Ich mag es, auf Flüssen zu fahren«, erklärte Jeschua, und auch Mischa begann es zu mögen, wobei ihn das Links und Rechts nur selten interessierte und sein Blick eher Brücken und Ufern galt, Fauna und Flora; er mochte das gekräuselte Wasser, in dem sich ein dunkler, wolkenverhangener Himmel spiegelte, den auf- und abschwellenden Wind, in dem sich Spatzen und Tauben an den allerkühnsten Flugmanövern versuchten.

Nach einer Weile begann es zu nieseln, weshalb sie ebenfalls nach unten gingen und Mühe hatten, einen Sitzplatz zu finden. Neben einer Frau um die fünfzig fand sich schließlich einer, die sie nicht weiter beachtete, sondern hinaus in den Regen blickte und erkennbar mit etwas kämpfte, lautlose Dialoge führte und anschließend betreten schwieg oder den Kopf schüttelte, über sich oder draußen den fadendünnen Regen.

Jeschua versuchte mehrfach, eine Verbindung zu ihr aufzunehmen, erwischte ihren Blick, bevor sie mit einem Lächeln neuerlich in ihren Innenwelten verschwand.

Mischa achtete kaum darauf und schaute die meiste Zeit nach draußen, während an den umliegenden Tischen eifrig gegessen und getrunken wurde.

Auch Mischa hätte gerne etwas getrunken, doch der

Kellner war weit weg mit anderen Gästen beschäftigt, so dass er endlich aufstand und am Bordkiosk drei Limonaden kaufte und zurück an den Tisch brachte, für Jeschua und sich und die Frau.

»Wer seid ihr?«, fragte sie verwundert, als Mischa zum zweiten Mal erklärte, dass die Limonade für sie sei, er lade sie nämlich ein, obwohl er Schwierigkeiten hatte, es zu begründen.

Die Frau hatte Kummer, das war nicht zu übersehen, und der Kummer war, dass ihr Mann im Sterben lag und sie ihn vor drei Tagen verlassen hatte.

Sie bemühte sich, ruhig und in der richtigen Reihenfolge zu erzählen, was ihr halbwegs gelang, erwähnte einen Schwager, der bei dem Sterbenden war, dass sie ein Zimmer in einer Pension bezogen hatte und ihr Mann mit alledem einverstanden gewesen war.

»Ich kann einfach nicht. Ich weiß, es ist furchtbar feige von mir, aber ich kann nicht neben ihm sitzen und ihm zusehen, wie er mich verlässt. – Ich bin Tessa«, fügte sie hinzu. »Ärztin von Beruf, man glaubt es nicht.«

»Und nun weißt du nicht, was das Richtige ist«, sagte Jeschua, der sie keine Sekunde aus den Augen ließ und sich überhaupt nicht vor ihr fürchtete oder sonst wie Bedenken gegen sie hegte, sondern sie lediglich ansah.

»Ich weiß genau, was das Richtige ist; nur dass ich es leider unterlasse.«

Sie nippte an ihrer Limonade, dachte nach, ansatzweise erleichtert, weil sie sich die Sache von der Seele geredet hatte und mit ihren Zweifeln und Gedanken nicht mehr alleine war.

»Ich muss los, ich will nach Hause«, sagte sie.

»Ja, gut. Geh nach Hause«, erwiderte Jeschua, worauf

sie mit einem Ruck aufstand und sich Richtung Ausgang wandte, um nach wenigen Schritten kehrtzumachen.

»Ich kenne dich, habe ich zu sagen vergessen; wir haben uns früher mal getroffen, nur fällt mir augenblicklich nicht ein, wo und wann.«

So sagte sie es, verbeugte sich und ging zum zweiten Mal los.

Mischa hätte Jeschua am liebsten umarmt; er hatte die Frau auf den richtigen Weg geführt, er hatte ihr mit ein paar Worten aus der Gefangenschaft geholfen, wenngleich es das Wort *helfen* nicht traf und Jeschua kaum gesprochen hatte.

»Sie kennt dich, hat sie gesagt. Kennst *du* sie denn?«

Aber natürlich kannte Jeschua sie nicht. Er wirkte müde und abwesend, ohne weiter gehende Gedanken, wie jemand, der zwischendurch Mühe hatte, sich nicht zu langweilen.

Mischa gefiel das nicht; es bedrückte ihn.

»Ich bewundere dich«, sagte er. – Nein, ich liebe dich«, rief er. »Denn du bist die Liebe.«

Womit er Jeschua immerhin ein nachsichtiges Lächeln entlockte.

෴

Der teuflische Gebrauchtwagenhändler war sofort aufgestanden, als die Frau an ihm vorüberging.

Es war der zweite Vorfall des Tages, es wurde Zeit, dass er aufbegehrte und zumindest dieses eine Mal kämpfte, dachte er, verärgert und zugleich amüsiert und voller Tatendrang.

Die Frau ging nicht sonderlich schnell und schien vor

allem damit beschäftigt, sich gegen Wind und Regen zu stemmen und sich zu wehren, dass er Platz in ihren Gedanken nahm.

Der Kopf des Gebrauchtwagenhändlers war fast vollständig mit bunten SUVs zugeparkt, während in ihr bloß Leere war, der Gedanke des Gehens allenfalls, verschwommene Bilder von ihrem Mann.

Ich gehe jetzt, sagte sie sich. Schritt für Schritt gehen ist gut für mich, ich gehe nach Hause, weil er gesagt hat, dass ich nach Hause gehen soll.

Das Wetter war unterdessen das allerscheußlichste, es wurde Zeit, dass er sie ansprach; an der nächsten Kreuzung würde er sie ansprechen, was er endlich auch tat.

Anfangs wollte sie sich nicht einlassen, blieb jedoch sofort stehen und hörte verwundert zu, was er zu sagen hatte und dass er alles bis ins letzte Detail wusste und gekommen war, um sie zu bestärken; sie habe bislang durchweg richtig gehandelt, sie habe ein Zimmer, sie habe die Praxis geschlossen, die Kinder zum Zug gebracht.

»Was wollen Sie von mir, wer sind Sie überhaupt?«

»Jemand, der es gut mit Ihnen meint«, sagte der Teufel.

»Gehen Sie weg! Ich will nicht hören, was Sie sagen!«

»Doch, doch, das willst du«, erwiderte er und äußerte die Befürchtung, dass sie sich eine üble Erkältung zuziehen werde, wenn sie noch lange bei diesem Regen herumlaufe, weshalb er dringend rate, stracks in ihre Pension zu gehen, wo in diesen Minuten ein schönes heißes Bad für sie vorbereitet werde und eine gekühlte Flasche Chablis bereitstehe, dazu ein paar Häppchen mit Fisch und wer weiß was.

»Ich mache mir nichts aus Fisch und Chablis«, versuchte sie zu lügen, woraus der Teufel schloss, dass sie schwankend geworden war.

In ihrem Kopf dachte es: Er will mich verführen, aber so dumm bin ich nicht, die Badewanne und der Chablis und die Häppchen haben ihn verraten, und nun gehe ich nach Hause.

»Warten Sie, Sie müssen sich das nicht antun, außerdem schläft er schon«, versuchte es der Teufel, aber leider vergeblich.

Die traurige Wahrheit war, dass der Mann soeben seinen letzten Atemzug tat.

Es gab ein ploppendes Geräusch, wenn es so weit war, das selbst er nicht immer hörte, doch diesmal meinte er es zu hören.

Sie würde zu spät kommen, die Arme.

Sie würde verrückt werden, weil sie eine halbe Stunde zu spät gekommen war, was ihn nicht weiter groß bekümmerte, sondern im Gegenteil mit Genugtuung erfüllte, da er im Kampf mit Jeschua immerhin ein Unentschieden erreicht hatte.

15

Nach Hause

Die Epidemie nahm ihren Lauf und breitete sich weiter aus. Die Blumenhändler hatten von Tag zu Tag höhere Umsätze, Mitarbeiter des Familiengerichts wurden Zeugen, wie sich verfeindete Paare in Sekundenschnelle über Unterhaltszahlungen und Aufenthaltsrechte einigten, während in den Finanzämtern allergrößte Aufregung über eine Reihe anonymer Zahlungseingänge in vier- bis sechsstelliger Höhe herrschte, für die es keine Erklärung gab; alle möglichen Kinder hatten morgens plötzlich ein Frühstück und abends eine warme Mahlzeit, eine geplatzte Hochzeit wurde holterdiepolter nachgeholt und alle möglichen Spontanreisen wurden geplant.

Der Junge aus der Straßenbahn hatte sich ein Herz genommen und im Supermarkt ein Mädchen angesprochen; die Akkordeonspielerin Margarita hatte soeben den letzten Schüler des Tages besucht, und die Immobilienmaklerin Diana Kuhl naschte ein letztes Mal von den teuren Pralinen, die das Geschenk einer Familie mit drei Kindern waren, der sie mit ein paar Kniffen eine vergleichsweise günstige, helle Wohnung in der Choriner Straße beschafft hatte.

Aber jetzt wollten alle nach Hause – die einen, um dort zu bleiben, und die anderen, um in Kürze neuerlich aufzubrechen und sich in kleine oder große Vergnügungen zu stürzen.

Es wurde gekocht und auf Sofas gelegen, Bildschirme und Musiken wurden angemacht, Kinder zur Ruhe ermahnt oder zu ihren Hausaufgaben geschickt; Paare machten die Entdeckung, dass da ja noch der andere war, während die Alleinstehenden hofften, dass sich dieser andere noch fände, oder im Gegenteil froh waren, ihn erst kürzlich oder vor Zeiten losgeworden zu sein. Tiere wurden begrüßt und gefüttert, auf den Balkonen wurde geraucht, ein erstes Bier wurde geöffnet, eine erste Flasche Wein, was für die allermeisten das Zeichen war, dass die Mühen des Tages nun hinter ihnen lagen und nichts weiter zu tun blieb, als zu Hause zu sein.

Auch Jeschua und Mischa befanden sich auf dem Nachhauseweg, Mischa mit den nächsten Liebessorgen, denn er hatte kurz hintereinander zwei Nachrichten erhalten, eine von Anastasia, die er lieber erst gar nicht lesen wollte, und eine von Luna, die er zwar las, jedoch nicht zu beantworten gedachte.

Außerdem hatte Onkel Wladimir geschrieben; es gebe Neuigkeiten, die man am besten bei einem Essen im *Schostakowitsch* bespreche, wozu er Mischa und Jeschua auf diesem Wege herzlich einlade.

✎

Die Neuigkeiten bestanden darin, dass das *Schostakowitsch* die nächsten zwei Tage geschlossen bleiben würde, weil der Onkel zusammen mit seiner Galina verreise, um ein bisschen zu wandern und sich besser kennenzulernen, an der Müritz in einem kleinen Hotel mit Seeblick.

»Ihr könnt euch vorstellen, wie ich mich freue«, sagte Onkel Wladimir, obwohl die Sache leider so einfach nicht war, denn Galina hatte weiterhin Bedenken und wollte auf diesem Wege in einem letzten Anlauf herausfinden, was genau sie für den Onkel empfand und ob es nun Liebe war oder etwas anderes.

»Ich habe nicht die geringste Ahnung, was dieses andere sein könnte«, sagte der Onkel und gab sich zuversichtlich; es gebe Zeichen und Hinweise, die ihn optimistisch stimmten – Galina spreche viel von sich, von der Straßenbahn, ihren Freundinnen, ihrer Traurigkeit, die Wladimir in der Regel schnell zu vertreiben wusste, da er sie regelmäßig zum Lachen brachte, und dann vergaß sie ihre Traurigkeit und aß das Essen aus dem *Schostakowitsch* und nannte Onkel Wladimir den dümmsten Menschen, den sie je kennengelernt habe, weil er in seinem Alter unverdrossen an die Liebe glaubte.

Onkel Wladimir lachte, als er das sagte, und natürlich sei seine Liebe ganz dumm, aber eben eine Tatsache, was Galina mit der Bemerkung quittiert hatte, dass sie ihn und seine Liebe gerne um sich habe, er sich jedoch nicht allzu viel davon versprechen solle.

Nun wirkte der Onkel doch bekümmert.

»Manchmal wird sie mitten im Satz sehr still«, erklärte er. »Man sitzt am Tisch und isst, und plötzlich überfällt es sie, und sie schaut halb rechts oder halb links an mir vorbei, als wäre da was, das viel interessanter ist als ich, und dann fühle ich mich regelmäßig wie ein schrecklicher Langweiler, obwohl sie ja bloß traurig ist und nicht anders kann oder will, weil sie ihre Traurigkeit auf der ganzen Welt am liebsten hat.«

»Aber was ist der Grund für ihre Traurigkeit?«, wagte Mischa zu fragen.

Und der Onkel: »Das habe ich nicht herausgefunden.« Was Mischa äußerst seltsam fand.

Dann aßen sie zusammen, wobei sich Jeschua auf den roten Heringssalat konzentrierte und Mischa lediglich einen Teller Suppe mit Pelmeni nahm, da er keinen großen Appetit hatte.

»Und nun zu euch«, sagte der Onkel und erkundigte sich nach ihrem Tag und was noch mal schnell der Grund war, warum Jeschua in der Stadt war.

»Er beobachtet Menschen, deshalb ist er hier«, konnte Mischa sich nicht enthalten zu sagen, was der Onkel dahingehend aufnahm, dass er Jeschua für einen Psychiater oder Psychologen hielt; es gebe doch sehr viel mehr kranke Seelen, als man glaube, deshalb finde er es löblich, dass Jeschua diesen Beruf ergriffen habe, womit er gewissermaßen wieder bei seiner Galina war und die beiden recht herzlich bat, ihm die nächsten Tage die Daumen zu drücken.

Das versprachen sie.

»Und das nächste Mal bringe ich sie mit hierher«, erklärte er zum Abschied, was Mischa und Jeschua einhellig begrüßten und sich früher als üblich auf den Weg machten; das *Schostakowitsch* war fast leer, deshalb hätte sie der Onkel gerne dabehalten, ließ sie aber ohne Widerspruch ziehen.

༄

Die nächste Überraschung war, dass Anastasia vor der Wohnungstür saß.

»Ich sollte das nicht tun«, sagte sie. »Einfach auftauchen und mich vor deine Tür setzen, trotzdem bin ich da.«

Sie trug einen laubgrünen Regenumhang und darunter ein rosenrotes Kleid, stand auch sofort auf, als die beiden die Treppe hochkamen, ansatzweise verlegen, aber sonst ganz die muntere Person, die sie war.

»Wartest du schon lange?«, fragte Mischa in der Küche, und Anastasia sagte: »Nein, nein, ich hatte nur auf einmal so ein Bedürfnis, euch zu sehen, und da habe ich mich auf den Weg gemacht.«

Etwas stimmte nicht an diesen Sätzen, glaubte Mischa, der es nun bereute, ihre Nachricht nicht gelesen zu haben, da es womöglich ja ganz andere, unangenehme Gründe für ihr Kommen gab, wenngleich ihm keiner einfiel.

Aber gut, jetzt war sie da und machte Tee, bevor sie sich endlich setzte und wissen wollte, wie Mischas und Jeschuas Tag verlaufen war, worauf Mischa hauptsächlich von der Bootsfahrt und der Ärztin sprach, deren Feigheit Anastasia grässlich fand, selbst wenn sie sich zwischenzeitlich ja besonnen habe.

»Aber das ist nicht sicher«, sagte Jeschua.

»Und du?«, wandte sich Mischa an Anastasia.

»Ja, und ich.«

Das sagte sie mit einem Anflug von Unmut, wenn er richtig hörte; sie habe den halben Tag im Bett gelegen und über ihr Gogol-Referat nachgedacht und irgendwann über ihr Leben, bevor Edita zum Tee gebeten habe und zum hundertsten Mal ihre verrückten Russlandpläne ausgebreitet habe, aus denen inzwischen regelrechte Auswanderungspläne geworden seien.

»Aber wie soll das gehen?«, wollte Mischa wissen.

»Ja, das frag sie mal. Am Ende wird sie es bestimmt zustande bringen.«

Jeschua schien sich für Edita nicht sonderlich zu interessieren, deshalb nutzte er die Gelegenheit, um sich zu verabschieden, nicht ohne zu bemerken, dass man sich am Morgen ja womöglich wiedersehe.

Jeschua hatte das bloß so dahingesagt, trotzdem entfaltete seine Bemerkung eine missliche Wirkung, weder Anastasia noch Mischa wussten, was sie erwidern sollten, waren verlegen oder nahmen Anlauf, was vor allem für Anastasia galt, die von beiden die Mutigere war.

»Was ist mit dir?«, fragte sie endlich, worauf Mischa erwiderte, dass er manchmal diese Kopfschmerzen habe.

Und darauf Anastasia: Da habe er aber Glück, dass sie gekommen sei, denn wie ihre Namenspatronin, die heilige Anastasia von Sirmium, habe sie die Gabe, verschiedene Formen von Kopfschmerzen zu behandeln.

Und so zauberte sie Mischas Kopfschmerzen weg.

Über das Was und Wie hätte Mischa nachträglich wenig sagen können, nur dass er in der Küche auf einem Stuhl saß und Anastasia mit den Fingerspitzen über seine Schläfen strich und weiter nicht viel tat, mit seinem pochenden Kopf sozusagen sprach, ihn flüsternd beruhigte und ermahnte und zwischendurch ankündigte, dass es gleich vorbei sei.

Und tatsächlich waren die Schmerzen danach wie weggeblasen.

Für Mischa war das natürlich wunderbar und zugleich unangenehm, denn wenn sie solche Sachen an ihm tat, würde er ihr etwas schuldig sein, die Wahrheit, war er versucht zu denken, und die Wahrheit war, dass es Luna gab und er sie vor Anastasia verheimlichte.

»Na, was sagst du?«, wollte Anastasia wissen.

»Ich danke dir. Ich weiß nicht, wie du das gemacht hast, aber danke.«

Etwas auf dem Herzen habe er auch.

»Ja?«, fragte sie. »Dann sag. Du kannst mir alles sagen.«

Es brach ihm das Herz, wie sie ihn nun ansah, trotzdem begann er mit wenigen Sätzen zu berichten, was ihm geschehen war, wobei er wie gegenüber Jeschua vieles wegließ, den Flug natürlich, Orte und Zeiten, Lunas Alter, den Namen. Beinahe hätte er hinzugefügt, dass er es für sie beide getan hatte, schreckte jedoch davor zurück, obwohl es so etwas wie die Wahrheit war.

Anastasia schwieg, als er geendet hatte, fragte nicht nach, wollte keinen Namen, wollte keine Erklärung.

Irgendwann stand sie auf, wie jemand, der auf unerwartete Schwierigkeiten gestoßen ist und nun erst mal gründlich überlegen muss.

»Ach, Mischa«, sagte sie, im Flur, auf dem Weg hinaus, als plötzlich Jeschua in der Tür stand.

»Du gehst?«, fragte er.

»Ja, ich muss früh raus und habe meine Sachen nicht mit«, antwortete sie.

»Aber wir sehen uns wieder.«

»Ja, ich vermute schon, ich weiß nicht, besprich das bitte mit Mischa.«

Sie war schon halb aus der Tür, als sie sich plötzlich eines anderen besann und zurück zu Jeschua ging, um ihn zu umarmen, und nun auch ihren armen schuftigen Mischa umarmte, dem es für den Moment bestimmt nicht recht war, so elegant und zärtlich Anastasias Umarmungen auch waren.

»Das hast du gut gemacht«, sagte Jeschua, als sie fort war, was Mischa zu Unrecht als Ironie verstand, bevor er sich sagte, dass Jeschua nicht so sei, und sich freute, dass er es sogar wiederholte: »Doch, doch, sehr gut, selbst wenn es schwer ist, du wirst ja sehen.«

»Ich fühle mich ganz elend«, sagte Mischa, kam allerdings in den nachfolgenden Stunden zu dem Schluss, dass alles richtig so war, weshalb er nun auch Anastasias Nachricht lesen konnte und ansatzweise darüber lächelte, weil sie fast denselben Wortlaut wie die von Luna hatte.

⸎

Anastasia stand inzwischen unten auf der Straße, und obwohl sie eine beherzte Liebende war, wusste sie vor Kummer kaum, wo sie mit sich hinsollte; wusste, dass sie gehen musste, in irgendeine Richtung, und anschließend weiter in eine andere.

Sie hätte Mischa nicht umarmen sollen, überlegte sie, dachte an die Frau, bei der er lag und die sie auf die eine oder Art verwünschte und zugleich beneidete, was überhaupt das Schlimmste war.

Sie war fast zu Hause, als ihr plötzlich einfiel, dass sie jetzt auf keinen Fall nach Hause gehen dürfe, sie würde verrückt allein zu Hause in ihrem Zimmer, weshalb es sicher das Klügste war, unter Leute zu gehen.

In eine Bar, in der es heilenden Wodka gab, stellte sie sich vor, die sich zum Glück schnell fand, auch die Gesellschaft eines hübschen Jungen mit Locken wie Mischa – es war niemand anders als der Junge aus der Straßenbahn –, der sofort erkannte, dass sie traurig war und sie einfach reden ließ und nichts weiter von ihr wollte.

»Mischa also heißt er«, sagte er.

»Ja, Mischa.«

»Nicht wütend auf ihn sein«, war sein Rat.

»Ja, Mischa, Mischa, verdammt noch mal.«

Nach dem vierten Wodka sagte oder vielmehr brabbelte sie das, während der Junge von einem Mädchen aus dem Supermarkt erzählte und der Sünde des Zorns, was sie aus großer Ferne interessierte und zugleich nicht im Geringsten.

»Irgendwie mag ich diese Luna ja«, sagte sie.

»Huhu, Luna! Zeigst du ihm auch alles schön? Ich bin ja so froh, dass du ihm alles zeigst, er wird nämlich mein Mann.«

Aber da war sie wirklich schon sehr betrunken und wodkaselig; sie begann, russisch zu reden, was der Junge putzig fand, allerdings kein Wort verstand und sie als Person letztlich auch nicht.

Als sie wieder zu Hause war, nahm sie am Rande noch wahr, dass sie kein bisschen verrückt geworden war und jetzt auch nicht mehr würde, und warum sollte sie, schließlich war für den Augenblick alles gut oder würde es demnächst werden, man musste nur warten, dann würde bestimmt alles sehr schön und gut.

16

Zum höheren Ruhme Gottes

Inzwischen ging es auf elf zu, wo der Spaß in den Klubs und Bars noch gar nicht richtig losgegangen war, während andernorts nach und nach Ruhe einkehrte und die Leute für ihre Gäste eine letzte Flasche Wein öffneten oder ins Badezimmer gingen oder wie die ehemalige Ballkönigin Luna in den *Brüdern Karamasow* blätterte, die sie sich am Nachmittag in einer Buchhandlung besorgt hatte, weil ihr junger Liebhaber nicht müde wurde, von dem Buch und seinen Helden zu schwärmen; leider war der Liebhaber gerade nicht zur Hand, sodass ihr nichts anderes einfiel, als sich auf unproduktivste Weise nach ihm zu sehnen und sich gleichzeitig über den zurückliegenden Tag zu ärgern.

Mit dem Zahnarzttermin morgens um zehn hatte es begonnen. Dr. Muhlack hatte sie über eine Viertelstunde warten lassen und hielt es anschließend weder für nötig, sie zu begrüßen, noch, sich zu entschuldigen, was unter Berücksichtigung der Tatsache, was sie kürzlich als Ballkönigin geleistet hatte, geradezu eine Beleidigung war.

Sie versuchte mehrfach, ihn daran zu erinnern, indem sie sehr deutlich mit ihrer Strumpfhose raschelte und verschiedene Blicke ausprobierte, doch Dr. Muhlack zeigte sich völlig unempfänglich, wollte auch nicht wie üblich auf ihren Zähnen spazieren gehen und redete stattdessen sehr langweilig und ausführlich von seinem Segelklub, in dem es Ärger gegeben habe, irgendwelche Maßnahmen betreffend, die in Planung oder bereits beschlossen waren, was sie herzlich wenig interessierte.

Sie hatte den Teil einer Füllung verloren, die er nun umständlich ersetzte, sodass sie Zeit hatte zu überlegen, wie sie ihn ärgern könnte, und ihm zum Abschied hinwarf, sie habe da neuerdings einen sehr jungen Liebhaber, aber nicht einmal das brachte ihn auf das alte Gleis.

Das Mittagessen hatte wegen der Zahnbehandlung leider ausfallen müssen, deshalb gönnte sie sich als Ersatz einen kurzen Stopp in den *Galeries Lafayette*, wo sie wie üblich vor allem schaute und sich lediglich ein neues *Narcisse Noir* besorgte, nach dem Mischa so verrückt war, spätabends den letzten Spuren davon, wenn sie längst von all den anderen überschrieben worden waren, ja, ja.

Dieser Mischa war ein einziger Quell der Freude, dachte sie, selbst wenn er nicht bei ihr war und sie nur wusste, dass er wiederkommen würde, denn das war der Deal, auf den er sich in seiner Unwissenheit eingelassen hatte, und auch dafür liebte sie ihn.

Ab zwei standen nacheinander die Klienten vor der Tür.

Wie immer hatte sie geprüft, ob alle Türen zu waren – die zu ihrem Schlafzimmer, das allein Mischa betreten durfte, aber auch die zu Küche und Bad, damit die Leute keine falschen Fantasien entwickelten.

Beim ersten handelte es sich um ein Häuflein Elend von Mann, der soeben seine Frau verlassen hatte und seit Tagen seine geliebte Katze vermisste; seine Fantasie war, dass die Frau die Katze in der Spree ertränkt hatte, sie sei ein böser Mensch, habe ihn seit Jahren mit anderen Männern und Frauen betrogen und verdrehe nun alles ins Gegenteil.

»Ich glaube, ich kenne Ihre Frau«, hatte sie sofort gesagt, was der Mann aber ignorierte und bloß weiter über seine angeblich tote Katze sprach.

Sie versuchte ihm nahezulegen, sich eine neue anzuschaffen, womit sie sich und ihm einen Bärendienst erwies, denn jetzt begann er in ellenlangen Sätzen zu beschreiben, warum die Katze ganz einmalig sei – wie anmutig sie schnurrte, wie verständig sie einen ansah, garniert mit allen möglichen Ausführungen, die das richtige Futter und die notwendigen Impfungen betrafen.

Es war schwierig, ihn zu stoppen, sie musste mehrfach sagen, dass seine Zeit um sei, worauf er endlich aufstand und sagte, dass sie ihm sehr geholfen habe und er gerne nächste Woche wiederkomme.

Der nächste Fall war kaum weniger kompliziert. Eine junge Frau hatte ein Problem mit ihrem Freund, den sie, wie sie behauptete, sehr liebte, jedoch seit Monaten regelrecht verfolgte, weil sie ihm nicht traute.

Kurz nachdem sie zusammengezogen waren, hatte es begonnen. Anfangs stellte sie ihm nur gelegentlich eine harmlose Frage, bevor sie heimlich die Nachrichten auf seinem Handy zu lesen begann, ihn verhörte, wenn er sich mit anderen Leuten traf, sich irgendwann weigerte, mit ihm zu schlafen, da er ja doch nur an andere Frauen denke, und von morgens bis abends überhaupt die übelste Laune hatte.

Irgendwann konnte sie nicht mehr studieren, weil sie keine Zeit mehr dafür fand, Morgen für Morgen mit ihm aufstand und kurz nach ihm das Haus verließ, um ihm auf Schritt und Tritt zu folgen, dieselben Vorlesungen besuchte, in der Mensa weit weg das gleiche Essen aß, immer darauf achtend, dass er sie nicht entdeckte.

»Puh«, hatte Luna lediglich sagen können und die Frau gefragt, was sie sich unter diesen Umständen am meisten wünsche.

»Dass er mir endlich treu ist«, war die Antwort.

»Und für Sie selbst?«

Das wusste sie nicht und wollte es bis zur nächsten Woche herausfinden.

Nach zwei weiteren Terminen war es sechs geworden, Zeit, sich die *Inside-Out Kenzo Rolls* mit Lachs und grünem Spargel zu bestellen und sich im Bad die Achseln zu rasieren.

Sonderlich müde war sie nach dem langen Arbeitstag nicht, weshalb sie irgendwann auf den Gedanken verfiel, zu ihrer Unterhaltung ein Weilchen zu fliegen, nicht bloß die kleine Runde über das Viertel, sondern bis runter zur Potsdamer Chaussee, wo sie mehrfach über das Gelände der psychiatrischen Klinik kreiste, um wenig später erfrischt und zufrieden in ihr hübsches japanisches Bett zu sinken.

☙

Oberarzt Dr. Strawinski war gerade damit beschäftigt, sich Notizen über die Neuaufnahme zu machen, als Luna über dem Gelände kreiste und hie und da Licht entdeckte, unter anderem aus dem Zimmer von Dr. Strawinski, der eben in diesem Augenblick hinaussah und sich für einen Sekundenbruchteil einbildete, dass da eine menschliche Gestalt durch die Luft geflogen kam und sich auf eine der Parkbänke setzte, ehe sie rasch weiterflog.

Seltsam, dachte Dr. Strawinski, der ein nüchtern-pragmatischer Mensch war und sich völlig zu Recht sagte, dass man gewiss sehr überarbeitet sein musste, wenn man plötzlich für derart luftige Erscheinungen empfänglich war, und nur leider überhaupt nicht wusste, wie er das ändern sollte.

Bei der Neuaufnahme handelte es sich um eine gut und teuer gekleidete Frau Anfang vierzig, die in der Nähe des Nordbahnhofs aufgegriffen worden war, weil sie bei strömendem Regen im Zustand geistiger Verwir-rung Passanten beredete, mit ihr zu kommen, weil ihr der Herr, Jesus Christus, erschienen sei und sie beauf-tragt habe, noch heute eine Gruppe zuverlässiger Mit-arbeiter zusammenzustellen.

Später stellte sich heraus, dass die Frau erst vor Stun-den ihren Mann verloren hatte, in seiner letzten Stunde jedoch nicht bei ihm sein konnte, weil sie weggelaufen war und es nun bereute und in diesen Jesus-Wahn ge-flüchtet war.

Das Erstgespräch war entsprechend kompliziert.

»Ich kenne dich, du bist böse«, hatte ihn die Frau be-grüßt, wobei sie ihn kaum ansah und lediglich bemerkte, dass sie ihn kenne und den Herrn getroffen und lange mit ihm gesprochen habe, und er sei gut, Dr. Strawinski nicht, er sei böse.

»Sie haben wen getroffen?«, hatte Dr. Strawinski ge-fragt. »Den Herrn?«

»Du hast richtig gehört, genau den habe ich getroffen, weil die Guten sich erkennen, doch du bist nicht gut, des-halb kennst du ihn nicht.«

»Und wo hat diese Begegnung stattgefunden?«

»Na auf dem Schiff«, erklärte die Frau. »Ich bin mit dem Schiff gefahren, weil ich von zu Hause weggelaufen bin, und es gab kaum freie Plätze, und er und der Junge waren vom Regen klatschnass und setzten sich und fragten, ob es mir recht sei, dabei war es mir völlig egal.«

»Jesus hat einen Sohn?«, hatte Dr. Strawinski gefragt, worauf die Frau recht ungeduldig mit ihm wurde, da ja jedermann wisse, dass Jesus ganz für sich allein existiere und der Junge irgendein Junge gewesen sei, dessen Bekanntschaft er gemacht habe.

»Du bist wirklich sehr böse«, wiederholte die Frau. »Dabei habe ich dich durchweg gut behandelt, obwohl ich dich bestens kenne und weiß, wie böse du bist.«

»Und deshalb sind Sie von zu Hause weggelaufen?«

»Genau. Aber der Herr, Jesus Christus, hat gesagt, dass das nicht gut ist, und also bin ich zurück nach Hause.«

Und mehr wollte sie nicht sagen.

Dr. Strawinski fragte, ob sie einverstanden sei, für ein paar Tage in der Klinik zu bleiben, damit sie ein wenig zur Ruhe komme, was sie bejahte, so könne sie nämlich viel besser an Ihn denken.

Das war um Mitternacht herum gewesen.

Die Patientin lag im Trakt D in einem Einzelzimmer, man hatte ihr ein Beruhigungsmittel gegeben, und da die Nacht ohne Zwischenfälle verlaufen war, beschloss er, ein letztes Mal nach ihr zu sehen.

Zu seiner Überraschung war sie wach und lag ruhig und mit offenen Augen in ihrem Bett.

»Ich würde so gerne weinen«, sagte sie und begann in ebendiesem Moment zu weinen, was ja regelmäßig ein gutes Zeichen war und dass sie jetzt von ihrem Mann sprach und wie er friedlich in seinem Bett gelegen habe, jedoch beharrlich dabei blieb, dass sie den Herrn getroffen habe.

»Kannst du ihn anrufen und bitten, dass er herkommt, damit ich gesund werde?«

»Sie werden auch so gesund.«

»Bitte, bitte, ruf ihn an.«

Worauf ihr Dr. Strawinski erklärte, dass es mitten in der Nacht sei und man mitten in der Nacht niemanden anrufen könne und sie und er morgen alles Weitere in Ruhe besprechen würden, womit sie neuerlich einverstanden war.

೧

Auch der Priester Ansgar Samtleben war wach. Er hatte sich vor Tagen bei einer Taufe infiziert, wusste allerdings nichts davon, obwohl er spürte, dass sich Unwälzendes in ihm ereignete, denn er hörte Stimmen, die in allen Sprachen des Weltkreises zu ihm sprachen.

Anfangs verstand er kein Wort, weil sie alle durcheinanderredeten und sozusagen Musik machten, als würden hundert Orchester gleichzeitig spielen, weshalb es dauerte, bis er das ein oder andere verstand, obwohl er keine der Sprachen beherrschte, und trotzdem nach und nach verstand, dass sie ohne Ausnahme eine sehr schlechte Meinung von ihm hatten.

»Du bist lau, du bist faul«, sagten die Stimmen und dass seine Sünde die Trägheit sei; er verstand den Kummer und die Sorgen der Menschen nicht, er tat nur so, antwortete mit Formeln; auch seine Predigten bestanden aus Formeln, einem allzu bekannten Zitat hier, einem schwachen Gedanken dort, die aus dem Internet oder seiner Studienzeit stammten, als er noch gedacht und geglüht hatte.

Vor zwei Tagen hatte sich der Chor der Stimmen in ihm erhoben, und seither hatte er nicht gegessen und nicht getrunken, während sich seine Seele weiter und weiter verdunkelte. Er zweifelte an allem – an sich, an seiner Mission, an seinem Glauben; er versuchte zu beten, warf sich in seinem Zimmer auf den Boden und fluchte und flehte und hätte sich am liebsten geschlagen.

Das Schlimmste war, dass er nicht ins Gebet fand; sein Mund war voller Lügen, war das Einzige, was er begriff, und dass er auf der Stelle sein Leben ändern musste.

Ansgar Samtleben konnte sich nicht erinnern, wann er zuletzt geweint hatte, doch jetzt weinte er, und mit den Tränen fand er stammelnd zurück ins Gebet.

»Ich glaube, dass Er gütig ist, und deshalb bin ich auch gütig und heiter. Er ist gütig. Er führt mich aus dem Leid zum Licht.«

Das murmelte er, morgens gegen halb vier, womit die Krise allmählich ihren Höhepunkt erreichte.

»Alles wird gut sein, und alle werden gut sein, und außer Güte und Schönheit wird es nichts mehr geben, und der Peiniger und sein Opfer werden sich im Kuss vereinigen«, flüsterte er. »Das Böse, die Absicht und die Berechnung werden aus dem Herzen entweichen, und es wird sich niederlegen der Wolf neben dem Lamm, und es wird keine Träne mehr vergossen werden.«

Man musste in der Sprache der Herzen sprechen, dachte der Priester, sich selbst ein Herz einpflanzen und immer bloß auf die Stimme des Herzens hören und auf keine andere.

»Das sagst du ganz richtig«, ließ sich in diesem Moment zu seiner Überraschung und Bestürzung die Stimme des Herrn vernehmen, nicht gar so sanft, wie er geglaubt hatte, beinahe schroff, oder doch nicht direkt schroff, sondern sehr aus der Ferne,

»Bist du's wirklich?«, fragte der Priester.

Und darauf der Herr mit durchaus angenehmer Stimme: »Ich bin's und kein anderer.«

»Ich höre«, sagte der Priester erwartungsvoll, während er weiterhin am Boden lag und nicht wusste, ob er in dieser Stellung verharren oder lieber aufstehen sollte, um besser zu hören, was der Herr ihm zu sagen hatte.

Aber da sprach er schon.

»Ich muss dir leider sagen, dass du mir keine Freude bist«, sprach der Herr. »Trotzdem will ich anerkennen, dass du dich bemühst, und dich fortan auf deinem steinigen Weg begleiten.«

So begann er.

Ich bin verrückt oder dabei, es zu werden, überlegte bei sich der Priester und dass die Stimme gewiss nur in seinem Kopf sei und dieser sein Kopf ein sehr kranker, worauf der Herr jedoch nicht einging, sondern Ansgar Samtleben aufforderte, seine Sachen zu packen, denn er, der Herr, schicke ihn für längere Zeit auf Reisen.

»Um diese Uhrzeit?«

»Um diese Uhrzeit, gewiss.«

»Und wohin soll die Reise gehen?«, wollte der Priester wissen, worauf der Herr ihm beschied, dass er ihn das rechtzeitig wissen lasse.

Und verstummte.

»Bist du noch da?«, fragte Ansgar Samtleben ängstlich, erhielt jedoch keine Antwort mehr.

Endlich stand er auf und ging in seine winzige Küche, wo er tüchtig aß und trank und abschließend ein Weilchen weinte, allerdings diesmal vor Glück und Seligkeit, weil der Herr mit ihm gesprochen hatte – nicht sehr lang, aber wirklich, wirklich gesprochen, um ihn Satz für Satz zu unterrichten und zu ermuntern und zu trösten, weil er seinen Ansgar doch gewiss sehr liebte und überhaupt nur Liebe war.

Anschließend packte er.

Der Herr hatte ihn auf eine Reise geschickt, womit er ja andeutete, dass sein Ansgar nicht am richtigen Platz war, so verwirrend das auch sein mochte, und tatsächlich war der Priester nach den Abenteuern der letzten Tage reichlich verwirrt.

Er zitterte, als er sich auf den Weg machte.

Morgens um fünf war es um diese Jahreszeit kühl, der Rucksack war nicht schwer, er konnte ihn ohne Mühe tragen, so wie er zukünftig alles ohne Mühe tragen würde, da ihn seinerseits der Herr trug und dafür sorgte, dass sein Ansgar wo auch immer gut ankäme und endlich am richtigen Platz wäre.

17

Ein unruhiger Tag

Die alte Göre Berlin wurde von Tag zu Tag zufriedener und ausgeglichener; dauernd war etwas los, es gab jede Menge hübsche Verwicklungen, Auf- und Abschwünge, die sie innerlich erfrischten und unterhielten.

Sie hatte sich lange nicht mehr so jung gefühlt. Es war Frühling, die Sonnenscheindauer lag bei acht Stunden, bloß dass es das allein nicht war, es schienen noch andere Kräfte am Werk zu sein, ein Geist der guten Laune und Herzlichkeit, der über Straßen und Plätzen schwebte, dem glitzernden Fluss und den Kanälen und Seen.

Am Ku'damm und Unter den Linden stellten Männer und Frauen frisch frisiert die neuen Frühjahrskollektionen zur Schau, man wandelte und flanierte und wurde nicht müde, sich aufs Freundlichste zu begrüßen und zu bemerken; Kinder mit bunten Luftballons waren zu sehen, die sie bei Gelegenheit in den Himmel steigen ließen, es gab lange Schlangen vor den Eisdielen, Fahrrad- und Autofahrer winkten sich gegenseitig zu; die Theaterdirektoren beschlossen, ab sofort ausschließlich Komödien zu spielen, und die vierzig größten Betriebe und Unternehmen kamen überein, ihren weiblichen Mitarbeitern ab sofort bis hinters Komma denselben Lohn zu bezahlen wie ihren männlichen, während sich im Hotel *Estrel* in Neukölln die Chefs der großen Clans versammelten und bei nur einer Gegenstimme beschlossen, ab sofort brave und rechtschaffene Berliner zu sein.

Die alte Göre kam aus dem Staunen nicht heraus; von einigen Ausreißern abgesehen, herrschte an allen Ecken und Ende so etwas wie Silvesterstimmung, fast alle waren entspannt und zugleich aufgekratzt, als würde bald wer weiß was passieren.

⁓

Auch die Teufel zeigten sich entspannt in dem Sinne, dass es durchweg viel zu tun gab und nun auch die Ideen sprudelten, wie man Jeschua aus der Stadt vertreiben könnte, denn der Schaden, den er anrichtete, war inzwischen doch beträchtlich, wie man allerorts beobachten konnte.

Man war aus verschiedenen Teilen Berlins nach Rudow in Theaterregisseur Stranz' Schrebergarten geeilt, der zwar ansatzweise verwahrlost wirkte, jedoch alles hatte, was man zu einer intimen Besprechung brauchte: eine kleine Terrasse mit Tisch und Stühlen, als Verpflegung Sekt und Bier sowie diverse Brötchen, die der Theaterregisseur höchstpersönlich mit Lachs und Roastbeef und Butterkäse belegt hatte.

Die Stimmung war gut, mit jedem weiteren Glas Sekt oder Bier sprudelten dann wie gesagt die Ideen, wobei zunächst überhaupt nichts sprudelte, bis Steuerberater Pfannkuch einwarf, dass sie erst mal nach dem Fehler suchen müssten, ohne Fehleranalyse keine durchschlagende Idee, und sich praktisch zeitgleich an den Kopf schlug und sowohl den Fehler hatte als auch die Idee.

»Unser Fehler ist in Kürze der, dass wir dauernd in

Männer fahren, und die naheliegende Lösung unserer Probleme die, dass wir es zur Abwechslung mit einer Frau versuchen sollten.«

Reihum zeigten sich alle erstaunt, dass sie nicht selbst auf den Gedanken gekommen waren – aber ja, jemand von ihnen musste in eine Frau fahren und sich Jeschua nähern und ihn ablenken und beschäftigen; oder besser: aus der Fassung bringen.

»Na gut, aus der Fassung bringen werden wir ihn wahrscheinlich nicht«, gab der Steuerberater zu. »Aber seine Kräfte binden, ihn müde machen, ein bisschen kirre, warum nicht?«

Alle waren begeistert, sogar dem schwermütigen Malermeister entwich ein Lächeln – auf diesem Wege würden sie das Ärgernis Jeschua womöglich aus der Welt schaffen.

Was die Frau betraf, waren sie sich übrigens schnell einig, es war niemand anderes als die Akkordeonspielerin von der Hochzeit. Nur wer sollte in sie fahren?

Universitätsprofessor Ruffer, wurde allgemein vermutet, doch der wollte nicht in einer Frau sein, in einem feurigen Jüngling jederzeit, aber bitte nicht in einer Frau, weshalb es eine Weile hin und her ging. Einzig der Steuerberater schien nicht abgeneigt, und von dem stammte schließlich die Idee.

»Ja, übernimmst du das?«, fragte der Malermeister. »Ich danke dir.«

»Gern und mit Vergnügen«, erwiderte der Teufel, der sich bis dahin im Steuerberater aufgehalten hatte, und nun aus ihm herausfuhr, um weit weg vom Schrebergarten in Rudow in der Akkordeonspielerin Margarita Platz zu nehmen.

Für den wirklichen Steuerberater hatte dies die durchaus missliche Folge, dass er zumindest teilweise an seinem Verstand zweifelte und kaum etwas von dem verstand, was um ihn herum besprochen wurde.

»Bin ich wirklich ich?«, fragte er sich und fand es fürs Erste beruhigend, dass er in Windeseile wusste, wie viel 37 mal 18 war, dazu die Namen von Frau und Kindern, Wohnadresse und Steuernummer.

Trotzdem stimmte etwas nicht.

Er saß in einem Schrebergarten und hatte mehrfach von den Mettbrötchen gekostet, die Männer um ihn herum kannte er aus dem Segelklub, nur wer zum Teufel war dieser Jeschua, dem man eine Frau zuzuführen gedachte, damit sie ihn von seinem Weg abbrachte, bloß weshalb und von welchem Weg?

Das alles fragte er sich und wartete ab, dass man aufbräche, was auch endlich geschah und ihn in einem Zustand ungläubigen Staunens hinterließ, der bis zum Abend anhalten würde.

Sicher träume ich nur, versuchte er sich zu sagen, und rief seine Frau an, um zu fragen, ob er verändert klinge, was die Frau zu seiner Überraschung bejahte.

»Du klingst richtig nett, fast wie ein Mensch«, scherzte sie, meinte es jedoch ernst, denn sie hatte viel Kummer mit dem Mann, der sich selten sehen ließ und noch seltener etwas von ihr wollte und schon gar nicht grundlos anrief.

❧

Unterdessen stand die neue Margarita im Badezimmer vor dem Spiegel und schmückte sich.

Sie hätte in keiner Weise sagen können, warum. Sie legte sonst kein großes Augenmerk auf ihr Äußeres, doch jetzt war es plötzlich wichtig, dass ihre Lippen schön rot waren und um die Augen viel Schwarz; ein Kleid musste sie tragen, am besten das neue rote, und die grünen Schuhe dazu, die ebenfalls neu waren, worauf sie allmählich loskonnte.

Ihre kleine Wohnung lag an der Kreuzung Utrechter-/ Malplaquetstraße, wo es quer über die Straße das *Café Largo* gab, und dort trank sie einen herrlich starken Espresso, ohne genauen Plan, aber mit dem Gefühl, dass es heute etwas geben würde, etwas umwerfend Gutes, Schönes, weil sie sich sonst ja nicht so hübsch gemacht hätte und für den Nachmittag alle Akkordeonstunden abgesagt, was bestimmt ganz richtig und vernünftig war, denn heute – ach, wie herrlich – würde sie ihn wiedersehen.

In all den vielen hellen und dunklen Stunden, in denen sie sich nach Jeschua gesehnt hatte, war sie mit unumstößlicher Gewissheit überzeugt gewesen, dass sie ihn verloren hatte, und mit ebensolcher Gewissheit wusste sie jetzt, in diesem Café, dass sie bloß aufstehen und sich zu ihm hinbewegen musste.

Und genauso war es.

Im Tiergarten bei den Rhododendren entdeckte sie ihn. Wie vor Tagen in Begleitung des gelockten Jungen, dessen Name ihr partout nicht einfiel, aber später sicher einfallen würde; direkt auf der anderen Seite des Wassers nahe der Brücke standen sie und bemerkten sie nicht, weshalb sie mehrfach nach ihnen rief und ihnen über die Brücke hinweg zuwinkte.

»Hier, ich bin hier, wir kennen uns von der Hochzeit,

wir haben zusammen getanzt«, rief sie, und jetzt drehte Jeschua sich zu ihr hin und erkannte sie nicht, nur der Junge erkannte sie und winkte sie freundlich zu sich herüber.

Überglücklich stand sie kurz darauf vor ihnen.

»Ach, wie schön, ich freue mich«, sagte sie. »Wie schön, dass ich euch gefunden habe.«

»Hast du uns denn gesucht?«, fragte der Junge.

Und darauf sie: »Nicht direkt gesucht, doch gefunden habe ich euch.«

»Es war so wunderbar, mit dir zu tanzen«, wandte sie sich an Jeschua und machte ein paar tänzelnde Bewegungen, wie um ihn daran zu erinnern und weil sie so froh und glücklich war und hoffte, dass er ihr Kleid und ihre Schuhe bemerkte, was er sogar recht ausgiebig tat.

Die Rhododendronblüte war erst im Anfangsstadium, eigentlich schlief noch alles; der Park und die verschlungenen Pfade waren nicht sonderlich frequentiert, deshalb war es ein Genuss, so zusammen zu gehen und für sich zu sein und seinen Fragen nachzugehen; allen voran, wer diese beiden jungen Männer überhaupt waren, denn das wusste unsere wundersame Margarita ja überhaupt nicht.

Da es niemand eilig hatte, landete man schließlich im *Schleusenkrug*, bestellte Eis und Kaffee, gerade so, als wäre bereits August, und tatsächlich war es wegen des sonnigen Wetters schwierig, einen Platz zu finden; vom Zoogelände nebenan waren vereinzelt Tierstimmen zu hören, dazu das Plätschern des Wassers vor ihrer Nase, das Gemurmel und Gelächter gut gelaunter Berliner.

»Und nun sind wir also hier«, sagte Margarita und versuchte, den beiden zu erklären, dass sie alles genau so erwartet und gewusst habe.

»Von den Eisbechern mit ihren hübschen bunten Sonnenschirmen mal abgesehen«, räumte sie ein. »Aber dass wir uns wiedersehen, und dies sehr bald.«

Dem Jungen, das merkte sie, gefiel ihre Art zu erzählen, während Jeschua etwas störte, zumindest runzelte er die Stirn, bevor er sie neuerlich ansah, so auf eine Art, dass man sich ganz nackt und bloß fühlte.

Sie erinnerte sich, dass er nur vorübergehend in der Stadt war und sie ihn beim Tanzen gefragt hatte, was er von Beruf sei; es war ihr wichtig, was einer tat, leider erinnerte sie sich nicht, was er geantwortet hatte. Lehrer oder Arzt, glaubte sie und versuchte sich vorzustellen, wie er sie in etwas unterwies oder sie untersuchte, was ihr nun doch fast ausschließlich gefiel.

»Ich hätte mein Akkordeon mitnehmen sollen«, sagte sie. »Dann hätte ich für euch spielen können.«

»Du spielst sehr gut«, meinte der Junge, was Jeschua mit einem Nicken bestätigte.

»Mit Musik habe ich kaum Erfahrung«, erklärte er, was so klang, als habe er sagen wollen, dass er mit Frauen wie Margarita kaum Erfahrung habe, bloß um das zu ändern, war sie schließlich gekommen.

Sie würde viel Mühe mit ihm haben, aber bitte, gern, sie war zu jeder Mühe bereit, und das teilte sie ihm nun auch mit, indem sie sich mehrfach so auf eine Art durchs Haar fuhr und eine Hand auf seinen Arm legte und wie nebenbei ein paar Details von sich erwähnte, zu denen er sich in Anwesenheit des Jungen nicht äußern konnte, trotzdem gut verstand und nicht abgeneigt schien.

Der Mann, der gestorben war, spürte, wie die Frau um Einlass bei ihm bat, was er ihr instinktiv verwehrte und zugleich zubilligte und der fremden Empfindung letztlich nicht auswich, da sie allein ihm zu gelten schien, seinen Augen, Händen, seiner Haut, seinen Gedanken, seiner Gegenwart.

Es rührte ihn, dass die Frau so empfand, und es befremdete ihn.

Ihr Blick war sanft und beinahe ergeben und im nächsten Augenblick wild und entschlossen, wobei sie keine Sekunde aufhörte, ihn zu prüfen und zu befragen, so auf eine Art, dass er gleichzeitig frei und unfrei war.

Das war, was ihm mit dieser Margarita geschah.

Der Junge gab sich sichtlich Mühe, es nicht zu bemerken, oder bemerkte es tatsächlich nicht, hielt aber instinktiv das Gespräch in Gang und erzählte ganz unschuldig von Anastasia und seinem Onkel und dem *Schostakowitsch*, das derzeit leider geschlossen sei, sonst hätte man dort zusammen essen können.

Da es gerade mal auf halb fünf zuging, war es zum Essen zu früh, wie der Junge meinte und dann laut überlegte, dass man ja trotzdem gemeinsam essen gehen könne.

»Ich könnte für uns kochen«, sagte die Frau. »Ich lade euch ein, ja, das mache ich, denn kochen kann ich, ihr werdet sehen.«

»Ist es dir auch bestimmt recht?«, fragte ihr Blick, der freilich längst wusste, dass es ihm recht war und er gar nicht anders konnte, als ihr zu folgen, so wie auch sie ihm gefolgt war.

⁓

Für Mischa war es bis zu diesem Zeitpunkt ein angenehmer Tag gewesen. Man musste in den Supermarkt, um die Zutaten für Margaritas rotes Pesto einzukaufen, und mehr war nicht zu tun.

Margarita kaufte ein, wie sie Akkordeon spielte, mit fliegenden Fingern den Knoblauch und die Pinienkerne, ein Stück alten Parmesan und die getrockneten Tomaten, dazu zwei Flaschen Primitivo, die sie zu Hause sofort entkorkte.

Jeschua ließ sie keine Sekunde aus den Augen, als wäre nun buchstäblich *alles* interessant an ihr, schnitt die Tomaten für sie, wusch den Salat, den es zum Pesto geben sollte, zwischen Herd und Spüle Schulter an Schulter mit dieser erstaunlichen Frau, als wäre es nie anders gewesen.

Da die Küche sehr klein war und Mischa nichts weiter zu tun hatte, stattete er seinen diversen Baustellen einen Besuch ab, dachte kurz an den Roman, zu dem ihm weiterhin nichts Brauchbares einfiel, dann länger an Luna und die gekränkte Anastasia – alles kreuz und quer und mit dem Ergebnis, dass das Leben offenbar aus Baustellen bestand.

Das Pesto war hervorragend. Margarita strahlte und schenkte den Wein aus, als würde er nie ausgehen, bis Jeschua sie daran erinnerte, dass sie versprochen hatte, zu spielen, was die nächste Freude für sie war, und deshalb spielte sie besonders lange, Lieder und Tänze aus dem Süden, denn aus dem Süden, wie gesagt, stammte sie.

Erst lange nach zehn erklärte sie, nun sei es genug, sie brauche eine Pause, was Mischa zum Anlass nahm, sich bei ihr zu bedanken, in Wirform das Essen lobte und den Wein und mit einem Mal stand und annahm, dass auch Jeschua sich erheben würde, was jedoch nicht geschah.

»Ich bleibe«, erklärte er, und darauf Margarita: »Wenn es dir nichts ausmacht, wäre das für mich das Schönste.«

Sie brachte Mischa noch zur Tür.

»Nicht wahr, es ist Er«, flüsterte sie. »Ich kann spüren, dass Er es ist, aber Er wird bald gehen.«

Mischa verstand nicht gleich.

»Ja, nein«, sagte er. »Ich weiß nicht, nur bleiben wird er hoffentlich.«

»So lass uns beide hoffen.«

»Ich mag dich, auch du sollst bleiben«, fügte sie hinzu, was Mischa äußerst liebenswert von ihr fand und sich ein zweites Mal zu bedanken anschickte, aber da hatte sie sich bereits umgewandt, um zurück in die Küche zu Jeschua zu gehen.

18

Die Verfolgung

Der Teufel, der vorübergehend in die Akkordeonspielerin gefahren war, langweilte sich fast zu Tode. Es lief alles nach Plan, mehr oder weniger ohne sein Zutun, da die verliebte Frau das meiste von selbst erledigte. Sie war richtig gut, sodass er nur hie und da etwas justieren oder einbauen musste, was am Ende dazu führte, dass es leider zu überhaupt nichts führte; die Frau gefiel Jeschua, sie war hinreißend, er labte sich an ihr, war entzückt, ließ sich jedoch nicht ein.

Mit dem Weggang des Jungen schien die Sache allmählich Gestalt anzunehmen, es kam zu kleinen Handgreiflichkeiten, Szenen, in denen sich einer an den anderen lehnte oder flüsterte, aber mehr geschah nicht; man redete, beantwortete Fragen, die Mehrzahl davon er, weil er eine interessante Vergangenheit hatte, die zugleich langweilig war, weil sie ja jeder kannte.

Gegen elf hatte der Teufel genug und fuhr aus der Frau heraus, was sie kaum bemerkte oder nicht weiter als störend empfand, was lediglich bewies, dass man sich die Mühe hätte sparen können.

Der Plan war in keiner Weise aufgegangen; alle zeigten sich enttäuscht, weshalb der Malermeister um Mitternacht ein weiteres Mal nachsah, doch es hatte sich nichts Einschlägiges entwickelt, und als er eine

Stunde später ein drittes Mal nachsah, war Jeschua nicht mehr da.

Malermeister Schell in seinem tief verwurzelten Pessimismus wollte nun gar nichts mehr unternehmen, er wollte ins Bett, ließ jedoch zu, dass noch einmal die altbekannten Debatten aufflammten: ob die Ansteckungsgefahr wirklich so groß war wie vermutet, wie gefährlich dieser Jeschua letztlich war und ob es nicht reichte, sich auf besonders gefährdete Gruppen zu konzentrieren, einzelne Personen zu isolieren und vorübergehend an andere Orte zu verbringen und den Dingen ansonsten ihren Lauf zu lassen.

Steuerberater Pfannkuch plädierte für Geduld und weitere Aktionen.

»Jagen wir ihn doch morgen ein bisschen durch die Straßen, auf diese Weise wird er bald genug haben und unser schönes Berlin verlassen.«

»Ich hasse ihn«, sagte unverhofft Dr. Muhlack. »Ich verstehe auch diesmal nicht, warum er gekommen ist.«

»Abschließende Sondierungen vor dem Endkampf?«, spottete der Bezirksstadtrat.

»Seine letzten Schäfchen zählen vielleicht?«, spottete der Gebrauchtwagenhändler.

»Wahrscheinlich langweilt er sich nur«, meinte der Theaterregisseur.

»Ich glaube, er *will* überhaupt nicht kommen«, gab der Malermeister zu bedenken. »Seine Ruhe haben, das will er. Und darin ist er wie ich.«

»Aber wieso Berlin?«, fragte Dr. Muhlack.

»Weil Berlin das Letzte ist«, scherzte der Bezirksstadtrat. »Womöglich ist das hier sein letztes Mal.«

»Könnte sein, warum nicht?«, gab der Malermeister zu.

»Auf jeden Fall ist er ziemlich schwach«, fasste der Universitätsprofessor zusammen, worauf sich alle schnell einig wurden, gleich morgen eine kleine Jagd zu veranstalten.

Blieb die Frage, wann. Der Malermeister schlug vor um acht, was die einen zu früh und die anderen zu spät nannten, weshalb es neuerlich Diskussionen gab, die der Theaterregisseur mit der Bemerkung beendete, dass wer um zwei Uhr nachts ins Bett fiel, vor neun bestimmt nicht wieder herauswollte, und zuletzt alle übereinstimmten, dass zehn Uhr morgens der richtige Zeitpunkt war.

∽

Der Mann, der gestorben war, hatte bis zum frühen Morgen wach gelegen und an die Frau gedacht.

Sie hatte ihn erkannt, es allerdings lange nicht ausgesprochen, und das hatte er genossen, da es ein Moment der Freiheit war, das Ende seiner Einsamkeit, wie er zu glauben bereit war, kurz nachdem der Junge gegangen war und sie sich ihm auf verschlungenen Pfaden zu nähern begann.

»Du musst dich vor mir nicht fürchten«, hatte sie gesagt, was ihm ganz überflüssig erschien, denn er fürchtete sich nicht, nicht vor ihr und nicht vor sich, der er alles tat und erlitt, wie es ihr und ihm vorgegeben war, mit dem üblichen Staunen und der Freude, die ihn tatsächlich fast überwältigte.

Es war gut, dass sie kaum sprachen, sich gelegentlich etwas erbaten und dafür dankten und sich im Übrigen überließen, bis es irgendwann aus ihr herausmusste und sie ihn fragte, wer er sei, denn es lasse ihr keine Ruhe, weil sie doch wisse und spüre, wer er sei.

Sie wusste sofort, dass sie besser geschwiegen hätte, und geriet in eine Art Panik, in der sie mit dem Reden nicht mehr aufhörte und ihn anflehte, sie nicht zu verlassen, und dass sie sich allem füge und nicht im Geringsten wisse, wer er sei. »Also bitte bleib und geh nicht weg.«

Trotzdem war es das Ende; die Möglichkeit, ein anderer zu sein, war vorüber.

Er hatte Mühe gehabt, von ihr wegzukommen, und war lange zu Fuß durch die Straßen der fremden Stadt gelaufen, noch als er längst im Bett lag, lief und lief er, in dem Wissen, dass es nie enden würde, dass er irgendwo Platz nahm, um wenig später zu begreifen, dass kein Platz war.

Mit diesen Gedanken war er schließlich eingeschlafen.

Zum Glück stellte der Junge am Morgen keine Fragen. Man trank Kaffee und dachte sich seinen Teil, bevor man sich neuerlich auf den Weg machte.

Es würde ein anstrengender Tag werden, das ahnte er. Sie würden ihn verspotten und verhöhnen, weil er bei einer Frau gelegen hatte; sie würden sich an seine Fersen heften und ihn mit dem Jungen durch die Stadt jagen, ihn zwischendurch packen und ins Ohr schreien, dass sie nun alles über ihn wüssten und darüber lachten, wie schwach und erbärmlich er war, geradezu wie ein Mensch.

Was genau so geschah.

৶

Mischa sah, wie erschöpft und müde Jeschua war, und wagte deshalb nicht zu fragen, wie der Abend geendet hatte, stellte es sich auch lieber nicht vor, wenngleich er fand, dass die beiden hübsch anzusehen waren und gut zueinanderpassten, so auf eine schwingend zögerliche Art, weil es ja nicht gut sein konnte, auf jeden Fall seltsam, kompliziert, was ja wiederum nur hieß, dass es möglich war.

Er hätte sich gerne mit Jeschua gefreut, stattdessen sorgte er sich um ihn; sein Gast wirkte eigenartig nervös, wollte nicht in die Stadt, um fünf Minuten später zum Aufbruch zu drängen, als gälte es, etwas hinter sich zu bringen, das ebenso unangenehm wie unvermeidlich war.

Es wurde ein denkwürdiger Tag.

Schon im Treppenhaus hörten sie den Wind, außerdem versperrte eine Gruppe Männer die Tür, die dicht beieinanderstanden und selbst auf Aufforderung kaum auseinanderrückten, zwielichtige Gestalten, die sich einen Spaß daraus machten, die Geduld anderer Leute herauszufordern.

Es dauerte, bis Mischa begriff, was los war.

Jeschua ging ungewöhnlich schnell, das fiel ihm auf, und dass er sich mehrfach umblickte, erst in letzter Sekunde in die bereitstehende U7 sprang, um sie zwei Stationen weiter zu verlassen und Richtung Eingang zu hasten.

»Was ist?«, fragte Mischa und schaute sich in alle Richtungen um, wo jedoch niemand war, weiter weg eine Gruppe Männer, die er erst mit Verzögerung erkannte, denn es waren die Männer, die vor Stunden den Eingang versperrt hatten.

»Verfolgen sie uns? Wieso verfolgen sie uns?«, wollte

Mischa von Jeschua wissen. »Und wer sind sie überhaupt, kennen sie dich?« Obwohl er sehr genau ahnte, wer sie waren.

Sieben Männer meinte er gezählt zu haben.

Richtig zum Fürchten sahen sie nicht aus, außerdem war helllichter Tag, überall waren Leute, also was sollte sein?

So glaubte er.

Doch die Männer ließen sich nicht abschütteln, ja schlimmer, sie schienen jederzeit zu wissen, wohin sich Mischa und Jeschua als Nächstes bewegten, hielten lange Abstand, bevor sie sich vorübergehend gar nicht zeigten und dann plötzlich von vorne kamen.

Mischa und Jeschua waren von der Eisenacher Straße zum Winterfeldplatz gelaufen, wo heute Markt war, und dort am Winterfeldplatz, in all dem Gedränge, pirschten sie sich richtig nah ran und begannen in einer seltsamen Sprache auf Jeschua einzureden, wobei sie abwechselnd vor und neben ihm liefen, als wären sie Bekannte oder Landsleute, die sich auf ebendiese Weise zu unterhalten pflegten.

»Wovon reden sie?«, wollte Mischa wissen, wozu Jeschua unwirsch den Kopf schüttelte und behauptete, dass es ohne Bedeutung sei.

»Aber sie sprechen doch mit dir!«

Nun war sprechen allerdings nicht das passende Wort; sie zischten und fauchten und benutzten diese fremde, unverständliche Sprache, von der Mischa annahm, dass es sich um Aramäisch handelte, obwohl er sich fragte, wieso diese doch sehr gewöhnlichen Leute derart ausgefallene Sprachkenntnisse besitzen sollten.

»Warum fällt er ihnen nicht ins Wort?«, fragte er sich,

während Jeschua ihren spöttischen, höhnischen Stimmen weiter wie gebannt lauschte, sich zwei-, dreimal wegduckte, als wäre, was sie sagten, sehr schmerzlich und zugleich abwegig, und sich irgendwann wegdrehte und Mischa hinter sich her in eine Seitenstraße zog.

∽

So als Gruppe neben ihm herzutraben und ihn auf Aramäisch zu beschimpfen, fanden die Teufel eine Weile lustig. Nicht alle beherrschten die Sprache gleich gut, doch die Wirkung war erfreulich, Jeschua wirkte irritiert, wenn nicht verärgert; er versuchte mehrfach, außer Reichweite zu gelangen, was sie mal zuließen und mal verhinderten, zwischendurch das Tempo verschärften und sich neuerlich zurückfallen ließen.

Jeschua schwieg beharrlich zu ihren Reden und tat, als kümmerten sie ihn nicht, wovon sie sich allerdings nicht täuschen ließen; sein wunder Punkt war die Frau, auf dem sie in allen Variationen herumritten, wenngleich nach ihren Informationen gar nichts weiter vorgefallen war.

Aber egal: Sie war sein wunder Punkt. Er dachte an sie, die Chance, die er verpasst oder ergriffen hatte, was einen gewissen Unterschied machte und am Ende wiederum nicht den geringsten, so er sich bloß weiter ausgiebig mit ihr beschäftigte und seine üblichen Spielchen vernachlässigte.

»Am besten sehe ich kurz nach ihr, vielleicht brauchen wir sie noch«, meinte der Malermeister, und – gesagt, getan – saß er schon in Margaritas Küche und sah und hörte, wie sie Akkordeon spielte und weinte.

Was ihr Weinen bedeutete, war schwer zu sagen. Sie schien glücklich zu sein, obwohl der Malermeister spürte, dass sie gleichzeitig sehr unglücklich war und ununterbrochen dasselbe Lied spielte, ebendas, zu dem sie auf der Hochzeit mit Jeschua getanzt hatte und von dem der Malermeister nur wusste, dass es sich um einen Tango handelte.

Sie hat den Blick einer Verklärten, dachte er, was ihm nun doch fast unheimlich war, denn darin zeigte sich Jeschuas Macht, die Spur, die er in ihr hinterlassen hatte, infolge welcher Ereignisse auch immer.

Mit diesen Eindrücken und Überlegungen kehrte er zu den anderen zurück.

Es waren keine zehn Minuten vergangen, deshalb erwartete niemand lange Berichte, es genügte, dass er den Kopf schüttelte und erklärte, in welchem Zustand sich die Frau befand und man leider ohne sie weitermachen müsse, worauf sich alle erhoben und die Verfolgung von Neuem aufnahmen.

෴

Sie waren in letzter Sekunde in die U-Bahn geschlüpft, doch das erwies sich nur als Verschnaufpause. Die Männer schienen weiterhin jederzeit zu wissen, wo sie sich aufhielten, tanzten weiter um sie herum und hielten Jeschua Vorträge, sodass sich Mischa beinahe langweilte und rätselte, was sie damit bezweckten.

Je länger ihr Auftritt dauerte, desto lächerlicher fand er ihn. Im Grunde handelte es sich um Witzfiguren, schlechte Schauspieler in einem Agentenfilm, was leider ein Denkfehler von Mischa war – kaum hatte er's gedacht, wurde er von mehreren Händen gepackt und mir nichts, dir nichts in einen offenen Hauseingang gezerrt, wo sie ihn tüchtig ermahnten.

»So solltest du nicht über uns denken«, sagte der Anführer, der unter seinem halb offenen Mantel einen mit Farbklecksen übersäten Maleranzug trug.

Und ein Zweiter: »Nicht, dass du glaubst, du könntest dich lustig über uns machen. Wir können auch anders. Also sei mit deinen Gedanken auf der Hut.«

Und schoben ihn zurück auf die Straße.

Jeschua hatte von dem Vorfall nichts bemerkt. Er lief ein paar Meter weiter vorne, wo mehrere Mütter mit Kinderwagen den Weg versperrten und man nebeneinander nicht an ihnen vorbeikam, und sich jetzt doch wunderte, wo Mischa blieb, und ihn im selben Moment entdeckte – die Witzfiguren in ihren Mänteln in seinem Gefolge.

Mischa berichtete, gab jedoch nicht zu, dass ihn der Vorfall erschreckt hatte.

»Sei bloß vorsichtig«, meinte Jeschua.

Und Mischa: »Ich würde gerne ohne sie sein.«

Und wiederum Jeschua: »Ja, das möchte man.«

Der Hohenzollerndamm, dem sie nun bereits eine Weile folgten, war nicht gerade Mischas Lieblingsstraße, schon gar nicht der Abschnitt vor der Stadtautobahn, wo es kaum Geschäfte gab und sonst vor allem rauschenden Verkehr und vorne links die russische Kathedrale mit den drei goldenen Kuppeln, in der er gelegentlich mit seinem Vater gewesen war.

Er hatte sich schrecklich gelangweilt dort und dennoch ein Gefühl des Geborgenseins gehabt, das von den russischen Stimmen gekommen war, die im Stehen beteten und sangen und neuerlich beteten, so auf eine tröstlich-einschläfernde Art, die einen in einen seltsam empfänglichen Zustand der Nähe versetzte, als wäre man bereit, noch ganz andere, himmlische Stimmen zu hören.

Unter anderen Umständen hätte Mischa der Kirche keine Aufmerksamkeit geschenkt, doch vielleicht hatten sie dort Ruhe vor ihren Verfolgern, die sich hatten zurückfallen lassen und ihnen hoffentlich nicht folgten.

Die Tür zur Kathedrale stand offen, also gingen sie ohne weitere Überlegung hinein.

Mischa hatte sie größer und voller in Erinnerung, hatte aber immerhin die Erinnerung, während Jeschua vor allem befremdet schien, sich auch gar nicht richtig umsah, sondern bloß dastand und sich wunderte.

»Was machen wir hier?«, fragte er, worauf Mischa erwiderte, dass es angenehm ruhig sei, und überhaupt erst jetzt bemerkte, dass im linken Seitenflügel ein betender Mann stand und in diesem Augenblick zu Boden sank und wieder aufstand und erklärte, dass er sofort zu ihnen komme.

»Ich bete noch schnell fertig, dann bin ich bei euch.«

Und so lernten sie den Ikonenhändler Nowikow kennen.

Mischa fand ihn fürs Erste durchaus seltsam, zumal er sich ausschließlich an Jeschua wandte, den er ohne ersichtlichen Grund als Meister titulierte und für gleich nachher zum Abendessen einlud; er hatte pechschwarzes Haar wie Onkel Wladimir und ein vom Wodka gezeichnetes Gesicht wie Bogdanow, war weniger füllig, aber von derselben polternden Herzlichkeit.

»Hier wären wir also«, sagte er, als sie draußen vor der Kirche standen, und stellte sich wortreich vor, wobei er, wie gesagt, nur Augen für Jeschua hatte, und Mischa sich nur einmal kurz dazwischenschob, um ihn zu fragen, ob er zufällig eine Ikone der heiligen Anastasia besitze.

»Du interessierst dich für Ikonen?«, fragte Nowikow.

»Ich kenne jemanden, der so heißt.«

»Deine Freundin, nehme ich an.«

»Nein, nein, das nicht, oder eventuell ja, ich kenne sie erst kurz.«

Nowikow überlegte, ob er eine heilige Anastasia zu zeigen hatte, und kam zu dem Schluss, dass es nicht nur möglich, sondern wahrscheinlich sei.

»Wir können ja einfach nachsehen. Am besten kommt ihr auf einen Sprung zu mir, und wir stoßen auf unsere Bekanntschaft an und sehen bei der Gelegenheit nach.«

Mischa stimmte sofort zu, während Jeschua schwieg, als wäre ihm der Besuch bei den Ikonen nicht recht oder weil er Vorurteile gegen Nowikow hatte, der wie ein Kind war und sich bereitwillig auf jeden und alles einließ und sich letztlich gewiss nur für sich selbst interessierte.

»Ja, Meister? Bitte machen Sie mir die Freude, da drüben steht mein Wagen.«

19

Die illustre Bande

Der Wagen stand auf der anderen Straßenseite, unweit der Stelle, wo die Bande herumlungerte und nicht glauben wollte, dass die beiden in den Wagen eines fremden Mannes stiegen, um sich wer weiß wohin chauffieren zu lassen.

Der Feierabendverkehr war wie üblich dicht, sie standen mehrfach im Stau, was Nowikow die Gelegenheit gab, Jeschua ein bisschen auszufragen, über sein Woher und Wohin, seine Eindrücke von der Stadt, die ja nun einmal eine prächtige sei, ein bisschen sehr in Mode, speziell unter Russen, dafür umso besser für die Geschäfte.

Jeschua antwortete wie üblich einsilbig, woran sich Nowikow jedoch nicht störte und nun über die Musik der Russen sprach, die ja doch die gewaltigste der Welt sei, wenn er das als Russe sagen dürfe, während er es beim Essen eher mit den Amerikanern halte.

Nowikows Wohnung in der Weinbergstraße bestand aus sage und schreibe sieben Zimmern, an deren Wänden von oben bis unten alte und neue Ikonen hingen, dicht an dicht gedrängt und ohne erkennbare Ordnung, was nicht hieß, dass er nicht von jeder wusste, wo er sie suchen musste.

Sogar in der Küche und den beiden Bädern hingen Ikonen, was, wie er zugab, eine kleine Verrücktheit von ihm sei.

»Wenn man sich klarmacht, dass es sich um lauter Tote handelt«, sinnierte er. »Aber ich mag Tote, obwohl sie auf den Bildern ja noch leben oder unsterblich am Leben sind, weil sie für unseren Glauben so viel Leid auf sich genommen haben.«

Jeschua, das merkte Mischa ihm an, mochte die Bilder nicht, schaute auch kaum hin, nur als Nowikow sie beide zu der Anastasia führte, die in seinem Schlafzimmer über dem Nachttisch hing, ließ er sich bewegen.

»Leider handelt es sich um eine Kopie«, sagte Nowikow. »Aber ich mag ihren Blick und das grüne Gewand, das sehr hübsch mit ihrem orangeroten Haar und dem Kreuz und der roten Amphore konstrastiert.«

Auch Mischa fand sie wunderschön, er schaute nur, während Nowikow ins Philosophieren geriet.

»Waren die Menschen von *früher* böser oder die *heute*? Oder gibt es da keinen Unterschied, weil sie zu allen Zeiten gleich gut und böse sind?«

Das frage er sich manchmal.

»Deine Feinde setzen dich in ein leckgeschlagenes Boot und treiben es aufs offene Meer, wo es leider nicht untergeht, weshalb sie dich später verbrennen.«

»Ich weiß«, erwiderte Mischa, der die Anastasia-Legende kannte. »Auch das mit den Kopfschmerzen weiß ich; dass sie weggehen, wenn man darum bittet.«

Nowikow, der Mischa immer bloß *mein Junge* nannte, klopfte ihm auf die Schulter, so auf eine Art, als würde er ihm gratulieren, dass er seine Anastasia bereits gefunden habe, während er, Nowikow, leider noch auf der Suche sei.

»Er heißt Mischa«, erklärte Jeschua. »Der Junge heißt Mischa.«

»Ach so, ja, ja, Mischa, na gut«, sagte Nowikow, als sei es völlig nebensächlich, wie Mischa hieß, da doch die Hauptsache war, dass sein Mädchen den Namen Anastasia trug.

»So, und nun lasse ich euch einen Moment allein«, erklärte er. »Ich muss kurz telefonieren, danach stoßen wir darauf an, dass wir uns getroffen haben.«

Mischa stand weiterhin vor der Ikone, und je länger er sie betrachtete, desto deutlicher empfand er die Ähnlichkeit, was ja neuerlich ein derart haarsträubender Zufall war, dass es keiner sein konnte; jemand hatte das für ihn *gemacht*, war Mischa versucht zu überlegen, bevor er sich sagte, dass das viel haarsträubender als jeder haarsträubende Zufall wäre, und da brachte Nowikow zum Glück den Wodka.

»Kennt ihr den *Grill Royal*?«, fragte er nach der ersten Runde.

Mischa und Jeschua kannten ihn nicht.

»Gut, dann könnt ihr das in Kürze nachholen, ich habe für halb acht einen Tisch bestellt.«

✍

Diesmal wurde der Wagen von einem Chauffeur gefahren, wenngleich man gut zu Fuß hätte gehen können, doch es nieselte, und Nowikow war nach dem Wodka nicht mehr sicher auf den Beinen, sprach jedoch flüssig und äußerst aufgeregt von dem bevorstehenden Festmahl und den Leuten, die er dazu eingeladen hatte, dabei hatte es anfangs so geklungen, als wären sie lediglich zu dritt.

Mischa fühlte sich von der ersten Minute an sehr unwohl in dem Laden, während Jeschua alles staunend betrachtete – die Fotos mit den mehr oder weniger nackten Frauen, die beleuchteten Weinvitrinen, die roten Lampen, die hin- und hereilenden Kellner, die Gäste, unter denen sich reichlich Russen befanden, aber auch Einheimische und Touristen, die meistens zu zweit oder zu viert saßen, wobei es einige größere Gesellschaften gab, die schon jetzt jede Menge Lärm veranstalteten.

Der größte Tisch war der von Nowikow, und die anderen Gäste waren bereits da, jeweils fünf Männer und Frauen, die auf unklare Weise miteinander verbunden schienen, die Männer fünfzehn bis zwanzig Jahre älter und die Frauen auf russische Weise schön, um die Mitte dreißig wie Luna, wie Mischa unweigerlich dachte, da er ja neuerdings eine Art Experte in diesen Fragen war, mit müden, gelangweilten Gesichtern, die aussahen, als würden sie sich noch in ganz anderen Gesellschaften bewegen, an anderen Orten und zu anderen Zeiten.

Nowikow wurde sozusagen raunend begrüßt, als er an den Tisch trat und nun seinerseits ein paar Worte über Jeschua und den Jungen und die Umstände ihres Kennenlernens verlor, was jedoch niemanden groß interessierte, am ehesten die Frauen, die Jeschua nicht ohne Interesse musterten, bevor sie neuerlich in ihren Abwesenheiten und kleinen Gesprächen versanken.

Es wurde weiterer Wodka geordert, und kurz darauf verteilten zwei Kellner die Speisekarten, und es ging es ans Bestellen.

Mischa erbleichte, als er die Karte las oder mehr überflog und immer wieder von Neuem überflog, weil seine Augen partout nichts fanden, an dem sie sich festhalten konnten, denn die Preise waren horrend – wo immer man hinblickte, war Unerschwingliches.

Nun konnte man dem einladenden Nowikow vieles nachsagen, aber einen Blick für seine Gäste hatte er, zumindest zu Beginn des Abends, wenn sie Hilfe brauchten, und Mischa brauchte Hilfe und Jeschua kaum weniger.

»Für Neulinge wie euch ist so eine umfangreiche Karte natürlich eine Herausforderung«, sagte er verständnisvoll und bestellte ohne weitere Rückfrage, was er für sich selbst bestellte: zum Starten das Tatar vom Rinderfilet mit zwanzig Gramm Kaviar *Selection*, als Hauptgang dreihundert Gramm Rinderfilet mit hausgemachten Pommes frites und glasierten Karotten sowie als Nachspeise das Joghurtparfait mit Himbeeren und pochiertem Pfirsich.

Die anderen Gäste hatten mit dem Bestellen keine Schwierigkeiten, sie schienen schon x-mal da gewesen zu sein, wobei die Frauen eher dem Fisch und den Salaten zuneigten, während die Männer sich mehrheitlich für Austern und eines der Rinderfilets entschieden; mehrere Flaschen Weißwein wurden bestellt, und dann ging es viel um Geld und Deals und zwischendurch am Rande um Ikonen, bevor es neuerlich um Geld und Deals ging.

An einer der anderen Tafeln hielt jemand eine längere Rede, die offenbar sehr komisch war, es wurde viel gelacht und geklatscht, sogar gekreischt, sodass Mischa mehrmals hinüberschaute und die Gruppe völlig zu Recht für Theaterleute hielt, denn das Thema des Redners war das Theater, das er zugleich für tot und lebendig erklärte, und der Redner – Mischa erkannte es mit Entsetzen – einer ihrer Verfolger.

Jeschua schüttelte den Kopf, als Mischa ihn darauf aufmerksam machen wollte, und im selben Moment erkannte Mischa, dass sich die komplette Bande eingefunden hatte und quer durch das Restaurant verteilt an verschiedenen Tischen saß, von wo sie wie alte Freunde winkten.

»Was machen wir jetzt bloß?«, fragte Mischa, der schon kommen sah, dass sie sich zu ihnen setzen würden, doch offenbar waren sie's zufrieden, dass man sie bemerkte und sich ein wenig über sie ärgerte.

Es dauerte eine Ewigkeit, bis das Essen kam. Nowikow entschuldigte sich mehrfach wortreich dafür, das sei an manchen Abenden leider so, dass die Gäste ewig zu warten hatten und so logischerweise umso mehr tranken, weil man an Getränken bekanntlich am meisten verdiente, und tatsächlich kamen die Wodkaflaschen regelmäßig wie im Flug.

Auch die Frauen tranken, wobei sich herausstellte, dass eine von ihnen Anastasia hieß, die zugleich die jüngste und wachste von ihnen war und beim Trinken so weit vorne lag, dass sie die Namen zu verwechseln begann und die anderen immer nur mit Anastasia ansprach.

»Es ist äußerst großzügig von dir, dass du uns eingeladen hast«, sagte Jeschua förmlich, der sich in Gesellschaft all dieser Leute womöglich nicht ganz wohlfühlte und mehrfach mit Nowikow anstoßen musste.

»Meister, Meister, Meister«, schwärmte Nowikow, der soeben die zweite Stufe der Trunkenheit erreicht hatte.

»Es gibt Momente, in denen ich allen Ernstes glaube, dass du der Meister bist und ich der Pharisäer, der dich eingeladen hat.«

Doch niemand wollte auf seine Worte hören, weshalb

er merklich die Stimme erhob und fragte: »Aber sag ehrlich, bist du's oder bist du's nicht?«

»Ich bin's«, antwortete Jeschua schlicht.

Und darauf Nowikow, sehr laut: »Er ist's! Habt ihr gehört? Er ist's! Hier an diesem Tisch sitzt er und ist unser Herr und Meister.«

Aber es ging auch diesmal niemand darauf ein; die Männer, die durch Geschäfte mit Nowikow verbunden waren, lächelten wissend, während die Frauen so taten, als hätten sie einen Moment nicht aufgepasst, und der Szene lediglich weitere müde Blicke schenkten.

»Ich kenne diese Frauen überhaupt nicht«, flüsterte Nowikow und begann mit vielen Wiederholungen zu erklären, dass er sie über eine Agentur gebucht habe und sie alle wirklich Anastasia hießen.

»Oh, ihr wunderbaren Geschöpfe, meine Anastasias«, seufzte er, wobei es Mischa so schien, als würde er gleich in Tränen ausbrechen, und danach Mühe hatte, seinen weiteren Ausführungen zu folgen, durch die immerhin herauskam, dass er vor Zeiten eine Anastasia geliebt und leider verloren hatte; Tochter oder Frau wurde nicht klar, und ob sie lebte oder bereits gestorben war, und wenn ja, wann und unter welchen Umständen.

Das ist doch alles nicht wahr, dachte Mischa, während Jeschua voller Mitgefühl Nowikows Hand nahm und sie hielt, bis er sich beruhigt hatte.

»Mein Herr und mein Meister, ich danke dir«, sagte Nowikow gerührt. »Ich bin deiner bestimmt nicht würdig, dafür bleibe ich dir aber auch immer treu.«

∽

In diesem Moment wurden zum Glück die Vorspeisen gebracht, was allen Beteiligten die Gelegenheit bot, sich zu erholen und vorübergehend zu ernüchtern, und tatsächlich machte Nowikow den Eindruck, wieder einigermaßen bei Sinnen zu sein; er plauderte angeregt mit den fünf Anastasias, die beteuerten, allesamt auf diesen Namen getauft zu sein, und sich freuten, dass er auf sie anstieß und sogar aufstand und nun allen seinen zwölf Gästen zuprostete.

»Auf eure Schönheit«, sagte er, »auf unsere Geschäfte, auf dich, Meister, weil du der Meister bist und an meinem Tisch sitzt, und auf den Jungen, weil er der Junge des Meisters ist.«

Inzwischen war es lange nach neun, und man hatte gerade mal die Vorspeisen gebracht, während die anderen Tische längst beim Nachtisch waren und es dort zu den ersten Vorfällen kam. Theaterregisseur Stranz war auf den Tisch geklettert und bat zum Tanz, worauf eine unanständig junge Schauspielerin sich zu ihm hochschwang und sie sich beide an einem Tango versuchten und diverse Gläser und Flaschen und Karaffen umwarfen.

Drüben bei Zahnarzt Dr. Muhlack erklangen russische Volkslieder, während bei Professor Rutter ein sehr junger schlanker Mann ebenfalls auf den Tisch sprang und dort zu tanzen oder sich doch eher zu entkleiden begann.

Die Reaktionen der Gäste waren recht unterschiedlich. Manche klatschten Beifall oder schauten schweigend zu, andere riefen in unterschiedlichen Lautstärken nach den Kellnern, damit all das ein schnelles Ende fände. Der plötzlich aufgetauchte Pudel am Tisch von Malermeister Schell musste natürlich weg und vor die Tür; Posaunen und Trompeten durften im *Grill Royal* nicht gespielt werden, während halb nackte Jünglinge und tanzende Regisseure und Schauspielerinnen zumindest geduldet wurden.

»Ich hoffe, ihr amüsiert euch«, sagte Nowikow und klopfte Jeschua auf die Schulter, der nun gar nicht anders konnte, als es seinem Gastgeber zu bestätigen, und erkennbar erleichtert war, als die zwei Kellner die Filets und die Salate brachten.

Nowikow aß wie ein Hund, sehr schnell; im Nu hatte er alles zerschnitten und zerkaut oder fast unzerkaut verschlungen, während Mischa und Jeschua zwar hungrig waren, es jedoch nicht eilig hatten und beide auf ihre Art befremdet waren; Mischa überlegte, ob er gegebenenfalls lieber Anastasia oder Luna an seiner Seite gehabt hätte, während Jeschua das bunte Treiben nur irgendwie zu erdulden schien.

In erweiterte Gesellschaft gerieten sie nun auch; eine der Anastasias hatte Jeschua für sich entdeckt und begann, die üblichen Fragen zu stellen, die Jeschua in der üblichen Weise beantwortete, ohne sie zu beantworten.

»Du bist Wissenschaftler, habe ich recht? Du erforschst etwas, reist herum und schreibst anschließend auf, was du herausgefunden hast«, sagte sie, worauf Jeschua meinte, dass man das so sagen könne.

»Bis du Meister bist, dauert es also noch«, scherzte sie in Anspielung auf Nowikow und gab ungefragt kund, dass sie selbst Studentin sei und ihr Studium der Psychologie durch von der Agentur vermittelte Abende finanziere, was immer das im Einzelnen bedeuten mochte.

»Bist du Russin?«, fragte Mischa.

»Na klar bin ich das, irgendein Mischmasch, so wie

du«, erklärte sie, und jetzt fand Mischa sie doch beinahe sympathisch, wenngleich sie durchweg bloß Augen für Jeschua hatte und ihm verschwörerisch zublinzelte, wenn Nowikow ihn zum x-ten Mal als Meister titulierte, obwohl er keiner war beziehungsweise noch werden musste.

‿

Erst beim Nachtisch merkte Mischa, wie betrunken er war. Nowikow hatte mehrfach nachgeschenkt, der Weißwein tat, als sei er ein harmloses Heilwässerchen, zu dem nun noch der Cognac und der Portwein kamen. Mischa sagte mehrfach Stopp, nur leider fielen den anwesenden Herren immer weiter die kompliziertesten Trinksprüche ein, und so musste man doch hin und wieder nippen.

In den anderen Teilen des Restaurants kam es zu einer zweiten Welle von Entgleisungen, wobei sich Tänze und Entkleidungsvorgänge ungefähr die Waage hielten.

Die Mitglieder der Bande waren nach Mischas Eindruck überall beteiligt; wo immer sie saßen, kam es zu grotesken Szenen. Auch der Pudel tauchte neuerlich auf und führte alte und neue Kunststücke vor, verwandelte sich zum Vergnügen der Zuschauer abwechselnd in Hasen und Meerschweinchen oder kleine gelbe Rauchwölkchen, während zeitgleich hinten links jemand einen längeren Vortrag begann, der offenbar wiederum sehr komisch war, obwohl man an Nowikows Tisch kein Wort verstand, nur einmal in einem zufälligen Moment der Stille den Satz: »Warum also leiden wir«, der im Kontext der Rede der allerkomischste zu sein schien, da sich sofort das allergrößte Gelächter erhob.

»Ja, sag mir, Meister, warum, du weißt das doch«, sagte Nowikow, der sich längst in der melancholischen Phase der Trunkenheit befand und düster glasig vor sich hin sah.

Die Anastasias und die Mehrzahl ihrer Protegés hatten sich nach und nach erhoben, um einzelne Vorführungen aus der Nähe zu verfolgen, deshalb war der Augenblick für Fragen und Antworten günstig, doch Jeschua gab keine Antwort und damit zugleich die, dass er keine gab.

»Ihr wollt alle bloß ernten«, sagte er schließlich, für seine Verhältnisse fast unfreundlich, was Mischa überraschte, da er diesen Ton bei Jeschua nicht kannte.

Für Nowikow schien die Antwort schlimm oder zumindest unbekömmlich zu sein, er wurde plötzlich recht still, bevor er in mehreren Anläufen von seinem Kummer zu sprechen begann, seine Tochter Anastasia betreffend, die vor ziemlich genau zwanzig Jahren auf und davon nach Amerika sei und seither nie mehr habe von sich hören lassen.

»Das tut mir leid, das ist schwer«, sagte Jeschua, worauf auch Mischa erklärte, dass es ihm leidtue, schon nicht mehr ganz bei der Sache, weil in diesem Moment der Pudel auf seinen Schoß sprang und an seinem rechten Ohr leckte.

»Ich soll dich von Luna grüßen, sie wartet auf dich«, flüsterte er. »Luna, Luna, Luna.«

Selbstverständlich glaubte Mischa keine Sekunde, dass ein Pudel sprechen konnte, doch seltsam, dieser sprach und nutzte aus, dass Mischa betrunken war, um ihn von Luna zu grüßen, was erst recht nicht sein konnte, denn woher sollte Luna einen sprechenden Pudel kennen, zumindest hatte sie seines Wissens keinen, und gewiss keinen wie diesen.

Nowikow und Jeschua hatten von der Szene nichts bemerkt, aber Jeschua in letzter Sekunde doch, gerade als das Tier von Mischas Schoß sprang.

Er war regelrecht außer sich, als er es sah, und rief ihm etwas Unverständliches hinterher, worauf der Pudel – als hätte Jeschua ihn geschlagen – sich schnell wegduckte und Richtung Ausgang schlich.

Danach beruhigte sich die Lage.

Immer mehr Gäste brachen auf, als letzte ihre Verfolger; die verbliebenen saßen friedlich an ihren Tischen, die schönen Anastasias mit ihren Begleitern eingeschlossen, denen Nowikow nicht müde wurde zu danken, dass sie gekommen waren und ihn davon abgehalten hatten, allzu traurig zu sein.

Besonders ausführlich verabschiedete er sich von Jeschua. »Ich hoffe, das ist nicht das letzte Abendessen mit dir gewesen«, worauf Jeschua erwiderte, dass es gewiss das letzte gewesen sei.

»Also bitte, nein, warum bloß?«, widersprach Nowikow und zog eine Visitenkarte aus seiner Brieftasche, die Jeschua achtlos einsteckte und wiederholte, dass es gewiss das letzte Mal gewesen sei.

»Du ziehst weiter«, sagte Nowikow. »Du bist einer, den es nicht hält, heute hier, morgen da.«

Sogar das Taxi wollte und musste Nowikow ihnen bezahlen, und als ein Kellner herbeilief und sagte, es stehe vor der Tür, wollte er sie immer noch nicht gehen lassen.

»Aber ich liebe euch«, rief er. »Haltet sie auf! Der Meister hat gesagt, dass er nicht wiederkommt! Aber der arme Nowikow will, dass er bleibt, denn er liebt ihn!«

Noch im Taxi fragte Mischa: »Das hast du zu Nowikow gesagt, dass du bald gehst, habe ich recht?«

»Nowikow«, erwiderte Jeschua mit geschlossenen Augen.

»Ich habe dich etwas gefragt«, beharrte Mischa, weil er nicht wollte, dass Jeschua ihn verließe, und zu seiner Erleichterung gab Jeschua zurück, dass er wohl noch eine Weile bleibe.

Mischa hatte seit dem Morgen nicht mehr geprüft, ob es neue Nachrichten für ihn gab, wobei er nach der Szene mit dem Pudel vor allem auf eine von Luna hoffte, doch es schrieb lediglich der Onkel, der für übermorgen seine Rückkehr ankündigte, und eine Hausverwaltung wegen eines Besichtigungstermins in der Detmolder Straße, morgen früh um zehn, Erdgeschoss, zweiter Hinterhof.

Was für ein seltsamer Abend, dachte oder sagte Mischa, wie er glaubte, im Taxi, obwohl er da längst im Bett lag und es in letzter Minute fertigbrachte, eine Nachricht an Luna und eine an Anastasia zu schicken.

20

Der böse Freitag

Dass das eine große Dummheit gewesen war, merkte Mischa erst am nächsten Morgen, denn Anastasia antwortete, dass sie gewiss nicht Luna heiße und für ein paar Tage zu ihren Eltern aufs Land gefahren sei, während Luna schrieb, warum um Himmels willen sie böse sein solle, das glatte Gegenteil sei der Fall, und ihn einlud, sie bald wieder zu besuchen.

»Hast du gerade Zeit? Ich bin da.«

Das entzückte Mischa, der noch gar nicht wach und vor allem schwer verkatert war und nun mit allergrößter Mühe überlegte, wie er die Dinge regeln könnte, bevor er von einer Sekunde auf die andere entschied, die Wohnung in der Detmolder zu besichtigen, die jedoch in einem derart heruntergekommenen Zustand war, dass er keine fünf Minuten später wieder auf der Straße stand.

Inzwischen hatte er die allerschrecklichsten Kopfschmerzen, die auch Anastasia nicht würde wegzaubern können, aber Anastasia war ja zu ihren Eltern geflohen und unerreichbar, worüber er in seinem Zustand lieber nicht weiter nachdachte, zumal in diesem Augenblick einer der Verfolger vor ihn hintrat – es war niemand anders als Universitätsprofessor Ruffer – und sich ausgesucht freundlich nach seinem Befinden erkundigte.

»Das war ja mal ein Abend gestern«, sagte er. »Etwas

sehr wild, aber gewiss für alle Beteiligten unvergesslich, wenn Sie meine Meinung hören wollen; ich hoffe, Sie und der geschätzte Jeschua haben ihn gut überstanden.«

Mischa drehte sich gleich weg, als er so zu reden begann, was den Verfolger jedoch nicht im Geringsten kümmerte. »Was wollen Sie?«, fragte Mischa, ihm demonstrativ den Rücken kehrend, dabei nicht sonderlich besorgt, eher genervt, weil er ihn vom Gehen abhielt, denn er musste zurück nach Hause zu Jeschua, falls er nicht überhaupt lieber gleich zu Luna eilte, denn eigentlich wollte er nur zu Luna.

»Ja, tun Sie das«, sagte der Verfolger. »Ich würde an Ihrer Stelle keine Sekunde zögern, zu ihr zu eilen, man hat ja im Grunde gar keine Worte für eine Frau wie sie.«

»Kennen Sie sie denn?«, fragte Mischa, überrascht und misstrauisch zugleich, und bekam zur Antwort ein bedauerndes Nein.

»Hättest du verdammt noch mal die Güte, mich anzusehen, wenn ich mit dir rede?«, wurde er darauf sehr ungehalten und zog Mischa kräftig am Ärmel, sodass der gar nicht anders konnte, als sich zu ihm hinzudrehen.

»So ist's recht, ich danke dir«, sagte er, auf der Stelle erneut freundlich, obwohl Mischa dieser Freundlichkeit nicht traute und zu dem Schluss kam, dass er anstatt zu Luna besser nach Hause ginge und sich von dem Verfolger kurzerhand verabschiedete.

»Ich habe es nur gut mit dir gemeint«, erklärte der mit einer knappen Verbeugung und machte ein Gesicht dazu, als hätte ihm Mischa wer weiß was angetan.

»Wir sehen uns!«, rief er Mischa hinterher, der schon Richtung U-Bahn lief und sich für den Augenblick keines weiteren Gedankens fähig sah.

Inzwischen war es lange nach zwölf, hoffentlich hatte er Jeschua nicht verärgert, doch wie sich herausstellte, war sein Gast und Freund weder verärgert noch nicht verärgert, sondern weg.

»Bitte nicht«, flüsterte Mischa, da auch das Geld auf dem Küchentisch verschwunden war, Jeschuas Tasche glücklicherweise nicht, worauf sich Mischa ansatzweise beruhigte und mit der Arbeit des Wartens begann.

ᴄᴽ

Der Mann, der gestorben war, hatte die Wohnung erst kurz zuvor verlassen, weil er ein bisschen gehen und nachdenken wollte, auch nicht im Geringsten verärgert war, sondern im Gegenteil die freundlichsten Gefühle für Mischa hegte, sich zwischendurch neuerlich mit der Frau beschäftigte, die sich ja ebenfalls irgendwo aufhielt und atmete und am Leben war, was er gut und tröstlich fand.

Das Bedürfnis, sie zu sehen, hatte er nicht, obwohl ihm bald auffiel, dass er durchweg in eine bestimmte Richtung steuerte, kein konkretes Ziel hatte und trotzdem genau wusste, wo er abbiegen oder geradeaus gehen musste.

Es war angenehm, so für sich zu gehen. Er spürte, dass er in den letzten Tagen zu wenig geschlafen hatte, war jedoch bester Dinge, erwarb einen Becher Kaffee, den er auf einer Parkbank am Rande eines Spielplatzes trank und den Kleinkindern beim Spielen zuschaute; er mochte Kinder, was manche von ihnen merkten und dann zu ihm gingen und sich vor ihm aufstellten und wissen wollten, wer er sei.

»Du bist aber komisch«, sagte ein Mädchen, das schon

älter war; es hatte einen dunklen Pferdeschwanz und leuchtend blaue Augen, mit denen es ihn misstrauisch musterte und dann lediglich hinzufügte: »Ich bin auch komisch.«

»Ich bin Jeschua«, sagte er.

»Ja, Jeschua, ich weiß.«

Er erhob sich und ging weiter, ohne genaue Gedanken, bis er irgendwann begriff, dass er die ganze Zeit zu dem Park mit den Rhododendren unterwegs gewesen war, den er kurz darauf erreichte und auch die Stelle fand, wo er und Mischa auf die Frau getroffen waren.

Ein zweites Mal, das wusste er, würde dies nicht geschehen, und er wünschte es auch nicht, hielt aber trotzdem lange nach ihr Ausschau, nahm zur Kenntnis, dass sie nicht da war, dass er sich müde, aber nicht traurig fühlte und sich in diesem Zustand neuerlich auf eine Parkbank setzte, wo ihn zum Glück lange niemand besuchte oder etwas von ihm wollte.

Erst als es zu dämmern begann, kam ein Mann im Anzug und sprach ihn noch im Stehen an; ob er sich auf ein Wort zu ihm setzen dürfe, er heiße Paul, nur auf ein Wort, denn er befinde sich in einer außergewöhnlichen Lage und müsse unbedingt mit jemandem sprechen.

Direkt unglücklich wirkte der Mann nicht. Seine Geschichte war in Kürze die, dass er vor Tagen in einer Bar eine Gruppe Frauen kennengelernt habe, die allesamt Anastasia hießen und ihn in einer Weise bezaubert hätten, dass er sich unsterblich in zwei, drei von ihnen verliebt habe und sie nun abwechselnd und viel zu oft besuche.

»Zu etwas anderem komme ich gar nicht mehr. Sie machen mich verrückt, verstehst du? Und ich liebe es, dass sie es tun.«

»Anastasia heißen sie, sagst du?«

»Ich habe es selbst nicht glauben wollen, bis sie mir ihre roten russischen Pässe gezeigt haben, denn sie sind alle irgendwie russisch und untereinander völlig verschieden, wenngleich eine jede auf ihre Art bezaubernd ist.«

»Wie lange werde ich das durchstehen, was meinst du, hast du Erfahrung damit?«

Der Mann, der gestorben war, schüttelte den Kopf und hatte anschließend Mühe, der Geschichte zu folgen, erwischte ab und zu ein Detail, wenn auch aus großer Ferne, am Rande einer Müdigkeit, die er kannte und sich nun rasend schnell in ihm ausbreitete, weshalb er nur ungefähr nickte, als sich der Mann umständlich bei ihm bedankte und seiner Wege ging.

Danach wusste er eine Weile nicht, was tun. Er hatte den Schlüssel zu der Wohnung des Jungen, er konnte jederzeit zurück, doch nichts in ihm forderte ihn dazu auf. Sicher wartete er schon auf ihn, so wie die Frau auf ihn wartete und überall Wartende waren, die darauf lauerten, etwas von ihm zu ergattern, denn er war die Liebe und fürchtete sich vor ihnen, weil ihrer zu viele waren, all die Suchenden, Gefangenen, Verzweifelten, alle, alle.

Es dunkelte und sah nach Regen aus, als er so überlegte; er begann zu frösteln und saß trotzdem weiter auf dieser Bank im Park und blieb und stand lange nicht auf.

၁

Der Junge – das sah man – wusste bis zuletzt nicht, was er tun sollte. Er wartete eine erste Stunde und dann eine zweite, begann, die Wohnung aufzuräumen, spülte das

Geschirr und versuchte so wenig wie möglich daran zu denken, was wäre, wenn sein Jeschua nicht wiederkäme.

Wäre Jeschua nicht gewesen, wäre der Junge längst zur U-Bahn und in die Arme dieser Luna gestürzt, dachte Professor Ruffer, der dem Jungen aus einer Laune heraus gefolgt war, ohne sich noch einmal zu zeigen, aber nun war ja Jeschua eine Tatsache, allerdings eine zunehmend ärgerliche, was hieß, dass der Junge sich abwechselnd sorgte und ärgerte, sich jedes ärgerliche Gefühl verbot und so erst recht ärgerlich wurde und in seinem Ärger endlich bei der ehemaligen Ballkönigin anrief und fragte, wann er kommen dürfe.

»Immer, mein lieber, liebster Mischa«, gab sie zurück.

Und darauf er: »Ich fliege.«

Und aufs Fliegen verstand sich der Junge inzwischen ja: Sein Atem flog, halb in der Tür sein Schuhwerk und seine Kleidung, weshalb sich Ruffer lieber fürs Erste in die Küche zurückzog, wo es nach herrlichem Essen duftete, und darauf wartete, bis die beiden wieder bei Sinnen waren und ganz vernünftig miteinander zu sprechen begannen.

»Und nun erzähl«, sagte Luna eben, als er zu ihnen ins Schlafzimmer trat, worauf Mischa in aller Ruhe die komplette Anastasia-und-Jeschua-Geschichte zum Besten gab, den gestrigen Abend inklusive.

Die Ballkönigin lag mit aufgestütztem Arm auf ihrem japanischen Bett und hörte aufmerksam zu, fragte hin und wieder nach und ließ den Jungen wissen, dass ihr seine Geschichten gefielen, und tatsächlich ließ Mischa nicht die kleinste Kleinigkeit aus, erwähnte zuletzt auch den Pudel und die Grüße, worüber Luna sehr lachte und meinte, dass sie bestimmt keine Grüße aufgetragen habe.

Ruffer war sich fast sicher, dass die Ballkönigin seine Anwesenheit spürte, aber alles tat, um es vor ihm zu verbergen, und wenig später in die Küche lief, um Champagner und das Essen zu bringen, eine selbst gemachte Quiche Lorraine, die er ja sozusagen schon kannte und die man, wie sie Mischa erklärte, am besten im Bett aß.

Nach dem zweiten Stück meinte Mischa, dass es allmählich an der Zeit sei, dass er nach Jeschua sehe, doch Luna fand das überhaupt nicht; Jeschua finde sich gut alleine zurecht, nach dem, was Mischa von ihm erzählt habe, brauche er vor allem Ruhe, und da störe Mischa bloß, während er seine Luna gerade überhaupt nicht störe.

Damit war der Professor sehr einverstanden, der Junge würde noch bleiben, obwohl es letztlich keine Rolle spielte, Jeschuas Zeit neigte sich dem Ende zu, der Pudel hatte gestern gehört, dass er Nowikows Einladung zu weiteren Abendessen kategorisch abgelehnt hatte, und das konnte ja nur heißen, dass er auf dem Sprung war, ob das dem Jungen nun gefiele oder nicht.

༄

Der Mann, der gestorben war, hatte nicht erwartet, den Jungen in der Wohnung anzutreffen; er hatte überhaupt nichts erwartet, las seine Nachricht, die auf dem Küchentisch lag, und traf in Mischas Zimmer auf den Pudel.

Er saß schweigend auf dem Sessel neben Mischas Bett und hob zur Begrüßung die linke Pfote.

»Was willst du?«, fragte der Mann, der gestorben war und sich über den Besuch nicht freute.

»Ich dachte, wir unterhalten uns ein letztes Mal«, antwortete der Pudel. »Dein und mein Schicksal hängen ja doch zusammen, und nun geht es für dich zu Ende, und du bist nicht sonderlich zufrieden – also, wie geht es dir?«

Und als er keine Antwort erhielt: »Du siehst müde aus; wie einer, der sich sehr angestrengt hat und sich einzugestehen beginnt, dass alles umsonst gewesen ist. Dabei ist die Stadt kein schlimmer Ort, die Menschen sind nicht übler als anderswo, mit Sicherheit sind sie anderswo viel übler.«

»Du hast wie immer nicht viel zustande gebracht«, fuhr der Pudel fort und schaute ihn mit einem Hauch Mitgefühl an, obwohl es wahrscheinlich nur sein üblicher Hundeblick war.

»Es gibt deine viel gepriesene Freiheit nicht, habe ich recht? Für ein paar wenige, na gut, während die große Mehrheit lieber das Brot will, aber nicht deine Freiheit, die man bekanntlich nicht essen kann.«

»Ein paar wenige wollen und erlangen sie«, beharrte er.

Darauf der Pudel: »Gut, reden wir über die wenigen. Sie sind frei, also haben sie die Liebe, oder umgekehrt: Weil sie die Liebe haben, sind sie im Besitz der Freiheit.«

»Ja.«

»Weil sie ihnen geschenkt worden ist.«

»Wieso geschenkt?«

»Sie haben sie nicht errungen; jemand hat sie in sie hineingelegt, und deshalb haben sie Talent, das Richtige zu tun, während die allermeisten völlig untalentiert sind und deshalb das Falsche tun.«

»Auch diese und vor allem diese liebe ich«, sagte er.

»Wer keine Wahl hat, kann sich nicht schuldig machen – ist es das, was du sagen willst? Und also sind sie alle unschuldig, deiner Meinung nach?«

»Man kann sie unterweisen«, erwiderte er, worauf der Pudel in höhnisches Gelächter ausbrach und seine Pfoten über dem Kopf zusammenschlug, als könnte er es mit seinem pudeligen Geist nicht fassen.

»Ihnen ins Ohr flüstern, dass sie nicht töten sollen, und dann töten sie nicht?«

»Sie wissen nicht, was sie tun«, erwiderte er ruhig.

»Du schneidest jemandem die Kehle durch, vergewaltigst ein Kind und weißt nicht, was du tust?«

»Sie wissen es nicht.«

»Siehst du nicht überall das Leid?«

»Ich sehe es«, erwiderte er.

»Und das Kind?«

»Um das Kind weine ich.«

Worauf der Pudel neuerlich auf ungute Weise zu lachen begann. »Du beweinst es, aha«, höhnte er. »Das ist wirklich sehr schön von dir; das Kind wird es dir gewiss in alle Ewigkeit danken.«

»Du willst mich traurig machen mit deinen Reden«, sagte der Mann, der gestorben war. »Und siehe, ich bin traurig, wie ich es oft bin.«

Der Pudel knurrte unwillig, schien seine Reden jedoch nicht fortsetzen zu wollen.

Es war viel Falsches an diesen Reden, dachte er, war aber zu müde, es dem Pudel auseinanderzusetzen, selbst wenn der nun triumphierte und glaubte, ihm eine Lektion erteilt zu haben, sich auch nicht entblödete, zum Abschied ein paar alberne Purzelbäume zu schlagen, und, mit einer Pfote winkend, Zimmer und Wohnung verließ.

Der Mann, der gestorben war, versuchte zu ergründen,

wohin ihn das Gespräch mit dem Pudel geführt hatte; es war ihm seit Langem ein Gräuel, derartige Gespräche zu führen, und tatsächlich meinte er sich zu erinnern, sie in der Vergangenheit mehrfach geführt zu haben.

Auch über den Jungen sann er nach, den er schon jetzt vermisste und bei der Frau vermutete, weshalb er so bald nicht käme, was er ihm in keiner Weise verübelte, sondern im Gegenteil von Herzen gönnte.

༄

Die alte Göre Berlin kam weiterhin kaum zur Ruhe. Und es war herrlich, dass es so war, das Gefühl, dass alle sie mochten, die Touristen aus aller Herren Länder, aber auch die Einheimischen, die das warme Frühlingswetter genossen und sich im neuen Geist der Liebe und Freundschaft durch die Viertel bewegten, um noch in den unscheinbarsten Winkeln auszurufen: »Oh, du meine Schöne, Berlin, wie bist du liebenswert und interessant!«

Seit langer Zeit zum ersten Mal fühlte sie sich wirklich geliebt, weshalb sie innerlich unablässig strahlte und die Leute das natürlich merkten und ihrerseits strahlten und einander mit großer Rücksicht begegneten, was nun allerdings beinahe keine Neuigkeit mehr war und trotzdem von allen bemerkt und geschätzt wurde, worauf eine neue Welle glücklichster Selbstzufriedenheit Besitz von ihr ergriff.

»Ich bin die Stadt der Städte«, redete es in ihr, begleitet von allen möglichen Erinnerungen, denn auf sie geschaut hatte man immer wieder, in guten wie in schlechten Zeiten, bevor sie – ja, leider – zu einer x-beliebigen Stadt geworden war, ein Fleck unter Flecken auf der Landkarte, ein Städtchen, über das man sich lustig machte, obwohl sie durchweg sie selbst und keine andere gewesen war.

Vor Erinnerungen musste man sich in Acht nehmen, hatte sie gelernt; sie waren tückisch, weil sie so taten, als wären sie das Leben, da sie doch das Erledigte und Abgetane waren, Teil der großen und kleinen Archive, aber nicht das Leben, das hier und jetzt war; man musste verrückt sein, wenn man das nicht sah.

Und jetzt seufzte die alte Göre, weil es derart viele Verrückte gab, dass man sie gar nicht zählen konnte, Leute, die von früheren Unglücken nicht loskamen und gewiss das allerbeschwerlichste Leben führten.

Nachts hörte man regelmäßig die Sirenen, wenn jemand von ihnen geholt und gerettet wurde, was sie inzwischen kaum mehr zur Kenntnis nahm und lieber sofort vergaß, weil es zu traurig war.

Auch der Junge, nach dem sie gelegentlich schaute, hörte die Sirenen. Er stand in der Küche der Frau, bei der er gelegen hatte, damit beschäftigt, die Sirenen zu hören, bis er irgendwann aufhörte, auf sie zu hören, weil die Stimme der Frau ihn gerufen hatte, so auf eine Art, dass er nicht anders konnte, als glücklich und zufrieden zu ihr zu gehen.

21

Ein Anfall von Neurasthenie

Kurz vor Sonnenaufgang machte er sich auf den Weg. Er war nun in der letzten Phase, die er von früheren Besuchen kannte und in der es nur wichtig war, einen geeigneten Ort zu finden und zu schweigen und zu warten, bis er geholt würde.

Da er wenig besaß, hatte er im Nu gepackt, stand noch einmal im Zimmer des Jungen, der ihn aufgenommen hatte, bevor er in plötzlicher Eile nach unten auf die Straße lief und immer weiter zu einer Stelle, die ihm geeignet schien – der Vorplatz eines großen Bahnhofs, der zu dieser Stunde nicht allzu bevölkert war.

Es dauerte über eine Stunde, bis sie ihn holten.

Er setzte sich einfach hin, mitten auf den Platz, der sich nach und nach belebte, weshalb ihn viele Blicke trafen, die überwiegend freundlich wirkten, als wäre es nicht weiter erstaunlich, dass der eine zu einer Arbeit fuhr und der andere Lust hatte, schweigend auf dem Bahnhofsvorplatz zu sitzen.

Mit dem einsetzenden Regen kam es zu den ersten Kontakten; eine junge Frau gab ihm ein Stück Salamibaguette, ein Mann überreichte ihm eine halb leere Dose Coca Cola und ein Jugendlicher ein zerlesenes Taschenbuch mit Donald-Duck-Geschichten, bevor ihm wiederum eine Frau ihren Regenschirm überließ und sich erkundigte, ob alles in Ordnung sei, was er lächelnd bejahte.

Inzwischen war es empfindlich kühl geworden, er fror, blieb jedoch ruhig und zuversichtlich, dass sie bald kämen, wie es bisher noch jedes Mal der Fall gewesen war: Jemand stellte sich vor ihn hin und forderte ihn zum Mitkommen auf, und anschließend fuhr man ihn in ein Asyl für Kranke und Verrückte, wo viele seiner Schwestern und Brüder waren.

Diesmal war dieser Jemand ein älterer Mann in Lederweste, ein Taxifahrer, wie sich herausstellte, der von der Frau mit dem Regenschirm angesprochen worden war. Beide redeten ruhig und freundlich mit ihm, der Mann freundlicher als die Frau, die hilflos danebenstand.

»Ich nehme an, du willst nach Hause und weißt vorübergehend nicht, wo es ist. Habe ich recht?«

Er nickte.

»Gut, dann bring ich dich hin; ich weiß, wo dein Zuhause ist. – Hast du Geld?«, erkundigte er sich, obwohl er die Antwort zu kennen schien, sich jedoch in keiner Weise darüber ärgerte und erklärte, im Grunde wisse ja niemand, wo eigentlich sein Zuhause sei.

Der Regen hatte inzwischen fast aufgehört. Trotzdem war es angenehm, dass ihn der Taxifahrer an einen Ort der Ruhe brachte, wo er wiederum aufs Freundlichste empfangen wurde; es gab einen Haufen Fragen, die der Taxifahrer so weit wie möglich für ihn beantwortete, um sich in heiterster Stimmung von ihm zu verabschieden.

Der Ort der Ruhe war sehr hell und einladend – das, was er fürs Erste davon zu sehen bekam: zwei, drei weiß gekleideten Frauen, die es nicht schlimm fanden, dass er keine ihrer Fragen beantwortete, und ihn auf eine bunte

Stuhlreihe setzten und warmen Tee brachten und später trockene Kleidung.

Auch das Zimmer, in das man ihn brachte, war ein Ort der Ruhe und Freundlichkeit; alles war weiß und still und unaufdringlich. Ein Arzt wollte ihn sehen, na gut, doch danach wäre er bis zum Mittagessen und weiter bis zum Abend für sich und allein in dieser Oase, wo ihn niemand vermutete und also auch nicht fände.

∽

Oberarzt Dr. Strawinski hatte eine anstrengende Nachtschicht hinter sich, erklärte sich aber bereit, das Aufnahmegespräch mit dem Mann zu führen.

Er trank im Arztzimmer seinen zweiten Kaffee, dachte an Natalie, die ihn vor Tagen wissen hatte lassen, dass sie sich in schnellen Schritten von ihm entferne und kaum noch wisse, wie er aussehe, natürlich vieles gut verstehe, dass er wenig Wahl hatte, aber sich auch nicht ein bisschen bemühe und den Mund voll habe von seinen Patienten, jedoch kein Wort für sie.

Und so war es, mehr denn je vielleicht; auf der Station gab es derzeit einige wirklich interessante Fälle, Leute mit religiösen Wahnvorstellungen, von denen er angenommen hatte, dass sie längst ausgestorben seien.

Erst vor Stunden war eine junge Musikerin in die Klinik gebracht worden, weil sie zum Ärger der anderen Mieter seit Tagen zu den unmöglichsten Zeiten sang und auf ihrem Akkordeon spielte. Die herbeigerufenen Polizisten waren von der Frau sehr unaufgeregt empfangen und eingeladen worden, ihr bitte in die Küche zu folgen, wo sie allerlei seltsame Reden hielt und ihnen wortreich erklärte, dass sie die Geliebte des Meisters sei und singe und spiele, damit er sie wiederfinde.

Kurz vor Mitternacht hatte man sie gebracht.

Er hatte länger als nötig mit ihr gesprochen, weil sie ihm gefiel und zwischendurch richtig schön sang und dazu spielte, damit der Meister wisse, dass seine Margarita – denn so hieß sie – jetzt bei Dr. Strawinski und nicht mehr in ihrer Wohnung sei, was sie durchweg gut begriff. Überhaupt fiel sie nur dadurch als sonderbar auf, dass sie partout nicht schlafen und liegen wollte, sondern nur immer sitzen und warten, dass er käme.

Ob der Meister einen Namen habe, hatte er wissen wollen.

»Jeschua«, hatte sie schlicht gesagt.

»*Der* Jeschua?«

Worauf sie ihn verwundert angesehen hatte, sie kenne ja nur diesen, und er sei der Meister.

»Soll ich ihn dir beschreiben?«

Sie beschrieb ihn wie eine Liebende: seinen fein gestutzten Bart, seine leuchtenden Augen, so blau wie der Lago Maggiore, seine aramäische Nase, seine guten Hände, seinen guten Atem, sein gutes Schweigen.

»Zweimal hintereinander habe ich ihn eingelassen«, hatte sie gesagt, denn das sei sein heimlicher Wunsch gewesen, und wer sei sie, ihm seine Wünsche abzuschlagen, da sie ihn gleich sehr lieb gewonnen habe.

So in etwa hatte sie geredet, und es gefiel ihm, dass sie so geredet hatte, auf diese befremdliche Art und mit der noch befremdlicheren Wendung, dass sie angeblich von einem Gott beschlafen worden war.

Dr. Strawinski hatte in diesen Dingen keine klare, endgültige Haltung. Durch seinen Beruf hatte er Kontakt zu

Welten, die voller Geheimnisse und Rätsel waren, bloß wer sagte einem eigentlich, dass sie ohne Entsprechung in der äußeren waren; der Verstand und die Bequemlichkeit sagten es einem, aber Dr. Strawinski konnte Bequemlichkeiten wenig abgewinnen, und deshalb war er ein guter Zuhörer, der das Gehörte innerhalb gewisser Grenzen als Wahrheit behandelte und den Begriff der Wahrheit überhaupt vermied, da auf seiner Rückseite regelmäßig die Hochmut lauerte.

Man hatte ihr ein Zimmer im abgelegenen Trakt C gegeben, falls sie neuerlich auf die Idee käme, mitten in der Nacht Musik zu machen, so glaubwürdig sie ihm zum Abschied versprochen hatte, es nicht zu tun.

Der Meister und Margarita, dachte Dr. Strawinski, der ein belesener Mann war und endlich aufstand, um sich einen ersten Eindruck von der Neuaufnahme zu verschaffen.

∽

Draußen in der Stadt begannen die Bewohner nun überall mit den ersten Samstagsbeschäftigungen, kümmerten sich um das Frühstück oder drehten sich ein letztes Mal um oder hingen Gedanken über das Leben nach, das ihnen selten in allen Punkten gefiel und trotzdem ihr eines, höchstpersönliches Leben war.

Auch Luna war bereits wach und lag in ihrem japanischen Bett neben ihrem jungen Liebhaber, der noch schlief und ein neuerdings sehr kundiger und zärtlicher Bettgenosse gewesen war, sie in allen Belangen erstaunlich gut las, jedoch nie ein Wort über das Gelesene verlor, sondern es für sich behielt und alles so nahm, wie es kommen wollte.

Es schmerzte sie, ihn so friedlich schlafend neben sich zu sehen, deshalb stand sie auf, um in der Küche Kaffee zu machen und über die Regel nachzudenken, an die sie sich bislang ohne Ausnahme gehalten hatte, und diese Regel besagte, dass nach drei Nächten Schluss war – keinen einzigen Mann hatte sie je öfter als drei Mal in ihr japanisches Bett gelassen.

Auch mit dem Jungen würde, müsste das so sein, wenngleich es ihr schwerfiel und sie überlegte, ein paar Nächte dazuzugeben, da sie sich doch so verliebt und anhänglich fühlte und er wirklich ein ganz außergewöhnlicher Junge war und auch nicht wach wurde, als sie zu ihm zurückkehrte und ihren Kaffee trank und ihm flüsternd alles erklärte.

Irgendwann schlug er die Augen auf und wollte wissen, ob sie etwas gesagt habe.

Sie wiederholte, was sie geflüstert hatte, und tatsächlich wirkte er nicht allzu überrascht, ja geradezu erleichtert, auf eine schöne, jugendlich verwirrte Art.

»Ich muss zu Jeschua«, sagte er.

»Das stimmt. Und zu deiner Anastasia musst du.«

»Ja, vielleicht«, sagte er. »Du hast recht.«

»Na siehst du.«

Sie erinnerte ihn daran, dass sie damit nicht fertig seien, gleich nächste Woche wolle sie ihn wiedersehen, nicht in ihrem japanischen Bett, meinte sie, wenn auch nicht weit davon entfernt, da sie ja versprochen habe, ihm zu helfen.

»Ach ja, das«, sagte er.

Und darauf umarmte sie ihn und fand, dass es nicht gar so schwer war und sie ihn ohne weitere Komplikationen zur Tür begleiten konnte, um sich anschließend im

Bad die Beine zu rasieren, als würde er doch weiter ihr Liebhaber sein, denn warum sonst hätte sie sich, kaum dass er fort war, mit einem Gefühl der Vorfreude die Beine rasiert?

⸎

Dr. Strawinskis erster Eindruck war zwiespältig. Der Patient war ruhig, wenn auch ohne Einsicht in seine Lage, die erkennbar darin bestand, dass er am Ende seiner Kräfte war.

Auf den ersten Blick schien es sich um die Person zu handeln, den die Frau mit dem Akkordeon beschrieben hatte: Er war ein gut aussehender Mann, Anfang dreißig, wenn er richtig schätzte, in freundlich abwartender Stimmung, blaue Augen, dunkles Haar; ein Schweiger.

Das kannte Strawinski, dass Patienten ihr Gegenüber erst mal prüften und abwarteten, auf welchem Wege man sich ihnen näherte, dass sie ihre Namen nicht preisgaben oder unzugänglich schienen, was auf den Mann vom Bahnhofsvorplatz nicht zutraf.

»Du bist der Meister, habe ich gehört«, versuchte er es, worauf wie erwartet keine Antwort kam, ein unmerkliches Flackern des Blicks, das ein *Ja* sein konnte oder ein *Was-geht-dich-das-an?* oder eben nur ein Flackern.

»Sie wirken müde und erschöpft«, fuhr Dr. Strawinski fort. »Deshalb bin ich froh, dass sie den Weg zu uns gefunden haben, denn hier ist ein guter Ort, um sich auszuruhen und mit Menschen Bekanntschaft zu machen, die wie Sie Ruhe brauchen und später ein wenig Anleitung, damit diese Erschöpfungszustände gar nicht erst eintreten.«

Der Mann nickte, was ein gutes Zeichen war, wie Strawinski aus Erfahrung wusste; man musste Geduld haben, überlegen, warten, und all das konnte er.

Etwas stimmt nicht mit ihm, aber was?, überlegte er und dass er nicht mal hätte sagen können, ob er ihn sympathisch oder unsympathisch fand, da beides zutraf, ohne zutreffend zu sein; er war ein Fremder, jemand, der im Leben zu Besuch war, wie Strawinski weiter überlegte und sich wunderte, wie er eigentlich darauf kam.

Sie schwiegen.

Dr. Strawinski nahm einen Ansatz von Unwillen in sich wahr, den er sich üblicherweise nicht gestattete, und in diesem Augenblick begann der Mann zu sprechen.

»Nowikow hat mich Meister genannt; ich bin Jeschua, und ich möchte Sie bitten, dass wir später miteinander sprechen, da ich tatsächlich sehr müde bin.«

»Jeschua, ja«, konnte Dr. Strawinski lediglich sagen und begriff vorübergehend überhaupt nichts, was er als Wissenschaftler für den besten aller denkbaren Zustände hielt, und die waren leider sehr selten.

Hatte er wirklich Jeschua gesagt?

»Jeschua«, sagte der Mann und schlug vor, nach dem Mittagessen.

Dr. Strawinski brachte ihn zur Tür, wo sie sich beinahe herzlich verabschiedeten, gab den Kollegen von der Frühschicht Bescheid, dass der Neuling bleibe, und schickte Natalie eine Nachricht des Inhalts, dass ihm etwas dazwischengekommen sei und sie ihr gemeinsames Mittagessen leider verschieben müssten.

»Du kannst mich mal«, schrieb Natalie unfreundlicher als erwartet zurück, was ihn nun doch beschäftigte; er würde bei Gelegenheit versuchen, es ihr zu erklären, war freilich nicht allzu optimistisch.

Irgendwann kam seine Kollegin, Dr. Klara Obermann, und berichtete von der Visite. Die Akkordeonspielerin habe im Aufenthaltsraum diverse Patienten um sich geschart, die ihr versonnen zuhörten, wie sie neapolitanische Lieder sang; der Priester Ansgar brabbelte ohne Unterlass von seinem Herrn, während Frau König, die Witwe, völlig verstummt und erloschen sei; ein junger Mann und eine weitere Frau behaupteten steif und fest, dass sie den Messias gesehen oder gesprochen hätten, während der Mann vom Hauptbahnhof keine weiteren Symptome zeige.

»Gibt es einen Fall, der Sie besonders interessiert?«, fragte die Kollegin.

»Ich werde mir noch mal diesen Jeschua anschauen.«

»Schwierig«, meinte sie. »Wenn Sie Gesprächsbedarf haben – gerne und jederzeit.«

Es war nicht ihr erstes Angebot dieser Art. Dr. Strawinski war sofort auf der Hut, er mochte diese ihre Angebote nicht und dass sie so tat, als würde sie ihn besonders gut kennen, besser als er sich selbst, was er als anmaßend empfand und trotzdem nickte und sagte, man sehe sich dann gleich beim Essen.

✍

Anastasia saß mit ihrer Mutter beim Frühstück, als sie Mischas Nachricht erreichte.

Nach allem, was geschehen war, hätte sie böse oder zumindest aufgeregt sein müssen, nur hatte sie die Tage viel nachgedacht, und das Ergebnis dieses Nachdenkens war, dass sie ganz ruhig blieb und sich nicht groß wappnete, sondern Buchstabe für Buchstabe las, was er geschrieben hatte, nicht weiter enttäuscht, dass es bloß ein Hilferuf war.

Irgendetwas musste passiert sein, und genau das schrieb er: »Es ist etwas passiert, kann ich dich sprechen? Bitte.«

Das abschließende *Bitte* gefiel ihr auf Anhieb ziemlich gut, sie lächelte, auch weil sie sich in der Zwischenzeit entschieden hatte, selbst das an Mischa zu mögen, was sie überhaupt nicht mochte, allen besorgten Blicken der Mutter zum Trotz.

»Alles gut«, sagte sie. »Es ist Mischa, deshalb muss ich gleich mal telefonieren.«

»Du kennst ihn doch kaum«, hatte die Mutter am ersten Abend gemahnt, worauf sie sehr heftig erwidert hatte, dass man sich nie kenne, wenn man sich verliebe; ebendeshalb verliebe man sich ja.

Aber das verstanden ihre Eltern nicht; sie waren zusammen eingeschult worden und kannten sich schon auswendig, als sie sich als Teenager verliebten und bis heute in diesem Zustand waren, während Anastasia und ihr Mischa mit Stand heute – wie viel Zeit genau miteinander verbracht hatten?

»Allemal genug«, hatte Anastasia trotzig erwidert; sie hatten zusammen Kaffee und Tee getrunken, sie hatten mit Jeschua im *Schostakowitsch* gegessen und eine jungfräuliche Nacht in Mischas Bett verbracht, und mehr war nicht gewesen, obwohl das mit Mischa Gewesene doch eben alles für sie war, seine Augen, die lustigen Haare, wie er sprach und sich bewegte und auf entzückende Weise zugleich sehr klug und sehr dumm war.

»Na gut, dann telefonier mal schön mit deinem Mischa«, sagte die Mutter, die wie immer in Haus und Garten zu tun hatte, wo auch im dritten Jahr das wenigste fertig war und offenbar nie fertig werden sollte, ähnlich wie eine Ehe, die ebenfalls nie fertig werden darf, weil das ihr Tod ist, so vor Jahren einmal ihr Vater nach dem zweiten Bier.

Anastasia hatte es nun eilig und lief über die Terrasse in den fußballfeldgroßen Garten und dann weiter zum Oder-Spree-Kanal, wo es außer Wasser wenig zu sehen gab, ab und zu einen vorbeifahrenden Kutter, der mit Kohle oder Gestein beladen war, einen kreisenden Milan oder einen Graureiher, ein paar Enten, einen Haubentaucher.

Mischa ging beim ersten Klingeln ran und berichtete in wenigen Sätzen, dass er in der Wohnung sei und Jeschua nicht finde; er sei weg, seine Tasche ebenso, offenbar hätten sie sich verpasst; er, Mischa, habe eine Wohnung besichtigt, und dann sei wiederum Jeschua weg gewesen, wenngleich er zwischenzeitlich ja da gewesen sein musste.

»Verstehst du?«

Anastasia, ganz ehrlich, verstand bei Weitem nicht alles. Mischa redete sehr aufgeregt und ohne Ordnung, offenbar hatte er Jeschua mehrfach allein gelassen, auch über Nacht, was ihr einen Stich versetzte, jedoch nicht verhinderte, dass sie sich freute, ihn zu hören, und dass er sich an sie gewandt hatte, denn so wie er redete, wirkte er einigermaßen verzweifelt.

»Wo ist er bloß? Hast du eine Idee, wo er hingegangen sein könnte? Und was soll ich jetzt tun? Ihn suchen oder auf ihn warten? Ich weiß gerade nicht weiter.«

Auch Anastasia wusste nicht weiter.

»Soll ich kommen?«

Wozu Mischa nicht Ja und nicht Nein sagte, sondern verschiedene Orte nannte, an denen er und Jeschua gewesen waren, ihr unbekannte Namen verwendete, dass sie verfolgt worden seien und sie ihm bitte sagen solle, wo er mit der Suche beginnen solle.

»Aber das kann ich doch nicht«, erwiderte sie.

»Nein«, sagte er.

»Ich komme«, war das Einzige, was sie zuverlässig sagen konnte. »Bleib, wo du bist, in einer Stunde bin ich bei dir.«

»Ja, danke«, sagte er. »Ich warte auf dich.«

Keine zehn Minuten später saß sie im Wagen. Ihre Mutter hatte den Kopf geschüttelt, obwohl sie keine weiteren Erklärungen abgegeben hatte, nur dass sie dringend zu Mischa müsse und kein Anlass zur Sorge bestehe, im Gegenteil.

22

Schizophrenie, wie gesagt

Eine Stunde später war sie da, stand in der Tür und legte lächelnd ihren Mantel ab, als wäre sie nur eben beim Einkaufen gewesen und nun – was Wunder – zurück.

»Ich bin so froh«, sagte Mischa und meinte, dass sie bei ihm war, worauf Anastasia – ihn missverstehend – zurückgab, dass er sich keine großen Hoffnungen machen solle, so leicht würden sie Jeschua nicht finden.

»Nein«, sagte Mischa, der von den Ereignissen der Nacht und des Morgens völlig benommen war und kaum begriff, dass sie wie vor Zeiten in seinem Zimmer saß und nun diverse Fragen zu den Abläufen zu stellen begann, wobei sie die nach Mischas nächtlichem Aufenthaltsort gnädig-elegant umschiffte.

»Ist dir etwas aufgefallen an ihm? Hat er sich geärgert, war er traurig, irgendwie anders?«

Aber Mischa konnte lediglich sagen, dass er einen müden Eindruck gemacht habe, was er so dahinsagte, bis ihm aufging, dass Jeschua nach dem Abend im *Grill Royal* auffällig still gewesen war, geradezu erloschen.

»Erloschen«, sagte Anastasia; am Ende hatte er sich ja finden lassen und war an einen Ort der Ruhe gegangen, in eine dieser Kliniken, mutmaßte sie.

»Meinst du?« Mischa wusste nicht recht, aber irgendwas mussten sie ja schließlich unternehmen.

»Am besten, ich telefoniere ein bisschen herum.«

Da Anastasia beim Telefonieren allein sein musste, schickte sie Mischa kurzerhand in die Küche, sodass er das meiste nicht hörte, nur ihre dunkle freundliche Stimme, manchmal ein *Ja* oder *Na gut*, wenn man von einem Jeschua nichts wusste oder sie bat, in zwei Stunden noch einmal anzurufen.

Sie lief mehrfach durch die Wohnung beim Googeln und Telefonieren, was Mischa ausgesprochen gefiel – wenn sie sich für einen Moment in der Küchentür zeigte und den Kopf schüttelte und regelmäßig *Bitte* sagte. »Bitte fragen Sie nach, legen Sie nicht auf, es ist wichtig, bitte, bitte, bitte.«

Und dann hatte sie immerhin den Ansatz einer Spur; jemand zeigte Herz und gab verbotenerweise Auskunft, ja, man habe da jemanden, auf den die Beschreibung passe; die Visite sei noch nicht beendet, sollte es sich um einen Jeschua handeln, wolle man gerne zurückrufen.

»Ich habe einfach behauptet, dass ich seine Schwester bin«, erklärte Anastasia, »und dass auch sein kleiner Bruder in großer Sorge ist.«

Sie war einfach fantastisch, dachte Mischa und sagte ihr das auch.

»Ich bin ganz gewöhnlich, wie du beizeiten herausfinden wirst«, gab sie zurück, obwohl er zu bemerken meinte, dass sie sich freute, und beschloss, sie zur Feier des Tages zum Frühstück einzuladen, weil ja vorläufig nichts weiter zu tun war und er sie in seiner Nähe behalten wollte.

Dr. Strawinski hatte sich vorgenommen, vorsichtig zu sein. Sie würden ein bisschen durch den nahe gelegenen Wald gehen, da man beim Gehen leichter ins Gespräch fand, und wären sie erst im Gespräch, würde er ihn fragen, was ihn bewogen hatte, bei Nieselregen auf dem Bahnhofsvorplatz zu sitzen, um sich anschließend zu den schwierigen Themen vorzuarbeiten.

Der Mann, der sich Jeschua nannte, eilte ihm sofort entgegen, als er ihn in seinem Zimmer in Trakt C besuchte, erhob auch keine Einwände gegen das Gehen, sondern ließ sich bereitwillig vom Klinikgelände auf die Straße führen, schritt guten Fußes neben ihm her Richtung Königsweg, wo sie rechts abbogen und immer weiter in südöstliche Richtung auf dem Waldweg liefen.

»Ich habe über Sie nachgedacht«, begann Dr. Strawinski und sah ihn von der Seite an.

»Sie haben sich holen lassen«, sagte er. »Man setzt sich an einer Stelle hin und geht nicht weg, und nach Ablauf einer bestimmten Zeit wird man geholt.«

»Irgendwann wird man immer geholt«, sagte der Mann.

»Sie sind Jeschua«, sagte Strawinski.

»Diesen Namen hat man mir gegeben.«

»Wir haben jemanden in der Klinik, der behauptet, Sie zu kennen, eine Frau, die ununterbrochen singt und Akkordeon spielt; Sie hätten sie kürzlich besucht, behauptet sie.«

»Margarita, ja.«

»Möchten Sie sie sehen?«

»Wenn sie es wünscht, sehe ich sie jederzeit gerne.«

»Sie sagt sehr seltsame Dinge über Sie, das macht uns Sorgen«, sagte Dr. Strawinski, worauf der Mann vom

Hauptbahnhof entgegnete, dass er um Margarita weine und jede Sorge überflüssig sei.

Ein paar Jogger und Radfahrer mit Hunden überholten sie, Dr. Strawinski wusste nicht, wie er weiter vorgehen sollte, die Antworten des Mannes verwirrten ihn, seine Anwesenheit, die zugleich Abwesenheit war.

Man muss vorsichtig sein mit diesen Leuten, dachte er, um sich im selben Atemzug zu sagen, dass das ein überaus törichter Gedanke war; es wäre das erste Mal, dass er sich vor einem Patienten fürchtete, allerdings war dieser Jeschua ja womöglich kein Patient.

Der Mann, der sich Jeschua nannte, schien seine eigenen Gedanken zu haben. Er zeigte sich weiterhin nicht gewillt, sie mit Dr. Strawinski zu teilen, machte bloß einmal eine Bemerkung zu dessen Arbeit und dass es gewiss eine gute und wichtige sei. Und darauf redeten sie eine Weile über das Unglück und wie man es allenfalls eindämmen, aber nicht abschaffen konnte, worin sie sich völlig einig waren.

Irgendwann kehrten sie um und gingen den langen Weg durch Wiesen und Waldstücke zurück. Man schwieg und achtete auf den Weg, wich weiteren Hunden und Radfahrern aus, und mehr geschah nicht mehr; der Mann, der sich Jeschua nannte, ging auf sein Zimmer, während sich Dr. Strawinski auf den Nachhauseweg machte und sich wunderte, dass er so zufrieden war, obwohl er ja herzlich wenig über den Mann herausgefunden hatte.

～

Der Mann, der gestorben war, spürte, dass es seine letzten Stunden waren. Er brauchte nicht mehr viel tun, warten, bis der Moment da wäre, von dem er streng genommen nichts wusste, bloß dass es ihn gab und er ihn in den anderen, namenlosen Zustand versetzte.

Um zu ermessen, wie weit er war, besah er sich im Badezimmerspiegel sein Gesicht und entdeckte einen Rest schimmernde Freude, die wahrscheinlich der Frau mit dem Akkordeon galt, und tatsächlich kam er zu dem Schluss, dass es sich so verhielt.

Nach Aussage des Arztes war sie praktisch zeitgleich an diesen Ort gekommen, was hieß, dass sie sich irgendwo in seiner Nähe befand, draußen auf dem Gelände, wo er sie ohne Weiteres treffen konnte, und nun auch beschloss, sie jetzt, auf der Stelle, zu suchen, um zu erfahren, wie es um sie stand.

Das Gelände war nicht allzu groß, es gab verschiedene Wege zwischen den Gebäuden, Bänke, auf denen Patienten in der Nachmittagssonne saßen, dünnbeinige Mädchen, die mit ihren Freundinnen oder Schwestern plauderten, dazu jede Menge verhuschte Gestalten, die das Gesicht in der Armbeuge verbargen, wenn man an ihnen vorüberging, erloschene Seelen, die sich bloß irgendwie bewegten und kaum aufblickten oder grüßten, wofür er sie kurz bedauerte.

Er überlegte, ob er sich in das kleine Café setzen sollte, ehe er beschloss, lieber für sich zu bleiben, und weiter zu einem kleinen Rhododendrengarten wanderte, der ihn an den großen im Park erinnerte, wo er mit dem Jungen auf Margarita getroffen war.

Alles in allem war es kein Vergleich. Trotzdem gefiel es ihm, an die beiden zu denken und sich auf eine der Bänke zu setzen, wo er nun leider doch wieder in Gesellschaft geriet, die eines älteren Mannes, der Teile einer

Rede oder Ansprache vor sich hin murmelte und ihn weiter nicht beachtete.

Der Mann war eindeutig verrückt, denn er sagte in wiederkehrenden Schleifen immer dasselbe, wirkte aber sehr überzeugt und alles andere als feindselig.

»Ich habe euch von Anfang an gesagt, dass *die Herzen* revolutioniert werden müssen und die Seele sich zu den ewigen moralischen Kategorien erheben muss. – Ich habe euch *von Anfang an* gesagt, dass die Herzen revolutioniert werden müssen und die Seele sich zu den ewigen moralischen Kategorien erheben muss.«

Das war, was er sagte.

Der Mann, der gestorben war, versuchte, Kontakt mit ihm aufzunehmen, doch der Arme schüttelte dauernd den Kopf, bis er sich endlich erhob, um zurück in Richtung Café zu gehen, wo er heftig gestikulierend auf diverse Patienten einzureden begann, die ihn mit verschiedenen Mitteln zu verscheuchen suchten, was ihnen schließlich gelang.

Der Mann, der gestorben war, wusste weniger denn je, warum er gekommen war.

Der Junge fiel ihm ein, das Mädchen, das ihn gerufen hatte, die Frau mit dem Akkordeon, nach der er jetzt ein letztes Mal suchte, geduldig zu jeder einzelnen Sitzbank ging, in den Pavillons nach ihr sah, noch einmal zurück zum Café lief und sie nirgendwo fand.

Doch das war nicht schlimm. Er sorgte sich um sie, aber für ihn war es nicht schlimm, zumindest weniger, als er angenommen hatte.

Margarita, ja, so hatte sie geheißen.

❧

Unterdessen saß Mischa mit Anastasia im wiedereröffneten *Schostakowitsch* und war recht still und in Gedanken, die abwechselnd zu Jeschua und zu Luna wanderten, während er zwischendurch Anastasias Hand nahm und wieder losließ, zwischendurch aß und sich nach und nach wieder an sie gewöhnte.

Der Onkel hatte sie nur flüchtig begrüßt und war in der Küche verschwunden. Nach Mischas Eindruck waren seine Tage mit Galina ein Erfolg gewesen, obwohl der Onkel später einräumte, dass es zwar Fortschritte gab, aber auch weiterhin Bedenken, die er mit der Bemerkung wegwischte, dass sie schließlich hier sei und sogar beim Servieren helfe, denn es war Galina, die Anastasia und Mischa das Essen brachte und überraschend jung wirkte und überhaupt nicht wie eine Straßenbahnschaffnerin, weil sie ohne Unterlass lächelte.

Anastasia mochte sie sofort. Galina hätte ihre ältere Schwester sein können, der Onkel musste mindestens fünfzehn Jahre älter sein als sie, obwohl sie ausnahmslos gut über den Onkel sprach und sich bei Mischa geradezu bedankte, dass sie heute im *Schostakowitsch* sein dürfe, und sich später an ihren Tisch setzte und ein einfaches Kleid trug und ebenso einfache Sätze sagte, des Inhalts, dass sie den guten Wladimir dereinst gewiss sehr lieben werde, denn das wüssten die jungen Leute ja, dass man die Liebe lernen müsse, und mit wem könne sie das besser und gründlicher als mit dem wunderbaren Wladimir.

Das *Schostakowitsch* war am ersten Tag der Wiedereröffnung überraschend voll, deshalb blieb sie nur für wenige Minuten, kam jedoch mehrfach zurück und brachte eine Kleinigkeit und setzte sich und war die neue Frau des Onkels.

Dass eine *Schostakowitsch*-Liebhaberin aus ihr würde, konnte sich Mischa schwer vorstellen, während sich Anastasia absolut sicher war – die Liebe sei genau so, sie bewege und wandle sich und sei doch immer sie selbst.

Mischa hatte Anastasia nie so reden hören; es schüchterte ihn ein, dass sie so redete und das Wort Liebe in den Mund nahm, als wäre sie etwas Bestimmtes, Festes, während er bislang nur vagen Taumel kannte, der sich in keiner Weise benennen oder beschreiben ließ.

»Bringst du mich nach Hause?«, fragte sie nach dem Espresso, und so brachte er sie schließlich nach Hause, was alle Beteiligten gut und richtig fanden, da der Onkel und Galina einen Narren an Anastasia gefressen hatten und sogar bereit gewesen wären, ein Taxi für sie zu bezahlen.

»Sie mögen dich«, sagte Mischa auf der Straße, und darauf Anastasia: »Ich mag ja vor allem dich, falls du das nicht bemerkt haben solltest.«

Und wirklich war es nicht schwer zu bemerken – ganz im Gegenteil. Mischa musste nur ein bisschen die Fühler ausstrecken, was er zum Glück tat und anschließend natürlich blieb und sich aus der Ferne bei Luna bedankte, da er so vieles bei ihr gelernt und nicht die geringste Mühe hatte, es ebenso klug wie behutsam anzuwenden, unter Berücksichtigung der Tatsache, dass Anastasia jeden Augenblick Anastasia war.

⏳

Auch Dr. Strawinski war beschäftigt. Es ging auf Mitternacht zu, er hätte längst zu Hause bei Natalie sein müssen, die ihm – wie er erst auf dem Parkplatz bemerkte –

ein halbes Dutzend Nachrichten geschickt hatte, deren Inhalt so unerquicklich war, dass er augenblicklich kehrtmachte und beschloss, noch einmal nach diesem Jeschua zu sehen, der jedoch schon schlief.

Danach wusste Dr. Strawinski eine Weile nicht, wohin. Er musste dringend ins Bett, doch da wartete seine Frau, weshalb er sich schließlich in einen der bunten Aufenthaltsräume setzte, wo sich tagsüber die Patienten zum Kartenspielen trafen und sich gegenseitig beobachteten und beschimpften und manchmal trösteten.

Um diese Zeit lagen natürlich alle in ihren Betten, es war totenstill, jedenfalls war das Dr. Strawinskis Eindruck, der regungslos dasaß und seinen Gedanken nachhing und irgendwann bemerkte, dass er keineswegs allein war; jemand war mit ihm im Raum, er atmete, und in diesem Augenblick erkannte er, dass es ein weißer Pudel war.

Tiere hatten sich in der Klinik selbstverständlich nicht aufzuhalten, war Dr. Strawinskis Gedanke dazu, doch schien er für den vorliegenden Fall nicht recht zu passen: Der Pudel war weiß, und er saß, in aufrechter Haltung, zwei, drei Stühle weiter im Dämmerlicht, das von den Laternen auf dem Parkplatz kam, gerade wie ein Mensch, der nun auch zu ihm sprach.

»Sie sehen ziemlich zerrupft aus«, sagte er mit angenehmer Stimme.

»Ich sollte nach Hause gehen, ja.«

Und wieder der Pudel: »Aber es gibt so etwas wie ein Zuhause nicht.«

Der Pudel hielt sich offenbar nicht zum ersten Mal in der Klinik auf, jedenfalls war das wiederum so ein Gedanke von Dr. Strawinski, der irgendwann bemerkte, dass eine weitere Person den Raum betreten hatte, die Akkordeonspielerin, wie er erfreut feststellte, die auch sofort leise zu spielen begann.

»Pst, wir dürfen niemand wecken«, sagte der Pudel, während nun nach und nach weitere Patienten den Raum betraten, die Schatten hungernder Mädchen, ein sexsüchtiger Greis, der von morgens bis abends Listen mit den Namen seiner Beischläferinnen verlas, ein Junge, der sich bis zu seiner Einlieferung mehrfach erhängt hatte, aber zum Glück jedes Mal rechtzeitig gefunden worden war.

Die meisten blieben nahe der Tür, manche setzten sich auch oder begannen ungelenk zu tanzen, was Dr. Strawinski ebenso seltsam wie erfreulich fand und irgendwann die Frau mit dem toten Mann erkannte und sich von ihr zum Tanz bitten ließ.

»Da bist du ja«, sagte sie und hielt ihn mal für Dr. Strawinski und mal für ihren Mann, der ja nun immerhin sein Bett verlassen hatte und also gar nicht so krank war, wie sie geglaubt hatte.

»Du tanzt wirklich gut«, sagte sie, was für Dr. Strawinski eine große Neuigkeit darstellte, da Natalie das glatte Gegenteil behauptete und nicht schlecht gestaunt hätte, wie er in der Folge zuließ, dass die Frau ihn recht kundig an verschiedenen Stellen abtastete, was natürlich reichlich unmöglich von ihr war.

Dr. Strawinski tanzte bis morgens um vier. Aus ihm unbekannten Gründen schien es sich um eine Veranstaltung nur mit Damenwahl zu handeln, zumindest wurde er mehrfach abgeklopft und tanzte nacheinander mit allen hungernden Mädchen, die ihm eine nach der anderen flüsternd versprachen, in Zukunft immer schön brav und lustig zu essen und überhaupt sehr glücklich und tapfer zu sein.

Irgendwann sprang der Pudel mit einem Satz auf die Kommode, in der die Spiele und die Bastelsachen waren, und verkündete, dass nun leider Schluss sei. Dazu hatte er zwar streng genommen kein Recht, trotzdem begannen sich alle nacheinander zu fügen und auf ihre Zimmer zu trollen, zuletzt die Akkordeonspielerin, die mehrfach zur Tür gesehen hatte, worüber sich Dr. Strawinski gleich morgen früh Gedanken machen würde, da er jetzt bestimmt zu müde dazu war.

»Na gut«, sagte der Pudel, als sie alleine waren. »Das war mal eine hübsche nächtliche Veranstaltung.«

Er würde ihn, den Doktor, ja gerne ein Stück begleiten, fügte er hinzu, doch wahrscheinlich sei man mit dem Wagen unterwegs.

Worauf Dr. Strawinski erklärte, er habe tatsächlich noch einen weiten Weg, und der Pudel erwiderte: »Gewiss, den haben Sie.«

23

Die unglücklichen Besucher

Für den Nachmittag waren Hagelschauer angekündigt. Die alte Göre Berlin fröstelte, sie mochte dieses Übergangswetter nicht, wenn alle paar Stunden die Stimmung wechselte und es mitten am Tag abwechselnd hell und dunkel war und niemand wusste, was er anziehen sollte und morgens lieber gleich im Auto zur Arbeit fuhr, was zu verstopften Straßen führte und zu ganz unnötigen Unfällen.

Unterdessen lag die Zahl der täglichen Neuinfektionen bei etwa zweihundert, es gab aktuell an die tausend Infizierte, etwa dreihundert waren seit Beginn der Vorfälle genesen.

Die Genesenen, kaum dass sie wieder die alten waren, rieben sich verwundert die Augen, was ihnen zwischenzeitlich hatte einfallen wollen – kleine Justierungen im Alltag, aber auch richtige Kehrtwenden, die man sich im Nachhinein gar nicht zutraute und belächelte; nicht mehr neidisch oder wütend zu sein, etwas für den anderen tun, ohne sich groß aufzuraffen, weil man sich wohl dabei fühlte, war eine Weile schön und gut, aber jetzt, da man neuerlich bei Sinnen war, wollte man doch so schnell wie möglich in sein altes Leben zurück.

Und es war ja alles in Hülle und Fülle da; man musste bloß zugreifen, fest zupacken oder jemanden wegschubsen, weil man leicht zu kurz kam, wenn man nicht schnell und grausam war, das Leben selbst war so.

Die Neuinfizierten verwunderten sich kaum weniger, allerdings aus entgegengesetzten Gründen. Bin das wirklich ich?, fragten sie sich und begannen zu begreifen, dass es so war, man konnte auch anders und fühlte sich jede Minute wohl dabei, und dies so gründlich, dass nicht wenige am liebsten nie wieder genesen wären.

Die alte Göre spürte die neuen Kräfte und begrüßte sie, weil sie Bewegung brachten, wenngleich sie aus Erfahrung wusste, dass sich Wünsche nach Veränderung schnell verbrauchten und alle nur zu gerne in den üblichen Trott verfielen, bis es so aussah, als wäre bis auf Kleinigkeiten rein gar nichts passiert.

‿

Was unseren Helden Mischa betraf, der soeben erwachte, so war er in der vergangenen Nacht erstaunlich gealtert. Natürlich war er weiterhin jung und neugierig und mutig, aber konzentrierter, weniger unbedarft, gereift, mochte man fast sagen, obwohl er selbst es so nicht genannt hätte.

Es war reichlich spät geworden gestern, wenn auch nicht so spät, dass er nicht den einen oder anderen Gedanken fassen konnte, die – wenn wundert's? – fast ausnahmslos um Anastasia kreisten, die neben ihm im Bett lag, in dem nie zuvor jemand gelegen und geschlafen hatte, und allein das war ja ein Umstand, den man erst mal fassen musste.

Er versuchte, sich zu erinnern, wie sein Leben vor Anastasia gewesen war, die letzten Stunden, Tage, bevor er sie getroffen hatte, doch es fiel ihm wenig ein, die Routinen, dass man sich wusch und an- und auszog, seine Wege in der Stadt, der Onkel und das *Schostako-witsch* – alles ohne sie.

Jetzt, da sie neben ihm lag, konnte er sich das kaum mehr vorstellen, so wie er sich bis vor wenigen Tagen nicht hätte vorstellen können, dass sie jetzt neben ihm lag. Eine unendlich lange Kette von Zufällen schien dazu geführt zu haben, angefangen mit dem Zufall, der Anastasias Eltern zusammengebracht hatte, dass ausgerechnet Anastasia dabei herausgekommen war, alles zufällig in Berlin, da es ebenso gut in Wladiwostok hätte sein können, wo er in seinem Leben bestimmt nie hinkäme und sie also auch nie gefunden hätte.

Es hätte unzählige Male schiefgehen können: Sie hätte ein anderes Fach studieren können, sie hätte längst tot sein oder ihn blöd finden können, was ja offenbar nicht der Fall war und letztlich bloß bewies, dass jeder noch so winzige Zufall – darin war Mischa Romantiker – nur immer dazu geführt hatte, dass sie jetzt neben ihm lag, und also alles das Gegenteil von Zufall war; so und nicht anders hatte es geschehen müssen.

Als sie die Augen aufschlug und ihn erkannte, lächelte sie.

»Kaffee?«, fragte Mischa.

»Kaffee wäre wunderbar«, sagte sie.

Da es keine Kekse mehr gab, brachte er zwei Scheiben Knäckebrot mit Marmelade zum Kaffee, womit sie beide zufrieden waren.

»Ich wusste gar nicht, dass es so schön ist«, sagte sie.

Das Leben meinte sie, die Liebessache eingeschlossen, denn so nannte sie es, was Mischa gefiel.

»Natürlich müssen wir uns noch besser kennenlernen, was wir ab sofort ja tun können.«

Was Mischa ganz zutreffend und richtig fand.

Später, als sie aus der Dusche kam, trocknete sie sich vor ihm ab, als wäre es nie anders gewesen, bevor sie sich mit derselben Selbstverständlichkeit vor ihm anzog und fragte oder eigentlich beschloss, dass sie jetzt losmüssten, die Vorlesung beginne bekanntlich um elf, und angeblich seien sie ja Studenten.

»Du erinnerst dich: Man sitzt in einem Saal in einer Bank, während vorne jemand redet und ohne Unterlass kluge Sachen aus seinem Kopf holt.«

Sie lachte, als sie das sagte, und im selben Moment fiel ihr der Besuch bei Jeschua ein.

Sie hatten Jeschua vergessen.

Aber Mischa nahm es leicht und meinte, dass sie ihn eben am Nachmittag besuchen gingen, so man sie denn ließe, was so klang, als müsste man sich weiter keine Sorgen um ihn machen, worin ihm Anastasia mit einer Spur Zweifel zustimmte.

੭

Der Mann, der gestorben war, erwartete keinen Besuch; er wartete weiter auf den Moment, in dem er endlich wieder für sich wäre, an- und abwesend zugleich.

Ein, zwei Stunden noch, schätzte er.

Der Junge hatte ihn wie vorgesehen verlassen, und er war ihm dankbar dafür und dachte freundlich von ihm, obwohl seine Gestalt bereits zu verblassen begann.

Beim Frühstück, das schon eine Weile zurücklag, hatte er mit niemandem gesprochen, denn er kannte die anderen nicht und bemühte sich nicht weiter um sie, saß wie gestern auf einer der Bänke zwischen den Rhododendren und rechnete allenfalls mit dem Erscheinen des Arztes, der gesagt hatte, dass es einiges zu besprechen gebe, aber lange nicht kam, erst gegen Mittag.

Er bewegte sich direkt auf ihn zu und war nicht allein, sondern in Begleitung einer Frau, die ihm bekannt schien, und dann wusste er auch, warum, es war die Frau, bei der er gelegen hatte und die sehr zärtlich zu ihm gewesen war, vor Tagen erst, er erinnerte sich, Margarita.

»Ich glaube, Sie kennen sich«, sagte Dr. Strawinski und schlug vor, sich nach drüben ins Café zu setzen, angesichts der dunklen Wolken lieber drin, womit sich alle Beteiligten einverstanden erklärten.

Der Arzt bestellte Kaffee und Kuchen und wandte sich dann an die Frau, bei der es sich zweifellos um Margarita handelte, die jedoch so tat, als hätten sie einander nie zuvor gesehen.

»Jeschua«, sagte Dr. Strawinski, um ihr auf die Sprünge zu helfen. »Sie haben stundenlang von ihm erzählt, wie kann es sein, dass Sie ihn jetzt nicht kennen?«

Doch sie erkannte ihn nicht; den lieben Jeschua natürlich habe sie gekannt, doch er sei gerade nicht bei ihr.

»Aber er sitzt am Tisch«, beharrte Dr. Strawinski. »Das ist er, Ihr Jeschua; er ist zu uns gekommen, und Sie sind zu uns gekommen, und da habe ich gedacht, feiern wir doch gemeinsam Ihr Wiedersehen.«

Aber Margarita schüttelte den Kopf, als wüsste Strawinski in keiner Weise, was er da rede; sie sehe sehr gut, dass da jemand am Tisch sitze, der Mann habe schöne Hände, allerdings sei er gewiss nicht Jeschua.

»Nein?«

»Ich bedaure, leider nein.«

»Für ganz dumm dürfen Sie mich nicht halten«, wandte sie sich nun an ihn. »Sie haben schöne Hände, aber mein Jeschua hat Hände, die Musik machen, und das können Ihre nicht, seien Sie nicht böse.«

So in etwa redete sie, wobei sie kaum zu unterbrechen war, obwohl sie sehr fein und vorsichtig artikulierte, manchmal nur flüsterte und mehrfach den Kopf wiegte, als wäre sie selbst am unglücklichsten, dass sie den Mann am Tisch nicht kannte.

Es entstand eine längere Pause, weil niemand etwas zu sagen wusste, auch der Mann, der gestorben war, nicht, der die Frau nicht sonderlich bedauerte, da sie genug mit ihren Erinnerungen hatte und auf ein Wiedersehen nicht angewiesen war. Er hätte sie wecken können, wozu er keinen Anlass sah, denn er meinte es gut mit ihr und wollte nicht grausam zu ihr sein.

»Na gut«, sagte endlich der Arzt, der mit einem anderen Ende gerechnet hatte und zur Kenntnis nahm, dass es kein anderes gab.

»Also gehen wir«, sagte er, an Margarita gewandt, die jedoch keine Anstalten machte und stattdessen weiter vor sich hin brabbelte.

»Ich weiß sehr viel«, erklärte sie. »Ich bin nicht dumm, während die allermeisten nicht sehen und aus diesem Grund sehr wenig wissen, und das wollte ich dir noch sagen, da er bei mir gewesen ist, und seither weiß ich vieles allzu gut.«

Der Mann, der gestorben war, hörte sie geduldig an und kam zu dem Schluss, dass ihr nichts Schlimmes passieren würde, denn sie war wie er und für sich.

Und tatsächlich lächelte sie, als sie ging, während der

Arzt einen grimmigen Eindruck machte, sich bei ihm bedankte und mit Margarita in einem der Gebäude verschwand, wo sie wie er selbst ein Zimmer hatte.

⁊

Dr. Strawinski war ratlos, er wusste weniger als zuvor; im Grunde wusste er überhaupt nichts, was ihn als Arzt und Wissenschaftler empörte.

Der Meister und Margarita, hatte er gedacht. Wenn ich sie zusammenbringe, werde ich wissen, wer sie sind.

Aber das hatte sich als Irrtum erwiesen; sie kannten sich nicht, obwohl der Mann es behauptet hatte, während die Frau darauf beharrte, dass sie zwar einen Jeschua kannte, jedoch nicht den, der mit ihr im Café saß.

Nun hätte er sich natürlich damit behelfen können, dass er einen von ihnen oder sie beide für verrückt erklärte, doch die andere, verstörende Wahrheit war, dass er daran nicht glaubte; auch das Gegenteil glaubte er nicht; sie waren verrückt oder gerade die, als die sie sich ausgegeben hatten und in Verbindung geraten waren, doch was davon stimmte, würde er nie erfahren.

Er würde die beiden einfach vergessen, nahm er sich vor, es zumindest versuchen, denn sein Geist war verwirrt und hilflos, er schien der Sache nicht gewachsen zu sein, und deshalb würde er sich ihrer am besten entledigen.

Und genau das tat Dr. Strawinski nun.

»Sie sehen furchtbar aus, wenn ich das bemerken darf«, sagte seine Kollegin, Klara Obermann, als er sie mit Hinweis auf seinen überarbeiteten Zustand bat, die beiden Fälle zu übernehmen, dabei alle irritierenden Details weglieft, seine Mutmaßungen und Zweifel, von seinen nächtlichen Tänzen zu schweigen.

»Gibt es etwas, das ich von den Patienten wissen muss?«, erkundigte sie sich, durchaus mitfühlend, wie Dr. Strawinski fand.

Die Frage verneinte er.

»Ich denke, Sie gehen jetzt einfach nach Hause und schlafen sich mal wieder richtig aus«, schlug sie vor. »Um den Rest kümmere ich mich schon.«

Ein Gefühl der Erleichterung machte sich daraufhin in ihm breit, das nun allerdings in der Folge bewirkte, dass er sich mit Natalie zu beschäftigen begann, weil Natalie ein Teil seines Kummers war und es auf einmal Platz dafür gab.

Sie war wach gewesen, als er gestern mitten in der Nacht vom Tanzen gekommen war, und hatte ihn mit dem Geständnis empfangen, dass sie sich vor ein paar Wochen irrtümlich in die Arme eines Kollegen geflüchtet habe.

»Nimm es nicht zu schwer, es ist nur der Sportlehrer«, hatte sie gemeint.

»Ich kenne dich ziemlich gut«, hatte sie gesagt. »In- und auswendig kenne ich dich.« Und ob er sich bei Gelegenheit ein paar Gedanken machen könne, was in zehn Jahren mit ihnen sein werde.

»Wenn du so weitermachst«, hatte sie hinzugefügt. »Und ich finde ja, dass du auf keinen Fall so weitermachen solltest, von meiner Person ganz abgesehen.«

»Gut«, hatte er geantwortet.

»Das Leben ist voller Überraschungen, also frag dich das mal«, hatte sie gesagt. »Ich bin da. Man kann mit mir sprechen, man kann mich anfassen oder mit mir sprechen oder beides.«

An all das dachte Dr. Strawinski und war noch immer auf der Station.

Er sollte wirklich nach Hause zu Natalie gehen, dachte er, ein braver Junge sein und sich in sein Bettchen legen und dann schlafen, schlafen, bis sich seine Seele beruhigt hätte und er überlegen könnte, was in zehn Jahren sein sollte.

⸎

Unterdessen war unser Mischa an der Seite Anastasias selig und zufrieden durch die erste Hälfte des Tages gesegelt. Er versäumte den Großteil der Vorlesung, weil er lieber Bekanntschaft mit Anastasias Schrift machte, die eifrig mitschrieb und ihn gelegentlich von der Seite ansah, als wüsste sie nur zu genau, dass ihre Schrift ein Platzhalter war und er sich längst für weit größere, schöne, verwirrende Dinge interessierte.

Den geplanten Besuch hatte Mischa über all seinem Sinnen und Trachten völlig vergessen, und als Anastasia ihn erinnerte, zeigte er sich aus nicht ganz lauteren Gründen skeptisch; aus der Klinik hatte niemand angerufen, offenbar hatte man sich geirrt, er glaubte nicht daran.

»Aber versuchen müssen wir es«, sagte Anastasia, worauf sie sich schließlich auf den Weg machten.

Die Frau am Empfang schaute sie misstrauisch an und wollte wissen, in welchem Verhältnis sie zu dem Patienten stünden.

»Wir sind seine Freunde«, sagte Anastasia. »Ich habe gestern angerufen.«

Und Mischa sagte: »Er hat vorübergehend bei mir gewohnt, er ist nicht aus Berlin, doch Freunde sind wir.«

»Freunde seid ihr, aha«, sagte die Frau und bestätigte, dass ein Mann namens Jeschua im Haus sei.

Worauf sie länger telefonierte.

»Auf seinem Zimmer ist er schon mal nicht«, erklärte sie. »Wahrscheinlich hält er sich irgendwo auf dem Gelände auf, das er selbstverständlich auch verlassen haben kann, er hat von Dr. Strawinski die Erlaubnis dazu.« – »Versuchen Sie es am besten im Café«, fügte sie hinzu und zeigte in die Richtung, wo es lag.

Aber im Café fanden sie Jeschua nicht. Sie suchten mehrfach das Gelände ab, das einigermaßen verwinkelt war, doch von Jeschua keine Spur; er konnte wer weiß wo sein.

Mischa wollte aufgeben, aber Anastasia war entschieden der Meinung, dass sie dazu kein Recht hatten, und sprach ein paar schrecklich dünne Mädchen an, die bereitwillig Auskunft gaben, wo er sein könnte, auf einem der Friedhöfe, im nahe gelegenen Wald, hinter der Autobahnbrücke auf den frühsommerlichen Wiesen.

Es war aussichtslos.

»Spürt er nicht, dass wir nach ihm suchen? Ich habe gehofft, er würde es spüren«, meinte Anastasia resigniert.

Irgendwann setzten sie sich auf eine Bank, dort, wo die Rhododendren zu blühen anfingen; sie fröstelten und wussten beide nicht, was tun.

»Er ist nicht mehr da«, sagte Mischa endlich. »Weder hier noch in der Nähe noch überhaupt irgendwo; er ist fort, wir werden ihn nicht wiedersehen.«

Es fühlte sich seltsam an, das festzustellen, und als müsste er darüber erschrecken, wobei er doch von Anfang an hätte erschrecken müssen, bloß so war es nicht gewesen.

Anastasia hatte weiterhin das Gefühl, dass er jede Sekunde auftauchen konnte, und blickte fragend zu Mischa, der auch nur Fragen hatte, dazu lauter alte.

»Ich frage mich, was er eigentlich wollte«, sagte er.

Darauf Anastasia: »Wahrscheinlich wollte er gar nicht viel.«

»Aber warum ich, warum du?«

»Damit wir beide ein Paar werden, eventuell? Verliebt und glücklich und mit den allerherrlichsten Zukunftsaussichten? Könnte ja sein. Warum nicht?«

Selbstverständlich sagte sie das nur so, weil sie frech und übermütig war, aber Mischa brachte es zum Lächeln, und wenn Mischa lächelte, kribbelte es immer ganz schön und komisch in ihren Zehen.

Schrecklich kalt war ihr inzwischen auch, was Mischa anfangs leider nicht bemerkte, außerdem begann es zu dämmern, der angekündigte Hagel war ausgeblieben, so wie Jeschua ausgeblieben war, um den man sich wahrscheinlich nicht sorgen musste, wie Mischa abschließend befand.

»Los, wir gehen«, sagte er.

»Ja«, sagte sie.

Sie liefen noch einmal das komplette Gelände ab, schauten im Café, liefen das kurze Stück zum Wald und wieder zurück und gaben auf.

»Und jetzt gehen wir«, wiederholte er, worauf Anastasia seine Hand nahm und lange gar nichts mehr sagte.

24

Finale

Der Mann, der gestorben war, aß mit gutem Appetit, war aber schon kaum mehr da. Ein paar Tische weiter saß die Frau, die ihn neuerlich nicht erkannte, obwohl sie mehrfach in seine Richtung blickte.

Als er spürte, dass es so weit war, legte er Messer und Gabel beiseite, sah ein letztes Mal zu ihr hin und stand ohne weitere Überlegung auf, um sich von ihr zu verabschieden, indem er sie seitlich auf die Stirn küsste, was sie mit einem kaum merklichen Lächeln quittierte und weiteraß.

Nur einen Augenblick später stand er im Regen auf dem Parkplatz.

Die üblichen Stimmen waren vorübergehend fast unerträglich laut, doch er hörte kaum hin. Nichts war schlimm oder besonders unangenehm, und tatsächlich wurden die Stimmen bald leiser, er wusste nicht mehr, wo er war, da es kein Wo mehr gab, er war wieder für sich und überall, die Möglichkeit, die er war, der Verdammte, der wiederkommen musste und ein ums andere Mal tatenlos zusah, wie sie sich plagten und mühten und benutzten und nie wussten, wer sie waren oder hätten sein können.

⁊

Die Szene im Speisesaal hatte nicht das geringste Aufsehen erregt; ein junger Mann hatte an einem Tisch gesessen und ihn wenige Augenblicke später wieder verlassen, was für einen Speisesaal kein ungewöhnlicher Vorgang war; der eine oder andere kannte seinen Namen, hatte aufgeschnappt, dass am Nachmittag Besuch gekommen war von zwei jungen Leuten, die ihn nicht angetroffen hatten, was ebenfalls nichts Besonderes war.

Außer Margarita, die ja nun überhaupt nicht bei Verstand war, bemerkte Jeschuas Verschwinden kein Mensch.

Dr. Strawinski befand sich noch im Haus, aber da er den unbequemen Fall gewissermaßen zu den Akten gelegt hatte, gehörte auch er zu den Ahnungslosen; Mischa und Anastasia waren längst weg, und so blieb es letztlich am Pudel hängen, den unerwünschten Gast zu verabschieden, indem er ihm auf dem Parkplatz aus großer Entfernung zuwinkte und sonst weiter nichts tat, als erleichtert zu knurren.

Und das war's, und am Ende doch nicht ganz.

Es gab ja Leute, die ihn gesehen oder gesprochen hatten, und je nach Empfindsamkeit erreichte sie alle ein Gefühl der Traurigkeit, für das es keine plausible Erklärung gab – mitten in der Arbeit, in der U-Bahn, beim Kochen, Essen, später im Bett beim Lesen oder in der Minute vor dem Einschlafen.

Der Junge aus der Straßenbahn beweinte ihn, die hochmütige Doktorandin, der Anwalt; in der Klinik vergoss der verrückte Priester viele Tränen, die Frau vom Boot, die ihren sterbenden Mann verlassen hatte, weinte ganz bitterlich, und selbst der Kritiker Hasenfuß erlitt einen Anfall von Rührung und putzte sich anschließend irritiert die Nase.

Von weiteren Tränen wurde nichts bekannt, auch wenn stark anzunehmen ist, dass es sie gegeben hat; wobei empfindsame Regungen wie diese bekanntlich selten anhalten, und nicht anders war es im vorliegenden Fall: Kurz vor Mitternacht befanden sich alle beteiligten Seelen wieder in Ruhe und hatten ihre Tränen nicht bloß getrocknet, sondern längst vergessen.

∽

Die Einzige, die keine einzige Träne um Jeschua vergoss, war Margarita, die so fabelhaft Akkordeon spielte und unter den Patienten eine der beliebtesten war.

Sie begab sich gleich nach dem Essen in ihr Zimmer, wo sie eine Weile spielte und das Instrument irgendwann friedvoll lächelnd weglegte und die üblichen Vorkehrungen traf – die blassgelben Vorhänge zuzog, die Tür verriegelte und ihre Haare in Ordnung brachte, womit sie in kaum zehn Minuten fertig war.

Wie die Male zuvor war sie überrascht, wie viel Platz es in ihr gab, auf jeden Fall genug für zwei, und das würde sie ihm auch sagen, wenn er endlich wie erhofft zu ihr käme, oder hatte es ihm bereits gesagt, weil er ja doch ab und zu auftauchte und in einer der dunklen Ecken Platz nahm, was zwar besser war als nichts, aber auch nicht mehr.

Ihre Hoffnung war, dass es für immer wäre, und dafür musste sie alles hübsch und schön für ihn machen; darauf achtete er nämlich, obwohl er sonst nicht pingelig war und ihr nur gelegentlich kleine Prüfungen auferlegte, von denen sie die meisten mühelos bestand.

Und tatsächlich klopfte es in diesem Moment an der

Tür, was einer von vielen Wegen zu ihr war, und dann war es zwar nicht Jeschua, aber der liebe, gute Dr. Strawinski, der bloß gar nicht der übliche Dr. Strawinski war, sondern ein ganz anderer, verzweifelter.

»Aber warum um Himmels willen sind Sie verzweifelt, mein lieber, guter Dr. Strawinski?«, fragte sie. »Verzweiflung ist doch regelmäßig das Allerdümmste.«

Das immerhin gab er zu, redete jedoch weiter eigentlich nur Unsinn und wollte von ihr wissen, ob er ein guter Arzt sei, da er seit ihrem Dreiergespräch nur noch zweifelte, und das Allerschlimmste sei der Zweifel an seinen Zweifeln, er glaube buchstäblich an überhaupt nichts mehr, was sie sehr schade und bedauerlich fand.

»Ich meinerseits glaube seit Langem alles«, versuchte sie zu helfen, was leider nicht viel Wirkung zeigte, außer dass er sich sein schönes lockiges Haar raufte und mehrfach kräftig ins Gesicht schlug, links und rechts, auf seine blassen Wangen.

»Sie sollten es einfach versuchen«, riet sie ihm.

»Was versuchen?«

»Na zu glauben.«

»Aber ich glaube ja«, flüsterte er. »Zumindest bin ich kurz davor, ich muss nur springen, das ist bekannt, und vielleicht springe ich wirklich.«

Und so gefiel ihr dieser neue, andere Dr. Strawinski schon viel besser, sie klatschte mehrfach Beifall, obwohl es sie im Nachhinein störte, dass er sich kein einziges Mal nach ihrem Befinden erkundigt hatte, und das tat ein Doktor doch, wenn er zu seinen Patienten ging, sie brauchten es, wenngleich sie persönlich es derzeit sehr wenig brauchte.

Am Ende hätte sie ihm beinahe gestanden, dass sie

hier und jetzt ganz frohgemut auf ihren allerliebsten Jeschua warte, der noch heute Nacht oder spätestens morgen erscheinen werde, bevor sie sich sagte, dass sie das besser unterließe, und dem Doktor recht ungeduldig dabei zusah, wie er nach und nach verblasste und sozusagen immer weniger vorhanden war und schlussendlich überhaupt nicht mehr.

⋘

Klara Obermann regte sich nicht auf, als es hieß, der Patient aus dem Trakt C sei nirgendwo zu finden. Es kam vor, dass Patienten abgängig waren, im Zustand geistiger Verwirrung das Gelände verließen und über Nacht bei Freunden oder Angehörigen blieben. Je nach Fall wartete man in aller Regel ab, ob sie sich am nächsten Morgen wieder einfanden, andernfalls verständigte man die Behörden; alles Routine.

Klara Obermann schätzte Routinen, sie waren Markierungen auf einem ansonsten unübersichtlichen Gelände, man behielt den Überblick, und hatte man ihn ausnahmsweise verloren, waren Routinen erst recht das einzig Zuverlässige.

Trotzdem hatte sie im vorliegenden Fall kein gutes Gefühl. Dieser Jeschua war bis gestern der Patient von Dr. Strawinski gewesen, also war es eventuell ratsam, ihn anzurufen und zu informieren, zumal er starken Anteil an dem Fall zu nehmen schien, von seinen Eheproblemen zu schweigen.

Klara Obermann war zwölf Jahre jünger als Strawinski; es war nie auch nur ansatzweise etwas gewesen, obwohl sie ihn anfangs heftig bewundert hatte, seine Neugier, seine

Geduld, seine Liebe zum Zweifel, den sie in der Regel gar nicht erst aufkommen ließ. Strawinski war viel wärmer und verletzlicher als sie, was ihr als Frau womöglich gefallen hätte können, aber beruflich auf Distanz brachte.

Strawinski war ein Abenteurer des Geistes; psychische Anomalien waren für ihn nicht etwas, das man beseitigen oder unter Kontrolle bringen musste, sondern fantastische Phänomene auf der Rückseite des Planeten Mensch, von dem kaum mehr bekannt war als in der Steinzeit. Sein Stil war ironisch, was bedeutete, dass sie sich leider oft nicht auskannte und er sie im Stillen auslachte, weil sie gar so ernsthaft war.

»Sind Sie eigentlich religiös?«, hatte er sie die Tage gefragt, worauf sie mit der Gegenfrage geantwortet hatte: »Sie etwa?«

»Aber selbstverständlich«, hatte er gesagt. »Getauft wurde ich zum Katholiken, habe nach meiner Scheidung jedoch entschieden, zum Narzissmus zu konvertieren.«

Ein bisschen hatte sie ja tatsächlich gelacht.

»Woody Allen«, hatte Strawinski erklärend hinzugefügt, und sie hatte sich schrecklich geschämt, noch nie einen Woody-Allen-Film gesehen zu haben.

Aber jetzt rief sie ihn endlich an.

Dr. Strawinski ging sofort ran, ließ sich berichten, nahm zur Kenntnis, bedankte sich und war so still und humorlos, dass man ihn kaum wiedererkannte.

Ihr Dienst endete um zehn; wenn sie nicht zu müde war, konnte sie sich zu Hause ja noch einen Woody-Allen-Film ansehen, was jedoch unterblieb, weil sie auf dem Sofa gleich einschlief und anschließend viel dummes Zeug von Dr. Strawinski träumte, der sie in ein riesiges Kino geschleppt hatte, in dem seit Jahren ausschließlich

Doktor Schiwago lief, und sich sehr wunderte, dass sie bei den unpassendsten Szenen lachte und bei noch unpassenderen heulte und irgendwann ganz unmögliche Dinge anstellte, für die sie sich noch im Traum neuerlich ganz schrecklich schämte.

∽

Auch andernorts wurde in dieser Nacht wild und heftig geträumt, und nur ein Bruchteil war für die Träumenden erfreulich, so unterschiedlich die Inhalte auch sein mochten. Manche träumten von Unfällen und unangenehmen Gefangenschaften, andere mussten die Spuren eines Mordes beseitigen, den sie nicht begangen hatten, und wieder andere wandten sich stracks der immer selben Sache zu, um anschließend ernüchtert in irgendwelchen Betten zu liegen. Neidische träumten vom krachenden Untergang der von ihnen Beneideten und Eifersüchtige von letzten Beweisen für die Untreue ihrer Liebsten; Habgierige träumten vom Haben und die Geizigen litten, weil sie träumend Unsummen Geld ausgaben; wer hochmütig war, kletterte im Traum in den nächstbesten Olymp, während weit unter ihnen die Faulen sich vergeblich mühten, noch fauler zu sein; ein Präsident wurde im Traum erschossen und zwei Liebhaber und mehrere Mitschüler; es wurde gebrüllt und gestöhnt und geschwiegen, alle Arten von Handgreiflichkeiten waren der Fall, und alles wurde wahr und möglich, aber eben bloß im Traum.

Auch Mischa und Anastasia, die Glücklichen, träumten.

Leider erinnerten sich beide später nicht daran, was schade war, weil es sich um bunte, fröhliche Träume handelte, die sich gegenseitig ergänzten und bekräftigten.

Anastasia machte den Anfang, und zwar so, dass sie in einem großen Raum – sagen wir: eines Schlosses – stand und sich soeben ein Kleid anzog, von dem sie nur wusste, dass es sündhaft teuer und sehr prächtig und vorteilhaft war, aber nicht den naheliegenden Zweck und Anlass erriet, der ihre bevorstehende Hochzeit mit Mischa war.

»Was mache ich da bloß?«, fragte sie sich und sah sich im Spiegel mit dem Kleid, das ja nun ohne Zweifel ein Hochzeitskleid war, nur wie um Himmels willen sollte sie hinten die Knöpfe zubekommen, wenn ihr niemand half, und da war es natürlich Mischa, der kam und half und sehr ungeschickt und abgelenkt das Knöpfen übernahm und nicht fertig damit wurde, weil er sie zwischendurch dauernd küsste.

Auch Mischa träumte hochzeitlich, allerdings war es bei ihm längst Abend geworden, eher spät als früh, da man bereits beim Tanzen war, und weil Anastasia mit Jeschua tanzte, tanzte Mischa mit Margarita, bevor Anastasia eine Weile mit Margarita tanzte und Mischa mit Jeschua, was Mischa sehr unglücklich machte, bis endlich Luna die Sache in die Hand nahm und dafür sorgte, dass Mischa seine Anastasia und Anastasia ihren Mischa bekam und alles endlich in der vorgesehenen Ordnung war.

Wie gesagt konnten sich beide später an nichts erinnern, was aber wiederum sehr passend war, da sie vorläufig Wichtigeres zu tun hatten: sich in dem schmalen Bett zurechtruckeln, am frühen Morgen ein bisschen nacheinander tasten und sich freuen, was zweifellos genau so geschehen würde, während sie jetzt nur schliefen, tief und fest und erfreut, dass sie nicht alleine und miteinander waren.

DRITTES BUCH
ZUR HÖLLE MIT IHNEN!

25

Höchste Zeit! Höchste Zeit!

Malermeister Schell saß in seinem Büro in Kaulsdorf und schrieb Rechnungen, als der Teufel in ihn fuhr.

Anders als sein Name vermuten ließ, war Schell in unbewohntem Zustand ein friedliebender, genügsamer Mensch, der eine ebensolche Frau an seiner Seite hatte und den größten Teil seines Lebens vor Wänden aller Art verbrachte, denen er akribisch die alte Haut abzog, Risse und Löcher zuspachtelte und anschließend ein neues Gesicht verpasste.

Der teuflische Vorgang dauerte keine Sekunde und kam jedes Mal ohne Vorankündigung; ein leichter Schwindel ging ihm voraus, ein vages Dröhnen im Kopf, das nicht unangenehm war und regelmäßig seine letzte Erinnerung an sich selbst, denn jetzt war er des Teufels, der sich mit hochmütigem Blick und einem Gefühl der Verachtung in dem kleinen Büro umsah und sich verfluchte, in einem so unbedeutenden Geschöpf Wohnung genommen zu haben.

Auch Dr. Muhlack war an diesem Morgen beschäftigt. Er lag auf dem Boden seiner Praxis vor einer Patientin und suchte verzweifelt die eigens für sie angefertigte Krone, die ihm dummerweise aus der Hand gefallen war.

Dr. Muhlacks Bewohner hätte der Szene schnell ein Ende bereiten können, tat es jedoch nicht und beobachtete amüsiert, wie der Arme überhaupt nicht zum Suchen kam, weil er sich dauernd mit den zarten Füßchen der Patientin beschäftigte, die in feuerroten Stiefeletten steckten und dort winzig kleine Bewegungen vollführten, weshalb er große Lust hatte, an ihnen zu saugen.

Aber jetzt wurde er fündig.

»Da bist du ja endlich«, sagte der Zahnarzt zu der Krone, die vor seinen Augen auf ihn gewartet hatte, und stand ein bisschen zu schnell auf, sodass ihn ein leichter Schwindel erfasste und etwas in seinem Kopf zu dröhnen begann, was ihm in den zurückliegenden Tagen mehrfach an sich aufgefallen war und bloß deshalb nicht weiter bedacht werden konnte, weil sein Bewohner in ihm Platz genommen hatte.

Der neue Dr. Muhlack benahm sich auch sogleich völlig anders als der alte, legte die Krone ab und erklärte der verblüfften Patientin, dass er leider einen Termin habe, außer Haus und dringend, und war holterdiepolter weg.

Alle anderen lasen, als der Teufel in sie fuhr: Bezirksstadtrat Nitsch einen neuen Bebauungsplan für das Tempelhofer Feld; Theaterregisseur Stranz eine wenig überzeugende Streichfassung der *Drei Schwestern*; Steuerberater Pfannkuch die Akten eines fetten Scheidungsprozesses; Universitätsprofessor Ruffer eine Doktorarbeit über die Genderproblematik in Familienunternehmen und Gebrauchtwagenhändler Frackmann wie der Malermeister Rechnungen.

Bei allen traten in etwa dieselben Symptome auf, nur dass der Regisseur zusätzlich stark schwitzte und der Professor bemerkte, dass es an einer unaussprechlichen Stelle juckte, doch gestört und herausgerissen wurden sie alle, und fast alle blafften kurz darauf jemanden an und gaben sich sehr unhöflich und eingebildet, was zu ihrem sonstigen Gebaren teils passte und teils nicht.

୬

Und nun waren sie alle sieben versammelt – neuerlich im Bootshaus, recht früh am Morgen. Auch der Pudel war erschienen, verzichtete jedoch auf die üblichen Kunststücke und hörte still und artig zu, wobei er das meiste vorab wusste, denn er war die Summe all ihrer Gedanken und Stimmen.

Über Jeschua verloren sie kaum ein Wort; er war weg und hatte wie üblich nichts zustande gebracht, was bedeutete, dass man nun zwar ein bisschen aufräumen musste, aber anschließend neuerlich schalten und walten konnte wie gehabt: Viele der Infizierten würden von selbst gesund werden oder waren es bereits, bei anderen würde man nachhelfen müssen, sie erinnern, wer sie gewesen waren, und zu dem Schluss kommen lassen, dass früher vieles besser und bequemer war.

Das war in etwa ihre Bilanz und der Stand der Dinge, über den Einigkeit herrschte.

Streit gab es lediglich über die Verteilung der Aufgaben; zum verrückten Priester, damit er wieder seine langweiligen Predigten hielte, wollte keiner, während der Kritiker sich großer Beliebtheit erfreute und gleich drei der anwesenden Teufel Ansprüche erhoben und ziemlich viel Lärm darüber veranstalteten.

Der Pudel, der auf dem lecken Boot des Gebrauchtwagenhändlers Platz genommen, hörte sich das Geplänkel eine Weile an, ehe er fand, dass es genug sei, und sich knurrend auf alle viere stellte, was ein Zeichen größten Unmuts bei ihm war und augenblicklich für Ruhe sorgte.

Die sieben Teufel wussten, dass es dabei nicht bliebe und der Pudel bei Bedarf recht unangenehm werden konnte, wenn er sich knurrend auf alle viere stellte oder schlimmer: nach der Tagesordnung fragte, was genau in diesem Moment geschah.

»Haben wir nicht übrigens eine Tagesordnung, auf der steht, womit wir uns heute zu befassen haben?«

Die Tagesordnung hatte wie üblich der Theaterregisseur erstellt, weil er eine außergewöhnlich schöne Handschrift besaß und ein wahrer Meister des Zahlenschreibens war, sich dafür allerdings nur am Rande für die Inhalte interessierte.

Kurz: Fragte der Pudel nach der Tagesordnung, war klar, dass sie sich mit den falschen Fragen beschäftigt hatten.

»Wir müssen über die Erntearbeiten sprechen; denn was wir säen, müssen wir auch ernten.«

Wozu alle zustimmend nickten, allerdings unterschiedlich begeistert, da manche sich lieber nicht die Hände schmutzig machen wollten, während andere genau das liebten.

Feuer und Flamme waren der Malermeister und mit gewissen Einschränkungen der Zahnarzt und der Gebrauchtwagenhändler. Dr. Muhlack malte sich Dinge gerne aus, bevor sie geschahen, und hatte schon jetzt seine Freude an den vor Schreck erbleichten Gesichtern, bevor er sie zur Hölle schickte, den Strick eines Selbstmörders straffte oder jemandem ankündigte, dass er nun von Ewigkeit zu Ewigkeit im Spiegel die hässliche Fratze seiner verkommenen Seele sehen müsste.

»Ich bin wie immer mit Freuden dabei«, sagte er, worauf sich auch die anderen erklärten und mal die Fälle übernahmen, wo es um Korrekturen oder allerletzte Warnungen ging, und mal die schwierigen, bei denen die Zeit für Korrekturen und Warnungen abgelaufen war.

»Sonst etwas von Belang oder Interesse?«, fragte der Pudel, worauf sich alle innerlich ein weiteres Mal streckten und nach der Tagesordnung griffen, und tatsächlich stand unter Punkt sechs geschrieben: *Feierliches Beisammensein anlässlich des Verschwindens unseres Widersachers und Bruders Jeschua.*

Vereinzelt wurde geklatscht, was der Pudel zu unterbinden wusste, da er Eigenlob verabscheute, worauf es den üblichen Champagner gab, ganze drei Flaschen schön kalt im alten Kühlschrank hinten bei den Seilen, von denen nun die erste geöffnet wurde, für die Morgenstunde etwas gewagt, doch Tagesordnung war Tagesordnung, und da wollte niemand weiter widersprechen.

∽

Der Großteil erwies sich als leichte bis mittelschwere Arbeit.

Professor Rutter, der sich auf das Feld der sexuellen Abenteuerei spezialisiert hatte, besuchte in Windeseile ungefähr ein Dutzend Infizierte aller geschlechtlichen Orientierungen, die er je nach Sachlage auf die alten Geleise der Freude und Heimlichkeit setzte oder auf eine Weise erschreckte und ermahnte, dass sie vorübergehend die Fassung verloren, obwohl er ihnen lediglich die allernächste Zukunft skizzierte: Machst du dies, wird es bestimmt unangenehm für dich, machst du das, wird es die Hölle.

Manche kannte er bereits, weil er sie bei früheren Gelegenheiten beraten hatte – darunter die kleine Paula, die sich ausgerechnet auf ihrer Hochzeit in den Bruder ihrer besten Freundin, Adrian, verliebt hatte, und dies so gründlich, dass sie in den ersten Morgenstunden im Nachtschatten zweier Linden nicht anders konnte, als sich ihm ohne Wenn und Aber zu überlassen.

Jetzt, ein halbes Jahr später, war die Sache immer noch nicht abgeschlossen; man hatte mehrfach tapfer verzichtet und war umso schneller rückfällig geworden, erfand berufliche Termine, um gemeinsam ein paar Tage ein eigenes Leben zu probieren, traf sich in Hotels, benutzte Ehebetten und war inzwischen an dem Punkt, die längst überfälligen Geständnisse abzulegen.

In diesem Zustand traf Ruffer die junge Paula an. Sie war allein und völlig verzweifelt, denn sie war nicht besonders mutig und fürchtete die Folgen, und deshalb lag sie noch im Bett wie eine zusammengerollte Katze, selbst wenn es demnächst Mittag war.

Er klopfte mehrfach bei ihr an, worauf sie ihn lange nicht einließ, ehe sie sich besann und mit einem Ruck aufrichtete. »Wer bist du? Oh, ich weiß, wer du bist. Ich kenne dich. Denn du bist der Teufel.«

»Der bin ich«, sagte Ruffer bescheiden.

»Was soll ich bloß tun? Ich weiß nicht, was ich tun soll. Er weiß doch nichts.«

Ihren Mann, Helge, meinte sie. Und dass sie ihn noch heute verlassen werde.

»Ja, das werde ich. Ich muss, ich kann nicht anders, ich hasse ihn, obwohl ich ihn bestimmt auch liebe.«

»Er wird es nicht überleben«, sagte Ruffer.

»Quatsch, nicht überleben. Er ist ein starker Charakter, er kommt gut alleine zurecht.«

»Er wird sich etwas antun.«

»Nein, wird er nicht, ich kenne ihn, du willst mir nur Angst machen«, sagte sie.

Und Ruffer: Ebendeshalb sei er gekommen.

Er überlegte, ob er sich zur Bekräftigung seiner Warnung zeigen sollte, um es letztlich zu unterlassen, zumal sie offenbar eine Entscheidung getroffen hatte und nach nebenan ging, um zwei Telefonate zu führen, das erste knapp und herzlos mit ihrem Ehemann und das zweite, längere mit ihrem Liebhaber.

»Er hat es von Anfang an gewusst«, berichtete sie. »Aber alles gut, er hat nicht viel gesagt. In unserem Hotel, ja? Ich glaube, ich muss jetzt erst mal in deine Arme.«

Worauf sie sich rasch das Haar richtete und in einen der roten Slips schlüpfte, die Adrian bei jeder zweiten Gelegenheit mitbrachte, aus dem Schrank ein Kleid fischte, ein Paar Schuhe, die sie in Windeseile anzog, und dann nach unten auf die Straße stürzte, wo sie, um Zeit zu sparen, ein Taxi rief.

»Sie wird bald sehen, was sie davon hat«, dachte Ruffer, der sich in der Sekunde schon nicht mehr dafür interessierte und zum nächsten Fall eilte, auf den er hauptsächlich deshalb neugierig war, weil es sich um den Mann handelte, dem Jeschua zuletzt begegnet war.

Er zeigte weiter keine Symptome und machte einen gut gelaunten, wenn auch überlasteten Eindruck, weil er dauernd zu einer seiner Anastasias unterwegs war, worauf ihn Ruffer für den Anfang ermahnte, er möge sie nur bitte immer hübsch auseinanderhalten, da es doch regelmäßig sehr verletzend sei, verwechselt zu werden, was der tapfere Paul hoch und heilig versprach.

Da er gerade Pause machte und ohne rechten Grund in seinem Volvo vor der Garage seines Hauses saß, glaubte Ruffer, auf keine großen Schwierigkeiten zu stoßen, aber das Gegenteil war der Fall, Paul zeigte sich für Botschaften völlig unempfänglich, ließ ihn zwar umstandslos ein, hörte jedoch nicht zu, und dabei war die Blume unter seiner Schädeldecke in den letzten Wochen bedrohlich gewachsen.

»Hör zu, ich rede mit dir, da ist ein Blümchen in deinem Kopf, es wird dich umbringen«, versuchte es Ruffer, zwei-, dreimal, ohne erkennbaren Erfolg.

»Was für ein Blümchen?«, fragte irgendwann der Mann, der Paul hieß. »Ich habe nirgendwo ein Blümchen.«

»Doch, doch, in deinem Kopf, da ist eins«, erwiderte Ruffer so sanft wie möglich, worauf der Mann ansatzweise aufwachte und fragte, wer zum Teufel da mit ihm spreche, und Ruffer wahrheitsgemäß erwiderte: »Der Teufel.«

»An deine Blumen glaube ich trotzdem nicht«, sagte Paul, und darauf Ruffer: »Ich kann dir nur raten, es zu tun; es ist höchste Zeit. Und deutlich weniger herumhuren solltest du und dir überlegen, wer demnächst an deinem Bett sitzt und dir die Hand hält, wenn dein letztes Stündlein geschlagen hat, da sie alle fünf wahrscheinlich nicht zu dir lassen werden.«

»Wovon redest du überhaupt?«

»Davon, dass du sterben wirst.«

»Wir alle müssen sterben.«

»Ja, aber du leider sehr bald und schnell.«

Natürlich glaubte ihm Paul kein Wort, und tatsächlich begann er sogar zu lachen, alles andere als froh und als zweifle er an seinem Verstand, da ja überhaupt niemand sonst in seinem Volvo saß und nur irgendeine Stimme diese verrückten Sachen sagte.

»Hast du wirklich eine jede so lieb wie die andere?«, wollte Ruffer wissen. »Denn das wäre doch gewiss hinderlich.«

»Scher dich zum Teufel. Du bist irgendeine Stimme, und an Stimmen glaube ich so wenig wie an deine Blume.«

Worauf Ruffer ja nun beinahe nicht anders konnte, als sich dem armen Kerl zu zeigen, der, wie zu erwarten, gewaltig über Ruffers Anblick erschrak, obwohl dieser in großen Teilen einem normalen Universitätsprofessor glich.

»Eine Blume, sagst du? Dass ich nur eine lieben soll? Aber wie?«

Das konnte Ruffer nicht sagen.

»Bitte«, sagte der Mann, der Paul mit Namen hieß.

»Leider. Kann ich nicht helfen. Ich bedaure. Dideldum.«

༄

Steuerberater Pfannkuch zeigte sich nur im Ausnahmefall. Er betrachtete das menschliche Laster eher von der heiteren Seite, was ihm zwar nicht durchweg gelang, wenn auch deutlich häufiger als dem Zahnarzt oder dem Malermeister, die allerdings viel schwerere Fallgruppen betreuten.

Pfannkuch war ein schneller Arbeiter – fünf Minuten pro Besuch war das Maximum. Man horchte in sie hinein, und dann erschreckte man sie auf jeweils passende

Art und ließ sie mit ganz neuen, schrecklichen Gedanken und Gefühlen zurück.

Der Fall des Oberamtsrats a.D. Fliege gehörte zu den besonders komischen. Er ging auf die neunzig zu und saß an seinem Schreibtisch, um an seiner Grabrede zu arbeiten, von der er vorläufig bloß wusste, dass sie etwa dreißig Seiten umfassen würde, was im mündlichen Vortrag etwa einer Stunde entsprach.

Als Pfannkuch sich neben ihn setzte, hatte der Oberamtsrat soeben beschlossen, auf jede gehässige Bemerkung zu seinen vier Söhnen und zu seiner Ehe mit Else zu verzichten und sich ausschließlich den in zweihundert Aktenordnern versammelten Schätzen seines Lebens zu widmen: Briefen und Fotos aus fast siebzig Jahren, Kopien seiner Terminkalender, ein paar Zeitungsausschnitten, in denen er Erwähnung gefunden hatte, Programmheften von Opernhäusern und Theatern, Eintrittskarten, bezahlte Rechnungen, Quittungen von Postämtern und Tankstellen und was sonst Teil seines bedeutungsvollen Lebens gewesen war.

Der Vormittag war beinahe rum, und er hatte wenig bis gar nichts zustande gebracht, weil er in Gedanken dauernd bei der Trauerfeier war – wie er in seinem Sarg aus Mahagoni lag und alles genau mitverfolgte, die unzähligen Seufzer, später vom Band seine allen vertraute Stimme, als wäre er lebendig mitten unter ihnen, obwohl er längst tot und gestorben war.

Wie viele Menschen ihn doch geliebt hatten!

Sogar die arme Marianne war erschienen und weinte, vorne in der ersten Reihe, wo die missratenen Söhne saßen, während in den Reihen dahinter seine dreiundzwanzig Geliebten schluchzten und zugleich lächelten, als müssten sie nur eben nach vorne zum offenen Sarg und ihn herausziehen, zurück ins ach so herrliche Leben.

Der greise Oberamtsrat liebte es, in seinem eingebildeten Sarg zu liegen, und wartete voller Ungeduld, dass sie endlich kämen und sich von ihm verabschiedeten und ihn bei dieser Gelegenheit anders hinlegten, denn auf einmal begann es ihn links und rechts zu zwicken und zu zwacken, der Sarg hatte – weiß der Himmel, warum – nicht die passende Größe, er war zu klein, dabei hatte er ihn erst vorgestern in der Garage ausprobiert.

»Aha, er hat den Sarg schon gekauft und in der Garage«, überlegte Pfannkuch und schaute dem Oberamtsrat zu, wie er sich in großer Unruhe erhob und ihn durch einen gut aufgeräumten Keller in eine ebenso gut aufgeräumte Doppelgarage führte, wo ein offener Sarg aus Mahagoniholz stand und daneben ein alter silberfarbener Mercedes-Benz.

Der Oberamtsrat, obwohl er, wie gesagt, auf die neunzig zuging, kletterte ohne Umschweife auf einen bereitstehenden Schemel und von dort weiter in den mit weißer Seide ausgeschlagenen Sarg, wo er erschöpft und zufrieden seufzte, umständlich das Seidenkissen zurechtrückte, damit er bequem läge, und ein zweites Mal seufzte.

»Ich würde meinen, er passt«, ließ ihn Pfannkuch wissen.

Das Lächeln eines Fünfjährigen machte sich auf dem Gesicht des Oberamtsrats breit.

»Passt wie angegossen«, bestätigte er.

»Eigentlich kannst du gleich liegen bleiben.«

»Ja, liegen bleiben«, gab der Oberamtsrat ohne Nachdenken zurück, bis er mit Verzögerung begriff, dass da etwas nicht stimmte.

»Wieso liegen bleiben? Ich muss meine Rede weiter-
schreiben!«

»Vergiss es. Sie wird nicht rechtzeitig fertig werden«,
sagte Pfannkuch.

»Meine Rede?«

Jetzt klang der Oberamtsrat empört.

»Wer bist du überhaupt, ich sehe dich nicht, mit welchem Recht redest du so mit mir.«

Er kletterte mit allerlei Verrenkungen aus dem Sarg
und sah sich um, ob da jemand wäre, was jedoch vergebli-
che Mühe war, da sich Pfannkuch nicht zu zeigen gedachte.

»Ich erkläre es dir«, sagte Pfannkuch, worauf sich der
Alte tüchtig erschreckte und vor Angst die Ohren zuhielt
und ein bisschen dazu fauchte.

Doch die Stimme blieb unerbittlich; er werde den
morgigen Tag nicht erleben, sagte sie, er werde stundenlang hilflos im Wohnzimmer liegen, niemand werde bei
ihm sein, auch seine Grabrede werde natürlich niemand
hören, weil sie ja unvollendet auf dem Schreibtisch liege.

Der zitternde Greis begann zu schluchzen.

»Aber alle haben mich so geliebt, weißt du eigentlich,
wen du vor dir hast?«

»Man kann nie wissen, wen man vor sich hat«, erwiderte Pfannkuch kühl, während der Alte weiter
schluchzte und vor Kummer keinen Rat wusste, als sich
in seinen alten Benz zu setzen, wohin ihm Pfannkuch
folgte, um dem Greis in wenigen dürren Worten zu erklären, dass er gewiss zur Hölle fahren werde und seine
höchstpersönliche Hölle eben darin bestehe, dass er bis
in alle Ewigkeit an seiner Grabrede arbeite und sie bis in
alle Ewigkeit auf dem Fußboden vor seinem Schreibtisch
liege und er mit beidem nie fertig werde.

26

Grauen

Über all diesen Ereignissen war es später Nachmittag geworden. Es dämmerte, Busse wie U- und S-Bahnen waren gut gefüllt, der Feierabendverkehr auf den Straßen setzte ein, auf dem Stadtring, am Frankfurter Tor und anderen Stellen bildeten sich die üblichen Staus, und die Teufelsbande war weiterhin bei der Arbeit, stattete Besuche ab, lauerte auf, brachte zur Strecke.

Als besonders anstrengend erwiesen sich regelmäßig die Verzweifelten, für die sich niemand direkt zuständig fühlte, weil es meistens um komplizierte Dinge ging, und das mochten sie nicht, weil es unnötig Zeit kostete und die Tatsache vernebelte, dass sie wie alle anderen Sünder waren, womöglich sogar die schlimmsten.

Auf jeden Fall durfte man nicht skrupellos sein, und am wenigsten skrupellos war neben dem Malermeister Zahnarzt Dr. Muhlack, der sich nicht lange mit ihnen aufhielt und ohne jedes Mitleid war.

Unter den Verzweifelten gab es kaum Infizierte, deshalb brauchte man sie weder zu belehren noch zu erschrecken, denn sie hörten auf keine Lehre, und im Schrecken lebten sie bereits; man hörte sie an, wenn sie am Ende waren, und liebäugelten sie mit Dummheiten, stand man ihnen mit Rat und Tat zur Seite.

In den zurückliegenden Stunden hatte der Zahnarzt

mit großer Geduld bei der Auswahl der richtigen Tablettenmischung beraten und einem wegen Insidergeschäften gefeuerten Aktienhändler mit dem Strick geholfen – es handelte sich also um seinen dritten Fall: ein Mann Ende dreißig, der auf der Autobahnbrücke vor dem ehemaligen Grenzübergang Dreilinden mit dem Gedanken spielte, über das Geländer zu klettern und nach unten zu springen.

»Na mal sehen, was er hat und warum«, dachte der Zahnarzt.

Allerdings war den Gefühlen des Mannes nicht leicht auf die Spur zu kommen, da sie allesamt schwarz und unbeweglich waren und letztlich abstrakt; über sein Leben erfuhr man so gut wie nichts, es fanden sich keine Namen, am Rande eine Frau, die ihn noch am Hochzeitstag mit einem anderen Mann betrogen und soeben verlassen hatte, obwohl es das offenbar nicht war.

Es schien völlig unsinnig, dass er sprungbereit auf der Brücke stand und sehnsüchtig nach unten auf Autos und Laster und Wohnmobile und Motorräder starrte, denn er war jung, er war nicht krank, hatte keine Geldsorgen.

Das Thema der menschlichen Dummheit beschäftigte ihn, was ihn beinahe sympathisch machte, überhaupt der allgemeine Zustand der Welt, der unmittelbar bevorstehende Kollaps des Planeten, der Kollaps der Banken, der Sozialsysteme, des demokratischen Gesellschaftsmodells und was immer sonst unmittelbar vor dem Zusammenbruch stand, die Liebe, die Freundschaft, der Sonntagsbraten.

Er glaubte an gar nichts mehr.

»Bist du sicher?«, fragte der Zahnarzt, der seit einer Weile nahe bei ihm stand.

Und er nickte und war ganz sicher.

»Wenn du jetzt springst, wirst du bis ans Ende aller Zeiten springen müssen.«

»Gut, einverstanden«, sagte der Verzweifelte und begann nun allen Ernstes, über das Geländer zu klettern.

»Soll ich dich ein bisschen schubsen?«

»Ja, das wäre sehr nett und hilfreich«, lautete seine Antwort.

Und dann sprang er, obwohl er sich streng genommen nur fallen ließ und mit seinem Fallen den erwartbar großen Lärm verursachte, den sich der Zahnarzt nicht weiter anhörte und sich stattdessen damit vergnügte, auf einem Bein zu einem nahe gelegenen Biergarten zu hüpfen, um dort als einer der letzten Gäste eine Berliner Weiße mit Waldmeistergeschmack zu bestellen und anschließend genüsslich zu trinken.

∽

Noch grauenvollere Szenen spielten sich kurz darauf in einer Doppelhaushälfte in Gatow ab, wo ein vierzehnjähriges Mädchen seinen Vater im Schlaf mit einem Messingleuchter erschlagen hatte und ihm nun zusah, wie er starb.

Die Mutter war in Spandau beim Shoppen und würde später zu Protokoll geben, dass sie rein gar nichts gewusst habe, ein klitzekleines bisschen geahnt, doch nicht gewusst, da man das ja nicht glaube, dass ein Mann, mit dem man seit fünfzehn Jahren in ehelicher Gemeinschaft lebt, sich regelmäßig an der eigenen Tochter vergeht.

Der Malermeister trat in der Minute hinzu, als es passiert war. Das ganze Bett war voll Blut, auch das Kleid und die Strümpfe des Mädchens, das sich zwischenzeitlich die Hände gewaschen hatte und nun nahe der Tür in einem Sessel saß und in einem zerknitterten Schreibheft las oder vielmehr blätterte.

Wie sich herausstellte, hatte sie dort, seit sie neun war, dreihundertdreiunddreißig Mal notiert, an welchem Wochentag er sie wann unter welchen Umständen besudelt hatte, nicht gerechnet die Male, die im Dunkel ihrer frühen und frühesten Kindheit lagen und gewiss noch einmal die Summe von dreihundertdreiunddreißig ergaben.

Doch das registrierte der Malermeister nur am Rande, er interessierte sich vor allem für den Mann. Er horchte ein bisschen in den Sterbenden hinein, wo viel unverständiges Staunen war, als würde er sich fragen, was da bloß auf einmal schiefgelaufen war, bevor er weiter röchelte und sich wunderte, wie schnell das Leben aus ihm wich.

Ich muss mich beeilen, ermahnte sich der Malermeister und beugte sich zu dem Mann herab, um ihn wissen zu lassen, was ihm blühe und er nicht glauben solle, dass es demnächst vorbei sei, da es im Gegenteil gerade anfange.

»Also, hör zu.«

Und wirklich war der Mann sofort ganz Ohr, als gäbe es zu guter Letzt doch die frohe Botschaft, dass alles so weiterginge und er bestimmt bald gesund würde und weiter sein Mädchen schinden könnte.

»Was ist mit meinem Kopf? Ich habe schreckliche Schmerzen«, flüsterte er.

»Höllenqualen sollst du haben und wirst es auch, jetzt und für alle Tage wirst du nur aus Schmerzen bestehen.«

»Wo ist mein Mädchen?«

»Es sitzt da drüben auf dem Stuhl und liest.«

»Sie mag mich nicht«, brachte er so eben noch zustande, worauf das Mädchen kurz aufsah, bevor es sich wieder seinen Hefteinträgen widmete und von der Anwesenheit des Malermeisters bis zuletzt gar nichts bemerkt hatte.

৩

Inzwischen war es Abend geworden. Oberärztin Klara Obermann hätte im Arztzimmer längst Licht machen müssen, zog es jedoch vor, mit sich allein im Dunkeln zu sitzen, womit sie vor ziemlich genau einer halben Stunde begonnen hatte, Ende vorläufig offen.

Sie musste noch einmal zu der Patientin mit dem Akkordeon, die auf dem Papier die Patientin von Dr. Strawinski war, doch Strawinski war nicht im Haus, außerdem hatte er sie ja gebeten, den Fall vorübergehend zu übernehmen, weshalb nun alles an ihr hing, irgendwann bald, wenngleich sie keine Anstalten machte.

Die Patientin hatte heute die halbe Station verrückt gemacht, was insofern eine Überraschung war, als sie eigentlich zu den ganz Ruhigen, In-sich-Gekehrten zählte, die so gut wie nie auf Dummheiten verfielen, sondern beim Essen oder während der Ergotherapie still und brav auf ihren Stühlen saßen und taten, was man ihnen sagte. Sie machte zu den unpassendsten Zeiten Musik, na gut, aber vielen Mitpatienten gefiel's, wobei sie seit einigen Tagen gar nicht mehr spielte und nun aus heiterem Himmel behauptete, sie sei schwanger von diesem Jeschua und trage den Neuen Messias unter ihrem Herzen, die Frucht ihres Leibes sei der Neue Heiland.

»Seht her, hier, unter meinem Herzen, trage ich ihn, selbst wenn er noch winzig klein ist«, sagte sie allen und bei jeder Gelegenheit, beim Frühstück und beim Mittagessen, nachmittags in der Töpfergruppe, verschiedenen Gästen im Café, Passanten auf der Straße, die sie einfach ansprach.

»Er wird das Schwert bringen«, sagte sie. »Sein Vater ist zu gutmütig, aber sein Sohn, der auch meiner ist, wird es bringen.«

Bald gab es erste Beschwerden, obwohl sie nicht unbedingt lästig fiel, sondern nur eben ihre seltsamen Reden hielt und immerzu lächelte und wollte, dass man sich mit ihr freute, wenn das Kind strampelte oder ihr mitteilte, was genau es tun würde, wenn es auf der Welt wäre.

Klara Obermann hatte nicht viel Erfahrung mit psychotischen Patienten, sie fürchtete sich vor ihnen, während Dr. Strawinski völlig unerschrocken mit ihnen war und es wahrscheinlich mit einem Schwangerschaftstest versuchen würde, da man auf diese Weise ins Gespräch käme, völlig egal, wie der Test ausfiele, nur so als Signal, dass man mehr oder weniger in derselben Welt lebte.

So in etwa hatte sich Klara Obermann vorgenommen, die Dinge zu betrachten; einen Schwangerschaftstest hatte sie besorgen lassen, sie hatte keine Erfahrung damit und glaubte nicht ernsthaft an einen Erfolg.

»Gut, dann mal los«, sagte sie sich und machte sich auf den Weg.

Die Patientin war zum Glück wach und zeigte sich kooperativ, auf Frauen müsse man in ihrem Zustand gut hören, erklärte sie, und einen Schwangerschaftstest hatte die Frau Oberärztin also mitgebracht, na gut, wenn es die Ärztin beruhige, mache sie gerne einen Test.

Die Patientin krabbelte aus ihrem Bett, wobei sich herausstellte, dass sie komplett angezogen war, und nun ohne weitere Widerrede in das winzige Bad ging und dort in Windeseile auf den Teststreifen pinkelte; kaum war sie drin, war sie wieder draußen.

»Und nun müssen wir warten«, erklärte Klara Obermann. »Es dauert nicht lang.«

»Ja, ja, ich weiß, nur bei mir funktionieren diese Tests nicht.« – »Und? Etwas zu sehen?«, fügte sie hinzu.

Die Oberärztin wedelte spaßeshalber mit dem Streifen durch die Luft.

»Nein, nichts«, antwortete sie.

»Ich sage Ihnen ja, für manche Frauen sind diese Tests einfach nicht gemacht.«

»Solche Frauen gibt es nicht«, widersprach die Oberärztin, worauf die Akkordeonspielerin lachte, doch, doch, die gebe es, sie selbst sei nämlich so ein Fall.

»Wollen Sie fühlen, wie er mit seinen Händchen boxt? Er ist schon ziemlich stark, bitte fühlen Sie mal.«

Unangenehm berührt, entschloss sich Klara Obermann, eine Hand auf den leicht gewölbten Bauch der Akkordeonspielerin zu legen, wie sie es vor Jahren bei einer Freundin getan hatte, die sie später aus den Augen verlor, weil ihr zu einem Leben mit Kind nichts einfiel.

»Sie haben aber eine gute, freundliche Hand«, sagte die Patientin und fragte, ob die Oberärztin ihre Freundin sein wolle.

Darauf hatte Klara Obermann keine Antwort.

»Eine Freundin wie Sie hätte ich sehr gerne«, wiederholte die Patientin und begann sich sogleich alles Mögliche zusammenzufantasieren, gemeinsame Besuche auf Spielplätzen, wenn der Kleine erst laufen könne, ein paar

Tage am Meer, damit er alles sehe und sich seinen Reim darauf mache, usw.

Eigentlich mochte Klara Obermann die Akkordeonspielerin, aber jetzt graute ihr vor ihr.

Ich muss weg von hier, dachte sie.

Ich muss schwimmen, dachte sie und erinnerte sich, wie der Vater sie als Fünfjährige im Freibad ins Wasser geworfen hatte, dass sie glaubte, ertrinken zu müssen, aber nicht ertrank, sondern schwimmend den rettenden Beckenrand erreichte, und genau das tat sie jetzt wieder und schwamm mit ein paar wenigen gekonnten Zügen zurück an ihren Schreibtisch.

～

Da die Teufel kaum Schlaf brauchten und nur gelegentlich ein Auge schlossen, während das andere hellwach und auf der Lauer blieb, arbeiteten sie bis spät in die Nacht.

Ein paar korrupte Beamten wurden erschreckt und lagen nun schweißgebadet in ihren Betten, allen möglichen Narzissten und Schmeichlern und Schmarotzern wurden Kurzbesuche abgestattet, bevor sich ab zwei Uhr morgens die Dinge beruhigten, bei wolkenlosem Himmel und abnehmendem Mond mit Temperaturen um die acht Grad.

Nur auf dem nördlichen Ku'damm war noch etwas los: Zwei Schwachköpfe aus Buch und Britz hatten sich zum nächtlichen Rennen getroffen, zum dritten Mal bereits, weshalb ihnen die Abläufe bekannt waren und sie auf der Höhe Uhlandstraße nur kurz die Regeln wiederholten, sich abklatschten und mit Blick auf die beiden Maseratis aus der Autovermietung grinsten und in ihre Fahrzeuge stiegen.

Bereits die ersten dreißig Sekunden waren ein Riesenspaß. Nach zwei Atemzügen fuhren sie mit Tempo hundert und nach eineinhalb weiteren mit hundertachtzig, und alles war schön frei, die Ampeln zeigten abwechselnd Rot und Grün, und sie fuhren Kopf an Kopf und waren sehr cool und hatten alles unter Kontrolle, womit es diesmal allerdings schnell vorbei war, weil da plötzlich dieses Mädchen auftauchte, und kaum hatte man gedacht *Mädchen*, hatte man es vorne rechts erwischt.

Es gab einen schrecklichen Knall, das Mädchen flog nach hinten weg, aber nun war der Maserati nicht mehr auf Kurs und ließ sich nicht mehr steuern, womit die Sache für den Jungen aus Britz vorbei war, während der aus Buch ungerührt weiterraste.

Es war neuerlich der Malermeister, der zur Stelle war und gleich wusste, was ihn und den Jungen in den folgenden Minuten erwartete; der kleine Schwachkopf würde sie nicht überleben, machte jedoch vorläufig jede Menge Lärm und Tamtam, jammerte und klagte, nicht ohne Vorwurf gegen das Mädchen, das sein Leben bereits verloren hatte und weiter hinten auf dem Gehsteig lag.

»Du hast sie umgebracht«, konnte sich der Malermeister nicht enthalten zu sagen und sah ohne Mitleid, wie der Junge blutend in seinem stark gestauchten Maserati saß und vergeblich versuchte, die Fahrertür zu öffnen.

»Tlss, tlss«, machte der Schwachkopf, was wie eine Meinungsäußerung klang beziehungsweise ein Versuch war, ein paar lose gewordene Zähne auszuspucken.

»Wie du willst«, sagte der Malermeister und beschrieb ihm mit wenigen Worten das Mädchen, das er getötet hatte und beinahe eine Abiturientin geworden wäre, und für seine Eltern war es das einzige Kind, nur leider habe ja auch ihm jemand das Leben geschenkt.

»So, und das weißt du nun«, sagte der Malermeister. »Und trotzdem wirst du bis in alle Ewigkeit in den Wagen steigen und dir einreden: Ach was, diesmal ist sie bestimmt zu Hause, worin du dich jedoch irrst, weil sie jedes einzelne Mal zuverlässig über die Straße gehen und von dir mit Tempo hundertachtzig erwischt werden wird, vorne rechts, wo es einen großen Knall gibt, wieder und wieder, bis du all dessen überdrüssig bist und bettelst, dass es endlich aufhören möge, bloß wird dein Betteln niemand hören, und das ist deine Hölle.«

Der kleine Schwachkopf machte ein letztes Mal *Tlss, Tlss*, und kurz darauf hörte man die ersten Sirenen. Auf den Gehwegen hatten sich zahlreiche Leute versammelt, die sich teilweise über das tote Mädchen beugten und großteils nur herumstanden und glotzten, was für den Malermeister das Zeichen war, sich vom Schauplatz des Geschehens zu entfernen und zu einer Besprechung mit den anderen Teufeln zu eilen.

Manchmal hasste er es, ein Teufel zu sein, doch da er auf seine Art sehr pflichtbewusst und ein erfahrener Melancholiker war, nahm er dergleichen missliche Gefühle ergeben hin, weil sie ja doch wieder verschwanden und der Rede eigentlich nicht wert waren.

Spätestens morgen früh würde er sich nicht mehr daran erinnern, und tatsächlich war es ja quasi schon morgen, bald würde ein erster Hauch Sonne über der Stadt liegen, und das war regelmäßig ein hübscher Moment, wenngleich er die dunklen bevorzugte oder zumindest ebenfalls sehr schätzte.

27

Gemeinsames Schaffen

Nach dem Ende der Visite um halb zwölf beschlossen Dr. Strawinski und Dr. Obermann, zusammen in der Kantine zu essen, was bisher überhaupt erst ein Mal der Fall gewesen war, vor Jahren, an ihrem ersten Arbeitstag, weil Dr. Strawinski fand, dass sich das gehörte, und später nie wieder einen Versuch unternahm.

Es war Klara Obermanns Vorschlag gewesen; der Fall der eingebildeten Schwangerschaft ließ ihr keine Ruhe, sie musste sich endlich darüber austauschen, und tatsächlich zeigte sich Strawinski erfreut.

Das Essen rührte sie allerdings kaum an, sondern platzte, kaum dass sie saßen, mit dem Fall des toten Mädchens auf dem Ku'damm heraus, über den sie bereits gesprochen hatten.

»Warum macht einer das, obwohl es offensichtlich Wahnsinn ist? Warum entscheidet er sich dafür?«

»Er wird seine Gründe haben«, meinte Strawinski.

»Gründe?«

»Irgendein Grund wird ihn dazu bewogen haben; wir alle haben unsere Gründe, wir sind wie er und nicht frei, was wir allenfalls wären, wenn wir ohne Gründe wären.«

»Ich verstehe nicht.«

»Die Idee des freien Willens ist Quatsch«, sagte Dr. Strawinski.

»Aber nein«, sagte sie, wenngleich sie das mit den Gründen beeindruckte.

»Und was wäre der Grund, warum wir beide hier sitzen und beim Essen über Gründe und den freien Willen sprechen?«, fragte sie fast ohne Koketterie, mit gleichsam wissenschaftlichem Interesse, worüber Dr. Strawinski eine Weile nachdenken musste.

Sie waren zur selben Zeit hungrig gewesen, das war ein Grund; sie hatten mehrere komplizierte Fälle, sie waren Kollegen, dazu Mann und Frau, was ja jederzeit dunkle Gründe abgab, von den schwierigen Gesprächen mit Natalie gestern und vorgestern nicht zu reden.

»Ich glaube, Ihre hübschen Sommersprossen sind der Grund«, sagte er stattdessen, und dass er ihre Gründe nicht kenne.

»Und Margarita?«

»Die Akkordeonspielerin?«

»Ich glaube, sie ist verloren«, sagte Dr. Obermann in Erinnerung an die gestrigen Szenen, worauf Dr. Strawinski meinte, dass sie auf ihre Weise gewiss sehr glücklich und zufrieden sei.

Klara Obermann war nicht überzeugt.

»Wir müssen sie da rausholen, sie aufwecken; sie wird sehr unglücklich sein, wenn sie begreift, dass sie sich die Schwangerschaft nur eingebildet hat.«

»Vielleicht will sie ja nicht geweckt werden. Und wahrscheinlich vermögen wir es auch nicht.«

»Na gut«, sagte Klara Obermann, »soll sie meinetwegen glauben, was sie will, ich für mich weiß, dass sie nicht schwanger ist, wir haben den Test, und was Sie über meine Sommersprossen gesagt haben, habe ich nicht gehört.«

Schon fünf Minuten später hätte Klara Obermann nicht sagen können, was ihr Dr. Strawinski geantwortet hatte, als würde sie die Stelle in ihrem Kopf nicht finden, wo es gespeichert war, denn geantwortet hatte er, wobei sie sich fragte, was genau sie von ihm eigentlich erwartet hatte, da er sie doch überhaupt nicht ernst nahm.

Die Wahrheit war, dass sie in eine berufliche Krise zu schlittern drohte; alles war flach, alles war mühsam, und es gelang ihr immer weniger, einen Sinn in ihrer beruflichen Tätigkeit zu erkennen.

Letztlich waren ihr die Menschen ein Rätsel; sie selbst war sich ein Rätsel, ihre Patienten sowieso, von denen sie immer öfter dachte, dass sie gewiss litten, aber zugleich sehr dumm waren, bevor sie in der nächsten Minute jeden zweiten für krank hielt und sich vorrechnete, wie erbärmlich wenige sie im Laufe ihres Berufslebens würde retten können.

Auch das dünne Mädchen mit dem Muttermal, zu dem sie sich nun auf den Weg machte, würde sie wahrscheinlich nicht retten können, dazu war es zu bockig und selbstverliebt, obwohl es den Großteil der Stunden weinte und sich tausendmal dafür entschuldigte und dann plötzlich die Tonart wechselte und sehr wütend und unschön über seine Mutter sprach.

Auch heute war das so. Klara Obermann meinte jedes Komma vorhersagen zu können, was ihr tägliches Brot war, na gut, bloß von Brot hatte sie allmählich genug, das Mädchen ging ihr auf die Nerven, sie wäre am liebsten aufgestanden und gegangen.

Sag doch endlich zur Abwechslung was Interessantes, dachte sie. Etwas, das dich weiterbringt, anstatt dauernd zu wiederholen, dass Essen das Letzte für dich ist.

Sie kannte einen Laden in der Kantstraße, wo es die besten Sushis gab, die sie je gegessen hatte, dort hätte sie das Mädchen gerne hingebracht: »Hier, diese Sushis wirst du nicht vergessen, iss und spuck sie bitte nicht wieder aus, denn sie sind teuer, und das Leben, glaub mir, ist regelmäßig das Beste, das wir haben.«

»Sushi-Muschi, bla,bla, ich hasse dich«, antwortete das Mädchen, um der Psychiaterin Obermann ein weiteres Mal vor Augen zu führen, dass sie wirklich nicht die geringste Ahnung hatte, schon gar nicht von Sushis, die es persönlich richtig super fand und auch gerne aß und nach einer Weile umso lieber herausließ und eigentlich gebar, ihnen ein zweites Leben schenkte, während die liebe Frau Obermann ja offenbar alles in sich hineinfraß und gewiss eines Tages daran ersticken würde.

So in etwa liefen ihre Gedanken.

»Entschuldigen Sie, ich war nicht ganz da«, sagte Klara Obermann. »Wo waren wir stehen geblieben?«

»Ich würde gerne mit Ihnen laufen«, erwiderte unvermutet das Mädchen.

»Laufen?«

Joggen, meinte sie.

Klara Obermann wollte sofort ablehnen, ehe sie gerade noch rechtzeitig bemerkte, dass der Vorschlag des Mädchens sie freute, und tatsächlich musste sie sogar lächeln, worauf seinerseits das Mädchen lächelte und sie sich für in zwei Stunden zu einem Waldlauf verabredeten.

❧

Die alte Göre Berlin war nach den betrüblichen Ereignissen der Nacht in gedrückter Stimmung; überall wurde über das tote Mädchen vom Ku'damm gesprochen, ebenso empört wie ratlos, weil dergleichen Vorkommnisse ja regelmäßig kaum zu begreifen sind und letztlich überhaupt nicht.

Aber dann musste man trotzdem an die Arbeit. Man schüttelte abschließend den Kopf und wandte sich den üblichen Tätigkeiten zu, die unterschiedlich gut bezahlt waren und auch unterschiedlich gut gefielen, aber der Grund waren, dass man morgens aus dem Bett stieg und bis zum Abend beschäftigt blieb und sich nicht fragen musste, ob das Leben einen Sinn hatte oder eher ein Witz oder das Allerletzte war.

Es brannte fast überall Licht, weil es ein dunkler Tag mit wolkenverhangenem Himmel war, den man irgendwie hinter sich bringen musste, indem man Böden schrubbte und Haare föhnte, Papiere studierte, Papiere wegwarf oder in einen Umschlag steckte, einen in zweiter Reihe abgestellten Lieferwagen entlud oder einem frisch geschlachteten Tier das Fell über die Ohren zog.

Und tatsächlich kam dergleichen hundertfach vor. Man packte ein und packte aus, brachte her und brachte weg, baute, verkaufte, setzte in Gang oder hielt am Laufen, empfing und schickte Nachrichten, hörte zu und sah hin, dachte sich was dabei, dachte wenig, zählte die Stunden.

Es war überall etwas los: In den letzten Fabriken schnurrten die Maschinen, in Cafés und Restaurants wurde serviert und abkassiert, in den Supermärkten neue Ware in die Regale geräumt; Taxis und Busse sowie S- und U-Bahnen mussten navigiert werden, die neuen Kinder aus den Müttern geholt, die Kranken versorgt, die Toten begraben.

Vieles machte Geräusche: Tastaturen und Scheren klapperten, Telefone klingelten, die Kleider in den Umkleidekabinen raschelten, das Fleisch in den Pfannen zischte; es wurde gebrüllt und geflüstert und laut geschwiegen; ab und zu hörte man Musik von einem Instrument oder die Stimme eines Schauspielers, der seinen Text übte, das leise Knurren eines Dichters, der auf den nächsten Einfall wartete, während draußen immerzu der Verkehr und die Sirenen waren, das Rauschen der Bäume und die Gesänge der im Sommer vom Himmel stürzenden Vögel.

Das und viel mehr hörte die alte Göre, wobei sich ihre Stimmung bis zum Mittag rasch aufhellte; die Sonne bekam auf einmal Lust, sich zu zeigen, Café- und Restaurantbesitzer begannen draußen die Tische abzuwischen und nahmen den Gästen ihre Regenschirme ab; in fast allen Büros wurden die Lichter ausgeschaltet und neue Pläne für die Mittagspause gemacht, die schnell über den Haufen geworfen wurden, da es nun umso heftiger zu regnen begann, worauf so manche Mittagspause überhaupt ausfiel.

～

Unser Mischa kannte keine Mittagspause; wenn er nichts weiter zu tun hatte, trödelte er gern, doch auf seinen Lieferfahrten verschwendete er keine Minute.

Viel zu fahren hatte er. Das *Schostakowitsch* schien seit der Wiedereröffnung einen rasanten Aufschwung zu erleben, vor allem aus den östlichen Bezirken trafen nun täglich Bestellungen ein, die Mischa in ihm völlig unbekannte Stadtteile führten, die Fennpfuhl und Bies-

und Rahnsdorf hießen und mehr nach Brandenburg als nach Berlin klangen, aber durchweg zuverlässig auf seinem zerknitterten Stadtplan zu finden waren.

Heute musste er nach Adlershof und Niederschönhausen, was schon mehr nach Berlin klang, auf den Straßen war es wegen des Regens recht voll, was Mischa allerdings kaum bemerkte, da er unablässig damit beschäftigt war, glücklich zu sein.

Mischa hatte kaum Erfahrung darin, meinte jedoch zu begreifen, dass das Glücklichsein eine Art Arbeit sei; es wurde einem nichts geschenkt, dauernd musste man zupacken oder ihm hinterrennen, damit man es überhaupt fasste oder wenigstens ahnte, wo es sich aufhielt oder besser: aufgehalten hatte, da es recht eigentlich nur im Nachhinein existierte.

So ungefähr überlegte er.

Alles war Anastasia, alles war Gelingen mit ihr, selbst wenn es zwischendurch hakte und sie an anderer Stelle weitermachen mussten, als sie aufgehört hatten, wenn sie ihn auf Anhieb nicht verstand oder zu kühn oder zu langweilig fand, einen Gedanken, eine Berührung, eine Bemerkung zu wer weiß was.

Sie fanden es beide nicht schlimm, wenn etwas schiefging; sie konnten schweigen und dann wieder reden, wussten, wie man sich umarmte und wieder losließ, um auf einen Sprung im Bad zu verschwinden, abwechselnd bei ihr und bei ihm.

Mischa war lieber bei Anastasia und Anastasia lieber bei Mischa, was ebenfalls Teil des Glücks war, der erste gemeinsame Einkauf, die stummen Absprachen beim Kochen, dass man etwas anfing und für etwas anderes sein ließ; Mischa trödelte wie gesagt gern, während

Anastasia zu den Frühen, Pünktlichen gehörte und dafür bei anderen Gelegenheiten trödelte; sie konnte auf vierundzwanzig Arten *Mischa* sagen, wobei sie es meistens ohne Worte tat.

»Mischa, ach Mischa, o mein liebster Freund und Geliebter, Mischa.«

»Musst du da wirklich hin?«, hatte sie beim Kaffee in der Küche gefragt, weil eine Nachricht von Luna eingetroffen war, in der stand, dass sie Mischa sehen wolle.

»Wir sind nicht fertig miteinander«, hatte sie geschrieben. »Kommst du bitte? Dann lernst du endlich auch mein Arbeitszimmer kennen.«

»Ihr Arbeitszimmer, aha«, hatte Anastasia gesagt.

Und Mischa: »Eigentlich will ich gar nicht. Wozu auch? Ich werde in meinem Leben bestimmt keine Zeile schreiben, auch wenn sie gesagt hat, dass sie mir dabei helfen will.«

»Helfen.«

»Ich denke nicht mal daran; ich denke nur an Du-weißt-schon-was.«

Worauf Anastasia herzlich lachte und ihn anschließend umso schärfer ermahnte und geradezu tadelte; diese Luna sei ein Profi, man müsse ein rechter Narr sein, wenn man guten Rat nicht hören wolle, und Mischa habe ihn gewiss sehr nötig.

»Hör dir an, was sie zu sagen hat, und bleib schön brav in ihrem Arbeitszimmer, wenn ich darum bitten darf, für alles andere hast du meinen Segen.«

Das war vor zwei Stunden gewesen.

Unterdessen hatte er die erste Lieferadresse erreicht; auf seiner Liste stand ein deutscher Name, deshalb war Mischa überrascht, als ihm eine Russin um die vierzig öffnete, die bei seinem Anblick strahlte, als wäre er eines der Häppchen, die sie in großer Zahl bestellt hatte und sofort kostete und darüber beinahe vergaß, ihn zu bezahlen.

✎

Anastasia trug die Luna-Sache mit Fassung. Mehr aus Klugheit als aus Überzeugung, wenngleich sie sich mehrfach sagte, dass weiter nichts geschehen sei, der Termin war erst morgen, und Mischa würde am Abend bei ihr sein.

Ihr Unglück war also relativ klein. Man sah es kaum, denn es hockte in einem sehr abgelegenen Winkel, wo es gelegentlich maunzte und quietschte, aber sonst keine weiteren Ansprüche erhob; Anastasia konnte gut nachdenken und arbeitete an ihrem Referat über Gogols Lachen, las zwischendurch zwei, drei Puschkin-Gedichte und kümmerte sich anschließend um Edita, die am frühen Abend den Zug nach Brest in Tschechien besteigen würde, um drei Tage und sieben Stunden später ihren Sehnsuchtsort Nowosibirsk zu erreichen, wo ihr Vater in einem Grab lag, das sie allerdings erst finden musste, und dies ohne Kenntnis der russischen Sprache.

»Du bist verrückt«, hatte Anastasia mehrfach gesagt, aber da die Sache nun entschieden war, half sie ihrer Vermieterin natürlich gerne beim Packen.

»Eigentlich will ich mich ja bloß von ihm verabschieden und dann weiter nach Tomsk und Irkutsk und den Baikal und anschließend nach Wladiwostok, um von dort mit einem Feldstecher bis nach Japan zu sehen.«

»Ja, kann man das?«

»Keine Ahnung«, meinte Edita, deshalb wolle sie ja hin, stundenlang im Zug sitzen und durch Taiga oder Tundra fahren, was bestimmt bald sehr langweilig würde, weil der Tee immer derselbe wäre und der Borschtsch und die Pelmeni und die Mützen der Männer und die Tücher der Frauen, nur diese Langeweile würde sie lieben.

Der Zug ging in zwei Stunden, es wurde Zeit, dass sie zu Ende packte. In einem grünen Stoffkoffer lagen für den sibirischen Sommer drei, vier bunte Kleider, dazu Wäsche, der Fernstecher, mit dem sie bis nach Japan schauen wollte, ein Paar Winterhandschuhe, dicke Socken, ein für ihr Alter etwas gewagtes Nachthemd mit schwarzer Spitze.

Das Waschzeug und die Lektüre fehlten, Tolstois *Auferstehung* und die Meistererzählungen von Tschechow, dazu der Puschkin und zwei dünne Tafeln Bitterschokolade, die das Abschiedsgeschenk von Anastasia waren.

»Aber bitte keine Tränen«, sagte Edita im Taxi, das sie gerade noch rechtzeitig brachte, weshalb für Tränen ohnehin keine Zeit blieb.

»Ich schreib dir«, sagte sie. »Und wehe, du heiratest, während ich weg bin, ich habe da nämlich seit Längerem einen Verdacht, also sag Bescheid.«

Anastasia fand es überaus tröstlich, dass Edita zum Abschied so sprach, offenbar hatte sie uneingeschränktes Vertrauen zu Mischa, der es verstand, den Samowar anzuzünden, und in ihren Augen in jeder Hinsicht ein feiner, lobenswerter Junge war.

»Macht mir bitte keinen Kummer«, sagte sie.

»Ja, oder besser: nein«, erwiderte Anastasia und schaute Edita durchs Fenster zu, wie sie ihren Koffer ins Gepäcknetz hievte und zu winken begann, obwohl der

Zug noch stand, aber sich natürlich irgendwann in Bewegung setzte, während Edita weiter winkte, weil auch Anastasia winkte, und ihre wunderbare Vermieterin auf der Stelle furchtbar vermisste.

Auch das kleine Unglück wegen der anderen Frau begann sich wieder zu regen, weshalb es gut gewesen wäre, wenn Mischa zwischendurch eine Nachricht geschrieben hätte, doch es war lediglich eine von Fjodor gekommen, der ein Foto seiner neuesten Ikone schickte und berichtete, ein Sammler namens Nowikow habe ihn besucht und seine Anastasia gekauft; sie sei gerade gestern fertig geworden und sehe ein bisschen aus wie sie.

Sie lief ans Ende des Gleises, wo eine leere Bank war und rief ihn an.

»Damit habe ich im Traum nicht gerechnet«, sagte er.

Dass sie ihn anrief, meinte er und wollte wissen, wo sie war, und nun war sie da ja weiterhin im Bahnhof.

Als sie aufgelegt hatte, blieb sie eine Weile sitzen, leicht verwundert über ihre zärtlichen Gefühle. Offenbar blieb es nicht folgenlos, wenn man mit jemandem eine Nacht verbrachte, so sie nicht der reine Schrecken war, und davon konnte rückblickend nicht die Rede sein; sie war ein Unfall, zu dem es nicht hätte kommen müssen, aber der zu ihrer Überraschung etwas hergestellt hatte – ein Band, hätte sie beinahe gedacht, einen dünnen Faden der Zärtlichkeit.

Das Gefühl war nicht allzu stark, irgendwie hellblau, wie sie seltsamerweise dachte und es neben das kleine schwarze Mischa-Unglück setzte und beide kurz miteinander bekannt machte, bevor sie endlich aufstand und Richtung Rolltreppe lief und oben in eine S-Bahn Richtung Süden stieg, um nach Hause zu fahren.

28

Im Kerzenlicht

Bis zum Stromausfall war die Stimmung zwischen ihnen verhalten. Es herrschte eine matte Vorsicht, Mischa war erst in letzter Minute aus Marienfelde zurückgekommen, er war müde und schweigsam, während Anastasia lediglich schweigsam war.

»Sei nicht böse«, sagte Mischa, nachdem er den Onkel und Galina begrüßt hatte, und meinte sein Zuspätsein, worauf Anastasia leichthin erwiderte, sie sei ihm kein bisschen böse, und die Sache mit Luna meinte.

Dann kam der Stromausfall, und alles war wie verwandelt: Die Knabenchöre von Schostakowitsch verstummten, überall war Dunkelheit, auch draußen auf der Straße, woraus man nur schließen konnte, dass das gesamte Viertel betroffen war und es nicht an einer durchgebrannten Sicherung lag.

Weniger als zehn Tische waren besetzt; es gab jede Menge Geraune, während Onkel Wladimir erklärte, dass man über ausreichend Kerzen verfüge und sie gleich bringe, das Essen selbstverständlich, alles wie immer.

Die Mehrzahl der Gäste besuchte das *Schostakowitsch* nicht zum ersten Mal, deshalb lachten sie und warteten geduldig ab, bis Mischa und Anastasia die Kerzen brachten und es Krimsekt und Wodka für alle gab; die Stimmung war die allerbeste, jemand hatte gegoogelt, dass weite Teile Charlottenburgs ohne Strom waren, Ursache vorläufig unbekannt, man sei dabei, sie zu finden und schnellstmöglich zu beheben.

»So, hätte ich gedacht, sollte das Leben sein: Etwas ist kompliziert, und kurz darauf stellt sich heraus, dass es ganz einfach ist.«

»Könnte von Jeschua sein«, sagte Mischa.

»Denkst du viel an ihn?«

Er überlegte. Ab und zu schon, aber sehr viel auch wieder nicht.

»Vielleicht schaut er ja auf uns«, hoffte Anastasia.

»Dazu müsste er vor Ort sein oder an einem anderen«, sagte Mischa. »Aber da, wo er ist, ist kein Ort.«

»Nein«, sagte sie. Und nach einer Pause: »Ich verstehe trotzdem nicht, warum er gekommen ist.«

»Es lässt ihm keine Ruhe, was mit uns ist«, schlug Mischa vor.

»Aber das weiß er doch. Er weiß, was mit uns ist, uns allen, will ich sagen. Glaubst du, er denkt an uns?«

Nein, das glaubte Mischa nicht; Jeschua denke nicht, was er weder begründen noch erklären konnte.

»Er mochte dich«, sagte Mischa. »Sehr.«

»Ja, ich ihn auch«, antwortete sie. »Aber du bist mir noch ein bisschen lieber.«

Was sie so ähnlich schon gesagt hatte.

Drüben, an einem der Vierertische, begannen unterdessen zwei Baritonstimmen russische Volkslieder zu singen, doch es blieb alles friedlich und gesittet, da es ja noch recht früh war und sich alle so im Kerzenlicht auf eine längst vergangene Weise wohlfühlten.

»Es geht also auch ohne Schostakowitsch«, wunderte

sich Onkel Wladimir, worauf Galina meinte, dass es ohne grundsätzlich viel besser sei.

Am Eingang ging nun dauernd die Tür, und neue Leute kamen herein und fragten, ob es trotz Stromausfall zu essen gebe, und selbstverständlich gab es, denn man kochte mit Gas und hatte zudem sehr viel Kaltes.

Galina sah munter und glücklich aus und flitzte von Tisch zu Tisch, um die Bestellungen aufzunehmen, brachte den Kaviar, das Brot, weiteren Sekt und Wodka, zündete erloschene Kerzen an, wechselte ein paar Worte und eilte zurück in die Küche zu ihrem Wladimir.

»Sieht so aus, als wäre es zwischen ihnen entschieden«, meinte Anastasia, was Mischa bezweifelte und sie weiterhin in der Probe- und Übungsphase sah; von hier weg wollte er allmählich auch, er hatte Kopfschmerzen, nicht die schlimmen, die ihn seit Langem anfallartig plagten, aber immerhin.

Er machte ein passendes Gesicht dazu, was Anastasia, die Aufmerksame, sogleich bemerkte und sich scherzhaft bei ihm erkundigte, ob sie ihn nach Hause begleiten dürfe.

»Auf keinen Fall dürfe sie das«, nahm er das Spiel auf, er begleite selbstverständlich *sie*, dafür dürfe sie entscheiden, wohin.

»Zu dir oder zu mir, oh, das ist schwer«, sagte sie und freute sich, weil es ganz leicht und letztlich völlig egal war, nur weil Edita gerade weggefahren war, wollte sie heute lieber zu ihm.

Und so geschah es.

Mischas Kopfschmerzen hatten inzwischen Fahrt aufgenommen, doch zum Glück gab es ja Anastasias Hände, die sich flüsternd mit Mischas Schmerzen unterhielten, bloß dass es diesmal nicht in der Küche geschah, sondern gleich in Mischas Bett.

Mischa legte seinen Kopf in ihren Schoß, was ihnen beiden gefiel, auch, dass sie so bald niemand stören würde, kein Onkel und keine Galina, die weit weg in Französisch Buchholz ein Bett besaß und den Onkel hoffentlich einlud, es gemeinsam zu bewohnen.

Nach zwanzig Minuten waren die Schmerzen weg; Mischa konnte erste Gedanken fassen und bedankte sich sehr, nicht mehr gar so erstaunt wie beim ersten Mal, zumal das Erstaunliche ja darin bestand, dass er Anastasia mit ihren Fähigkeiten überhaupt kannte.

»Ohne Gegenleistung kommst du mir allerdings nicht davon«, sagte sie.

»Gegenleistung?«

»Ich bleibe und komme wieder«, erklärte sie.

»Ja.«

»Auch morgen komme ich. Morgen ist wichtig.«

»Ja, unbedingt und sehr gern«, antwortete Mischa und hatte keine Ahnung, warum sie so darauf beharrte, fast als würde sie glauben, er könne ihr jetzt noch weglaufen, was er bestimmt nicht vorhatte.

ꝫ

Das war etwa gegen zehn. Auch Mischas Luna war zu diesem Zeitpunkt unterwegs, im Zustand größerer Aufregung und Verwirrtheit, weil sie zum ersten Mal in ihrem Leben ein Rendezvous mit einer Frau hatte; Klara war ihr Name, ungefähr in ihrem Alter, Psychiaterin von Beruf, ein wenig streng, aber sehr anziehend mit ihrem wachen, etwas schülerhaft dreinblickenden Augen und ihren allerdings sehr schlanken Beinen.

Sie hatten sich am Vortag im Supermarkt kennengelernt und auf der Stelle Gefallen aneinandergefunden, und zum Glück hatten sie beide Zeit und begaben sich kurzerhand in ein Café, wo sie auf allen möglichen Ebenen ins Gespräch gerieten, so auf eine tänzelnde Weise, die bis zuletzt offenließ, worum es genau ging, Bett ja oder nein, das ganze Leben oder überhaupt nichts, was ja nach der ersten Stunde regelmäßig schwer zu sagen ist.

»Ich bin Klara«, hatte die Frau im letzten Augenblick gesagt.

»Ich bin Luna, eigentlich Brigitte«, hatte Luna geantwortet, was ihr nur so herausgerutscht war, aber sofort richtig und notwendig erschien, als wäre die Zeit des Lügens mit Klara auf einen Schlag vorbei.

Man hatte Telefonnummern getauscht, ehe man auseinandergegangen war, da sie beide Termine hatten, obwohl es gewiss ein Glück war, dass es sich so verhielt und man Zeit hatte, sich zu besinnen, was zumindest Luna nicht ansatzweise gelang.

Noch am selben Abend war der Anruf gekommen und zwei Stunden später der zweite; Klara wollte sie zum Essen einladen und fragte lieber nach, ob es ihr recht sei.

»Ja, sehr. Oh, ja, doch. Ich bin ein bisschen verwirrt.«

»Das bin ich auch und finde es sehr schön.«

Was geschehen soll, wird geschehen, hatte Luna gedacht, obwohl sie das meiste nur irgendwie zur Kenntnis nahm – dass sie im Begriff war, sich mit einer Frau zu verabreden, und die Frau sie einladen wollte und allen Ernstes, bitte, nein, den Fernsehturm vorschlug.

»Könnte Ihnen das gefallen? Ein Essen mit mir, hoch oben in den Lüften?«

»Ja, das ist schräg«, antwortete sie. »Das gefällt mir.«

Worauf sie sich für halb neun unten bei den Aufzügen verabredeten und Luna bis zuletzt so tat, als wüsste sie kaum, wo diese Aufzüge und der Turm und der Himmel waren.

Kaum hatte sie aufgelegt, wollte sie alles sofort revidieren und dieser Klara absagen, bevor sie sich sagte, na gut, sie hat sich ziemlich viele Gedanken gemacht, das ist charmant, das Essen im Turm ist vorzüglich, außerdem habe ich so ein Stück Mischa in der Nähe, der ihr allerdings gerade erst eingefallen war.

Und dann kam der nächste Morgen und endlos lange Stunden später das Wiedersehen, und nun saßen sie bereits bei der Crème brulée und bestellten Espresso.

»Das ist alles Neuland für mich«, hatte Klara zu Beginn gesagt, was Luna etwas entspannt hatte; sie würde in Kürze neununddreißig, nie hätte sie es für möglich gehalten, auf diese Weise mit einer Frau zusammen zu sein und nach ihr zu tasten, denn genau das tat sie, wenn auch auf die allervorsichtigste, höflichste Weise.

Luna hatte sich in letzter Minute für den hellblauen Hosenanzug entschieden, während Klara ein schlichtes Kleid in einem dunklen, fast schwarzen Blau trug, das zu ihren Augen passte, draußen zur leuchtenden Nacht und zu ihren schmalen ringlosen Händen, die ruhig und offen auf dem Tisch lagen und so taten, als würden sie auf Luna warten.

»Geht es dir gut, ja?«, fragte Klara, und neuerlich konnte sie bloß nicken, in dem Wissen, dass sie nun in die Phase eintraten, in der man sich gegenseitig erkundigte, wie es weitergehen sollte, entsprechende Wünsche vorausgesetzt.

Klara wollte weiter nach oben.

Erst verstand Luna nicht, weil eine von Klaras Händen über eine der ihren gefahren war und sie darauf wartete, dass sie sich niederlassen würde, was jedoch nicht geschah.

»Kommst du?«, fragte Klara, die zwischenzeitlich bezahlt haben musste und schon stand und Luna wissen ließ, dass es weiter oben eine Aussichtsplattform gebe, von wo man einen fantastischen Blick über Berlin habe, was diese ja ohne Zweifel längst wusste.

»Fliegen«, sagte Luna, als sie oben waren, und ließ sich ein bisschen küssen von der jede Minute neuen Klara, während sie fieberhaft überlegte, ob sie sich Klara überlassen wollte, und etwas wehmütig an den Jungen dachte, dem sie das alles verdankte, ohne dass sie hätte sagen können, wieso und weshalb.

»Schau, da drüben«, sagte Klara, von der sie sich nun also hatte küssen lassen und die ihr Orte und Himmelsrichtungen benannte, um sie zwischendurch weiter zu küssen und neue Vorschläge zu machen, wohin sie schauen sollte.

Und Luna schaute und küsste und fand es wundervoll.

Ich bin eine Hexe, ich kann fliegen; wenn du willst, bringe ich es dir bei, hätte sie sagen können, doch es fiel ihr gar nicht ein.

»Ich glaube, ich habe ein Flasche Champagner im Kühlschrank«, wagte sich Klara vor.

»Champagner, doch«, sagte sie. »Champagner würde mir wahrscheinlich helfen.«

Da Luna die bevorstehenden Wege nicht kannte,

schaukelte sie ganz gemütlich auf den Wellen ihrer kleinen Verliebtheit, konnte sich einen ersten Eindruck davon machen, wie Klara Türen aufschloss und Lichtschalter drückte und sie anschließend wissen ließ, wo sie sich ungefähr befanden, schon mit zwei Gläsern in der Hand, die man jederzeit abstellen konnte, was genau der Moment wäre, wo man letzten Zweifel über Bord warf und sich zitternd vor den anderen hinstellte und ihm sagte: »Nun will ich aber auch wissen, wer du wirklich bist.«

＊

Der Pudel hätte es gewiss mit Eifersucht gesehen, wenn er Zeuge gewesen wäre, wie die von ihm verehrte Ballkönigin das Glas abstellte und offenbar nicht wusste, was sie nun tun sollte, so mit fragendem Blick Verschiedenes probierte und durchaus erfolgreich darin war, sich irgendwo hinsetzte und wenig später ins Liegen kam, was ja gewiss sehr hübsch und nett war, aber für den Pudel – hätte er es gewusst – eine Tortur.

Aber auch so hatte es der Pudel schwer, denn er langweilte sich. Während die Teufel sich von morgens bis abends amüsierten, saß er die meiste Zeit untätig herum, versuchte sich an ein paar mäßig spektakulären Kunststücken, bei denen es sich überwiegend um die alten handelte, ging spazieren, wenn das Wetter danach war, am liebsten nachts wie gerade jetzt, vom Alexanderplatz Richtung Westen bis zum Fluss, wo er mitten auf der Bärenbrücke auf eine Katze traf.

Katzen interessierten den Pudel grundsätzlich sehr wenig bis überhaupt nicht, aber diese – das meinte er zu bemerken – schien ein besonderes Exemplar zu sein. Sie wirkte reichlich zerzaust, als hätte sie einiges hinter sich, folgte ihm völlig ungeniert mit den Augen, und als er an ihr vorbei war, hörte er plötzlich ihre Stimme.

»Warte bitte kurz«, sagte sie. »Bitte, warte.«

Und da er ein höflicher Pudel war, blieb er stehen und wandte sich zu ihr um.

Was sie wolle.

»Reden«, sagte die Katze. »Ich habe schlimme Zeiten hinter mir, doch das Gute an schlimmen Zeiten ist, dass man neue Freiheiten entdeckt, und da habe ich gedacht, spreche ich doch diesen hübschen Pudel an, der wie ich ganz alleine unterwegs ist und hoffentlich Zeit hat.«

Zeit hatte er allerdings, mehr als genug, dachte der Pudel, außerdem sprach die Katze mit einer angenehmen Stimme und wusste ein Plätzchen, wo man sich ungestört unterhalten konnte, unten am Fluss in einem zu dieser Tageszeit kaum einsehbaren Gebüsch.

»Und das ist dein Zuhause?«, fragte der Pudel ungläubig, weil der Boden unangenehm feucht war und es nicht gut roch, wozu die Katze erklärte, dass sie ohne jedes Zuhause sei und auch bestimmt keins mehr finde.

»Kommt mir auch gar nicht in den Sinn«, fügte sie hinzu und begann dem Pudel ohne große Schnörkel zu erzählen, was ihr geschehen war, von der bösen Frau und dem kalten Wasser, und wie es sich anfühlte, wenn man schwamm.

»Irgendwelche Erfahrungen damit?«

Der Pudel gab sofort zu, dass, nein, als Hund und Pudel würde er es natürlich jederzeit können, es habe sich nur bislang keine Gelegenheit ergeben.

»Gelegenheit ist gut«, meinte die Katze. »Wenn wir

uns im Sommer noch kennen, können wir es ja mal gemeinsam ausprobieren.«

»Aber ich rede nur von mir. Was ist mit dir? Hast du ein Zuhause? Dein Fell sieht gepflegt aus, also scheint sich jemand um dich zu kümmern.«

Der Pudel gab zu, dass ihm jemand zu fressen gab und gelegentlich das Fell bürstete – der Steuerberater in aller Regel –, aber ein Zuhause, nein, habe er nicht, er sei mal da, mal da, ganz, wie es ihm gefiele, ungeachtet der Tatsache, dass ihm derzeit sehr wenig gefiel.

Doch Letzteres sagte er der Katze nicht; er kannte sie ja kaum.

»Und das ist alles?«, fragte sie, weil sie spürte, dass er ihr vieles verschwieg, jedoch zu müde war, ihn weiter zu befragen, und schlafen wollte; wenn er wolle, könne er übrigens gerne bleiben.

Wofür sich der Pudel artig bei ihr bedankte.

Es ging eine beträchtliche Wärme von ihr aus, das gefiel ihm, und dass sie ein Weilchen schnurrte, bevor sie einschlief, während er länger über die Freiheit und das Zuhausesein nachdachte und wie die Katze so mir nichts, dir nichts behaupten konnte, dass das eine das andere ausschloss.

»Katze«, dachte er. »Wie tief muss man sinken, um sich zu einer Katze zu legen?«

Doch genau das tat er jetzt und verbrachte eine der unbeschwertesten Nächte seit Langem.

29

Wer ist sie?

Und jetzt schliefen sie alle oder befanden sich zumindest in liegender Position: der Pudel mit seiner neuen Freundin, das überwiegend glückliche Paar, Anastasia und Mischa, sowie die Bande der sieben Teufel, die in ihren sieben Behausungen Platz genommen hatten und dort weiter überhaupt nichts unternahmen, sondern still und bescheiden die kleinen Freuden des Lebens genossen.

Professor Ruffer hatte sich nach einem langen Arbeitstag in einen schüchternen jungen Mann vertieft, weshalb es derzeitig ziemlich unruhig zuging, während der Malermeister mit einem wohligen Seufzer die letzten Meter in einen pharmazeutisch unterstützten Nachtschlaf überschritt; der Zahnarzt lauschte zur Feier des Tages seiner Frau, die ihm ein furchtbar langes Kapitel aus *Anna Karenina* vorlas, und der Theaterregisseur gestand sich – bereits im Halbschlaf – ein, dass ihn Tschechows *Drei Schwestern* völlig kaltließen; der Steuerberater kritisierte seine Ehefrau, weil er vom stark gepfefferten Hasen nicht satt geworden war, während der Bezirksstadtrat zwar satt war, aber wie fast jeden Abend damit haderte, dass er es seit Jahren nicht ins Abgeordnetenhaus geschafft hatte und weiterhin keinen Weg dahin sah.

Irgendwann kam der Professor mit seinem jungen

Mann zu einem befriedigenden Abschluss, die Frau des Zahnarztes beendete mit einem Seufzer das ellenlange Kapitel aus *Anna Karenina*, während die anderen längst träumten und nicht ahnten, dass ihre teuflischen Bewohner ihnen dabei zuschauten und sich köstlich darüber amüsierten, dass sie in ihren Träumen glaubten, Teufel zu sein, und sich allesamt darüber erschreckten.

∽

Der Pudel träumte nicht oft, und wenn, dann von weit zurückliegenden Ballszenen, das meiste recht unscharf und wie kaum vorhanden, von der Ballkönigin ab und zu ein Fuß oder ein Seufzer, weil sich die Begrüßung so lange hinzog oder einer der Gäste Anstalten machte, sich danebenzubenehmen.

Wie schön, dass ich endlich von dir träume, dachte im Traum der Pudel und erwartete mit Ungeduld, dass sie sich endlich zeige, was jedoch nicht geschah, bis er irgendwann begriff, dass Luna ihn ganz wirklich von irgendwoher rief.

Was genau und warum, fand er nicht heraus, doch das war auch nicht nötig. Er weckte die Katze und erklärte, dass er kurz wegmüsse und sie sich bitte nicht von der Stelle rühren möge, er sei bald zurück, und praktisch mit dem nächsten Atemzug im Schlafzimmer der Ballkönigin stand – überglücklich, sie wiederzusehen.

»Du hast gerufen, da bin ich«, erklärte er feierlich, während er innerlich vor Aufregung zitterte, ihren hellblauen Hosenanzug wahrnahm, ihren ramponierten Zustand, nicht bloß am Rande ihre Düfte.

»Habe ich das? Ja, das habe ich wohl«, gab sie merkwürdigerweise zurück, während sie über etwas nachsann und offenbar fand, dass es einem Pudel nicht zustand, sich im Schlafzimmer einer Ballkönigin aufzuhalten, obwohl seine Gedanken ja gewiss die allerromantischsten waren.

Hier also schläft sie, so sie hier schläft, dachte der Pudel mit einem Hauch Eifersucht, da er sehr wohl bemerkte, dass Luna nicht nur nach Luna roch, und ihr ohne Zögern in die Küche folgte.

»Ich bin gar nicht richtig da, aber danke, dass du mich gehört hast und gekommen bist«, sagte sie.

»Es ist mir eine Ehre«, gab der Pudel zur Antwort. »Wie kann ich helfen?«

Worauf Luna erklärte, dass sie zur Stärkung erst mal einen Kaffee brauche, und der Pudel reichlich Gelegenheit fand, sich weiter mit ihr zu beschäftigen, komplizierte Vergleiche zwischen Ballkleidern und Hosenanzügen anstellte und sich Erinnerungen an ihre zarte Haut hingab, ihrem dankbaren Blick, als er ihr zu essen gebracht hatte.

»Du warst einfach göttlich als Ballkönigin«, konnte er sich nicht enthalten zu sagen. »Erinnerst du dich an die furchtbar unbequemen Samtschuhe, mit denen du bis zum Morgen getanzt hast?«

»Diese schrecklichen Schuhe, ja«, antwortete sie, so in einem Ton, als wäre es Ewigkeiten her, hatte jetzt aber den Kaffee fertig, worauf sie sich aufs Neue bei ihm bedankte und endlich zur Sache kam.

Ein Junge war die Sache, jemand, dem man ein bisschen auf die Sprünge helfen müsse, wie sie es formulierte, ein bisschen umbauen, ein bisschen erschrecken, aufrütteln, aber auf die heitere, unterhaltsame Art.

Mischa.

Sie beschrieb, was es mit dem Jungen auf sich hatte, was sie sich in etwa vorstellte – dass sie für den Anfang alleine mit ihm arbeiten würde, er aber gerne dabei sein dürfe, um sich einen Eindruck von ihm zu verschaffen und zu überlegen, was dem Jungen, wie gesagt, auf die Sprünge helfen könne.

Es dauerte eine Weile, bis der Pudel begriff, dass es *der* Mischa war und dass er ihn schon getroffen hatte, wobei ihm der die Ballkönigin betreffende Rest völlig unklar blieb – woher die beiden sich eigentlich kannten, da sie doch so wenig zueinander passten, sich aber gegenseitig offenbar passend gemacht hatten, was ihn natürlich rein gar nichts anging.

»Und wo findet sich dieser Mischa?«

»Er wird in Kürze hier sein«, erklärte sie. »Ich zeig dir, wo du dich am besten versteckt hältst.«

Darauf führte sie ihn in ein weiteres Zimmer, in dem ein alter Schreibtisch und Regale mit Büchern und drei bunte Sessel nebst einer Ottomane standen; dahinter möge er bitte warten und sich bereithalten, bis sie ihm Zeichen gebe, ihn rufe, was immer.

»Na gut«, sagte der Pudel, der nicht gerne wartete. »Ich überleg mir was für den Knaben.«

Worauf sie sich neuerlich bei ihm bedankte und erklärte, dass es äußerst wichtig für sie sei, was nun eindeutig so klang, als wäre da zwischen den beiden bei Gelegenheit das eine oder andere Erhebliche vorgefallen, und er sich sehr über die ehemalige Ballkönigin wunderte.

᳁

Als es klingelte, war Luna immer noch nicht bereit, strich Klara in Gedanken ein weiteres Mal das Haar aus der Stirn, beschäftigte sich mit ihrem Mund, was sie sich sehr übel nahm und trotzdem weiter tat und anfangs kaum wusste, wie sie Mischa begrüßen sollte, als er in der Tür stand und seinerseits nicht viel mehr wusste und ihren Hosenanzug anstaunte und wie übernächtigt und anders sie heute war.

»Bin ich hier richtig?«, fragte er, als wäre er ein x-beliebiger Klient, da er doch ihr geliebter, wunderbarer Mischa war und bleiben würde, wenn auch von nun an auf andere Weise.

»Ich habe einen Termin«, sagte er. »Darf ich hereinkommen?«

»Sei nicht albern«, erwiderte sie und führte ihn ohne Umwege in ihr Arbeitszimmer, wo sie ihn auf den grünen Sessel am Fenster setzte und sich auf den roten gegenüber.

»Weißt du noch, warum ich dich heute zu mir gebeten habe?«

»Ich habe keine Ahnung«, behauptete er.

»Gut, dann helfe ich dir auf die Sprünge.«

Bei dem Wort Hexe lächelte er immerhin, das war der Mischa, den sie kannte, obwohl er im selben Atemzug verkündete, dass er bestimmt nie eine Zeile schreiben werde, er sei zu dumm und faul dafür.

»Am besten machst du einfach eine Weile die Augen zu«, sagte sie.

»Nicht reden jetzt.«

Sie stand auf und holte vom Schreibtisch die Tiegel mit den Crèmes, die sie vor Tagen vorbereitet hatte, und begann sie an verschiedenen Stellen zu verreiben, auf

Schläfen und Stirn eine andere als auf seinen Händen und eine dritte um seine Augen, die Nase, seinen Mund.

Mischa seufzte, das fand sie tröstlich, hatte aber Schwierigkeiten, Seufzer und Berührungen auseinanderzuhalten, weshalb sie sich anfangs sozusagen mehrfach verlief, zurück in Klaras Armen war und sie wieder verließ, um bei Mischa zu sein, und sämtliche Küsse und Schreie vorübergehend eins wurden.

Aber nicht lange.

Mischa hielt weiterhin brav die Augen geschlossen, wirkte entspannt, auf jeden Fall nicht mehr so bockig wie zu Beginn, weshalb sie weiter keine Mühe hatte, sich ein bisschen in seinem Kopf umzusehen, und dort in der Folge das eine oder andere umstellte, die hübschen Anastasias, die überall hockten, dazu aufforderte, sich nicht gar so breitzumachen, und sonst fürs Erste alles beließ, natürlich nichts dagegen hatte, dass sie selbst einen Platz in Mischa hatte, halb nackt mit einem Champagnerglas; auch dieser Jeschua hatte es sich schweigend in einem Winkel bequem gemacht, dazu verschiedene andere Personen, die sie nicht kannte, darunter, wenn sie nicht irrte, seine Eltern.

Der gute Mischa war inzwischen in einem Zustand, wo sie ihm das eine oder andere nun doch sagen konnte.

Nicht alles schmeckte ihm, einmal fletschte er regelrecht die Zähne und sah sehr erbost aus, doch das meiste nahm er gut und willig auf, nickte und brachte es lächelnd weg, um es sich später, wie sie hoffte, genauer anzusehen.

Das war ihre Arbeit; nach einer Stunde war sie getan.

»Habe ich dir übrigens schon erzählt, dass ich mich verliebt habe?«, musste sie jetzt sagen, weil es so schön passte, und tatsächlich lächelte er über diese Mitteilung am meisten.

»Klara, das klingt gut«, sagte er mit der allersanftesten aller ihr bekannten Mischa-Stimmen, und damit war auch das erledigt, und sie konnte den Pudel rufen.

⁊

Mischa hatte keine Vorstellung gehabt, was genau sie mit ihm anstellen würde, als er in ihrem grünen Sessel Platz nahm, aber das meiste schien doch angenehm zu sein, obwohl er sich rückblickend an so gut wie gar nichts erinnerte.

»Mit dir werde ich noch Arbeit haben«, sagte Luna, als sie fertig war, wozu er bloß nickte, da er den Satz gut kannte.

Kurz darauf tauchte der Pudel auf.

»Ihr kennt euch ja«, sagte Luna, was für Mischa zunächst abwegig klang, bis er im nächsten Moment begriff, dass es sich um den Pudel handelte, der im *Grill Royal* auf seinen Schoß gesprungen war, um ihm flüsternd Lunas Grüße zu überbringen.

Warum nur hatte sie ihn in diesem Punkt belogen?

Denn das hatte sie, worüber er sich gewiss geärgert hätte, wenn nur Zeit dafür gewesen wäre, was aber nicht der Fall war, weil der Pudel mit seinen Kunststücken begann.

Kunststücke sei das falsche Wort, erklärte er, doch Mischa werde ja sehen. Worauf er mit einem Satz in Lunas Vorhänge hechtete und von dort weiter auf den kleinen Kronleuchter, den er gewaltig zum Schaukeln brachte, aber sonst weiter keinen Schaden anrichtete.

»Es ist alles für dich«, sagte der Pudel, den Mischa wider Willen gar nicht so unsympathisch fand, und gab ihm nachträglich zur Begrüßung die Pfote, bevor er neuerlich wegsprang und sich vorübergehend in Luft auflöste und zuletzt wieder zum Pudel wurde, bloß dass er jetzt ein schwarzer Pudel war.

Aha, ich verstehe, dachte Mischa, obwohl er ab da zunehmend weniger verstand, denn jetzt begann der Pudel allen Ernstes ein Feuer in Lunas Arbeitszimmer zu machen, mitten auf dem Parkett, dass die Flammen bis fast an die Decke schlugen.

Wie das alles sein konnte, blieb Mischa selbstverständlich ein Rätsel, aber das größte Rätsel war Luna, die sich wegen der Flammen in keiner Weise besorgt zeigte, sondern begeistert aufsprang und klatschend um das Feuer herumtollte.

»Ein Feuer musst du in dir haben, ein Feuer musst du in dir haben«, sang der Pudel nach einer Mischa unbekannten Melodie, obwohl sie ihm gleichzeitig bekannt war.

Hier ist ja offenbar alles möglich, überlegte er und beobachtete voll Staunen, wie der Pudel unter den beiden Fenstern das Parkett aufzureißen begann, um dem Feuer weitere Nahrung zu geben.

Kurz darauf begann die Parade.

»Ich ruf mal die anderen«, ließ sich der Pudel vernehmen, als ginge es darum, Mischa bei allen Schritten miteinzubeziehen, obwohl der kaum wusste, was hier aus welchen Gründen geschah, so es denn geschah, und tatsächlich zweifelte er sehr wenig daran: Er sah, er hörte, er war Mischa, so wie Luna Luna war und der Pudel abwechselnd weiß und schwarz.

»Es ist alles für dich«, wiederholte der Pudel und lief in plötzlicher Eile zur Tür, um weitere Gäste einzulassen, die er überaus höflich begrüßte und zum weiter lodernden Feuer wies, wo sie nacheinander Aufstellung nahmen.

»Es war nicht leicht, sie zu überreden – aber da sind sie und drücken dir ganz fest und ehrlich die Daumen.«

»Sind sie nicht alle tot?«, fragte Mischa, der immerhin erkannte, dass es lauter ihm bekannte Schriftsteller waren.

»Ja, ja, schon, aber das hat sie nicht davon abgehalten, dir in der gebotenen Kürze die Aufwartung zu machen.«

»Kann ich mit ihnen sprechen?«

»Leider nein, bedaure. Aber siehst du, wie Herr Bitow dir zulächelt? Und Herr Bulgakow hat sicher nichts dagegen, dir kurz zu winken« (schon winkte er), »während die Herren Tschechow, Dostojewski, Gogol, Nabokov, Puschkin und Tolstoi das Sprechen leider überhaupt ganz verlernt haben.«

Dostojewski brummelte mehrfach, als versuchte er, Mischa etwas mitzuteilen, bis ihm Puschkin in die Leber boxte, während Tschechow und Gogol abwesend in ihren Bärten kraulten und Nabokov durch alles hindurch und Tolstoi Richtung Kronleuchter sah.

»Sind das alle?«, fragte Luna.

»Also, ich würde sagen, nein, sehen wir einfach nach«, erwiderte der Pudel und begab sich gemessenen Schritts zur Tür, wo er tatsächlich einen weiteren Gast begrüßte und kurz darauf hereinführte.

»Wer ist das? Ich kenne ihn gar nicht«, sagte Mischa und wollte wissen, ob der Mann ebenfalls tot und ein Schriftsteller sei.

»Erkennst du ihn nicht?«, fragte Luna von der Seite.

Und da erkannte Mischa ihn. Das bin ich als alter Mann, dachte er. Und ich sehe aus wie meine Mutter.

»Ganz richtig, bravo«, stimmte der Pudel zu und erkundigte sich seinerseits, ob Mischa Lust habe, sie alle in ein paar Jahren wiederzusehen; man könne das jederzeit einrichten.

Worauf Mischa endgültig genug hatte und sich vorübergehend abschaltete und aus dem Verkehr zog und erst wieder zurück war, als ihn Luna an der Wohnungstür verabschiedete.

»Ich weiß noch immer nicht, wer du bist«, dachte oder sagte er, wozu sich Luna nicht weiter äußerte und lediglich erklärte, dass er die nächsten Tage viel Schlaf brauchen werde und sie ihn heute in einer Woche wiedersehen wolle.

❦

Als Anastasia nach drei Stunden immer noch nichts gehört hatte, wurde sie unruhig; sie hasste es, wenn man sie warten ließ, und sie hasste es, alle paar Minuten nachzusehen, ob eine Nachricht eingetroffen war, weshalb sie nach vier Stunden beschloss, ihr Handy in den Kühlschrank zu legen, und nach Ablauf der fünften Stunde mit dem Kochen begann.

Sie hatten sich vage zum Abendessen verabredet, aber wer sagte, dass er das nach seinem Termin noch wusste? Es konnte sonst was vorgefallen sein, obwohl sie ihn bis zum letzten Augenblick ermutigt hatte hinzugehen. Wahrscheinlich brauchte er danach erst mal Zeit für sich, ging ein bisschen spazieren, setzte sich in ein Café, während sie in Editas Küche schon mal den Auberginenauflauf vorbereiten und in den Ofen schieben konnte.

Irgendwann holte sie ihr Handy aus dem Kühlschrank, da war es halb sechs, und Mischa hatte geschrieben, dass er auf dem Weg sei, und praktisch im selben Moment klingelte er an der Tür.

»Komm rein, das Essen ist so gut wie fertig«, sagte sie jetzt doch erleichtert und ließ sich gefallen, dass er sie noch im Flur mehrfach umarmte und küsste.

Zum Auberginenauflauf äußerte er sich mit keinem Wort, schien ihn jedoch zu mögen, dazu den Wein und das Wasser und die Kerzen, die sie in letzter Minute auf den Küchentisch gestellt hatte und nun abwartete, was er berichten würde.

»Ich soll wiederkommen, zweimal noch«, berichtete er und dass er wenig zu berichten habe.

»Aber ihr habt darüber gesprochen.«

Das konnte er zu ihrem Erstaunen mit Sicherheit nicht sagen, er sei nicht recht bei sich gewesen, irgendwie weg und zugleich da.

»Das ist doch alles Unsinn. Ich schreibe bestimmt nie ein Buch.«

»Dann machst du eben etwas anderes«, meinte sie, was ihn augenscheinlich enttäuschte.

»Etwas anderes?«

»Oh, ich glaube ganz fest, dass es das Richtige für dich ist. Nur ist der Zeitpunkt vielleicht noch nicht gekommen.«

Das sagte sie und meinte es auch so.

Später hatten sie Lust, ein Eis zu essen, weil es ein außergewöhnlich milder, fast warmer Abend war, und als sie zurückkehrten, wollte Mischa bloß noch ins Bett.

»Bett«, sagte sie und wunderte sich, dass er noch einmal lange vor ihren Büchern stand und die Namen aller russischen Autoren flüsterte und anschließend nickte und sich verbeugte, ehe er endlich zu ihr schlüpfte.

»Sie hat einen Pudel«, sagte er schläfrig. »Das heißt zwei eigentlich – einen weißen und einen schwarzen.«

»Ja, hat sie das?«, dachte oder sagte sie, doch da war Mischa mehr oder weniger schon eingeschlafen, während sie sich auf einmal putzmunter fühlte und sehr glücklich war, dass sie ihn unbeschadet zurückhatte.

30

Das bunte Gekräusel

Von einem Tag auf den anderen herrschten sommerliche Temperaturen, was nach übereinstimmenden Prognosen aller Wetterberichte in den nächsten zwei Wochen so bleiben würde. Allerorts wurden Mäntel und Jacken in die Schränke zurückgehängt und kurze Röcke und Hemden herausgeholt; an den Ufern der Kanäle und Seen nahmen die ersten Müßiggänger Platz, Spielplätze und Wiesen waren mit Kleinkindern und ihren Erziehungsberechtigten bevölkert, während in den Supermärkten die Stapel mit der Grillkohle schrumpften; überall wurde gelacht, alles war bunt und auf eine schwebende Art leicht und unverdorben, was der Geist des frühen Sommers war.

Die alte Göre sah mit Wohlgefallen auf das Treiben, da es ja niemand anders als sie selbst war; man lümmelte auf den Balkonen und sprang zwischendurch unter die Dusche oder in irgendwelche Arme, und man mochte sehr, dass es so war, und man mochte sich und den zarten Wind, der zwischendurch aufkam, und für den Augenblick letztlich beinahe alles.

Man hackte ja gerne und viel auf ihr herum, doch so übel mochte sie sich unter diesen sommerlichen Umständen nicht finden, im Gegenteil, hie und da war sie ja beinahe eine Schönheit; außerdem hatte sie Humor, was hieß, dass sie sich lustig machen konnte über sich, die kleinen Hauptstadteitelkeiten, die ihr gelegentlich unterliefen, inklusive.

∽

Was Mischas Luna betraf, so war sie auf gutes Wetter nicht angewiesen, um beschwingte Gefühle zu produzieren, denn sie hatte sich richtig, richtig verliebt, wie sie von Stunde zu Stunde mehr begriff und trotzdem leider arbeiten musste, zuhören und an Klara denken, bevor sie weiter an Klara denken würde und irgendwelche Standardratschläge gäbe.

So hatte sie sich zumindest vorgenommen.

Sie hatte das grüne bequeme Jerseykleid angezogen, da ihr ein langer Tag mit sieben Klienten bevorstand, die kurz hintereinander um einen Termin gebeten hatten, darunter zu ihrer Überraschung ihr Zahnarzt, Dr. Muhlack, der gleich der erste war.

Der Zahnarzt hatte, wie sie wusste, zwei Gesichter, kannte sie natürlich als Patientin, hatte sich hin und wieder zu kleineren Übergriffen hinreißen lassen und sie zur Ballkönigin gekürt, worüber er sich bei anderer Gelegenheit ganz ahnungslos gab und so tat, als wäre sie eine Patientin, mit der er nie auch nur den kleinsten Unsinn angestellt hatte – gedanklich in ihren Zähnen herumspazieren oder sich vor ihr auf den Boden werfen, um ihre Schuhe zu küssen, was ja durchaus bereits vorgekommen war.

Und ausgerechnet dieser vergessliche, langweilige Dr. Muhlack war nun gekommen; er bedankte sich, dass sie so freundlich sei, ihn zu empfangen, und legte sich umstandslos auf die Ottomane.

Wie sich herausstellte, hatte er Schlafprobleme. Er träumte schlecht, machte schlimme Sachen in seinen Träumen, die er Heimsuchungen nannte, und war am Morgen regelmäßig wie gerädert, zumal er sich an jedes Detail erinnerte, gerade so, als hätte er lauter reale Dinge getan, entsetzliche, teuflische Dinge, die sonst eben nur Teufel taten.

So in etwa beschrieb er seine Lage, in einem nüchtern verzweifelten Ton, den sie an ihm nicht kannte und nun doch spannend fand, weil sie erst jetzt begriff, dass er seinerseits so gut wie nichts begriff und nicht wusste, dass er ein gewöhnlicher Zahnarzt war und zugleich der teuflische Dr. Muhlack, der vor ihr auf die Knie fiel und die Dinge tat, von denen der normale träumte.

Sie gab sich Mühe, ihn zu beruhigen, und versuchte es sozusagen analytisch.

»Sie haben den Teufel erwähnt.«

»Ja, in diesen Heimsuchungen bin ich wahrlich ein Teufel«, antwortete er.

»Und was machen Sie da genau als Teufel?«

»Ich bringe mir unbekannte Menschen dazu, die allerschlimmsten Dinge zu machen, und in der Stunde ihres Todes schicke ich sie in die Hölle.«

»Wären Sie das manchmal gerne, ein Teufel?«

»Nein, nein, um Himmels willen nein«, sagte er. »Ich fühle mich ganz schrecklich dabei, ich habe Angst vor mir, wenn ich so bin.«

Sie beschloss, es ein weiteres Mal mit Freud zu versuchen, heimliche Wünsche könnten einem ganz schön Angst machen, doch der Zahnarzt zeigte sich in keiner Weise empfänglich und sprach immer weiter von den schrecklichen Szenen, deren Zeuge er Nacht für Nacht wurde: wenn jemand in letzter Sekunde begriff, was er getan hatte, oder im Gegenteil überhaupt nichts begriff.

»Aber *ich* weiß alles über sie«, sagte Dr. Muhlack. »Sie sterben vor meinen Augen und tun mir leid, und zugleich verabscheue ich sie.«

So sagte er es.

Und dann waren die fünfzig Minuten von Dr. Muhlack um; es blieb gerade noch Zeit zu lüften, als er gegangen war, und dann stand der Nächste in der Tür und war schon wieder ein Bekannter.

»Kennen wir uns nicht?«, fragte sie und meinte: vom großen Ball, wo ich ewig lange die Gäste begrüßt habe? Doch der Mann – es handelte sich um Professor Ruffer – ließ sie sofort wissen, dass er dergleichen Anspielungen nicht schätzte, und steuerte wie zuvor der Zahnarzt die rote Ottomane an, von wo er etwas umständlich seine Schlafprobleme referierte, die dazugehörigen Symptome und Erscheinungen, die in fast allen Punkten denen von Dr. Muhlack glichen.

Noch während Ruffer wortreich beteuerte, dass es wirklich ganz schrecklich sei, ein Teufel zu sein, begann Luna zu überlegen, welche Ballbekanntschaft wohl als nächste auf ihrer Ottomane läge, da sie alle sieben genauestens in Erinnerung hatte, von den Besprechungen, vom Tanzen; ihre roten Krawatten hatte sie in Erinnerung und dass es ein überaus vergnüglicher Abend gewesen war, an dem bloß keiner von ihnen beteiligt gewesen sein wollte und in gewissem Sinne ja tatsächlich nicht war.

Und so rückten sie im Laufe des Nachmittags nacheinander an – der Gebrauchtwagenhändler, der Bezirksstadtrat, der Theaterregisseur, der Steuerberater und zuletzt der Malermeister.

Alle jammerten, alle waren müde und wollten andere Träume, einfach mal wieder ungestört schlafen, das wollten sie, und bestimmt wiederkommen wollten, mussten sie, wogegen Luna in keinem Fall Einwände erhob, weil es leicht verdientes Geld war.

Spätestens beim vierten Auftritt hörte sie kaum mehr zu.

»Heimliche Wünsche können einem ganz schön Angst machen«, sagte sie zum Schluss zum Malermeister, der nickte, und damit war auch diese letzte Sitzung beendet, und sie hatte frei.

Am liebsten wäre sie sofort zu Klara gefahren, doch die hatte Spätdienst und konnte nicht lange telefonieren, erzählte von einer Frau, die Akkordeon spielte, um anschließend ihre höchstpersönliche Theorie der Wiederholung zu skizzieren und sich für die Nacht bei Luna einzuladen.

»Empfängst du noch so spät? Sagen wir, halb elf? Ich springe einfach in ein Taxi.«

»Komm, wann immer du willst«, erwiderte Luna und wusste zum Glück genau, was sie nun zu tun hatte, nämlich eigentlich überhaupt nichts – warten, sich zurechtzupfen, Dinge von A nach B bringen oder zurück von B nach A, das Bett aufschlagen und neuerlich warten, was ihr zwischendurch gewiss lästig werden würde, doch sie fing ja gerade erst damit an.

ↂ

Der Autor dieser wahren Zeilen gesteht, dass er Szenen dieser Art über alles schätzt – den Optimismus, der in ihnen waltet, die Hoffnung, möchte man sagen, der schöne

Schein, am Anfang der Bauarbeiten, wenn allenfalls die Bodenplatte gegossen ist, aber als Plan, als Möglichkeit, alles längst vorhanden ist und man sich mit der Tatsache des Lebens auf bloßen Verdacht hin versöhnt.

So erging es zumindest Luna; und auf andere Weise auch der Lyrikerin Rebekka Sommer, deren klösterliche Lebensweise über die Jahre dazu geführt hatte, dass sie außer zu Einkäufen und Spaziergängen kaum einmal ihre Wohnung verließ und auch selten Besuch empfing, vom Kritiker Hasenfuß abgesehen, obwohl Kritikerbesuche in ihren Augen ein Unding waren.

Aber gut, er hatte seine Gründe gehabt, er hatte geweint, was sie anhaltend beeindruckend fand, wenngleich sie seither nicht oft an ihn gedacht hatte; sie las die FAZ, in der gelegentlich etwas von ihm stand, nun allerdings schon eine Weile nicht mehr – am Ende hatte er das Kritisieren ja komplett aufgegeben.

Doch da irrte sie sich; gerade heute kam der Kritiker Hasenfuß mit einem langen Essay *Über Kritik* zurück, in dem so unerhört gute, feine Sachen standen, dass Rebekka Sommer nach der Lektüre aufsprang und ihre Handtasche schnappte, nach unten auf die Straße eilte und im nächsten Blumenladen zwanzig rote Rosen erwarb.

Eine halbe Stunde später stand sie vor seiner Wohnungstür.

Hasenfuß war natürlich überrascht, dass sie ihn besuchen kam und einen Strauß rote Rosen brachte und niemand anders als die junge Lyrikerin war, bei der er sich kürzlich unter Tränen für den Verriss ihres zweiten Gedichtbandes entschuldigt hatte.

Er bat sie sofort herein, wo sie ihm im Zustand anhaltender Begeisterung die Rosen überreichte und mit einem Blick feststellte, dass sein Kloster erheblich größere Ausmaße hatte als das ihrige, es hätten glatt ein Dutzend Lyriker darin beten und arbeiten können.

»Was verschafft mir die Ehre?«, fragte er, als sie auf dem schneeweißen Sofa in seinem Arbeitszimmer Platz genommen hatte, dabei musste ihm ja klar sein, dass sie wegen seines Essays gekommen war; so eine grandiose Unverschämtheit habe sie nie zuvor gelesen, sagte sie, allein der Untertitel *Pamphlet oder auch Beichte*, sie habe fast geweint und ihn kaum wiedererkannt, da er doch sonst vor keiner Gemeinheit zurückschrecke, und nun das.

Wenn ihr euch über Texte ärgert, sucht die Ursache nicht in den Texten, sondern in euch selbst. Gute Texte produzieren Widerstände; sucht den Widerstand in euch und schreibt darüber.

»Ihre Kollegen werden Sie umbringen«, schwärmte sie und wollte wissen, ob es bereits Drohanrufe gegeben habe, den üblichen Shitstorm im Netz, den man ja erst mal überleben müsse, die Blumen würden ihn hoffentlich ein wenig trösten.

Aber siehe da, die Resonanz war überwältigend positiv, *Le Monde* und das *Times Literary Supplement* hatten sich gemeldet, in Kürze kam das ZDF, dazu jede Menge Anrufe, Mails und Posts von den Damen und Herren Schriftstellern, darunter ein Zweizeiler von Botho Strauß.

Jetzt fühlte sie sich doch wieder klein und schrumpelig; sie hatte ihm eine Freude bereiten wollen, die Dinge zwischen ihnen ins Gleichgewicht bringen, und nun brauchte er sie gar nicht.

»Sie haben mir eine große Freude bereitet«, widersprach Benjamin Hasenfuß ihren Gedanken und sah sie lange und freundlich an, musste sie dann aber leider rauswerfen, das ZDF stehe praktisch vor der Tür, und sie wisse ja, was das bedeute.

Wusste Rebekka Sommer nicht, aber egal, der Kritiker hatte sich gefreut und würde sie gewiss kein zweites Mal in den Boden stampfen, obwohl sie diese Dinge nicht sonderlich wichtig nahm und nicht zum ersten Mal bemerkte, wie schwer es ihr fiel, ein menschliches Wesen zu sein; sie wäre viel lieber ein Ding gewesen, im Regal ein Schuh oder ein Bügeleisen, das dampfend über Hemden und Blusen fuhr und jeden Augenblick wusste, wer und warum es war.

Es war gut, dass sie die Wohnung verlassen hatte; es tröstete und belebte sie. Man hörte wieder besser, was um einen herum geredet wurde, was Tisch und Stühle sagten, die Holzdielen, das Bett und die Lampen, obwohl bei ihrer Rückkehr alle recht still und für sich waren und nur der Schirmständer flüsterte, wie froh er sei, sie wohlbehalten wiederzusehen, was sie nun doch fast rührte.

∽

Auch der Priester Ansgar Samtleben war im Begriff, einen neuen Frieden mit sich zu schließen – als Patient einer psychiatrischen Einrichtung, aber in inniger Verbindung mit seinem Herrn, der ihn auf Schritt und Tritt begleitete und beriet und mit jedem Satz zum Ausdruck brachte, dass er seinen Ansgar sehr lieb hatte; sie befanden sich wirklich fast ohne Pause im Gespräch.

»So höre, Ansgar«, sprach der Herr. »Für heute würde ich dir raten, dass du schön brav im Bett bleibst.«

»So höre, Ansgar«, sprach Er. »Wenn dir danach ist, kannst du gerne ein bisschen weinen.«

»So höre, Ansgar, und nun steh auf, es wird Zeit, dass du zu deiner Herde gehst.«

Und so blieb der Priester, wie ihm der Herr geheißen hatte, im Bett, und so weinte er und stand schlussendlich auf, um zu seiner Herde zu gehen.

Er hatte auch nicht die geringste Mühe, sie zu finden, im *Café Sonnenschein* saßen noch jede Menge Leute, um die letzten Sonnenstrahlen zu genießen, fast alle Tische waren besetzt, und also stellte er sich mitten unter sie hin und begann zu predigen.

»Meine liebe Gemeinde«, begann er und nannte zur Einführung die Gründe, warum er wie sie in dieser Anstalt war und durch sie alle ein neuer Mensch geworden sei.

»Denn der Grund seid ihr, ihr alle. Man nennt euch krank, man nennt euch verrückt, dabei seid ihr gut. Ihr seid gut, eben weil ihr krank seid. Denn mit eurer Krankheit zeigt ihr auf das Böse und Falsche, das überall ist. Eure Seelen sind kaputt, bitte seht zu, dass sie repariert werden, lasst euch helfen und helft und achtet und liebt den Schmerz, denn er ist die Tür, durch die ihr hindurchmüsst. Ihr werdet sagen: Da redet er leicht, da er seinen Gott hat. Aber ich habe ihn nicht; ich habe nur euch und das Wissen, dass wir in Gefahr sind. Wir alle wissen das. Wir ruinieren, was wir lieben könnten, und wir lieben, was uns ruinieren wird. Nun werdet ihr fragen: Und was sollen wir also tun außer durch unseren Schmerz gehen? Und meine Antwort ist: Werdet traurig, denn das ist das Schwerste, aber wenn ihr traurig seid, werden alle Schmerzen vergehen.«

So redete er.

Vereinzelt wurde geklatscht, andere schüttelten nachdenklich bis ablehnend den Kopf oder waren seiner Ansprache gar nicht erst gefolgt.

Doch das kannte er; es war nicht schlimm.

Etwas abseits bemerkte er eines der dünnen Mädchen, das sich in seine Richtung zu bewegen begann und dann vor ihm stand und fragte, ob sie ihn auf ein Wort sprechen könne.

»Ja, gern«, erwiderte er; was sie auf dem Herzen habe.

Er schlug vor, sich drüben bei den Rhododendren auf eine Bank zu setzen, womit sie sofort einverstanden war und noch im Gehen erklärte, dass ihr seine Rede gut gefallen habe, das mit dem Schmerz und dem Traurigsein.

»Ich bin nicht gut im Traurigsein«, sagte sie. »In dem Sinne, dass ich innerlich völlig still bin und nichts will und nichts bedauere, sondern alles nur zur Kenntnis nehme und traurig darüber bin.«

Sie war eine Riesin, an die eins neunzig groß und spindeldürr, eine Hungerkünstlerin, wie sie sich selbst nannte, und leider meistens lustig. Doch ab jetzt werde sie versuchen, traurig zu sein.

»Wenn man traurig ist, denkt man automatisch an Gott, fällt mir gerade auf«, sagte sie nach einer Weile. »Wahrscheinlich willst du ja deshalb, dass wir traurig werden.«

Sie persönlich fände es schön, an Gott zu denken.

»Und du?«

»Was ich?«, fragte er.

»Du bist ein Guter. Habe ich ja gleich bemerkt, dass du ein Guter bist; sonderlich glücklich wirkst du trotzdem nicht.«

Das werde sich noch herausstellen, ob er glücklich werde.

»Ich muss dann leider«, erklärte sie. »Meine Mutter ruft gleich an, und da bin ich lieber im Bett, denn sie hat so eine Art, dass ich regelmäßig sofort schlafen muss, wenn sie fertig geredet hat.«

Sagte es und war mit dem letzten Sonnenstrahl weg.

»Das hast du gut gemacht, mein lieber Ansgar«, sprach sogleich der Herr, worüber der Priester sehr glücklich war und sich freute, als ein herbeieilender Pfleger ihn entdeckte und zum gemeinschaftlichen Abendessen einlud, er habe doch gewiss Hunger, und der Herr sogleich die richtige Antwort für seinen Ansgar wusste und ihm vorschlug, einfach mit Freuden mitzugehen.

∽

Und so fügte sich doch das eine oder andere, wenn auch teilweise unter seltsamen Umständen.

Auf niemanden traf das mehr zu als auf das Ehepaar, das der Pudel in der Schlussphase des großen Balls – der Leser erinnert sich – zur Mahnung und Unterhaltung der Gäste wer weiß wohin expediert und anschließend vergessen hatte, um sie jetzt, nach Ablauf von zwei Wochen, zurück ins alte Leben zu setzen.

Sie waren gerade zurück in ihre Wohnung gekommen, wo sie natürlich alles sofort erkannten, als wären sie bloß eben beim Einkaufen gewesen, sich jedoch gar sehr über ihre festliche Kleidung wunderten und wo bloß die Zeit geblieben war, denn es fehlte ein gutes Stück Zeit, was sie anfangs nur bemerkten, weil ein Strauß Blumen verwelkt auf dem Wohnzimmertisch stand und auf dem Esstisch schmutziges Geschirr von mehreren Tagen.

Sie versuchten, sich einen Reim auf die ungewöhnlichen Umstände zu machen, erinnerten sich auch durchaus an den Ball, während ihnen die Szene mit dem Pudel völlig entfallen war und die nachfolgenden Tage ebenfalls; um ganze zwölf handelte es sich immerhin, was sie nun nachgerade bestürzte.

»Wo um Himmels willen sind wir gewesen?«, fragte die Frau.

»Wir müssen bloß warten, dann kommt gewiss das meiste zurück«, sagte der Mann und meinte die Erinnerungen, worin er sich allerdings täuschte; es kam rein gar nichts zurück.

»Wo ist überhaupt der Junge?«, fragte endlich die Frau, die sehr oft vergaß, dass sie einen Jungen hatten, der kaum sprach und sich hauptsächlich damit beschäftigte, demnächst fünfzehn zu sein, in diesem Moment allerdings aus seinem Zimmer schlurfte und zur Begrüßung nur nickte und bemerkte, dass Kühlschrank und Gefriertruhe komplett leer seien und mal wieder jemand einkaufen müsse.

»Ich gehe mich umziehen, wenn es recht ist«, sagte, um nur etwas zu sagen, der Mann, der mit seinem Weggang sofort Bewegung in die Sache brachte, mit dem Ergebnis, dass der stumme Knabe neuerlich in seinem Zimmer verschwand und seine Mutter in verhaltenem Ärger mit den Aufräumarbeiten begann, Besteck und Teller, Töpfe, Pfannen in die Spülmaschine räumte, die stinkenden Blumen in den Mülleimer warf und sich beim Anblick des leeren Kühlschranks fragte, wie der Junge in ihrer Abwesenheit überlebt hatte.

Die Angelegenheit hatte ihr einen Schlag versetzt, wer weiß, wie man sich je davon erholen sollte, begann sie zu überlegen, obwohl sie sonst eher selten überlegte und zu dem Schluss kam, dass das in ihrer aller Lage das Beste war.

Der Junge schien weiter keinen Schaden genommen zu haben, also tat man tunlichst so, als wäre alles wie immer, zog sich ebenfalls um und begann mit weiteren Putzarbeiten, während der Mann den Müll wegbrachte und in bester Laune einkaufen ging.

Noch während des Essens begannen sie, sich zu fassen. Der Junge stellte keine Fragen und war froh, dass sie ihrerseits keine stellten und ihn zurück in sein Zimmer ließen.

»Lass uns nie wieder ein Wort darüber verlieren«, sagte die Frau.

»Nein, nie wieder«, der Mann.

»Wir vergessen es einfach«, sagte sie.

»Ja, vergessen«, erklärte er, der auch bei anderen Fragen fürs Vergessen war und auch gleich damit anfing.

31

Ein unerwartetes Ende

Anastasia kam aus dem Bad, als Mischas Telefon klingelte, ungewohnt früh und unpassend, wie sie fand, da sie gerade mit ganz anderen, höchstpersönlichen Dingen beschäftigt gewesen waren, bei denen man sich ungern stören ließ.

Mischa ging trotzdem sofort ran und setzte sich nach den ersten Sätzen auf, als müsste er sich schützen, obwohl er gleichzeitig zu lächeln begann.

»Das glaube ich nicht«, sagte er.

»Natürlich, ja«, sagte er. »Bis später.«

Anastasia wagte es kaum, zurück ins Bett zu schlüpfen, so aufgeregt wirkte er, fragte, was los sei, ob es schlimm sei, mit wem er um Himmels willen gesprochen habe.

»Mit Onkel Wladimir«, antwortete er. »Er hat uns für heute ins *Schostakowitsch* eingeladen; meine Eltern kommen auch.«

»Deine Eltern? Wieso deine Eltern?«

Onkel Wladimir hatte vor lauter Aufregung nicht gut erzählt; offenbar hatten Mischas Eltern in Nowosibirsk die Bekanntschaft von Edita gemacht oder umgekehrt Edita die Bekanntschaft von Mischas Eltern, und also hatte man natürlich herausgefunden, dass man sozusagen miteinander verbunden war – Mischa war die Verbindung –, worauf Mischas Eltern Lust bekamen, für ein paar Tage nach Berlin zu reisen, und man sich die jeweils vorhandenen Wohnungen überließ.

Mischa erzählte es mit grimmigem Unterton, während Anastasia sich erleichtert zeigte, dass niemand gestorben war, und auf schnellstem Wege zurück zu Mischa schlüpfte, um in dieser für ihn schwierigen Lage so nah wie möglich bei ihm zu sein.

»Ankunft heute zwölf Uhr, Bahnhof Lichtenberg«, sagte er. »Es ist nicht zu fassen.«

»Nein.«

»Aber so sind sie; sie gehen, wann sie wollen; sie kommen, wann sie wollen.«

»Schau«, sagte sie und versuchte, es ihm schmackhaft zu machen – ein Besuch war ein Besuch, man kam zusammen und konnte jederzeit auseinandergehen; mehr sei so ein Besuch doch gar nicht, obwohl es am Ende ja vielleicht sogar nett werde.

»Ich begleite dich zum Bahnhof, wenn du willst.«

Das wollte Mischa unbedingt.

༄

Mischa hatte seine Eltern fünf Jahre nicht gesehen. Für ihn waren sie eines Tages einfach verschwunden, obwohl es in Wahrheit komplizierter gewesen war; sie hatten ihn gefragt, ob er mit ihnen kommen wolle, was Mischa ganz abwegig fand; er hatte soeben Abitur gemacht und konnte sich ein Leben in Nowosibirsk nicht vorstellen.

»Ich muss nach Hause«, hatte die Mutter, seit Mischa denken konnte, mantraartig wiederholt, und eines Tages waren sie in den nächstbesten Zug gestiegen und hatten ihn vergessen; man telefonierte, allerdings Jahr für Jahr seltener, bis mit Verzögerung auch Mischa sie zu vergessen begann und nun nicht mal sicher war, ob er sie wiedererkennen würde.

»Ganz sicher wirst du das«, meinte Anastasia, was Mischa leise bezweifelte und viel zu früh loswollte, sodass sie über eine halbe Stunde vor der Zeit da waren und nach einer Viertelstunde erfuhren, dass sich die Ankunft des Zuges um sage und schreibe zwei Stunden verzögern würde.

Aus den zwei Stunden wurden am Ende drei, aber dann war der Moment gekommen – der Zug fuhr in den Bahnhof ein; man musste warten, bis er stand, und dann tüchtig suchen und schauen, aus welcher Richtung sie kämen und ob überhaupt.

Es war Anastasia, die sie entdeckte.

»Sind sie das nicht?«

Und tatsächlich, sie waren es.

Der Vater war schmal geworden, Mischa hatte ihn fülliger und lustiger in Erinnerung, während die Mutter so war, wie er sie in Erinnerung hatte, und sich dauernd suchend umsah, als wollte sie herausfinden, wo um Himmels willen sie gelandet war.

»Mischa«, sagte sie und ließ sich von ihm umarmen, bevor auch der Vater ihn umarmte; so schlecht fühlte es sich gar nicht an.

»Und du musst Anastasia sein«, sagte er zu Anastasia. »Edita hat nur Gutes von dir erzählt.«

Worauf Anastasia ansatzweise einen Knicks machte und sagte, dass sie sich freue, sie endlich kennenzulernen.

»Na dann los«, sagte Mischa.

Sie hatten einen mittelgroßen Koffer mit, was so aussah, als würden sie nicht lange bleiben, dazu einen großen Korb mit Proviant, den die Mutter nicht aus der Hand geben wollte, als wäre es längst nicht sicher, ob die lange, dreitägige Reise schon zu Ende wäre.

Irgendwas stimmte nicht mit ihr.

Sie wirkte unruhig und zerstreut, schien das aber immerhin selbst zu bemerken; sie sei gar nicht richtig da, irgendwo auf halber Strecke, zwei Stunden vor Moskau.

In Editas Wohnung wurde es nicht viel besser.

Da Anastasia sozusagen Gastgeberin war, führte sie die beiden herum, zeigte ihnen die Zimmer, in denen sie schlafen würden, danach ihr eigenes, was die Mutter verwirrte.

»Und hier wohnst du also«, sagte sie, an Mischa gewandt.

»Aber nein, das ist die Wohnung von Edita, Anastasia wohnt bei ihr.«

»Und wo ist diese Anastasia?«

Erst später, beim Tee, kam sie allmählich zu sich. Mischa kümmerte sich neuerlich um den Samowar, und wie beim ersten Mal war er umsichtig und geduldig, sodass ihn alle reihum sehr lobten.

Und so saß man und wusste nicht recht, was reden, weshalb man unweigerlich bei der wunderbaren Edita landete, in deren Wohnung man gerade gemütlich Tee trank, während sie selbst hoffentlich gemütlich in der Nowosibirsker Wohnung der Eltern saß, die sich übrigens in unmittelbarer Nähe des großen Dostojewski-Denkmals befand, obwohl der Dichter nie auch nur einen Fuß nach Nowosibirsk gesetzt hatte.

»Mischa liebt Dostojewski«, musste Anastasia nun natürlich sagen, worauf die Mutter mit müder Stimme erwiderte: »Und du bist also mein Mischa.«

Irgendwann rief Onkel Wladimir an und erkundigte sich, ob sie alle so weit wohlauf seien, was mit kleinen Einschränkungen ja der Fall war, nach einem kleinen Mittagsschlaf sei man gerne um sieben da.

»Ich schicke ein Taxi«, versprach Onkel Wladimir und dass er jetzt leider zurück in die Küche müsse.

Die Mutter schien auf Anhieb nicht zu wissen, wer Onkel Wladimir sein sollte, ihr fielen dauernd die Augen zu, weshalb man sich schnell in die vorhandenen Zimmer zurückzog; Mischa und Anastasia in das von Anastasia, die Mutter in das von Edita und der Vater in das alte von Fjodor.

»Deine Mutter ist ein bisschen vergesslich geworden, wie du sicher bemerkt hast«, sagte der Vater. »Bist du uns noch böse?«

Und weil Mischa nicht gleich antwortete: »Deshalb sind wir nämlich gekommen, damit du uns nicht mehr böse bist.«

»Nein, nein«, antwortete Mischa, weil ihm auf die Schnelle nichts anderes einfiel und er genau betrachtet überhaupt nichts war, ein wenig matt, als hätte er sich bei der Mutter angesteckt, erleichtert, dass es über Nacht eine Pause geben würde und Anastasia ihn nicht groß ausfragte, sondern lediglich bemerkte, dass das ja gewiss alles sehr seltsam für ihn sei.

᪥

Der Onkel stand mit verschränkten Armen vor dem Eingang des *Schostakowitsch* und strahlte, als das Taxi vorfuhr.

Und sei es, dass er so unbedingt strahlte, sei es, dass

der Mittagsschlaf seine Gäste mit neuen Kräften ausgestattet hatte, breitete sich im Nu die allergrößte Wiedersehensfreude aus.

Es dauerte eine Ewigkeit, bis sie von der Straße weg waren, da sich nun reihum alle in den Armen lagen, obwohl teilweise gar kein Grund dafür vorlag; der Onkel umarmte überhaupt jeden und an die zehnmal Schwester und Schwager, bis diese irgendwann in Tränen ausbrachen und ihrerseits noch einmal Mischa und Anastasia umarmten und erklärten, wie schön und ergreifend so ein Wiedersehen sei.

»Aber was stehen wir auf der Straße, tretet bitte näher«, sagte endlich der Onkel, der an die zwanzig Vorspeisen und sein berühmtes Bœuf Stroganoff vorbereitet hatte und nach dem zweiten Wodka verkündete, dass ihm seine liebe Galina nach sechswöchiger Bedenkzeit vorhin, in der Küche, ihr Jawort gegeben habe und sie demnächst Hochzeit zu feiern gedachten.

»Aber wo ist sie?«, fragte scharfsinnig die Mutter, worauf der Onkel erklärte, sie habe sich aus Schüchternheit versteckt, was in keiner Weise der Wahrheit entsprach, da sie eben in diesem Moment aus der Küche zu ihnen eilte und verkündete: »Ich bin Galina, die Braut.«

Alle zeigten sich wie zu erwarten sehr erfreut, dass sie Onkel Wladimirs Braut war, und prosteten den beiden zu, bis wiederum die Mutter überraschend auf die Idee kam, dass man ja wohl auch auf Mischa und seine Anastasia anstoßen müsse, da sie ja gewiss ebenfalls ein Brautpaar seien. Man kann sich vorstellen, wie verlegen die beiden daraufhin wurden, wenn auch bloß deshalb, weil sie sich ertappt fühlten, und dann wurde zum Glück gegessen.

Der Onkel hatte dem *Schostakowitsch* spontan einen Ruhetag verordnet, um nichts von dem zu verpassen, was besprochen wurde. Aber so viel war es gar nicht; Mischas Vater sagte ein paar Worte zu seiner Fabrik und Mischas Mutter einige wenige zu ihrem Kindergarten, bevor Mischa vom Stand des Studiums berichtete und Anastasias von dem des ihren.

»Aber was wird bloß eines Tages aus euch werden?«, fragte die Mutter, worauf alle lachten und Onkel Wladimir für die beiden erklärte, irgendetwas werde bestimmt, weil ja immer etwas werde, notfalls übernehme Mischa eines Tages das *Schostakowitsch*, was zu einer zweiten Runde Gelächter führte.

Man ließ es sich schmecken und brachte zwischendurch Trinksprüche aus, vor allem der Onkel, der kaum ein Ende damit fand. Er stieß auf Anastasias Schönheit und Mischas Klugheit an und anschließend umgekehrt auf die Klugheit Anastasias und die Schönheit Mischas, worauf sich die beiden neuerlich sehr verlegen zeigten, aber auf eine Art, dass man merkte, wie sie sich freuten.

Auch auf Jeschua stieß der Onkel an; warum Mischa ihn nicht mitgebracht habe, er hätte doch mit ihnen feiern sollen.

»Er ist nicht mehr in der Stadt«, erklärte Mischa, was der Onkel bedauerlich nannte und lediglich meinte, zur Hochzeit werde er doch hoffentlich da sein, und ein längeres Loblied auf Jeschua sang.

Zum Schluss wurde noch getanzt. Der Onkel – das war die eigentliche Überraschung – hatte plötzlich russische Volkslieder im Angebot, die von allen Beteiligten gut angenommen wurden, selbst wenn sie noch nie danach getanzt hatten wie Anastasia und Mischa, deren Zustand noch am ehesten zum Tanzen taugte, während der On-kel hie und da der Führung bedurfte und Mischas Eltern überhaupt nur so taten, als würden sie tanzen, und in Kürze damit aufhörten, aber bei jedem Lied mitsangen und sich bis lange nach Mitternacht auf diese Weise un-terhielten.

Danach geschah nicht mehr viel. Es war spät, alle wollten ins Bett und wussten, wo ein passendes stand, was ebenso tröstlich wie beruhigend war.

»Das ist doch mal ein guter Anfang gewesen«, sagte Anastasia beim Zähneputzen. »Ich mag ja Anfänge.«

Worauf Mischa erwiderte, dass es allenfalls der An-fang eines Anfangs gewesen sei und er persönlich frü-hestens ab der Mitte an Anfänge glaube.

»Wenn man sich zum ersten Mal gemeinsam die Zähne putzt, meinst du?«

Und siehe, genau das meinte er.

32

Status praesens

Der Rest der Geschichte ist schnell erzählt. Vor allem verging Zeit, die Dinge rückten in die Ferne, wie das ja selbst nach großen Ereignissen durchweg der Fall ist, man vergaß und verdrehte erste Details, erfand oder ließ weg, bis das ursprüngliche Geschehen allmählich dahinter verschwand.

Die Bande um den Malermeister hatte gute Arbeit geleistet, trotzdem waren hie und da Spätfolgen zu beobachten, Verzögerungen im Genesungsprozess, wenn auch selten mehr; die Immobilienmaklerin Kuhl brauchte ein halbes Jahr, bis sie die Kraft fand, den ersten Umschlag eines Klienten zu öffnen, und fast doppelt so lang dauerte es, bis der Kritiker Hasenfuß imstande war, den ersten halbwegs vernichtenden Verriss zu schreiben, um nur diese beiden Beispiele zu nennen.

An den Mann, der gestorben war, dachte kaum jemand. Der Junge aus der Straßenbahn, mit dem alles begonnen hatte, erinnerte sich gelegentlich, die Frau, die ihrem sterbenden Mann davongelaufen war, während die Akkordeonspielerin Margarita es gerade umgekehrt hielt und gelegentlich *nicht* an ihn dachte und davon abgesehen Tag und Nacht, wobei sie ohne Unterlass seinen Namen flüsterte und lange glaubte, dass sie die Klinik nie mehr verlassen würde und darüber nicht im Geringsten traurig war.

Noch vor Ablauf eines Jahres war von den eingetretenen Erhebungen der Seele wenig übrig; von tausend Infizierten hatten mehr als neunhundertneunzig die Epidemie mit oder ohne Symptome überstanden, und einige Tausend dürften es nach ungenauen Schätzungen durchaus gewesen sein.

Beinahe alles war wie zuvor.

Ab und zu wurde jemand in seine höchstpersönliche Hölle geschickt, während die allermeisten taten, was sie so ähnlich immer schon getan hatten, unter diesen oder jenen Umständen, bei denen es sich selbstverständlich regelmäßig um überaus spezielle und einmalige handelte, denn ohne diese Umstände wäre man ja jederzeit ein Mensch.

༄

Die Bande um den Malermeister rieb sich deshalb natürlich die Hände; sie würden weiterhin ihren Spaß haben, jetzt und für alle Zukunft, und tatsächlich war man über Wochen und Monate allerbester Laune; im zweiten Sommer beinahe mehr noch als im ersten, zumal das Wetter über lange Strecken das allerherrlichste war, seit Mitte April befanden sie sich praktisch jede freie Minute in seligstem Zustand auf ihren Booten, um kreuz und quer über den Großen und Kleinen Wannsee zu segeln.

Ein paar Veränderungen hatte es auch gegeben: Der melancholische Malermeister war vorzeitig in Rente gegangen, und Dr. Muhlack hatte seine dritte Praxis eröffnet; Regisseur Stranz war mit Anfang fünfzig überraschend Vater geworden und versuchte sich nun als Hausmann, während der Professor allen Ernstes seinen vorletzten Liebhaber zu ehelichen gedachte und Anstalten machte, ihm die Villa und das halbe Vermögen zu überschreiben; der Bezirksstadtrat träumte weiter vom Abgeordnetenhaus, während der Gebrauchtwagenhändler wie der Steuerberater einen Grad von Selbstzufriedenheit erreicht hatten, dass sich Träume gar nicht erst zu ihnen verirrten.

Was den Pudel betraf, so war er regelmäßig mit auf dem Wasser, denn er liebte es zu segeln, vorzugsweise auf der Jacht des Steuerberaters, der waghalsige Manöver verabscheute, sodass man in aller Ruhe vorne am Bug sitzen und sich den Wind durchs Fell blasen lassen konnte, begleitet von diversen traurigen Überlegungen zu seiner Freundin, der Katze, die er nie wiedergesehen hatte.

Er hatte sie lange gesucht, war zu unterschiedlichen Tageszeiten zu ihrem Versteck gelaufen und hatte die Ufer des Flusses abgesucht, doch sie war und blieb verschwunden.

Auch die Ballkönigin Luna hatte er nie wiedergesehen; sie hatte angekündigt, ihn zu rufen, sobald der Junge wieder bei ihr wäre, aber sie hatte nie gerufen, was der Pudel umso bedauerlicher fand, als ihre Nachfolgerin eine derart große Enttäuschung war, dass man fast nicht anders konnte, als weiterhin an sie denken – wie sie da auf der Treppe stand, in diesem wunderbaren Kleid, und anschließend alles genau so tat, wie er ihr geheißen hatte.

౷

Dr. Strawinski kehrte gerade von einer dreiwöchigen Reise durch Oberitalien zurück, als der Sommer zu Ende ging, und so wie es aussah, hatte er seine Ehe mit dieser Reise gerettet.

Natürlich war das Natalies Formulierung gewesen – in einem ihrer geschmeidigen Momente, beim Wein nach erfolgtem Beischlaf, wenn man nichts weiter wünschte als eben, dass man wunschlos war und sich hoffentlich neu verbunden hatte, so weit das nach derart vielen Jahren ging, und tatsächlich hatte es in jenen Minuten so ausgesehen.

Sie hatten beide nicht darauf bestanden, dass es so bleiben müsste, trotzdem spürte Dr. Strawinski, dass er sich verändert hatte; er arbeitete entschieden weniger, übernahm nicht mehr jede Zusatzschicht, war weniger verbohrt, wie Natalie es nannte, wenngleich er lediglich freundlicher zu sich war.

Zur Sache selbst hatte er keine neuen Gedanken; sie ging ihm nicht mehr gar so nah, doch er wurde sie auch nicht los, dieser Jeschua blieb der Fall seines Lebens, das Unerledigte oder besser: die Grenze, die er von Zeit zu Zeit ablief, ohne sie zu überschreiten.

Eine erfreuliche Entwicklung hatte die Beziehung zu seiner Kollegin Klara Obermann genommen, die sich augenscheinlich verliebt hatte, in eine Frau, wenn Dr. Strawinski nicht irrte; direkt gesagt hatte sie das nicht, bei Visiten allerdings mehrfach Anrufe angenommen, wobei der Name Brigitte gefallen war und Klara Obermann wie ein ertappter Teenager überaus verlegen und glücklich wirkte.

Eine neue Sanftheit ging nun von ihr aus, was ja wiederum gut zu den Veränderungen in Dr. Strawinski passte, und sie sich beide gewissermaßen gegenseitig bestärkten und ermutigten, weniger streng und humorlos zu sein, und einmal sogar in einer Kreuzberger Kneipe etwas tranken und dort geradezu innig miteinander plauderten.

❦

Auch bei Mischa und Anastasia hatte es Veränderungen gegeben, deren größte darin bestand, dass sie von heute auf morgen eine Wohnung fanden und dort auch längst eingezogen waren, was insofern ein fantastischer Zufall war, als sie ausgerechnet in der Martin-Luther-Straße lag, zwei Häuser weiter von der Wohnung, in der Mischa Luna getroffen hatte.

So recht leisten konnten sie sich die zwei Zimmer mit Bad und Küche nicht; es war alles ein bisschen knapp, dafür gab es einen schmalen Balkon mit Blick in einen begrünten Hinterhof und eine rote Küche mit bunt zusammengewürfeltem Mobiliar, während die beiden Zimmer mehr oder weniger die alten geblieben waren.

Und das war also ihr neustes Glück.

Auch Hochzeit würde demnächst gefeiert werden, weshalb es seit Wochen jede Menge zu besprechen und zu planen gab, während nebenbei weiter studiert wurde und Mischa zu Lieferfahrten aufbrach und Anastasia übellaunige Nachhilfeschüler der Mittelstufe bei sich empfing.

Ende September sollte die Hochzeit sein, an Mischas Namenstag, wie sie kürzlich beschlossen hatten, obwohl es in Wahrheit Anastasia gewesen war, die es beschlossen hatte.

Auch eine Hochzeitsreise war mehr oder weniger geplant, die sie auf den Spuren von Edita bis nach Sibirien führen würde, zuerst nach Nowosibirsk, um den Eltern den Gegenbesuch abzustatten, und dann weiter bis Wladiwostok, das die tapfere Edita nie gesehen hatte, aber gewiss weiterhin eine Reise wert wäre.

Was Luna betraf, so war er wie vereinbart zwei weitere Male bei ihr gewesen, zum Glück ohne Pudel und vorläufig ohne erkennbares Ergebnis, wie er fand, weil sie hauptsächlich über den Besuch der Eltern gesprochen hatten und sonst vor allem damit beschäftigt waren, voneinander Abschied zu nehmen.

Sie hatte ihn verbotenerweise auf den Mund geküsst, bevor er ging, und ihm versichert, dass bestimmt alles so werden könne, wie er es sich wünsche, mehr geflüstert als gesagt, als würde er so besser daran glauben, und siehe, über ein Jahr später fühlte es sich genau so an.

Der Berliner Sommer neigte sich allmählich dem Ende entgegen, Mischa kämpfte seit Tagen mit dem Zeitproblem in Sascha Sokolows *Schule der Dummen*, das Thema seiner Bachelorarbeit war beziehungsweise noch werden musste, während Anastasia allenfalls mit Mischas Kämpfen kämpfte und ihre Arbeit über drei verschiedene Übersetzungen des Großinquisitors so gut wie fertig hatte, es Mischa jedoch verschwieg und ihn wie jeden Abend auf den Balkon bat.

»Einen Aperol Spritz zum Abschluss des Tages? Oder etwas anderes? Es ist alles möglich.«

»Gut, dann nehme ich alles, was möglich ist.«

✑

Die alte Göre Berlin schaute wie immer mit Wohlgefallen auf das Paar, abwechselnd auf sie und auf ihn, um sich allmählich von ihnen zu verabschieden.

Sie hatte sich eine Weile bestens mit ihnen unterhalten, aber jetzt, da es ans Heiraten ging, würde es bald sehr langweilig und eintönig, ihnen beim Leben zuzusehen, weshalb sie sich tunlichst bald nach jemand anderem umsehen würde müssen; hübsche kleine Geschichten wie diese gab es schließlich an jeder zweiten Ecke.

Und also war sie augenblicklich recht zufrieden.

Etwas geduldiger wollte sie in Zukunft sein, weniger nachtragend, wenn jemand sie nicht mochte oder hämisch als *Städtchen* bezeichnete, nicht hundert Jahre schmollen, sondern sich sagen: Na gut, so denkst du, andere denken anders, bloß was scheren mich die anderen, sie scheren mich nicht im Geringsten.

Inzwischen war es ziemlich spät, lange nach neun, auf den Straßen war nicht mehr viel los, außer an den Stellen, wo regelmäßig etwas los war und schöne Frauen und Männer sich nach unkomplizierten Abenteuern sehnten oder bereits mittendrin waren.

Was noch?

Eine struppige Thaikatze stromerte durch den Tiergarten, während sich am Spreeufer ein Pudel zum Schlafen in ein Gebüsch verkroch; ein ziemlich ramponierter Engel stritt mit einem nicht weniger ramponierten Teufel auf dem Potsdamer Platz über die Frage, ob der Mensch von Natur aus gut oder eher böse sei, was nun wirklich der allerdümmste Streit auf Erden war, da die allermeisten beides nicht waren, sondern einfach nur existierten und sich mühten und plagten und am Ende regelmäßig staunten, wie schnell alles vorübergegangen war.

März 2019–Juni 2021

Zettelkasten

Es gibt nichts Übernatürliches im Leben (S. 5) – Man möchte annehmen, das sei ein Satz aus *Der Meister und Margarita*, aber nein, er findet sich bereits, etwas versteckt, in Bulgakows Roman *Die weiße Garde* (aus dem Russischen übertragen, herausgegeben und benachwortet von Alexander Nitzberg, Berlin 2018, S. 392).

Die Treppe zum Paradies (S. 9) – Alle Kapitelüberschriften stammen von Michail Bulgakow; etwa ein Drittel aus *Der Meister und Margarita*, der Rest aus den Romanen *Aufzeichnungen eines Toten, Das Leben des Herrn Molière* und *Die verfluchten Eier* sowie aus dem Sammelband *Teufeleien. Skizzen, Satiren, Grotesken*.

Frei nach Bulgakow (S. 13) – Vgl. seine kurze Erzählung *Traktat über den Wohnraum* (Michail Bulgakow, *Teufeleien. Skizzen, Satiren, Grotesken*, übersetzt von Aggy Jais, Schamma Schahadat und Dorothea Trottenberg, hrsg. von Jochen-Ulrich Peters, Stuttgart 1994, S. 85–95, hier S. 89).

Die Geschichte vom Großinquisitor (S. 21) – Ein Gedankenspiel von Iwan Karamasow über einen Jesus-Besuch und seine Folgen, seinem Bruder Aljoscha vorgestellt. »Oh, das war natürlich nicht jene Wiederkunft, da Er nach Seiner Verheißung am Ende der Zeiten sich in aller himmlischen Herrlichkeit offenbaren wird (…) Nein, es verlangte Ihn, wenigstens für einen Augenblick Seine Kinder zu besuchen (…). In seiner unermesslichen Barmherzigkeit wandelt Er noch einmal unter den Menschen, in derselben Menschengestalt, in der Er drei Jahre lang vor fünfzehn Jahrhunderten unter den Menschen gewandelt war.« (Fjodor Dostojewski, *Die Brüder Karamasow*. In der Neuübersetzung von Swetlana Geier, 6. Auflage, Zürich 2016, S. 400)

Totenmesse (S. 54) – Totenparade oder -aufmarsch müsste Luna in Kenntnis von *Der Meister und Margarita* hier eigentlich assoziieren. Für den Bulgakow-Leser ist klar, dass sich der Autor hier vor dem Meister verbeugt. (»Der große Ball beim Satan«, Michail Bulgakow *Der Meister und Margarita*, 21. Auflage, München 1994, S. 327–345)

Bogdanow (S. 79) – Gebräuchlicher russischer Nachname; gottgegeben, Geschenk Gottes.

Der Mann, der gestorben war (S. 102) – So der Titel des erstaunlichen Kurzromans von D.H. Lawrence, der mit dem Erwachen Jesu in einer Felsennische beginnt und in der Folge sein anderes, neues Leben (als Mensch) beschreibt. (D.H. Lawrence, *Liebe im Heu, Das Mädchen und der Zigeuner, Der Mann, der gestorben war. Kurzromane*, aus dem Englischen von Martin Beheim-Schwarzbach, Zürich 1975, S. 132–204)

Ringbahn (S. 110) – Vgl. hierzu die magisch schöne Überlegung von Sascha Sokolow, der natürlich die Moskauer Ringbahn meint: »Auf der Ringbahn verkehren insgesamt zwei Züge: Einer fährt im Uhrzeigersinn und einer ihm entgegen. Somit vernichten sie sich gleichsam gegenseitig, gemeinsam aber heben sie Bewegung und Zeit auf.« (*Die Schule der Dummen*, aus dem Russischen von Wolfgang Kasack. Mit einem Vorwort von Iris Radisch, Frankfurt am Main 2001, S. 168)

Sind Sie Arzt? (S. 112) – Vgl. *Der Meister und Margarita*, S. 35: »Nein, Prokurator, ich bin kein Arzt.«

Ein Streichquartett von Onkel Wladimirs geliebtem Schostakowitsch (S. 127) – Wenn der Autor richtig vermutet, das in es-Moll Nr. 15 von 1974, 4. Satz: »Nocturne«.

Sie erkannte Jeschua sofort (S. 132) – Darin ist Anastasia eine Ausnahme; anders bei Dostojewski: »Er kam unauffällig und still und doch, sie erkannten Ihn alle. Das könnte einer der besten Stellen des Poems geworden sein, das heißt, woran wir ihn eigentlich erkennen.« (*Die Brüder Karamasow*, S. 401)

Nichts von alledem, was dort geschrieben steht, habe ich gesagt (S. 136) – Der Autor bekennt, sich diesen Satz von Michail Bulgakow ausgeliehen zu haben, genauer: aus dem Verhör des Pontius Pilatus, wo es um Jeschuas aufrührerische Reden und die Rolle der Schrift geht. »Da läuft einer unablässig mit dem Ziegenpergament hinter mir her und schreibt. Ich habe einmal hineingeschaut und war entsetzt. Nichts von alledem, was dort geschrieben steht, habe ich gesagt.« Gemeint ist niemand anderer als der Evangelist Matthäus. (*Der Meister und Margarita*, S. 31)

Es war das erste Mal, dass Mischa ihn lachen sah (S. 136) – Das Problem des Lachens und ob es teuflisch oder menschlich sei (»Christus hat nie gelacht«), gehört zu den zentralen theologischen Disputen in Umberto Ecos *Der Name der Rose* (übersetzt von Burkhart Kroeber, München, 30. Auflage 2007, S. 132).

Das ist schon damals bei dieser Anastasia von Sirmium gründlich schiefgegangen (S. 148 f.) – Die Legende über die frühchristliche Märtyrerin besagt, dass sie wegen ihres Einsatzes für verfolgte Christen zum Tode verurteilt wurde, und zwar derart, dass man sie in einem leckgeschlagenen Boot aufs offene Meer hinaustrieb; weil das Schiff nicht unterging, wurde sie später verbrannt.

Suchanowa (S. 150) – gebräuchlicher russischer Nachname; von *suchoi* (trocken).

Jesus-Wahn (S. 179) – Vgl. die beeindruckende Studie des US-amerikanischen Psychiaters Milton Rokeach *The Three Christs of Ypsilanti*, New York 1964. Drei Männer in einer psychiatrischen Anstalt halten sich für Jesus; der Psychiater glaubt, ihre Wahngebäude zum Einsturz bringen zu können, indem er sie zusammenbringt; maximal *ein* Jesus kann ja nur sein. Doch das Experiment scheitert; die drei Männer halten mit wenigen Abstrichen an ihrem Wahn fest.

Ich glaube, dass Er gütig ist (S. 182) – Zitat aus Wenedikt Jerofejews wunderbarem Säuferroman *Die Reise nach Petuschki. Ein Poem*, aus dem Russischen von Natascha Spitz, 11. Auflage, München 2006, S. 63.

Alles wird gut sein (S. 182) – Etwas weniger zusammenhängend bei Jerofejew, S. 111.

Städtchen (S. 229) – In Bulgakows *Die weiße Garde* wird Berlin an einer Stelle beiläufig so bezeichnet; kein Anlass zur Aufregung eigentlich, doch die alte Göre ist empfindlich.

Unseres Widersachers und heimlichen Bruders (S. 279) – Vgl. *Der Meister und Margarita*, S. 447 f., wo der »Geist des Bösen und Herrscher der Schattens« Voland Levi Matthäus darüber belehrt, dass das Gute das Böse braucht: »Willst du nicht so gut sein, einmal darüber nachzudenken, was dein Gutes täte, wenn das Böse nicht wäre, und wie die Erde aussähe, wenn die Schatten von ihr verschwänden?« Es wäre nur »kahles Licht«, wäre kein Leben, so Volands Antwort.

Der Autor dieser wahren Zeilen (S. 334) – Als solchen bezeichnet sich im Epilog von *Der Meister und Margarita* Bulgakows Erzähler (S. 476).

Verzeichnis der wichtigsten Personen

Die alte Göre Berlin

Mischa, Student
Anastasia, Studentin
Onkel Wladimir, Restaurantbesitzer
Galina Suchanowa, Straßenbahnfahrerin
Luna, Lebensberaterin
Edita, Wohnungsbesitzerin
Fjodor, Mönch
Kyrill, russisch-orthodoxer Priester
Sergej Nowikow, Ikonensammler

Bogdanow, Engel
Jeschua, Jeschua

Zahnarzt Dr. Muhlack
Malermeister Schell
Gebrauchtwagenhändler Frackmann
Bezirksstadtrat Nitsch
Theaterregisseur Stranz
Universitätsprofessor Ruffer
Steuerberater Pfannkuch

Ein Pudel
Eine Katze

Henriette Berg, Doktorandin
Diana Kuhl, Immobilienmaklerin
Henning Reich, Anwalt
Swantje Reich, Anwältin
Paula
Paul
Die Frau mit der Katze
Ihr Ex-Freund
Der Junge in der Straßenbahn
Emil Schmidt, Amtsrat a.D.
Eine eifersüchtige Studentin
Benjamin Hasenfuß, Kritiker
Rebekka Sommer, Lyrikerin
Tessa König, Ärztin
Ansgar Samtleben, Priester
Margarita, Akkordeonspielerin
Ein Investmentbanker

Dr. Klara Obermann, Psychiaterin
Dr. Leopold Strawinski, Psychiater
Natalie Strawinski, Lehrerin

Der Autor dankt der VG Wort
für die finanzielle Unterstützung.

Inhalt

DRITTES BUCH

ZUR HÖLLE MIT IHNEN!

Aus Verantwortung für die Umwelt hat sich der
Verlag Kiepenheuer & Witsch zu einer nachhaltigen
Buchproduktion verpflichtet. Der bewusste Umgang mit unseren
Ressourcen, der Schutz unseres Klimas und der Natur gehören
zu unseren obersten Unternehmenszielen.

Gemeinsam mit unseren Partnern und Lieferanten setzen wir uns für eine
klimaneutrale Buchproduktion ein, die den Erwerb von Klimazertifikaten
zur Kompensation des CO_2-Ausstoßes einschließt.

Weitere Informationen finden Sie unter:
www.klimaneutralerverlag.de

1. Auflage 2022
All rights reserved
© 2022, Verlag Kiepenheuer & Witsch, Köln
Alle Rechte vorbehalten.
Umschlaggestaltung: Barbara Thoben, Köln
Umschlagmotiv: © akg-images
Gesetzt aus der Aldus und der Korolev
Satz: Buch-Werkstatt GmbH, Bad Aibling
Druck und Bindung: CPI books GmbH, Leck
ISBN 978-3-462-05444-6